U0580032

中国现代文论史

第 1 卷 / 丛书主编　王一川

国家出版基金项目
NATIONAL PUBLICATION FOUNDATION

中国现代文论传统

王一川　著

北京师范大学出版集团
BEIJING NORMAL UNIVERSITY PUBLISHING GROUP
北京师范大学出版社

总　序

　　晚清以来的中国文学界，曾先后出现过林林总总的新的文学观念、思想或思潮——它们在这里被统称为中国现代文学理论或简称中国现代文论。这些被视为中国现代文论的东西与同时期同样新的诗歌、小说、散文、剧本等现代文学作品一道，通过影响诸种不同读者的心灵，而在现代社会革命进程中扮演过重要的角色，甚至成为现代社会革命进程有力的推动力量。对这样的中国现代文论展开追溯、论析和评价，当然有其必要性和重要性，但问题在于，今天从事中国现代文论史编撰，首先需要辨明的是，当中国现代文论史著述已出现过若干种，而它们已从各自不同角度向人们重新打开中国现代文论历程中的多样景致时，现在再来着手编撰新的中国现代文论史，是否有必要？确实，现在来编撰一部新的中国现代文论史的起码前提就在于，必须确保能在中国现代文论史观上或多或少地呈现新东西，至少是有所出新。如此，在文论史观上出新就应是我们中国现代文论史编撰的唯一选择。但是，要在前人和时贤业已倾力创新的中国现代文论史编撰领域另觅新径，谈何容易?！我们只能勉力为之。

一

　　中国现代文论，也可称为中国现代文学理论或中国现代文学理论批评，在这里大约是指相互交融而难以分割的四个层面的东西：第一层面是指那些明确表述出来的文学思想或理论，例如梁启超倡导的"诗界革命""文界革命"及"小说界革命"三大文学革命主张;第二层面是指在一定的文艺共同体(由一定数量的作家、文学批评家或文学理论家组成)内外标举或响应的那些相互关联的诸种文学思潮,例如,五四时期的"为人生而艺术"潮流、后来的"现实主义""浪漫主义"等思潮;第三层面是指其他人文社会科学论著中表述或蕴含的相关文艺或美学观念,例如冯友兰《新理学》中有关艺术的论述;第四层面是指文学作品中蕴含的或显或隐的文学观念、艺术观念或美学主张等,例如沈从文的《边城》等作品对湘西边远山乡中纯美情感的追求及其所呈现的深层文学与美学观念。这些层面的文学思想、思潮及观念共同编织成中国现代文论的多声部交响曲。

相对而言,本书固然会主要讨论上述第一、第二层面的文学理论,但在需要时也会对第三、第四层面有所涉及。

二

中国现代文论史可以被视为一个包含若干长时段的超长时段连续体。清末至 20 世纪 70 年代为第一个长时段,可称为现代 I 时段,而20 世纪 80 年代至今可称为现代 II 时段。本书将主要探讨中国现代文论史的现代 I 时段,至于现代 II 时段状况,则应另行研究。

就具体的时段或时间来说,中国现代文论史的论域由三个时段组成:直接的主要论述时期现代 I 时段称为主时段,与此时段存在关联的那些时段为关联时段,而有所延伸的时段为延伸时段。中国现代文论史的主时段为 1899 年"诗界革命论"(梁启超)提出至 1978 年改革开放启动前;其关联时段为鸦片战争至庚子事变;其延伸时段为 20 世纪八九十年代。不过,现代 I 时段本身可以进一步划分为前后两个中时段:清末至 20 世纪 40 年代为现代 I 时段前期,20 世纪 40 年代至 70年代为现代 I 时段后期。这里将把中国现代文论史的现代 I 时段前期状况作为直接论述对象,但同时也会适当涉及关联时段和延伸时段。

三

这部中国现代文论史著述的一个基本看法是，中国现代文论史是中国我者（或自我）与外来西方他者之间文化涵濡的结晶。涵濡，是一个中国词语。涵是指包容或包涵，即把外来的东西包容进自身躯体之中；也指沉或潜，即把外来者不仅包容进来，而且还能沉入自身躯体之中，直到潜入最基础的底层。濡则有沾湿或润泽、停留或迟滞及含忍之意。合起来看，涵濡的基本意思在于雨水对事物的包涵和滋润状态。可见，涵濡带有包涵和滋润之意，以及更持久而深入的濡染、熏陶或熏染之意。它可以同现代人类学的"濡化"（acculturation）概念形成中西思想的相互发明之势，共同把握中国我者与西方他者之间在20世纪实际经历的相互润泽情形。

应当看到，中国我者与西方他者各自的身份及内涵本身并非一成不变，而是历史地变化的，在不同的时段有其不同的呈现方式以及关系状况，正是这种身份及内涵变化会影响到现代文论本身的发展和演变。

同时，中国我者与西方他者之间发生关系的社会语境本身也是变化的，正是这种社会语境变化会对中国我者与西方他者的关系状况及其演变产生根本性影响。

由此，中国我者与西方他者之间的涵濡会导致中国我者发生微妙而又重要的变化，其结果是，让中国我者既不同于其原有状况，也不是西方他者的简单照搬或复制，而是一种自身前所未有、西方他者也从未有过的新形态。这种新形态正是我们今天所说的中国现代文论。

正是在如上意义可以说，中国现代文论史是现代中国我者与西方他者之间文化涵濡的产物。在中国现代文论界曾先后登上主流地位的"典型"与"意境"范畴，正是一对平常而又重要的范畴实例。应当讲，来自西方的"典型"范畴在西方20世纪文论界本身并没有像在中国现代

这样主流过（尽管曾经在苏联文论中主流过）；同样，来自中国古代的
"意境"范畴在中国古代文论界本身也没有像在中国现代这样主流过（尽
管明清时代曾有人在一般意义上使用过）。实际上，它们之所以能盛行
于中国现代文论界，恰恰应当归结于中国我者与西方他者之间的文化
涵濡或濡化，也属于这两者之间文化涵濡的结晶。就"典型"来说，中
国古代以金圣叹小说评点为代表的人物性格理论，已为西方"典型"范
畴在中国的涵濡准备了合适的土壤、气候等文化条件，而亟需拯救的
中国现代文化危机则成为"典型"登上中国现代文论主流宝座的有力推
手。而来自西方的以尼采的"醉境"（或酒神状态）与"梦境"（或日神状
态）等为代表的美学理论，以及以黑格尔的"时代精神"和斯宾格勒的
"文化心灵"等为代表的哲学及文化理论，也为中国古代"意境"（或"境
界"）理论在现代的复兴及大放异彩提供了强烈的比较发明诱因。尽管
在论者因不满足于"典型"的独尊地位而倡导将"意境"作为与之平行的
美学范畴提出之初（1957），"意境"概念并没有立即在中国热起来，但
伴随着改革开放进程的推进和深化，"意境"作为中国文化与艺术在全
球化时代当然的原创性和独特性标志，而逐渐与"典型"一道成为"美学
中平行相等的两个基本范畴"①，乃至后来逐渐成为取代"典型"范畴而
一枝独秀的美学范畴。由此看来，无论是人们已经论及的"典型"还是
"意境"范畴，或者本书提出的"感兴"范畴，它们之所以能成为或可能
成为中国现代文论的核心范畴，恰是由于中国我者与西方他者之间发
生了持续的文化涵濡的缘故。如此，要想弄清中国现代文论这对重要
范畴的兴衰，假如不从中国我者与西方他者之间的文化涵濡去把握（当
然也应当同时从其他方面去把握），想必是难以全面完成的。

---

① 李泽厚：《"意境"杂谈》，《光明日报》"文化遗产"，1957 年 6 月 9 日、16 日，据李
泽厚：《门外集》，138—139 页，武汉，长江文艺出版社，1957。

四

　　这部中国现代文论史著述属于笔者担任首席专家的教育部 2005 年度哲学社会科学重大课题攻关项目"西方文论中国化与中国文论建设"在结项后的一项延伸和扩展性成果，共由四卷组成，依次由笔者与陈雪虎、胡疆锋、胡继华协力承担。在与包括他们三人在内的众多同行朋友协力完成该项目的结项成果《西方文论中国化与中国文论建设》之后，我们再集中大约七年时间完成了这部四卷本著作的撰写工作。如此，这部著作的研究、写作及修改过程不知不觉中竟然已前后历时十多年。

　　这四卷除了第一卷为总论外，其余三卷都大体按照时间进程的推移或交替去安排，第二卷主要停留于清末至 20 世纪 20 年代之间，第三卷聚焦于民国初年至 20 世纪 40 年代末，第四卷着眼于五四时期至 20 世纪 40 年代。不过，与此同时，包括第一卷在内各卷的主要议题或任务诚然各不相同，各有侧重点，但它们之间又都存在复杂的关联性及其持续的缠绕，因而相互之间呈现交叉、回溯、照应或打通等态势，又实在是必要的和重要的。只有这种分工的相对性和交融互通的密切度，才更有利于进入中国现代文论史的进程之中。因此，当有的人物、事件、观念、命题或案例在各卷中数度重复出现或交叉，甚至被赋予不同的阐释任务时，都是必然的和不可避免的。

　　第一卷为中国现代文论传统。这属于全书的总论部分，概要地阐述中国现代文论若干方面的特征，由本人撰写。中国现代文论传统不是来自对西方文论的简单照搬，而是有着自身的现代性缘由。它也不是一蹴而就的，可以被视为"世界之中国"时代中国我者与西方他者之间持续的层累涵濡进程的产物。置身在持续的层累涵濡过程中的中国我者与西方他者之间的关系总是具有相对性和变化性，这导致异质他者总是不断地被涵濡进自我的机体中，转化为自我的一部分。中国现代文论传统可以由其知识型、核心范畴及其位移、我他关系模型及双重品格得到呈现。在心化美学与物化美学的对照及兴辞美学方案中，可见出中国现代美学Ⅰ时段与现代美学Ⅱ时段的分化与联系。中国现代文论传统的特点还可从与中国现代型文学传统的特征及其大海形象个案的比较中见出。

第二卷为中国现代文论的发生。探究清末中国现代文论的发生轨迹，由北京师范大学陈雪虎撰写。需要暂且搁置我们后人想当然的清晰概括，重返当时的文论发生现场（假如有的话），尽力窥见其时本来就有的多元选择中的困惑与执着、拒绝与对话、冲突与调和等不同面貌。从知名的章太炎、梁启超、王国维、陈独秀、胡适等以及未必知名的朱希祖等人物的选择可见，中国现代文论从其发生赋形时段起就呈现为多元取向中的张力式构造及历时与共时交互缠绕的复杂过程。无论是其顽强守护中国我者固有传统的方略，还是其果敢拿来西方他者的精心筹划，都呈现出多重方案或多种可能性，以及逐渐演变或寻找的复杂性。通过尽可能多地检视当时的不同陈述、查阅新近研究成果、引证时贤多种不同的论说，多方面地贴近中国现代文论发生期的内在的张力状貌和多重选择的困窘，构成该卷的自觉追求和特色。

第三卷为中国现代文论的构型。探讨中国现代文论如何以多层面的体制化方式进一步形塑自身的生存方式并发生演变，该卷由首都师范大学胡疆锋撰写。该卷的新意在于走出过去单一的思想辨析路径，尝试从学术体制与文论思想之间的关联性视角，也就是从知识制度的大众传媒、现代大学、文学社团、政党文艺政策的综合与交融视角，具体勾勒中国现代文论尽可能完整的制度化转型面貌及其具体的生成与演变轨迹，从而形成中国现代文论的制度转型过程中多层面之间的交汇以及历时与共时之间的交融图景。正是借助于这种综合与交融视角，通过大量的具体案例分析，该卷揭示了中国现代文论在其发生与发展过程中呈现的制度化转型状况，表明假如离开这种多层面制度转型，中国现代文论那些已经呈现或尚未完整地呈现的特质就是不可思议的或难以理解的。

　　第四卷为中国现代文论的多元取向。分析中国现代文论中的文化涵濡与多元文论思想秩序，由北京第二外国语学院胡继华撰写。该卷选取精神史与文化涵濡的视角，从纷纭繁复的现代文论观念、命题或思潮中，尽力梳理出几种具有一定代表性的文学理论主张或文艺思想，看看现代耳熟能详的或者暂且被遗忘的那些文艺思想，是如何在当时以自身面貌呈现出来的。人文主义、道德理想主义、社会主义和象征主义正体现出其时的多元思想景观。甚至其中的象征主义思潮内部，还可细分出诸如梁宗岱的象征诗学、李长之的理想人格论、宗白华的"中国艺术心灵"、冯至的浪漫主义、闻一多的古典主义、陈寅恪的史诗互通论和钱钟书的跨文化诗学等不同思想选择。当代人从这些不会被遗忘的多元思想取向及著者自己有关天文与人文汇通和中西诗学互化的构想中，可以得出怎样的反思？

　　需要说明的是，由于是四人合作的四卷本著作，除了各卷承担不同的分析任务，而在人物、思想、事件、社会文化语境及其他相关现象方面有时会略有重叠或交叉外，各位著者在学术上也各有其学术积累、治学专长和文论主张，因此，虽然彼此做过相互协调和统一的共同努力，但终究还是各有其特殊性或个性显露。这应当说也是合理的，因为笔者所设想的学术合作，不再是消除个别性或差异性的完全同一体，而是带入差异和体现个性的"和而不同"的共同体。不过，在关于中国现代文论的基本面貌、主线、分期、制度、知识型、核心范畴及品格等主要问题上，各位著者之间的相互协调立场仍然是接近的，尽管难免仍存有不同。

2019 年 1 月 22 日于北京大学

目　录

导　论　通向中国现代文论传统

中国现代文论是中国文论传统的一个组成部分，确切地说，是中国文论传统中与古典性传统有所不同的现代性传统。要了解中国现代文论传统，就需要对传统、文论传统以及现代性传统本身做出大致的阐明。

需要说明的是，这里的中国现代文论传统表述，是在与中国文论现代性传统这一表述大体相同的意义上使用的。只有当面对不同的问题领域，倘不换用就无法更清楚地说明问题时，才会有限地换用，但它们说的实际上是同一东西。

一、"传统"的古今中西演变

"传统"一词，《词源》没有收录。《汉语大词典》1997 年版中有两个主要义项：第一义项"谓帝业、学说等世代相传"，所举例子有《后汉书·东夷传·倭》："自武帝灭朝鲜，使驿通于汉者三十许国，国皆称王，世世传统。"还有南朝梁沈约《立太子恩诏》："守器传统，于斯为重。"第二义项则是指"世代相传的具有特点的风俗、道德、思想、作风、艺术、制度等社会因素"。这第二义项所举词源来历中，无一例出自古代典籍，都是现代的，如作家孙犁散文集《秀露集》中的《耕堂读书记（一）》："这种传统，从庄子到柳宗元，我以为是中国散文的非常重要的传统。"该散文写于 1980 年，集子于 1981 年由百花文艺出版社出版。由此判断，在词典编撰专家眼中，第二义项应只归属于现代义项，而与古代义项有所不同。《汉语大词典》还指出"传统"也指"世代相传的，旧有的"，如杨沫《青春之歌》第一部第五章："这些作品的主题全是反抗传统的道德，提倡女性的独立的。"①这里的归纳诚然是准确的，但是实际上，第二义项的词源出处应该更早。

在"传统"概念的第二义项的使用上，梁启超、陈序经和张君劢等是绕不开的重要人物。早在1902年，梁启超的思考就已触及现代义项的"传统"问题，尽管他那时还没有使用这个词语。他在《新民》丛报发表中国《新史学》系列论文，对中国文化传统作了分析和批判。其中的《论正统》一文就对与传统密切相关的"正统"作了新的考辨。"中国史家之谬，未有过于言正统者也。言正统者，以为天下不可一日无君也，于是乎有统；又以为天无二日、民无二王也，于是乎有正统。统之云者，殆谓天所立而民所宗也；正之云者，殆谓一为真而余为伪也。千余年来，陋儒龂龂于此事，攘臂张目，笔斗舌战，支离蔓衍，不可穷诘。一言蔽之曰，自为奴隶根性所束缚，而复以煽后人之奴隶根性而已。"②他认为，中国"正统"词义主要是从统治者的"一"统角度去说明的，尊"正统"其实也就是尊"一"统。统治者的"正统"来自两方面，"（其一）则当代君臣自私本国也……（其二）由于陋儒误解经义，煽扬奴性也。"③这就揭示了"正统"的"自私"与"奴性"实质。梁启超转而以"敢翻数千年来之案"的勇气，从"民主宪政"角度去重新伸张"正统"的内涵："然则正统当于何求？曰：统也者，在国非在君也，在众人非在一人也。舍国而求诸君，舍众人而求诸一人，必无统之可言，更无正之可言。"④在梁启超看来，现代"正统"之实施的立足点不在"君"而在"国"，即要以"国"代"君"；不在"一人"而在"众人"，即要以"众人"代"一人"。可见，那时的梁启超力图抛弃君王一人统治的古代正统制度而建立众人治国的现代民主宪政。也正是在此过程中，他剥露出中国

---

① 罗竹风：《汉语大词典》，缩印本，上卷，688页，上海，汉语大词典出版社，1997。
② 梁启超：《论正统》，《饮冰室文集点校》，第3集，1639页，昆明，云南教育出版社，2001。
③ 梁启超：《论正统》，《饮冰室文集点校》，第3集，1641页，昆明，云南教育出版社，2001。
④ 梁启超：《论正统》，《饮冰室文集点校》，第3集，1643页，昆明，云南教育出版社，2001。

古代社会中由君臣关系及其礼仪制度构成的"正统"的症候。值得注意的是，在他这里，"正统"一词存在正面与负面、肯定与否定、褒义与贬义等双重可能性。

在陈序经于1933年撰写、1934年出版的《中国文化的出路》一书中，现代义项的"传统"概念及其问题受到了高度重视，但这个词主要还是在否定性意义上被使用的。这位引发激烈争议的"全盘西化"论者，在论证中国文化"全盘西化"的必要性时就明确指出，中国固有的"传统"的因袭过于深重，阻碍了个性的生成和发展，所以需要"全盘西化"。他甚至直接把"传统"等同于"旧文化""复古"或"文化停滞"："复古是中国人的传统思想，而且是中国思想上的一个特点。"①正是为了打破"传统思想"的束缚，他大力"提倡"来自西方近代的"个人主义"："文化的停滞，即由于传统思想压迫个性的发展，则提倡个人主义，不但在消极方面，可以打破传统思想；在积极方面，可以促进文化的进步。西洋近代之文化之所以能于二三百年内发展这么快，主要由于个性的发展和个人主义的提倡。"②显而易见，其时的陈序经主要是在负面、否定或贬义上使用"传统"一词的，认定必须"打破传统"以寻求"彻底全盘西化"，现代中国文化才有出路。他甚至断言："可惜中国人的传统思想已深入骨髓，结果是轻轻的一针注射的个人主义，敌不住什么堂皇的思想统一的注射……"如此一来，他提出的结论自然就是，以"个人主义"为基础的"全盘西化"论："彻底的全盘西洋化，是要彻底的打破中国的传统思想的垄断，而给个性以尽量发展其所能的机会。但是要尽量去发展个性的所能，以为改变文化的张本，则我们不得不提倡我们所觉得西洋近代文化的主力的个人主义。"③尽管是在否定性意义上使用"传统"一词的，但毕竟是在第二义项即现代意义上使用的。

在陈序经对"传统"做了一边倒的否定性运用后，张君劢在1936年对什么是中国"传统"则作了较为持平的肯定性解释："国人在思想上以孔孟之经籍为宗，在政治上有专政帝王，在宗教上有本土之拜祖先与

① 陈序经：《中国文化的出路》，62页，北京，中国人民大学出版社，2004。
② 陈序经：《中国文化的出路》，123页，北京，中国人民大学出版社，2004。
③ 陈序经：《中国文化的出路》，129页，北京，中国人民大学出版社，2004。

后来之道教及印度之佛教；合此种种，可名之曰传统。在此传统之空气中，各个人之精神自由，即令有所表现，亦必托之孔孟之名。"张君劢出于维护中国本土文化的立场，主要赋予"传统"一词以肯定、正面或褒义内涵，所以又说："中国人之传统，详载于《二十四史》中，可谓世界诸大奇迹之一，此艰辛之工作，即中国自造之永久之纪念碑。"他还从"中国人之传统"的现代发展角度，又提出"旧传统"一词以有别于发展的"传统"："吾以为今后此等遗产中之应保存者，必有待于新精神之发展；无新精神之发展，则旧日传统亦无由保存。何也，旧传统之不能与欧西文化竞争，证之近百年之历史已甚显著……"①张君劢的上述"传统"概念，是他自20世纪20年代以来的"旧文化"与"新文化"概念的一种发展结果："吾国今后新文化方针，当由我自决，由我民族精神上自行提出要求……中国旧文化腐败已极，应由外来的血清剂来注射他一番。"此外他还有"旧学说"等提法。②

可以说，从梁启超的滥觞，到陈序经的否定性论述，再到张君劢的肯定性论述，"传统"概念的现代义项逐渐地明确而又清晰起来。现代义项的"传统"一词之所以在20世纪30年代"新文化"论战时期受到重视，恰是由于那时中国文化正处于古今转变的关键点上。现代知识分子需要在与西方文化的激烈对话中辨别中国文化的古代与现代特征、精神等，以便确立自己的认同范式，因此不得不创用"传统"的现代义项。当时不管是以胡适和陈序经为代表的"西化论"者，还是以梁启超、张君劢为标志的"中国本位文化论"者，都要面临对中国文化自身的认同问题。

而在西方，"传统"经历了自身的演变轨迹。据英国文化批评家雷蒙·威廉斯（Raymond Williams，1921—1988）在《关键词》（1976）里考辨，"传统"（tradition）是个"特别复杂难解"的词语。它来自拉丁文"tradere"，意指"交出""递送"。它的具体含义有：（1）递送、交付；

---

① 张君劢：《明日之中国文化——中印欧文化十讲》，86页，北京，中国人民大学出版社，2006。

② 张君劢：《欧洲文化之危机及中国新文化之取向》（1922），《东方杂志》第19卷第3号，据罗荣渠：《从"西化"到现代化》，81页，北京，北京大学出版社，1990。

(2)传递知识；(3)传达学说、教义；(4)让与或背叛。"传统"的基本含义是指"代代相传的事物"，包含"年代久远""礼仪""责任"和"敬意"等。另一方面，在"现代化理论"里，它往往又被视为贬义词，"具有负面意涵并且缺乏特殊性"。例如，"traditionalism"(传统主义)就专指"妨碍任何改革的习惯或信念"。①

　　真正对"传统"作了专门研究的是美国社会学家爱德华·希尔斯(Edward Shils，1911—1995)。他在积 25 年之功写出的开拓性著作《论传统》(1981)中把"传统"简要地定义为"代代相传的事物"，认为"传统意味着许多事物。就其最明显、最基本的意义来看，它的含义仅是世代相传的东西，即任何从过去延传至今或相传至今的东西。"换言之，传统的"决定性的标准是，它是人类行为、思想和想象的产物，并且被代代相传"②。与前人相比，爱德华·希尔斯适度扩展了传统的内涵，认为传统可以有四类：第一是物质实体；第二是人们对各种事物的信仰；第三是关于人和事件的形象；第四是惯例和制度。"它可以是建筑物、纪念碑、景物、雕塑、绘画、书籍、工具和机器。它涵括一个特定时期内某个社会所拥有的一切事物，而这一切在其拥有者发现它们之前已经存在。"③爱德华·希尔斯进一步揭示了"传统的实质"所在："几乎任何实质性内容都能够成为传统。人类所成就的所有精神范型，所有的信仰或思维范型，所有已形成的社会关系范型，所有的技术惯例，以及所有的物质制品或自然物质，在延传的过程中，都可以成为延传对象，成为传统。"也就是说，"传统就是历经延传而持久存在或一再出现的东西。"④

　　在爱德华·希尔斯的论述中，传统具有若干基本特征。其中主要

---

　　① [英]威廉斯：《关键词：文化与社会的词汇》，刘建基译，491—493 页，北京，生活·读书·新知三联书店，2005。

　　② [美]爱德华·希尔斯：《论传统》，傅铿、吕乐译，15 页，上海，上海人民出版社，1991。

　　③ [美]爱德华·希尔斯：《论传统》，傅铿、吕乐译，16 页，上海，上海人民出版社，1991。

　　④ [美]爱德华·希尔斯：《论传统》，傅铿、吕乐译，21 页，上海，上海人民出版社，1991。

的有如下四点：第一是相传事物的同一性，这是指传统中的基本元素在其延传变体中会保持同一性。第二是持续性，这是指传统需要逐代延传，"至少要持续三代人"才能成为传统。① 第三是规范性，这是指传统固有的可以指导人们言行的那种规范因素。"传统远不止相继的几代人之间相似的信仰、管理、制度和作品在统计学上频繁的重现。重现是规范性效果——有时则是规范性意图——的后果，是人们表现和接受规范性传统的后果。正是这种规范性的延传，将逝去的一代与活着的一代连接在社会的根本结构中。""老年社会成员将他们从前辈那里所继承的信仰的范型传授给年轻的社会成员，这样死去的人仍发挥着巨大的影响力。""传统的规范性是惯性力量，在其支配下，社会长期保持着特定形式。"②第四是变迁性，这是指传统在延传中会由于内部和外部原因而发生变化和迁移，但不失其特征。"传统是不可或缺的；同时它们也很少是完美的。传统的存在本身就决定了人们要改变它们……传统并不是十全十美的，从而它们发生了变化。"③

　　值得注意的是，爱德华·希尔斯认为，传统的变迁很大程度上依赖于想象力，而这与"卡里斯马"（或感召力"charisma"）有关。他援引韦伯的"卡里斯马"概念来解释想象力在传统变迁中的作用："想象力是一种真正的卡里斯马式天赋，是宗教创始人、先知、伟大的立法者、企业家、发明家、科学家、学者和文人骚客以极为相同的方式所具有的。"④而在韦伯那里，"卡里斯马"用来"表示某种人格特质：某些人因具有这个特质而被认为是超凡的，禀赋着超人的，或至少是特殊的力量或品质。这是普通人所不能具有的。它们具有神圣或至少表率的特

---

　　① ［美］爱德华·希尔斯：《论传统》，傅铿、吕乐译，17—21页，上海，上海人民出版社，1991。

　　② ［美］爱德华·希尔斯：《论传统》，傅铿、吕乐译，32页，上海，上海人民出版社，1991。

　　③ ［美］爱德华·希尔斯：《论传统》，傅铿、吕乐译，285页，上海，上海人民出版社，1991。

　　④ ［美］爱德华·希尔斯：《论传统》，傅铿、吕乐译，305页，上海，上海人民出版社，1991。"卡里斯马"此书译作"克里斯玛"。

性。"①韦伯认为"卡里斯马"由于具有超凡素质，因而与理性的支配和传统的支配相比，具有特殊的支配力——感召力。这种感召力赋予卡里斯马以一种"革命"力量："卡里斯马是一特别革命性的力量。"②尤其"在传统型支配的鼎盛时期，卡里斯马乃是一个伟大的革命力量。"③看得出，与韦伯突出卡里斯马的超凡性不同，爱德华·希尔斯在移植这个理论时更强调它特有的想象力在传统变迁中的作用，"所有这些传统变异的不同根源都与想象力的发挥有关"④。想象力作为"卡里斯马式天赋"的作用体现在，正是依赖于卡里斯马式人物、符号系统等特殊的感召力，有力地促使传统赖以建立的信仰范型和行动环境等发生重大变革。"没有想象力，提供信仰范型并控制行动环境的诸传统的重大变革就不可能实现……想象力是诸传统直接的或间接的巨大变革因素。"⑤

此外，同样重要的是，爱德华·希尔斯用"卡里斯马"不仅指具有超凡感召力的人物或领袖，而且还扩展开来指具有同样魅力的行动范型、制度、角色、象征符号、观念和物质等。"先知和卡里斯马人物用伦理戒令和他们的示范行为来改变他们社会的传统。他们的语言和人格形象进入了象征建构的世界；他们以此直接影响了自己时代和地区的其他人的行为，或通过无数的空间和时间上都遥远的中间环节而间接地影响了其他人。"⑥

爱德华·希尔斯特别对外来传统在本土文化中的影响发表了看法：

　　① ［德］韦伯：《支配的类型》，《韦伯作品集》，第 2 卷，康乐等译，353 页，桂林，广西师范大学出版社，2004。"卡里斯马"此书译作"卡理斯玛"。

　　② ［德］韦伯：《支配的类型》，《韦伯作品集》，第 2 卷，康乐等译，358 页，桂林，广西师范大学出版社，2004。

　　③ ［德］韦伯：《支配的类型》，《韦伯作品集》，第 2 卷，康乐等译，361 页，桂林，广西师范大学出版社，2004。

　　④ ［美］爱德华·希尔斯：《论传统》，傅铿、吕乐译，304 页，上海，上海人民出版社，1991。

　　⑤ ［美］爱德华·希尔斯：《论传统》，傅铿、吕乐译，305 页，上海，上海人民出版社，1991。

　　⑥ ［美］爱德华·希尔斯：《论传统》，傅铿、吕乐译，347 页，上海，上海人民出版社，1991。

"某些外来传统之所以被人接受，必须归因于它们明显的优越性。"①不过，他同时看到，外来传统在被他国本土化的过程中会发生变化："传统在输出的过程中会发生变化。接受一种外来传统必然会改变这种传统，尤其是那些不能纳入系统形式、其内涵难以去除的传统。"在爱德华·希尔斯看来，文学、艺术和宗教传统正是如此，"它们与当地的同类传统相遇后具有更大的可塑性"。②

传统如何分类？爱德华·希尔斯发现，历史地看，西方社会已经和正在经历如下三种传统：第一种叫作"实质性传统"（substantive tradition），这是指崇尚过去的成就和智慧的尊崇渗透着传统的制度，并把世传范型当作现在生活指南的那种意向或态度。这种传统包括孝敬祖先、尊敬家庭和其他机构中的权威、基督教信仰等。他认定这种传统十分重要："实质性传统是人类的主要思想范型之一，它意味着赞赏过去的成就和智慧以及深深渗透着传统的制度，并且希望把世传的范型看作有效指导。"③第二种叫作"理性传统"，这是指以启蒙运动为代表的以理性和科学精神为核心的意向或态度，充当了"实质性传统的主要对抗者"④。第三种可以称为"进步主义传统"，这主要是指 20 世纪以来那些同样敌视"实质性传统"、与理性和科学毫不相干、追求生活的绝对进步和自由的意向或态度。⑤ 爱德华·希尔斯争辩说，以启蒙运动为代表的"理性传统"对"实质性传统"的批判固有其合理性，但也显得肤浅，并付出了沉重的代价。"现代社会，尤其是西方现代社会，之所以一直在破坏实质性传统，其中的原因之一是，它们已经以多种形式培育了某些或明或暗，或直接或间接有害于实质性传统的理想，

———————

　　① [美]爱德华·希尔斯：《论传统》，傅铿、吕乐译，323 页，上海，上海人民出版社，1991。

　　② [美]爱德华·希尔斯：《论传统》，傅铿、吕乐译，326 页，上海，上海人民出版社，1991。

　　③ [美]爱德华·希尔斯：《论传统》，傅铿、吕乐译，27 页，上海，上海人民出版社，1991。

　　④ [美]爱德华·希尔斯：《论传统》，傅铿、吕乐译，30 页，上海，上海人民出版社，1991。

　　⑤ [美]爱德华·希尔斯：《论传统》，傅铿、吕乐译，30 页，上海，上海人民出版社，1991。

而这些理想已经反过来成了传统。人们一直用这些理想来督促统治者和公共舆论。"①

二、传统与中国现代文论

从上面的讨论可见，传统是在中外都受到高度关注又众说纷纭的概念。要对它给出一个精准的界说是不可能的，也是不必要的，不过，毕竟需要对它在这里的基本用法给出一个带有操作性的规定。这样，传统是指代代相传的事物，或者说是历经延传而持久存在的事物，包括风俗、道德、思想、作风、艺术、制度等。传统往往具有同一性、持续性、规范性和变迁性等特征。

由此看来，所谓中国现代文论传统或中国文论现代性传统，作为中国文论传统的一种形态，应该具有中国文论传统所独具的同一性、持续性、规范性以及变迁性。从传统角度考察中国现代文论，就需要发现中国现代文论中可能具有的与中国文论传统相同一、相延续而又有所变迁的方面。即便是有所变迁，也依然能让人见出它原有的同一性和延续性。这样，考察中国文论现代性传统，意味着从中国现代文论进程中发掘出那些能被归属于中国文论传统的方面，确切地说，是那些虽然有着种种变迁但仍然能被归属于中国文论传统的方面。

考察中国文论现代性传统，在当前中国文论发展中具有重要的意义。进入现代以来，我国学者对传统问题做了非同一般的肯定与否定性阐释。尤其是在当前，当我们认真回顾和梳理过去百年来中国现代文论的发展足迹时，我们会更加深切地感到传统的重要。因为，传统并没有随风而逝，而是以形形色色的方式深嵌入现代生活之中。

关于传统的作用，马克思曾经作过精辟的论述。他指出："人们自己创造自己的历史，但是他们并不是随心所欲地创造，并不是在他们自己选定的条件下创造，而是在直接碰到的、既定的、从过去承继下

---

① ［美］爱德华·希尔斯：《论传统》，傅铿、吕乐译，384 页，上海，上海人民出版社，1991。

来的条件下创造。"传统首先是作为马克思这里所说的"直接碰到的、既定的、从过去承继下来的条件"而存在并影响新的创造的。这样意义上的传统，无疑是任何新的创造性行为得以产生的必要的历史条件。同时，传统也常常作为某种无意识的东西而对新的"革命"产生"梦魇"般的影响：

> 一切已死的先辈们的传统，像梦魇一样纠缠着活人的头脑。当人们好像刚好在忙于改造自己和周围的事物并创造前所未闻的事物时，恰好在这种革命危机时代，他们战战兢兢地请出亡灵来为他们效劳，借用他们的名字、战斗口号和衣服，以便穿着这种久受崇敬的服装，用这种借来的语言，演出世界历史的新的一幕。例如，路德换上了使徒保罗的服装，1789—1814 年的革命依次穿上了罗马共和国和罗马帝国的服装，而 1848 年的革命就只知道拙劣地时而模仿 1789 年，时而又模仿 1793—1795 年的革命传统。就像一个刚学会一种新语言的人总是要把它翻译成本国语言一样；只有当他能够不必在心里把新语言翻译成本国语言，当他能够忘掉本国语言来运用新语言的时候，他才算领会了新语言的精神，才算是运用自如。①

如果说上述"梦魇"般影响仅仅体现了传统的负面影响，那么，马克思则针锋相对地提出了纠正的方略："使死人复生是为了赞美新的斗争，而不是为了拙劣地模仿旧的斗争；是为了在想象中夸大某一任务，而不是为了回避在现实中解决这个任务；是为了再度找到革命的精神，而不是为了让革命的幽灵重新游荡。"②传统的真正生命力，来自让它效力于"赞美新的斗争""在想象中夸大某一任务"，特别是有助于"再度找到革命的精神"。也就是说，传统的积极的影响力，主要来自现代人出于未来革命与建设需要而展开的能动的运用：

---

① ［德］马克思：《路易·波拿巴的雾月十八日》，《马克思恩格斯选集》，第 1 卷，585 页，北京，人民出版社，1995。
② ［德］马克思：《路易·波拿巴的雾月十八日》，《马克思恩格斯选集》，第 1 卷，586 页，北京，人民出版社，1995。

19 世纪的革命不能从过去，而只能从未来汲取自己的诗情。它在破除一切对过去的迷信以前，是不能开始实现自己的任务的。从前的革命需要回忆过去的世界历史事件，为的是向自己隐瞒自己的内容。19 世纪的革命一定要让死人去埋葬他们的死人，为的是自己能弄清自己的内容，从前是辞藻胜于内容，现在是内容胜于辞藻。①

在马克思看来，只有当革命者"从未来汲取自己的诗情"并"破除一切对过去的迷信"时，传统才会起到真正积极的和能动的作用。

从马克思的论述回看中国现代文论进程，不难发现，中国现代文论的一个特殊性在于，现代文论家们更多的是在对中国古典性文论的"断裂"中重建传统的，即以同过去断裂的方式试图重建新的现代传统，并以此特殊方式回归于中国文论传统。这就需要我们认真考察中国现代文论之成为传统的特定方式及其历程。

三、中国现代文论传统的论述框架

中国文论现代性传统的开创，与中国文论古典性传统权威的失落和新的文论构架的建立有关。也就是说，随着那据以支撑中国文论古典性传统的基本的文化构架丧失威信，整个中国古代文论体系也就土崩瓦解了，逼迫现代中国人不得不在古典性传统的废墟上另起炉灶，探索并建构现代文学所需要的新的文论构架，从而导致新的中国文论现代性传统的发轫。

这样，考察中国文论现代性传统或中国现代文论传统，需要揭示中国文论传统从古典性传统到现代性传统的转变轨迹，在此基础上，对中国文论现代性传统区别于中国文论古典性传统的内涵和特征予以分析。要实现这一目标，就需要大体设置中国文论现代性传统的论述

---

① ［德］马克思：《路易·波拿巴的雾月十八日》，《马克思恩格斯选集》，第 1 卷，587 页，北京，人民出版社，1995。

框架，现在首先对此加以简要说明是必要的。

　　探讨中国文论现代性传统，大体可以涉及如下方面：中国现代文论的文化涵濡过程、发生过程、知识型、文论品格、文论核心范畴及其位移、主要文论思潮演变、文论新趋势、文论演变方向、现代型文学的特性以及当代文学语言状况等。

　　对此，这里不妨做些概要性介绍。本土文化与外来文化接触所导致的文化变迁即文化涵濡过程，会影响乃至支配现代文论的变迁。透过"诗界革命"论可以探讨中国现代文论的发生方式。现代文论知识型是任何文论传统所据以建立的基本的话语系统，它给现代文论传统提供基本的话语范式。中国现代文论品格是从表述文体、范畴、方法中流露出来的基本的文论气质。现代文论核心范畴是特定的文论传统的主要运行原则的集中凝聚，如从"典型"到"感兴"的位移就反映了中国现代文论传统中核心范畴的演变轨迹。透过主要的现代文论思潮如现实主义，可以窥见中国现代文论的基本美学取向。从现代文论方向如文艺美学在中国大陆的兴盛，可以把握中国现代文论传统的变化特质。探讨近期文论演变趋势，有可能帮助我们见出中国现代文论传统的演变方向。聚焦于大海形象而探讨中国现代型文学传统的特性，有助于回头反思中国现代文论传统的特性。探讨当代文学语言状况，可见出中国现代文论对语言这一文学基础层面的反思情形。

第一章　层累涵濡的现代性

——中国现代文论的变迁

考察中国现代文论（其近义词为中国近现代文论、20 世纪中国文论、中国现代文艺学等）的生成或中国文论现代性的生成，可以采取多种不同的视角，如中与西、古与今、外与内、审美与政治、学术史等关系，其中每一种都已经、正在或可能引导出新的学术发现。不过，我在这里至多也只能选择其中的一种，这就是涵濡或文化涵濡理论。选取这一视角去讨论，是由于我认识到，中国现代文论不是一种静止的和孤立的现象，也不是于突然间就产生的突变式结果，而是一种长期接触、持续演变和不断变迁的远为复杂的综合过程。从这个意义上说，选取涵濡视角去考察是必要的，因为它有可能让人看到如下景观，中国现代文论是中国我者与西方他者之间长期的相互激荡和持续的内部变迁过程的产物。也就是说，中国现代文论可以被视为中国我者与西方他者之间的持续的文化涵濡过程在文艺思想的现代性领域的一种结果或具体呈现。当然，应当承认，在运用这一视角去讨论的时候，还可以引入其他相关视角，同时，我的这一视角本身也自有其看不到的盲区。①

---

① 本文初稿曾分两部分发表，一为《层累涵濡的现代性——中国现代文艺理论的发生与演变》，《文艺争鸣》2013 年第 7 期；一为《涵濡中的中国文艺理论长时段》，《中国文学研究》2013 年第 4 期。这次定稿时对"涵濡"概念的内涵及使用又作了修改。

一、涵濡理论

前文所说的涵濡或文化涵濡理论，首先是来自中国古典术语涵濡，它可以说是古代汉语里一个至今仍具生命力的富有意涵的词语。同时，涵濡理论也可视为与现代文化人类学的濡化理论形成相互发明、交融及匹配的一个具备文化阐释力的概念。

涵与濡两个字都是水旁，显然从词根上来看都与雨水、露水、雨露等类事物及其作用密切关联。涵有两个基本意思：一是指包容、包涵，就是把外来的东西包容进自身躯体之中；二是指沉、潜，就是不仅包容进来，而且还能下沉入自身躯体之中，直到潜入最基础的底层。濡，一般有如下三项意思：一是沾湿、润泽；二是停留、迟滞；三是含忍。合起来看，涵濡一词的基本意思在于雨水对事物的包涵和滋润状态。唐代元结写道："玄云溶溶兮，垂雨濛濛，类我圣泽兮，涵濡不穷。"①宋代欧阳修提及："仁宗之德泽涵濡于万物者，四十余年。"②可知涵濡在这里比喻恩泽的绵绵不尽的滋润效果。宋代苏辙论说："今夫受命于天，赋形于地，涵濡雨露，振荡风气。"③说的当是竹子在雨露的滋润中生长，引申而指一种人格在特定环境中培育并发挥雨露般涵濡的影响力。可见，涵濡一词不仅带有包涵和滋润之意，还有更持久而深入的濡染、熏陶或熏染之意。清沈德潜指出："诗以声为用者也，其微妙在抑扬抗坠之间。读者静气按节，密咏恬吟，深前人声足难写，响外别传之妙，一齐俱出。朱子云：'讽咏以昌之，涵濡以体之。'真得读诗之趣味。"④这里说的则是读诗过程应当如雨露涵濡事物

---

① 《古代汉语词典》，535 页，北京，商务印书馆，2003。
② （宋）欧阳修：《仁宗御飞白记》，《欧阳修全集》，卷 40，李逸安点校，588 页，北京，中华书局，2001。
③ （宋）苏辙：《墨竹赋》，《苏辙集》，卷 17，陈宏天、高秀芳点校，333 页，北京，中华书局，1990。
④ （清）沈德潜：《说诗晬语》，霍松林校注，据《原诗、一瓢诗话、说诗晬语》，187 页，北京，人民文学出版社，1979。

那样，细心品味诗歌语言的节奏、音韵之美妙。今人叶圣陶小说集《隔膜》之《萌芽》这样说："他也涵濡在欢迎的诚意里。"①用的是情绪受到浸染的义项。

从这点可见，涵濡一词不仅具有深深地相互包涵和相互滋润之意，还有缓缓地相互濡染、相互熏陶或相互熏染之意，并且还可以引申某种神圣或崇高的人格力量的作用力状态。假如这样的理解有合理处，那么，涵濡不妨借用来把握中国我者与西方他者之间长期的相互交融与化育直到融为一体的状况。

与汉语的涵濡一词可以大致对应的英语词汇有"acculturation"。它可被译为濡化、涵化、文化涵化或文化变迁等，② 但笔者认为译为"涵濡"颇为贴切。这个词语来自人类学，是指两个或两个以上不同文化体系间由于持续接触和影响而造成的一方或双方发生文化变迁的状况。在这里，它可以用来指异质文化群体之间由于持续的直接接触而引发的一方或双方的深层次变化，这种变化情状同物质或物体的构成变化不一样，很难用形容物质或物体构成变化的词语去形容，是一种更加内在、微妙而又重要的隐性变化过程。所以，这里考虑用汉语词汇"涵濡"去对译"acculturation"。

以汉语的"涵濡"一词去酌译英语的"acculuration"一词，不仅可以从中国古典语言与文化传统链条中寻找到内部支持，还可以用来表述相互不同性质的民族文化群体之间，在直接接触时引发的持续的包涵与濡染状态，其结果是导致其中一方或双方发生内在的持久改变。所以，同"涵化"及"濡化"分别表述一个义项相比，涵濡似乎更带有复义词语的特点，有利于表述比较微妙而又复杂的文化变迁现象。

---

① 叶圣陶：《叶圣陶短篇小说选集》，136 页，北京，人民文学出版社，1954。

② 英文"acculturation"一词在汉语学界的译法不同：台湾学者殷海光译为"濡化"，见殷海光：《中国文化的展望》第三章，43—52 页，上海，上海三联书店，2002；美国学者许倬云译为"涵化"或"文化涵化"，见许倬云：《万古江河》，50 页，上海，上海文艺出版社，2006；大陆学者黄淑娉和龚佩华译为"涵化"，见黄淑娉、龚佩华：《文化人类学理论方法研究》，217—230 页，广州，广东高等教育出版社，1996；在美国人类学家科塔克的著作中使用时被汉译为"涵化"，见科塔克：《简明文化人类学：人类之镜》，第 5 版，熊茜超、陈诗译，56 页，上海，上海社会科学院出版社，2011。

　　从英语世界的学术概念使用情况来看，涵濡本来是 20 世纪以来现代文化人类学开拓的一个新的研究领域。首次有关它的学术界定，是由三位美国人类学家给出的。受美国人类学会社会科学研究委员会（The Social Science Research Council，SSRC）的委托，罗伯特·莱德菲尔德（Robert Redfield）、赖福·林顿（Ralf Linton）和米尔维勒·赫斯克维兹（Melville Herskovits）组成了"acculturation"研究小组，对有关"acculturation"的概念、研究课题、研究方法等进行了研究和整理。这三位人类学家于 1936 年发表题为《Acculturation 研究备忘录》的研究报告。该报告总共不到 4 页，却对"acculturation"首度赋予了准确的学术界定，并将有关研究状况和涉及的学科领域都进行了清晰地梳理，对此后文化"acculturation"研究产生了开拓性影响。文化涵濡或涵濡（acculturation）在此获得了如下定义："涵濡包括由拥有不同文化的个体组成的群体之间发生持续的直接接触，导致其中一方或双方原初文化模式随即发生变迁的那些现象。"

　　该报告除了给出清晰的学术界定外，还对涵濡研究课题做了具有开拓性的总体描绘：一是勾勒出涵濡研究途径，包括参考论文索引、资料分类、分析方法等；二是梳理了涵濡的问题构成，如文化群体接触类型、涵濡状况、涵濡的过程等；三是提出研究涵濡过程中文化选择（selection）、确定（determination）和融合（integration）等心理机制，涉及个人的作用、对相异文化采取接受或拒绝态度，人格类型特征等问题；四是区分涵濡的结果如接纳（acceptance）、适应（adaptation）和拒绝（reaction）等不同形态。这里提出的问题不仅具有前瞻性，而且其中不少术语如传播（diffusion）、选择、适应、接纳、调整（adjustment）、融合等，随即被学术界接受和持续使用。①

　　十多年后，由涵濡研究专门委员会的一些新成员做出了新的更深厚的研究成果。他们于 1953 年至 1954 年相继做集中研讨并提出一份新的研究报告《涵濡：一份探索性表述》。与 1936 年的开拓性研究报告相比，1954 年提出的这份新报告，除了主张重点研究美国国内移民和

_____

①　Robert Redfield, Ralf Linton, Melville Herskovits, Memorandum for the Study of Acculturation, *American Anthropologist*, Vol. 38, 1936, pp. 149-152.

少数民族的文化变迁、突出涵濡的积极变化即创造新文化的一面外，还引人注目地运用"系统"理论去重新考察涵濡现象："涵濡可以被界定为由两个或更多的自律性文化系统的连结所引发的文化变迁。"值得注意的是，这里首度把作为涵濡过程主角的特定文化群体视为"自律性文化系统"（autonomous cultural systems），每一种独立的文化系统都有自己的基本结构及其运动、变化的规律："一个自主的文化系统是一个自我维护的系统"，它无须与第二系统产生互补、互惠、附属或其他不可或缺的联结关系。这些单位之所以是自律的，是由于它们有自己相互调节、相互依赖的若干部分，不需要别的系统来服务于它们的继续运行。一个自律系统就是通常所谓的文化。这里明确将参与涵濡过程的不同文化群体分别看作自律系统，体现了对把握涵濡的整体结构及其特定规律的高度重视。这一认识有助于观察和判断处于涵濡过程中的各个文化系统的复杂的个性机制，如对外部的"开放性"或"封闭性"，在内部结构上的"僵硬性"或"柔软性"，以及在文化环境变化情况下的系统调整能力等。该报告还认为，在文化接触和涵濡过程中，传统的"放弃"和"丧失"并非走向"虚无"，而是意味着从新的文化中获得"补偿"。因此，对自身传统的主动放弃，与其说是主动走向死亡，不如说是对新文化的主动选择。在多数情况下，当把某种异质文化因素引入另一种自律性文化系统中并与之结合成为一体时，便会导致一种新文化的创造。①

　　该研究报告强调要运用更多的概念设计更复杂的程序来处理涵濡问题："鉴于两种或两种以上文化系统之间的交汇过程是明显不同的、众多的和复杂的，我们显然需要更多的概念来处理这些动态现象。我们应首先处理涵濡中相当具体的经常性事件序列：（a）跨文化传播，扩散（intercultural transmission，diffusion），（b）文化创造（cultural crea-

---

① The Social Science Research Council Summer Seminar on Acculturation，1953［Members of the Seminar in Alphabetical Order：H. G. Barnett，University of Oregon，Leonard Broom，University of California（Los Angeles），Bernard J. Siegel，Stanford University，Evon Z. Vogt，Harvard University，and James B. Watson，Washington University（St. Louis）］，Acculturation：An Exploratory Formulation，*American Anthropologist*，New Series，Vol. 56，No. 6，Part 1（Dec.，1954），pp. 973-1000.

tivity)，(c)文化瓦解(cultural disintegration)和(d)反向适应(reactive adaptations)。然后我们再处理涵濡更普遍的和更持久性的结果，包括融合和同化(fusion and assimilation)两种类型的逐步调整，以及一个稳定性多元化发展(the development of a stabilized pluralism)。最后我们将在两方面探索发现过程规律的可能性：(a)在不同的文化方面发现不同的变化比率，(b)在较长的时间跨度上发现涵濡的连续性发展。"这里提出的反向适应概念值得特别注意，可以为我们考察中西涵濡的中国文论变迁现象提供分析方法。

如果说这里的融合(fusion)是指两种文化之间在涵濡过程中处于大致对等的关系，是一种双向涵濡(bilateral)；同化(assimilation)则是指处于与融合完全相反的另一极点上，是一个文化群体接受另一个文化群体的单向适应(unilateral)，那么，反向适应是说，当感受到异质文化群体的排斥性威胁过大时，文化群体会自动产生与同化方式恰恰相反的"撤退"过程，从而回头对自身传统生活方式产生更加强烈和坚决的认同感并予以强化。与融合和同化都是前向或正向的适应不同，这种反向适应是一种后向或后退的适应，是倒退回传统生活方式内部去的一种返身持守。融合与同化，分别处于一个连续体的两极，其结果都是使一方或双方的原有文化丧失。既不完全融合和同化，又在相当程度上使各文化系统保持相对的自律性，则是"稳定性多元化"(stabilized pluralism)。①

这里的反向适应概念，反映了涵濡过程中本土文化群体重新激发出来的自我认同力量，可以用来更具体地解释中国现代艺术理论、文学理论及美学中那些被激活的本土传统理论资源。由王国维、宗白华、李泽厚等先后阐释的"意境"或"境界"范畴，可以说是借助西方文化的涵濡而在反向适应的意义上诞生的中国现代理论范畴。而与此相比，来自西方的典型范畴在中国成功的地方化，可以视为一个成功的同化

---

① Acculturation：An Exploratory Formulation，*American Anthropologist*，New Series，Vol. 56，No. 6，Part 1 (Dec.，1954)，p. 984. 有关讨论参见黄淑娉、龚佩华：《文化人类学理论方法研究》，211—239 页，广州，广东高等教育出版社，1996；王军：《世界跨文化教育理论流派综述》，《民族教育研究》1999 年第 4 期。

实例。而同类的反向适应例子还有"国乐"概念在五四期间的诞生。有感于西方音乐的强大冲击，刘天华等人急切地回头寻找能体现中国音乐精神的本土器乐种类，于是重新发现了二胡，并把它提升到"国乐"的高度。

这种涵濡理论，如果用来研究拥有丰富的文化变迁历史的中国文化及历史现象，应当是适宜的。特别是用来研究历史悠久而又涵濡现象丰富复杂的中国文论，应当有助于发现一些令人感兴趣的异质文化接触现象。尤其是当我们面对处于西方文化的持续接触和影响过程中的中国现代文论时，涵濡理论就有着广阔的应用天地。

就目前情况看，较早把这个英文概念引入中国文化研究领域的是殷海光（1919—1969）。他在《中国文化展望》（1965）里把"acculturation"译为"濡化"，他认为："任何两个具不同文化的群体甲和乙发生接触时，甲可能从乙那里撷取文化要件，乙也可能从甲那里撷取文化要件。当这两个文化不断发生接触而扩散时，便是文化交流。文化交流的过程便是濡化（acculturation）。在濡化过程中，主体文化所衍生的种种变化，就是文化变迁。"①他在运用濡化（即涵濡）概念考察中国现代文化时，特别提出"濡化基线"（即涵濡基线）这一表述，认为每一种文化在与外来文化接触时都会站在自己的文化基线上去进行濡化，这种据以濡化的文化基线便是濡化基线。濡化基线是决定文化濡化过程是否顺利和濡化所生文化特征为何的先在条件。不同的濡化基线决定了不同的濡化过程及其结果。② 他特别提出用两种社会状况来探讨中西文化濡化时中国的濡化基线状况：通体社会（gemeinschaft society）的结构稳定，行为模式稳固，个体倾向于保守，故濡化艰难；而联组社会（gesellschaft society）的结构相对松散，行为灵活，个体倾向于开放，故濡化容易。③ 前者如中国清末士人阶层对西方文化的拒斥，后者如纽约、巴黎和东京社会的善于变化和调整。这一区分或许过于简单，但也有利于区分中国现代文化在与西方文化产生涵濡（即濡化）时的主

① 殷海光：《中国文化的展望》，43 页，上海，上海三联书店，2002。
② 殷海光：《中国文化的展望》，46—47 页，上海，上海三联书店，2002。
③ 殷海光：《中国文化的展望》，47—49 页，上海，上海三联书店，2002。

体文化态度。

二、涵濡中的中国历史景观

从涵濡视角去考察，中国文化可以被视为一个由众多因素参与而又发生持续涵濡效应的复杂过程，宛如一条由若干溪流汇入的漫长河道，它们在这里交织成丰富多样的元素和景观。如何用更简便的方式去观照中国文化长河的这种多元而又复杂的景观呢？布罗代尔的"长时段"概念、梁启超和许倬云先后提出的三分法和五分法都值得借鉴。

法国年鉴学派第二代史学家布罗代尔（Fernand Braudel，1902—1985）在其著作《菲利浦二世时代的地中海和地中海世界》中创用"长时段"概念去研究地中海区域的历史景观。在他看来，历史可分为三个层次：第一层次是"事件"。"事件是短促的时间，是个人接触的日常生活和经历的迷惘和醒悟，是报刊记者报道的新闻。"[1]它们犹如爆炸产生的烟雾，一时间充满了当时人们的头脑，但短促易逝，具有某种欺骗性，不能完整地反映历史实质。布罗代尔相信，与传统史学仅仅关注这类历史不同，新的史学应当跨越这种短促视野而洞悉历史事件的全貌。第二层次是"态势"或"周期"。这是经济史和社会史的崛起影响传统史学的时间观念的结果。"历史学家肯定拥有一种关于时间的新尺度，按照崭新的方位标及其曲线和节奏定位，使对时间的解释能适应历史的需要。"[2]在运用计量方法研究价格曲线、人口增长、工资运动、利率波动及生产预测时，需要更加宽广的时间尺度。供选择的时间可以长到十多年、二十年，甚至五十年、一百年，这样才可以看到经济周期性波动。这种历史"周期"观虽然已比历史"事件"观更加全面，但还不足以发现决定历史发展的那些根本因素。第三层次，即布罗代尔

---

① ［法］布罗代尔：《长时段：历史和社会科学》(1958)，据《资本主义论丛》，顾良、张慧君译，177 页，北京，中央编译出版社，1997。

② ［法］布罗代尔：《长时段：历史和社会科学》(1958)，据《资本主义论丛》，顾良、张慧君译，179 页，北京，中央编译出版社，1997。

所主张的"长时段"历史观，也就是"结构"。"结构"是指"社会现实和群众之间形成的一种有机的、严密的和相当稳定的关系"。① 这种结构长期存在且左右历史长河的流速，具有促进和阻碍社会发展的作用。这种长时段视角"所考虑的只是那些按照一个世纪或更长的时间来衡量的现象。在这个层面上，历史的运动十分缓慢，跨越了巨大的时间范围……"在这种视角中，"文明所揭示的是它们自身的长期性、恒久的结构及它们自己的特征——文明的近乎抽象的但却是不可或缺的图形"。② 他相信，只有在这种长时段视角中才能全面准确地把握和解释历史现象。"长时段是社会科学在整个时间长河中共同从事观察和思考的最有用的河道"，同时，"长时段仅是社会科学会商时可能使用的共同语言之一，应该看到还有其他的共同语言"。③

　　其实，梁启超早就提出了与后来布罗代尔的"长时段"概念有某种类似性的独特的中国历史分期理念，尽管他没有使用类似于"长时段"的特定词语。他在《中国史叙论》(1901)中指出："西人之著世界史，常分为上世史、中世史、近世史等名，虽然，时代与时代相续者也。历史者无间断者也，人间社会之事变，必有终始因果之关系，故于其间若欲划然分一界线，如两国之定界约焉，此实理势之所不许也。故史家惟以权宜之法，就其事变之著大而有影响于社会者，各以己意约举而分之，以便读者。虽曰武断，亦不得已也。"他在解释了运用"权宜之法"的"不得已"后，提出了自己的以"中国"观念的内涵演变为核心的独特的三个中国之分：

　　　　第一，上世史。自黄帝以迄秦之一统，是为中国之中国，即中国民族自发达、自争竞、自团结之时代也……

　　　　第二，中世史。自秦统一后至清代乾隆之末年，是为亚洲之

① ［法］布罗代尔：《长时段：历史和社会科学》(1958)，据《资本主义论丛》，顾良、张慧君译，180页，北京，中央编译出版社，1997。

② ［法］布罗代尔：《文明史纲》，肖昶等译，54页，桂林，广西师范大学出版社，2003。

③ ［法］布罗代尔：《长时段：历史和社会科学》(1958)，据《资本主义论丛》，顾良、张慧君译，202、203页，北京，中央编译出版社，1997。

中国，即中国民族与亚洲各民族交涉繁颐竞争最烈之时代也；又中央集权之制度日就完整，君主专制政体全盛之时代也……

第三，近世史。自乾隆末年以至于今日，是为世界之中国，即中国民族合同全亚洲民族与西人交涉竞争之时代也；又君主专制政体渐就湮灭，而数千年未经发达之国民立宪政体，将嬗代兴起之时代也……①

梁启超这个看法的独具慧眼之处在于，对年代久远而演变复杂的中国历史不是像过去那样仅仅从内部看，或仅仅从它与亚洲近邻的接触关系看，而是置放到全球或全世界各种不同文化发展的大变动、大格局中予以重新观照，从而透视出中国在其不同时段上不同的演变要素、状况和地位。这里的第一个"中国之中国"，是指华夏大地有文字记载以来到秦统一前即公元前221年的中国，这属于华夏内部各民族之间的"自发达、自争竞、自团结之时代"。第二个"亚洲之中国"，是指公元前221年秦王嬴政统一六国后到清代乾隆年间的中国，其时中国逐渐成为文化魅力辐射亚洲周边国家的东方大国。第三个"世界之中国"，是指清乾隆五十八年(1793)英国特使马尔戛尼出使中国碰壁以来被迫纳入世界各国冲突进程中的中国。依然陶醉在"天朝上国"美梦中的乾隆皇帝无视逼近的西方来客的凶险，此后不过47年，鸦片战争就爆发了。梁启超的这部开创性论著，可以从开放与变迁的必然性角度，唤起人们对新的"世界之中国"的重新认知和建设热情。

许倬云受梁启超上述思想启发，运用涵濡理论提出了更加细致的五个中国之说。他的《我者与他者》《观世变》和《万古江河》等一系列著作都注意运用文化人类学的涵濡概念去考察中国文化的变迁历程，特别是揭示中国文化历程的不同时段中不同的"自我"或"我者"与不同的"他者"之间持续的关系演变历程，也就是涵濡过程。他假定中国文化是一个由众多文化元素参与的漫长的不断涵濡的过程："中国文化从源头的细流变成长江大河一路收纳了支流河川的水量，也接受了这些河

---

① 梁启超：《中国史叙论》，据吴淞等：《饮冰室文集点校》，第3集，1626—1627页，昆明，云南教育出版社，2001。

川带来的许多成分，终于汇聚为洪流，奔向大海——这一大海即世界各处人类共同缔造的世界文化。"①在这条长河中，可见到如下情形：

> 中国文化的内容与中国文化占有的空间都在不断变化：由黄河流域为核心的"中国"，一步一步走向世界文化中的"中国"。每一个阶段，"中国"都要面对别的人群及其缔造的文化，经过不断接触与交换，或迎或拒，终于改变了自己，也改变了那些邻居族群的文化，甚至"自己"和"别人"融合为一个新的"自己"。这一"自己"与"他者"之间的互动，使中国文化不断成长，也占有更大的地理空间。从新石器时代开始，经历了数千年，一个多元而复杂的中国文化体系，终于成形。②

他认为，由于涵濡过程的错综复杂性，中国文化的故事成为"一个主角与场景经常转变的曲折历程"。他打了一个比方，"正如广场上的活动，可能只是几个人之间的谈话，逐渐吸引了附近别人的参与，经过几度转折，竟聚集为不少的群众，讨论的主题也可能远离了原来的谈话。当然，这样的譬喻，究竟还是太简单，不足以形容文化史的复杂性。"③

正是通过《万古江河》，许倬云描绘出一幅有关中国涵濡历程的宏观图景。"本书各章的标题，得益于梁任公先生《中国史叙论》中所述的观念，将中国文化圈当作不断扩张的过程，由中原的中国，扩大为中国的中国，东亚的中国，亚洲的中国，以至世界的中国。凡此阶段，因为我们的时代已与任公的时代不同，举凡中国文化史的史料、中国历史的知识，以及其他文化历史的研究，于最近百年来均有长足进展，是以本书不仅有自己设定的断代，于各个段落的界说也有自己的认知，

---

① 许倬云：《万古江河——中国历史文化的曲折与展开》，2页，上海，上海文艺出版社，2006。
② 许倬云：《万古江河——中国历史文化的曲折与展开》，3页，上海，上海文艺出版社，2006。
③ 许倬云：《万古江河——中国历史文化的曲折与展开》，3页，上海，上海文艺出版社，2006。

而毋须受任公历史观念的约束。"①他颇为乐观的文化预言是："今世所有的文化体系，都将融合于人类共同缔造的世界文化体系之中。我们今日正在江河入海之时，回顾数千年奔来的历史长流，那是个别的记忆；瞩望漫无止境的前景，那是大家应予合作缔造的未来。万古江河，昼夜不止。"②这无疑是一种令人鼓舞的文化展望。

由此看来，许倬云的"五个中国"是指中原的中国、中国的中国、东亚的中国、亚洲的中国和世界的中国。与梁启超的"三个中国"说相比，多出来的两个体现了更加细致的区分意图：一是细化"中原的中国"与"中国的中国"的区分；二是细化"东亚的中国"与"亚洲的中国"的区分。这样的细致区分有助于把握更加细致而具体的中国自我与西方他者之间的涵濡关系，以及这种涵濡关系在中国文化发展中的重要作用：

> 中国文化，本有内华夏、外诸夷的传统。近世以来，民族史学与民族国家的建构同步进行，是世界近代史上的重要现象，近代中国史学不能自外于这一潮流。于是，中国人的历史观承受上述两项因素，每每有中国文化自我中心的盲点，以为中国文化既是独步世界，又是源远流长。中国史学对于中国以外的事物，大多不大注意，甚至于中国文化与其他文化交流的史实，也往往存而不论。本书呈现的中国历史，是一个接纳多元的复杂体系——这样的形象，与中国文化中心论的观点颇为不同。

正是由此多元论视角，可以更加清晰地见出他所认可并推广的主张："中国文化的特点，不是以其优秀的文明去启发与同化四邻。中国文化真正值得引以为荣处，乃在于有容纳之量与消化之功。"③

---

① 许倬云：《万古江河——中国历史文化的曲折与展开》，3—4页，上海，上海文艺出版社，2006。
② 许倬云：《万古江河——中国历史文化的曲折与展开》，8页，上海，上海文艺出版社，2006。
③ 许倬云：《万古江河——中国历史文化的曲折与展开》，6页，上海，上海文艺出版社，2006。

三、涵濡中的中国文论长时段

要把握中国现代文论的发展状况，需要考虑到整个中国文论的发展状况。可以说，正像全部中国历史或中国文化的发展是中国历史或中国文化内部及外部种种元素之间持续的相互涵濡过程的结果一样，中国文论的发展也是文论内外种种元素之间持续的涵濡过程的成果。

这里拟综合梁启超的《中国史叙论》中的三分法（中国之中国、亚洲之中国、世界之中国）和许倬云的《万古江河》中的五分法（中原的中国、中国的中国、东亚的中国、亚洲的中国、世界的中国）两种时段划分思路，并对其略加调整，采用一种四分法去分析：中原的中国、中国的中国、亚洲的中国和世界的中国。与梁启超的三分法相比，笔者增加了中原的中国，以便描述秦统一前的先秦文化与文论状况；而同许倬云的五分法相比，笔者把其中东亚的中国和亚洲的中国合并起来考虑，因为东亚的中国时段其实有着来自南亚的印度和西亚诸国的涵濡关联。

需要指出的是，从文化的涵濡过程去考察中国文论的演变，必然意味着把文论同更为宽厚的文化过程紧密结合起来，从而确认中国文论既是中国文化的产物，又是具有一定代表性和特质的组成部分。所以，在时段划分时，有必要把文论与现代文化合并起来谈论。这样，这种文论分期实际上还是一种文化分期。

由此可获得中国文化与文论的如下四个时段：第一时段是中原的中国文化与文论，这是指秦统一前在夏、商、周三代（含春秋战国）涵濡的中国文化与文论；第二时段是中国的中国文化与文论，这是指秦汉两代的中国文化与文论；第三时段是亚洲的中国文化与文论，这是指自魏晋南北朝到清代的中国文化与文论；第四时段是世界的中国文化与文论，这是指自晚清中国被纳入西方主导的世界格局以来至今的中国文化与文论。

1. 中原的中国文化与文论

中原的中国文化与文论，是中国早期处于中原地带的夏、商和周等不同文化形态之间相互涵濡的产物。特别是到春秋战国时期,分裂的诸侯列国齐、楚、秦、燕、赵、魏和韩等之间的文化与文学活动,催化出与之相匹配的文论。其时的文艺作品主要通过口语、竹简等媒介传输,并且常常以歌、乐、舞综合的形式表达出来,有的还与原始巫术仪式交织在一起。文艺活动已渗透到教育活动及列国间外交礼仪中。文艺作品有神话、诗经、楚辞、诸子散文等,文论代表是早期"诗言志"论、儒家孔子诗论和《荀子·乐论》等。

2. 中国的中国文化与文论

中国的中国文化与文论,是秦汉之际统一的中国文化内部多种元素相互涵濡,特别是儒家传统持续涵濡的产物。随着秦国统一天下,特别是汉代"罢黜百家,独尊儒术",此前长期处于相互分裂状态的七个诸侯国的文化与文论,得以发生持续的相互涵濡过程,结果是面向统一的国家政治体制及儒家思想及学术体制而逐步实现多元归一的整合。代表性文学作品有汉赋、散文、汉乐府民歌、《史记》等。文论方面,儒学成为汉代文化实施涵濡的基本范式,围绕对《诗经》、楚辞和汉赋的评论,出现了整理的孔子诗论(包括诗教传统)及《毛诗序》《乐记》等代表作;同时,还出现了以《史记》和《淮南子》为代表的体现涉及南方楚文化传统的楚骚诗学理念。

3. 亚洲的中国文化与文论

这个时段的中国文化与文论是指魏晋南北朝至清代的中国文化与文论。更具体地看,它还可以进一步分为上下两个中时段。

上段为东亚的中国文化与文论,是魏晋南北朝至唐代伴随佛教的传入和持续涵濡而生成的中国文化与文论。来自印度的佛教的传入,对中国人的精神生活方式如宗教和艺术以及日常生活方式都产生了深远的影响,这种影响必然渗透到文学和文论中。其突出的表现在于,文学作品的声律方面受到来自印度的影响而出现显著变化,例如南朝沈约等通过"四声八病"说推进了汉语五言诗在格律和表现上的成熟;同时,文学家原有的感受自然和人生的"物感"或"感物"方式至此也获得了定型,并衍生出文艺创作上的"感兴"(诗兴)方式。文学作品有五言诗、七言诗、散文,代表作家有陶潜、谢灵运、王羲之、嵇康、李白、杜甫、王维、白居易、李商隐等，特别是汉语诗坛可谓群星璀璨，达到古典格律诗的高峰。中国文论又传入日本、朝鲜等亚洲国家，形成了新的涵濡局面。代表性文论家有刘勰、钟嵘、司空图、皎然等。代表性文论概念或命题有"诗缘情"感兴（或诗兴）、意象、意境等。代表性文论著作有曹丕的《典论·论文》、钟嵘的《诗品》、刘勰的《文心雕龙》、杜甫的《戏为六绝句》、皎然的《诗式》、司空图的《二十四诗品》等。

下段为全亚洲的中国文化与文论，是宋、辽、金、元、明、清时期由亚洲多元（国）文化元素相互涵濡而生成的中国文化与文论。特别是宋朝的中国实际控制版图远比唐朝时代狭小，被置于亚洲的宋、辽、金、大理、元等多国分裂境遇中。正是这种多国分裂与竞争境遇，给予人们日常生活和文艺生活以深刻的影响，逐步孕育及催生出若干新的文艺元素、文艺体裁及文论元素，例如擅长表现都市日常生活境遇及其体验的宋词、元曲、白话小说等新兴文学体裁相继崛起。代表性文论家有严羽、苏轼、朱熹、王夫之、叶燮、公安派、李贽、金圣叹等。代表性文论观念有"妙悟""神似""胸襟""童心"等。代表性文论体裁有诗话、词话、小说评点等。

4. 世界的中国文化与文论

世界的中国文化与文论，是清代乾隆五十八年（1793）（或更早可上溯到明代徐光启遇见利玛窦的万历二十八年，即 1600 年）至今处于全球多元异质文化交替涵濡过程中的中国文化与文论，又可称中国现代文化与文论。这时期文论是中国文化与文论和扩张而来的西方异质文化与文论之间发生空前激烈的接触及涵濡过程的产物。这种涵濡作为中国文化与前所未有的陌生或异己的西方文化之间的抗拒与接纳过程，代表了中国文论的一次空前激进而又彻底的根本性裂变与转型。其代表性文论家有王韬、黄遵宪、梁启超、王国维、胡适、陈独秀、鲁迅、朱光潜、宗白华、李长之、毛泽东、周扬、胡风、蔡仪、李泽厚等。这一时段的中国文论本身还可以细分出若干短时段或中时段。

从上述四个时段的中国文化与文论演变可见，所谓中国及其文化与文论都是复杂多变的文化涵濡过程的不同产物：

第一，中国本身历经中原之中国、中国之中国、亚洲之中国和世界之中国的四度演变，表明其内涵、性质和地位都曾各不相同，如此给中国文化与文论之生长提供了各不相同的土壤及其他相关的气候条件。前两个"中国"属于中国内部的接触与变迁，后两个"中国"则属于中国与其他外国的接触与变迁，彼此差别很大。

第二，由此而来的则是中国我者与西方他者之间的内涵、性质及地位也各不相同。前两组"中国"我者与西方他者其实都来自中国内部，但后两组"中国"我者与西方他者则呈现出越来越鲜明而又剧烈的中外之间的我他冲突。

第三，进一步看，有"四个"中国文化与文论之间的内涵、性质和地位的各不相同。前两个"中国"文化与文论属于华夏文明内部诸要素之间的涵濡过程，后两个"中国"文化与文论则属于华夏文明与周围异质文明之间的涵濡过程。

第四，特别是第四个"中国"文化与文论，即世界的中国文化与文论，属于中国文化与文论同陌生而又伟大的西方现代性文化与文论之间的涵濡过程。这一至今仍在持续的接触过程，导致中国文化与文论出现了前所未有的剧烈变迁，值得认真总结。

四、中国现代文论的涵濡方式及其革命性

中国现代文论，正是属于上面提及的中国文论第四段即世界的中国文化与文论时段，是处于世界的中国时段的中国文化与来自西方的异质文化之间发生涵濡作用的后果。

涵濡或文化涵濡，作为异质文化之间相互接触及持续作用的产物，可以有多种不同方式。这里至少可以梳理出三种不同的文化涵濡方式：第一种文化涵濡方式是以我涵他，即以能动的自我主动吸纳对方文化中对自己有益的元素，这又被称为改革或改良；第二种文化涵濡方式是以他涵我，即在否定自我的基础上完全信服于对方并甘愿被其所替换（不过，这种替换必然意味着外来文化的本土化或地方化，因而存在

着影响与变形的关系问题），这又可以被称为革命；第三种文化涵濡方式是我他互涵，就是中国自我与外来他者之间处在相互共生及影响的过程中。

这三种涵濡方式可以大致代表异质文化之间发生涵濡的主要复杂类型。

第一，以我涵他式。这是要以强盛的和能动的我去吸纳和化合外来他者，结果是把原来陌生的他者纳入自我原有的自律文化系统中，建构了自我系统中的一种新质，或者是使自我的自律结构中出现了一种新质文化，从而导致自我的自律性文化系统发生新的变化。例如佛教在中国的遭遇，特别是禅宗的产生和作用。

第二，以他涵我式。这是指一种反向的极端情形：自我在对旧的自我做出彻底否定的绝境中，决心转而以强盛的和能动的外来他者来诊治和拯救衰败和自闭的我，直到把原来陌生的外来他者植入已衰败的和自闭的我的自律系统内部，促成我发生脱胎换骨式的根本性改变。这当然意味着一场革命了。

第三，我他互涵式。这是指自我与他者之间并非单方面的影响或被影响的关系，而是构成彼此相互影响，他者可影响自我，自我可影响他者，他者中有自我，自我中有他者。甚至可以说，是我中有你，你中有我，哪一方都不能脱离与对方的共生依赖关联。

当然，在这三种方式之间或之外，可能还存在着种种程度不同的涵濡方式，这里指出的只是我认为主要的方式。问题在于，中国现代文论属于以上哪一种涵濡方式呢？如果这样的提问或许过于绝对，那不妨换个提问方式：中国现代文论中出现过上述哪些涵濡方式呢？应当看到，此前的四段中国文论，即中原的中国文化与文论、中国的中国文化与文论、东亚的中国文化与文论和亚洲的中国文化与文论，总是能够在我者与他者持续的相互涵濡中肯定性地建构中国自我。与此不同，中国文论第五段即世界的中国文化与文论却遭遇到前所未有的新困境：焦虑不安的中国自我已经越来越痛切地认识到，与外来富有活力的西方他者相比，来自传统的旧式自我已无可挽回地走向衰败乃至毁灭，新型的自我还需要建构或有待于建构；而裂岸涌来的西方文化正是恰当的师法范例。此时，新兴的中国自我意识到，不得不以西方文学、文论及文化为参照系，力求在旧式中国自我的废墟上重新创造新的自我结构。由此看来，这种带有强烈的革命色彩的以他涵我方式，必然成为这个涵濡时段中国文化与文论的一种主要方式。当然，这个涵濡时段也同时应当存在着其他方式，只不过这种方式在具体的历史情境中变得越来越主流或突显而已。

不再是以我涵他而是以他涵我，使得中国现代文化与文论呈现出一种空前浓烈的革命色调。当新生的中国自我激进地要全盘否定原有自我而主动"拿来"并师法外来他者时，革命的时日必然到来了。对于这种革命基调，梁启超的观察具有一定的代表性："历观中外史乘，其国而自始未尝革命，斯亦已耳，既经一度革命，则二度、三度之相寻相续，殆为理势之无可逃避……革命复产革命，殆成为历史上普遍之原则。凡以革命立国者，未或能避也。"①这个时段革命的一大特点在于，革命总是无限次重复、继续的过程，一次革命不成，必有二次、三次乃至无数次革命。由此，"革命成为一种美德"，"群众心理所趋，益以讴歌革命为第二之天性"，一些人甚至"认革命为人生最高之天职"。② 不断兴起又失败的似乎永无休止的革命，就这样成了这个时段最高亢而又最持久的主旋律，以致被人们情不自禁地予以诗化或浪漫化了。邹容的《革命军》(1903)对革命在现代中国的意义和作用的诗意想象和赞美尤具动人心魄的力量："巍巍哉！革命也！皇皇哉！革命也！……呜呼！我中国今日不可不革命，我中国今日欲脱满洲人之羁缚，不可不革命；我中国欲独立，不可不革命；我中国欲与世界列强并雄，不可不革命；我中国欲长存于二十世纪新世界上，不可不革命；我中国欲为地球上名国、地球上主人翁，不可不革命。"在这位革命诗人或诗化革命家看来，中国文化要复兴，非运用革命的手段不可，而革命的可师之范无疑是欧美文化及文艺。正是这种诗化的革命姿态，

---

① 梁启超：《革命相续之原理及其恶果》，据吴淞、卢云昆、王文光、段炳昌：《饮冰室文集点校》，第 4 集，2379 页，昆明，云南教育出版社，2001。

② 梁启超：《革命相续之原理及其恶果》，据吴淞、卢云昆、王文光、段炳昌：《饮冰室文集点校》，第 4 集，2379 页，昆明，云南教育出版社，2001。

激励着一代代文艺界人士采取了文艺革命的战斗姿态,从而将以他涵我作为激进的变革途径。

关于中国现代文化、文学及文论与旧文化、文学及文论相比而展示的这种激进的革命性质,普实克从外来旁观者视角提出的观察可供参考:"中国的现代革命首先是观念的革命,是个人和个人主义反抗传统教条的革命。只有在这个背景下,我们才能真正认识到中国现代思想和艺术中的主观主义和个人主义倾向的无比重要性。"①由此出发,他认为:"主观主义、个人主义、悲观主义、生命的悲剧感以及叛逆心理,甚至是自我毁灭的倾向,无疑是一九一九年五四运动至一九三七年抗日战争爆发这段时期中国文学最显著的特点。"②而对于这种文学革命的激进后果的认识,他的论述尤其具有穿透力:"第一次世界大战后的中国文学是伟大的十月革命激起的巨大社会动荡的产物,如果我们拿这一时期的文学与前一时期的相比,简直不能相信这两种文学出于同一个民族。只要看看语言上的差异就够了:新诞生的民族语言——国语,不仅迥异于旧的书面语言——文言文,也不同于旧的白话。此外,文学形式和表现主题也有所不同:古代散文消失了,代之而起的是现代的报章文;旧诗消亡了,表现新主题的新诗诞生了;复杂的现代小说取代了旧的章回小说;具有微妙的心理描写技巧的现代短篇小说进入文坛;一种新型的现实主义话剧甚或悲剧代替了老式的小型说唱剧;文学的重心不再是描写或对话,而转为对人物心理的分析;故事的背景从古老的村镇转移到了城市;而最主要的变化是,如前文指出的,阴暗的悲观主义渗透了文学的各个领域,取代了之前对这个世界的肯定,或至少是与现实的调和。这一切的差异是如此巨大,以至于在我们看来,两个时代之间似乎相隔了几个世纪,而不是仅仅十年;场景似乎是变幻了十万八千里,而不是仅仅从某个省城到上海的短短几十里。"③这一长段分析中有些观点也许值得商榷,但其有关新旧文学之间的巨大差异的形容却是颇能传神的。尽管这一切巨大变

---

① [捷克]普实克:《抒情与史诗》,郭建玲译,2 页,上海,上海三联书店,2010。
② [捷克]普实克:《抒情与史诗》,郭建玲译,3 页,上海,上海三联书店,2010。
③ [捷克]普实克:《抒情与史诗》,郭建玲译,8—9 页,上海,上海三联书店,2010。

化不能被仅仅归结为十月革命这一外来他者的影响，但无疑离不开这种影响所"激起的巨大社会动荡"，也就是它所产生的持续的涵濡效果。

正是在这个意义上，可以说中国现代文论主要是以他涵我的结果，也就是以外来他者来涵濡中国自我的产物。这个我，本来就是衰败和自闭的我的一部分，但是他在绝境中焕发出强大的自我意识和自我反思精神，敢于回头发现和揭示自我的衰败和自闭，起来全盘否定自我，从而得以以凤凰涅槃的姿态，从衰败和自闭的自我中跳脱而出，回头以西方文化为标准和典范，对自我展开严厉的彻底的批判和否定，全力建构新型的自我。

不过，中国现代文论本身可以进一步被视为一个已经显示出两个时段的明显的区分过程：第一个时段大约始于清代乾隆五十八年（1793）止于"文化大革命"结束之年（1976），属于以外来他者涵濡中国新型自我的时段，即以他涵我时段，可称中国现代Ⅰ文论；第二个时段则从"文化大革命"结束（1976）至今，应当属于中国自我与外来他者相互涵濡以便促进中国自我更新的时段，即我他互涵时段，可称中国现代Ⅱ文论。

五、中国现代Ⅰ文论的层累涵濡特质及其时段

如何认识中国现代Ⅰ文论的涵濡状况？诚然，革命是贯穿于中国现代Ⅰ文论过程的主旋律，但历史地看，这种革命主旋律往往是由多层次要素层层累积地涵濡成的。这些被层层累积的多层次要素中，应当既有中国的也有外来的；既有古代的也有现代的；既有精英的也有庸众的；既有革命的也有保守的；既有资产阶级的也有无产阶级的；等等。它们在中国现代的危机情境中，共时地层层累积地叠加到一起，常常难以分开。这不禁让人想到鲁迅当年的慧眼观察："中国社会上的状态，简直是将几十个世纪缩在一时：自油松片以至电灯，自独轮车以至飞机，自镖枪以至机关炮，自不许'妄谈法理'以至护法，自'食肉寝皮'的吃人思想以至人道主义，自迎尸拜蛇以至美育代宗教，都摩肩

挨背地存在。"这可谓古今中外形形色色文化现象的一次大交汇、大杂烩。"四面八方几乎都是二三重的事物，每重又自相矛盾。一切人便都在这矛盾中间，互相抱怨着过活，谁也没有好处。"总之，一切都是共时地、多重地相互矛盾着的。"这许多事挤在一处，正如我辈约了燧人氏以前的古人，拼开饭店一般，即使竭力调和，也只能煮个半熟；伙计们既不会同心，生意也自然不能兴旺——店铺总要倒闭。"[①]这是有关当年的多层次共时地累积的革命情势的一种生动描绘。

就中国现代Ⅰ文论的涵濡特质来说，中国自我与外来他者之间的角色内涵及其相互关系其实是不断移动和变化的，其中可以看到如下逐层渗透、交叉且深入的关系层面：第一层面，在中外关系上有中国自我与外来他者的关系；第二层面，在中国内部有精英自我与奴性庸众的关系；第三层面，在精英自我内部有革命自我与保守自我的关系；第四层面，在革命自我内部有何种革命自我为最革命的多元革命自我的共存及争鸣；第五层面，在多元革命自我的共存及争鸣中，有何种革命自我最具整合性权威的选择（资产阶级的革命还是无产阶级的革命）。

假如这五个层面的划分有一定的合理性，那么，自我与他者之间的涵濡过程呈现出复杂性：这种自我与他者的关系是共时地层层区分而又累积地并且相互交叉地涵濡成的，结果是我中有他，他中有我，相互层累涵濡而交融一体。由此，不妨把这种共时地层层累积而又相互交融的自我与他者间的涵濡关系，尝试称为层累涵濡。层累，也作"层纍"，是指重叠、重迭之意。明代王錂的《春芜记·献赋》："见巫山互折，步巉巖层累，下临沧溆。"清代龚自珍的《最录禅波罗蜜门》："层纍盘旋，如鸟道而渐上。"层累也有逐层积累之意。如严复的《救亡决论》："人生之计虑知识，其开也，必由粗以入精，由浅以至奥，层累阶级，脚踏实地，而后能机虑通达，审辨是非。"层累涵濡，就是自我与他者之间共时地多层次累积而又相互交融的状况。

中国现代Ⅰ文论大体围绕这五个层面的层累涵濡，实际上经历了

---

① 鲁迅：《热风·随感录五十四》(1919)，《鲁迅全集》，第 1 卷，344—345 页，北京，人民文学出版社，1981。

漫长而又复杂的演变过程。可以说，上述五个层面的关系实际上几乎都贯穿于中国现代Ⅰ文论的过程之中，只是相对说来在不同时段可能会呈现出不同层面的重心突出或重心位移现象。被突出的重心层面有可能会成为该时段涵濡进程的主角；被移除的重心层面并未真正退出，而会以或明或暗的方式共时地叠加融入该时段的涵濡进程中，从而导致了层累涵濡状况的出现。简要地看，中国现代Ⅰ文论大致呈现出五个相互关联、交叉或重叠的层累涵濡时段。这五个时段之间的重心位移及其逐层累积、叠加，表明自我与他者之间的层累涵濡过程愈益复杂多样，密切缠绕，难以分离。这里，只能是从重心位移的角度作简要提示。

　　1. 中国现代文论的预备涵濡时段

　　第一时段是指清代乾隆五十八年（1793）至戊戌变法（1898）的一个世纪，属于中国现代Ⅰ文论的预备涵濡时段。这个时段单从时间长度来说，已与中时段无异，但从其进程及效果来说还只能相当于一个短时段。更严格地说，这只是真正涵濡开始前的一个处于预备状况中的时段。这个时段要处理的关键问题，就是中国自我与外来他者的关系问题。来自西方的异质文化输入与中国固有的自我封闭心态与拒绝政策之间形成尖锐对峙，一个要强行输入，另一个要全力抵御，涵濡进展相当缓慢，成果甚微。但是，以早期"出洋"游历的王韬、黄遵宪等人为代表，中国现代文艺观念的初创毕竟在缓慢进行。

　　其实，从更早的明代徐光启到清代龚自珍、刘熙载等，涵濡的微澜初起，为后来正式的涵濡进程作了必要的铺垫。早在明代万历二十八年（1600），徐光启（1562－1633）在南京见到意大利传教士利玛窦（原名玛太奥·利奇，Matteo Ricci，1552—1610），次年后者到北京拜见明神宗，从而开始出现西方宗教观、地理观、自然科学观等对上层知识分子和下层信教民众的初步影响，这些初步影响自然会逐渐渗透到文化、文学及文论观念领域。明末清初带有启蒙倾向的思想家顾炎武（1613—1682）、黄宗羲（1610—1695）和王夫之（1619—1692）等人，更是对中国文化自身的弊端提出了尖锐的自我反思及批判，倡导面向现实社会的思风、学风及文风。到了龚自珍（1792—1841），置身于鸦片战争这空前历史巨变前夕的中国，他敏锐地觉察到全社会包括官场、文场等的深重危机，主张文学必须"以有用为主"，"求政事在斯，求言语在斯，求文学之美，岂不在斯"①，指出诗歌创作的动机是由于"外境"即现实生活引起，"外境迭至，如风吹水，万态皆有，皆成文章"②。他还在《书汤海秋诗集后》里提出了"诗与人为一，人外无诗，诗外无人，其面目也完"等理念，③　要求诗人充分抒写自己的真情实感，突显个性。此后刘熙载（1813—1881）的《艺概》等著作，提出了"诗为天人之合""艺者道之形""文之道，时为大"与"物无一则无文"等一系列文艺思想。他们两人的文艺思想虽然都还是从中国文化及文论自我内部产生的，但毕竟呈现出一种内部滋生的寻求变革的倾向。

　　王韬和黄遵宪两人可谓中国现代Ⅰ文论真正的先驱者。王韬（1828—1897）是中国现代知识分子中到西方"开眼看世界"的先行者。他以《漫游随录》《弢园文录外编》等著述，通过鸦片战争、太平天国战争之后的欧洲游历见闻痛切地认识到："合地球东西南朔九万里之遥，胥聚之于一中国之中，此古今之创事，天地之变局……天之聚数十西国于一中国，非欲弱中国，正欲强中国，非欲祸中国，正欲福中国。故善为用者，可以转祸而为福，变弱而为强。"④在他看来，西方文化之长，远不只在林则徐和魏源当年认识到的"器艺技巧"本身，首先在于"人心"："天开泰西诸国之人心，而界之以聪明智慧，器艺技巧百出不穷，航海东来，聚之于一中国之中，此固古今之创事，天地之变局。诸国既恃其长，自远而至，挟其所有以傲我之所无，日从而张其炫耀，肆其欺凌，相轧以相倾，则我又乌能不思变计哉！是则导我以不容不

　　① （清）龚自珍：《同年生吴侍御杰疏请唐陆宣公从祀瞽宗，得俞旨行，侍御属同朝为诗，以张其事，内阁中书龚自珍献佑神之乐歌》，《龚自珍全集》，王佩净校，485页，上海，上海古籍出版社，1999。
　　② （清）龚自珍：《与江居士笺》，据钱仲联：《龚自珍文选》，165页，苏州，苏州大学出版社，2001。
　　③ （清）龚自珍：《书汤海秋诗集后》，据钱仲联：《龚自珍文选》，157页，苏州，苏州大学出版社，2001。
　　④ （清）王韬：《答强弱论》，《弢园文录外编》，201页，北京，中华书局，1959。

变者，天心也；迫我以不得不变者，人事也。"①西方人凭借其获得启蒙的"人心"而配之以"聪明智慧"，从而创造出奇异而辉煌的"器艺技巧"，他们如今"航海东来，聚之于一中国之中"，为中国带来前所未有的宝贵的现代性机遇——"古今之创事，天地之变局"。中国如能及时"变法"，充分利用西方他者，那么，中国必然会迎来一个新的文化发展局面。他的政论文及变法理念感染了年轻的外交官兼诗人黄遵宪（1848—1905），后者倡导"我手写我口""语言与文字合"，以《人境庐诗草》在清末诗坛开创一代诗风。

黄遵宪在 1891 年夏撰写的《人境庐诗草·自序》中，清晰地认识到中国人身处其中的世界已经全然改变："诗之外有事，诗之中有人；今之世异于古，今之人亦何必与古人同。"这里的"今之世"，大约相当于梁启超后来所明确指认的"世界之中国"，从而明确主张诗歌必须抒写置身于"今之世"中的"今之人"的特定感受，要把"古人未有之物，未辟之境，耳目所历，皆笔而书之"。② 他在后来也提出相同看法："意欲扫去词章家一切陈陈相因之语，用今人所见之理，所用之器，所遭之时势，一寓之于诗。务使诗中有人，诗外有事，不能施之于他日，移之于他人，而其用以感人为主。"③这两处说法的共同点在于，指出诗歌最重要的是写出处于"世界之中国"时代的"人"及其遭遇的"事"，从而书写出"古人未有之物，未辟之境"。黄遵宪一心所想，在于"用今人所见之理，所用之器，所遭之时势，一寓之于诗"，即直接抒写诗人当下具体的现代体验。黄遵宪的诗歌创作及诗论为后来梁启超首度标举"诗界革命"提供了恰当的范本。

需要看到，正是在这个缓慢而又微妙的预备涵濡时段，一个关键的任务完成了：基本理清了中国自我与外来他者的关系问题，使得中国自我结束了长期的盲目自信及自恋，做出了面向外来西方他者而开

① （清）王韬：《变法上》，《弢园文录外编》，12 页，北京，中华书局，1959。
② （清）黄遵宪：《人境庐诗草·自序》，据钱仲联：《人境庐诗草笺注》，上册，3 页，上海，上海古籍出版社，1981。
③ （清）黄遵宪 1902 年 4 月致梁启超，据钱仲联：《人境庐诗草笺注》，下册，1203 页，上海，上海古籍出版社，1981。

放的文化抉择。对此前后巨大变化，后来的杨度做了如下合理辨析：

> 故夫中国之在世界也，自开国以至如今，亦既数千年矣。然此数千年中，所遇者无非东洋各民族，其文化之美，历史之长，皆无一而可与中国相抗，实无一而有建立国家之资格，于是有中国之国家，为东方唯一之国家……故中国数千年历史上，无国际之名词，而中国之人民，亦惟有世界观念，而无国家观念。此无他，以为中国以外，无所谓世界，亦无所谓国家。盖中国即世界，世界即中国，一而二二而一者也。①

他实际上已清醒地认识到，昔日中国自我的"世界"性地位，是直接取决于它周围的外来他者——"东洋各民族"的，是与这些外来他者相比较而言的。正是这些"无一而可与中国相抗，实无一而有建立国家之资格"的外部他者的存在，才成就了"中国即世界，世界即中国"的"东方唯一之国家"这一特殊至尊地位。但是，由于后来西方他者的强势崛起及全球性扩张，"中国即世界"的既成关系格局被打破：

> 自近数十百年以来，经西洋科学之发明，于水则有涉大海破巨浪之轮船，于陆则有越大山迈广原驰骋万里之汽车，于空则有飞山驾海瞬息全球之电线，西人利用之，奋其探险之精神，率其殖民之手段，由欧而美而非而澳，乃忽然群集于东亚大陆，使我数千年闭关自守、以世界自命者，乃不得不瞿然而惊，瞠然而视。仰瞩遥天之风云，俯视大海之波涛，始自觉其向之所谓世界者非世界也，不过在世界之中为一部分而已。此世界之中，除吾中国以外，固大有国在也。于是群起而抗之，仍欲屏之吾国以外。然讵知其处心积虑以图我者，不仅不可屏也，乃与之交涉一次，即被其深入一次。又奋而与之战，其结果则仍与之战争一次，抑更被其深入一次。经数十年之交涉战争，经数十年之深入复深入，以至如今，自吾政府之军国重事，以至人民之一衣一食，皆与之

---

① 杨度：《金铁主义说》(1907)，《杨度集》，214页，长沙，湖南人民出版社，1986。

有密切关系焉。①

　　杨度在这里发现了中国自我与西方他者在文化接触过程中的一个规律：中国自我面对异质的西方他者，几十年或一百年以来与之每"交涉战争"一次，得到的结果并非拒绝之或战胜之，反而是"被其深入一次"，如此一次次被其"深入复深入"，直到如今中国的军国重事及民生都与西方有密不可分的关联了。这里突显了一种历史合理性：衰落的中国自我必须面向新的世界格局中的西方他者去开放，必须师法这些西方他者以重建新型自我。

　　那么，接下来的四个时段则属于明显而又快捷的涵濡时段。特别需要看到，这四个时段之间常常相互交错、叠加，难以清晰区分，所以这里硬性分开来，固然基于它们在发展的高潮各有不同，但同时也有叙述上的方便考虑。

　　2. 中国现代文论的初步奠基时段

　　第二时段为 1899 年至五四运动前夕的 1916 年，属于清末民初的现代文艺知识型及文艺思想的初步奠基时段。与上个时段完成了中国自我与外来西方他者关系的辨析相比，这个时段要处理的关键问题变成了处在中国自我与外来他者之间的持续接触和涵濡语境中的中国内部精英自我与奴性庸众的关系。现代知识分子自觉地从文化、语言、文字的变革入手，以建立新的以民族语文结构为基本的知识型构架，其代表人物有梁启超、王国维、章太炎、刘师培等。

　　1899 年，戊戌变法失败后流亡海外的梁启超（1873—1929）在《夏威夷游记》（《汗漫录》）中首次竖起了"诗界革命"的大旗。紧接着他又先后提出"文界革命"和"小说界革命"的口号，并提出"小说为文学之最上乘也"②这一影响深远的现代文论主张，从而通过"三界革命"说而实际开启中国文艺思想史上的革命时代。他这样做，是基于"新民"的社会与文化洞察。他相信，"吾中国所以不成为独立国者，以国民乏独立之

---

① 杨度：《金铁主义说》(1907)，《杨度集》，214—215 页，长沙，湖南人民出版社，1986。
② 梁启超：《论小说与群治之关系》(1902)，据吴淞等：《饮冰室文集点校》，第 2 集，758 页，昆明，云南教育出版社，2001。

德而已。"迫切的要务是把中国自我从奴性庸众中分离出来，竖立起觉醒的独立的中国自我之德，然后再面向这些庸众他者，以文艺为手段，去实施文化启蒙。"今世之言独立者，或曰'拒列强之干涉而独立'，或曰：'脱满洲之羁轭而独立'。吾以为不患中国不为独立之国，特患中国今无独立之民。故今日欲言独立，当先言个人之独立，乃能言全体之独立；先言道德上之独立，乃能言形势上之独立。"①他认识到只有个体的独立才有群的独立、国家的独立。独立的中国自我面临的任务就是"新民"或"开民智"，也就是启蒙那些奴性而又愚昧的庸众。梁启超列数旧国民性六大弊端：奴性、愚昧、为我、好伪、怯懦、无动。"以上六者，仅举大端，自余恶风，更仆难尽，递相为因，递相为果。其深根固蒂也，经历夫数千余年，年年之渐渍，莫或使然……"②他先后鼓吹"三界革命"，正是为了开启奴性而又愚昧的庸众。他的这些呼唤深深地影响了青年胡适，令其深信"'新民'的意义是要改造中国的民族，要把这老大的病夫民族改造成一个新鲜活泼的民族……'新民说'的最大贡献在于指出中国民族缺乏西洋民族的许多美德……苟有新民，何患无新制度，无新政府，无新国家！"③

随着 1905 年科举制度的废除和现代教育体制及学术体制的建立，中国现代文学及文论获得了新的孕育园地，产生了一系列革命性涵濡举措：王国维（1877—1927）以"世界学术"的宏大气魄，冲决中西文化界限而大胆"拿来"西方文艺思想，在美学、文学批评及古典诗论上做出开拓性建树；章太炎（1869—1936）以革命姿态对语文现代性的筹划、对文化重建思路的探索及在求真与通俗间的调适性思考；刘师培（1884—1919）在文学观念上的解放及其《中国中古文学史讲义》等著述在中国文学史研究领域的开拓及对楚骚传统的高度重视等，都有力地推进了中国现代文论在涵濡中的建构进程。

① 梁启超：《十种德性相反相成义》，据吴淞等：《饮冰室文集点校》，第 2 集，691—692 页，昆明，云南教育出版社，2001。

② 梁启超：《中国积弱溯源论》（1901），据吴淞等：《饮冰室文集点校》，第 2 集，679 页，昆明，云南教育出版社，2001。

③ 胡适：《四十自述》（1931），《胡适作品集》，第 1 集，65 页，台北，远流出版公司，1986。

3. 中国现代文论的体制转型时段

第三时段为五四时期的现代文艺体制及文论体制转型时段。这个时段上起苏联"十月革命"传入中国的 1917 年,下迄"大革命"失败的 1927 年,属于中国现代文学及文论在体制上走向定型和深化的时段。正是中华民国成立以来的现代社会体制包括学术体制的建立和完善,确保了现代文艺及文论的合法性的建立及其社会影响力。于是,这个时段的中心任务几乎变成了中国革命自我与保守(改革)他者之间最后的大决战,以革命自我的大获全胜而告终。其实,革命自我与保守他者之间的较量早已从第一时段就展开了,并且在持续进行,只是在这个时段表露得更加耀眼、更具合法性意义并最终取得辉煌胜利罢了。一个有趣的事实是,据统计,《新青年》杂志自 1915 年创刊至 1926 年终刊,文章中使用的"革命"一词经历了如下变化:"前五四"时期(1915—1918),"革命"与"自由""科学""平等""民主"等词语的出现频率大体相当;五四时期(1919—1922),"革命"的出现频率开始明显超过其他各词而成为第一热词;"后五四"时期(1923—1926),"革命"的出现频率更是急剧蹿升,乃至成为压倒一切的中心词。"革命"在其时发表的总共 125 篇文章中,平均每篇出现多达 25 次以上。"这无疑是 20 世纪 20 年代革命在中国再起的一个重要表征。"[①]

与革命上升为时代的主旋律相应,不革命或反革命就必然会被视为他者,受到中国革命自我的批评或严厉批评:

> 国共两党精英的革命话语内涵虽有出入,其内在逻辑理路却有着惊人的一致:"革命"与"反革命",非白即黑,非圣即魔,一者之间不允许存留任何灰色地带和妥协空间。"中立派""中间派""骑墙派""第三种人"或难于自存,或备受谴责和排斥,甚至认为"不革命"比"反革命"更可恶,更危险,因为"不革命则真意未可知,尚有反复余地,至反革命斯无复能反复矣"。当时北方的《大公报》对此发表社评曰:"国人喜言革命,而不革命者实居多

---

① 王奇生:《革命与反革命——社会文化视野下的民国政治》,73 页,北京,社会科学文献出版社,2010。

数……乃今之言曰：'不革命即反革命。'令人已无回翔余地。"①

按照这种"不革命即反革命"的奇特逻辑推导，革命自我在面对保守他者时，唯一正确的选择自然是战而胜之了，从而革命的立场、姿态和意志变得越来越强烈和不可调和。陈独秀、李大钊、胡适和鲁迅等推动的五四新文化运动，实际上并非革命自我与保守他者之间的大决战的开端，而是这场早已开展的大决战的胜利庆典时刻。借助社会影响力异常强大且深远的五四运动，原以为十分费力的革命自我征服保守他者的文化大决战，就出乎意料地变得容易了。此时，以梁漱溟、林纾、《学衡》和《甲寅》等所代表的保守派（改革派或改良派）阵营虽然发起了顽强的抵抗，但终究难以抵挡革命派的义正词严、大义凛然的胜利总攻。陈独秀（1879—1942）以文学革命派的领袖姿态向"全国学究"发出挑战性宣言："文学革命之气运，酝酿已非一日，其首举义旗之急先锋，则为吾友胡适。余甘冒全国学究之敌，高张'文化革命军'大旗，以为吾友之声援。旗上大书特书吾革命军三大主义：曰，推倒雕琢的阿谀的贵族文学，建设平易的抒情的国民文学；曰，推倒陈腐的铺张的古典文学，建设新鲜的立诚的写实文学；曰，推倒迂晦的艰涩的山林文学，建设明了的通俗的社会文学。"②正是在这场运动中，陈独秀和胡适（1891—1962）等高举"文学革命"的大旗并推动新文化运动（含白话文运动），蔡元培（1868－1940）倡导"思想自由，兼容并包"并提出"美育代宗教"，鲁迅（1881—1936）为现代新文学提供新范本及新理论，文学研究会及创造社分别引进西方的写实主义与浪漫主义文学而开展文学活动，文学报刊的发行风起云涌，顾颉刚（1893—1980）和钟敬文（1903—2002）等推动的民间歌谣征集活动促进了五四新文化运动成果由上层文化向下层文化的普及……这些有力地标志着中国现代Ⅰ文论的建构进入带有高潮特征的具有决定性意义的时段。

这个时段的突出成果在于，在由现代教育体制、学术体制、传媒

---

① 王奇生：《革命与反革命——社会文化视野下的民国政治》，113 页，北京，社会科学文献出版社，2010。

② 陈独秀：《文学革命论》，《新青年》1917 年第 2 卷 6 号。

体制、社团体制及政党体制等组成的中国现代社会体制系统的持续涵濡中，中国现代文论逐步完成了自身从现代思想革命到现代社会体制革命的体制化建构任务。借助教育体制，现代文论获得了代际传承的体制渠道（如现代大、中、小学教育）；通过学术体制，现代文论有了自己的学理化或学院化轨道（如哲学、美学、艺术学、文艺学、心理学等）；凭借传媒体制，现代文论可以在报纸、杂志和书籍等传媒系统中展开社会传播与社会动员行动（如《新青年》《东方杂志》《新潮》等）；依托社团体制，现代文论可以形成学术共同体特有的集合力量（如文学研究会、创造社等）；置身于党团体制，现代文论可以获得政党领导的政治体制赋予的社会权力（如 20 世纪 20 年代的三大党派：国民党、共产党和青年党）。

4. 中国现代文论的多元争鸣时段

第四时段为 1927 年至 1949 年的现代文艺观念多元争鸣时段。这个时段的一个关键问题是，在多重自我元素的竞争中回答哪一种革命自我为最革命的问题，一度形成短暂的多元革命自我的共存及争鸣时期。在此时段里，中国自我与外来他者之间的涵濡变得更加错综复杂：一方面，中国的革命自我内部分裂出多重革命与变革观念，它们之间竞相争夺话语霸权；另一方面，早先进入中国的欧美文化与文论思潮，同后来进入的苏联文化与文论思潮展开了激烈的较量，力图争夺在中国现代文化与文论领域的霸权地位。这样，多种不同的文艺变革路径及文艺思想，如现实主义（文学研究会）与浪漫主义（创造社）、唯美主义（田汉、欧阳予倩等）与象征主义（梁宗岱）、人格论批评（李长之）与阶级论批评（胡风、周扬）、典型论批评（蔡仪）与意境论批评（宗白华）等文艺思潮争奇斗妍，力争文坛霸权。出现了朱光潜的《谈美》（1932）、《文艺心理学》（1936）和《诗论》（1943），李长之的《鲁迅批判》（1936）、《迎中国的文艺复兴》（1946）和《司马迁之人格与风格》（1948），钱基博（1887—1957）的《现代中国文学史》（1932），李健吾的《咀华集》（1936）和《咀华二集》（1942），毛泽东的《在延安文艺座谈会上的讲话》（1942，以下简称《讲话》），蔡仪的《新艺术论》（1943）和《新美学》（1946），胡风的《文学与生活》（1936）、《论民族形式问题》（1940）、《论现实主义的路》(1948)和《胡风文集》(评论集，1948)等文论著作。这个时段与下一时段之间实际上形成了复杂的交叉关系。

5. 中国现代文论的多元归一时段

第五时段为 1942 年毛泽东《讲话》至"文化大革命"结束(1976)时期的现代文艺多元归一时段，旨在将文艺多元取向整合为一个统一的构架。这个时段要解决的问题是，在多元革命自我的共存及争鸣中，哪一种革命自我最具统合性。革命，就当时的外来他者资源来看，既可以是受欧美模式影响的资产阶级(或小资产阶级)的文化与文论革命，也可以是受苏联模式影响的无产阶级的文化与文论革命。随着第一次世界大战后诞生的世界上第一个社会主义国家苏联的无产阶级革命经验成功传到中国，"十月革命一声炮响，给我们送来了马克思列宁主义。十月革命帮助了全世界的也帮助了中国的先进分子，用无产阶级的宇宙观作为观察国家命运的工具，重新考虑自己的问题。走俄国人的路——这就是结论。"[①]由于无产阶级的文化与文论革命在中国的威力大增，同时苏联对中国的政治、军事、经济与文化的影响力逐年增强，苏联文论模式就越来越深入地涵濡中国文论，而欧美资产阶级文论的影响力则逐渐被弱化乃至被清除。

于是，以毛泽东《讲话》所代表的文艺思想为主导，随着 1949 年 7 月中华全国文学艺术工作者代表大会的召开，特别是 10 月中华人民共和国的成立，苏联模式文论在全国文艺领域迅速确立主导地位。不过，这种苏联模式文论的序曲早已悄然奏响：一是创造社后期及太阳社鲜明地竖立起无产阶级文学革命大旗；二是 1933 年 4 月周扬在《现代》杂志发表文章《关于社会主义的现实主义与革命的浪漫主义》，率先介绍和论述苏联社会主义、现实主义创作方法；三是延安等解放区在毛泽东《讲话》指引下推进革命文艺实践。正是依托这些早期基础，毛泽东文艺思想及来自苏联的社会主义、现实主义从 50 年代初起成为全国文艺界的主导性创作方法，并在 1958 年被毛泽东倡导的中国本土形态"革命现实主义与革命浪漫主义的结合"(简称"两结合")的创作方法所

---

① 毛泽东：《论人民民主专政》，《毛泽东选集》，第 4 卷，1471 页，北京，人民出版社，1991。

刷新。毛泽东于 1951 年 5 月 20 日在《人民日报》发表社论《应当重视电影〈武训传〉的讨论》指出，"《武训传》所提出的问题带有根本的性质"，批评它宣传与历史唯物主义背道而驰的反动思想，进而得出"资产阶级思想侵入了战斗的共产党"这一结论，要求"展开关于电影《武训传》及其他有关武训的著作和论文的讨论，求得彻底地澄清在这个问题上的混乱思想"。这篇社论的发表以及随后 1955 年对"胡风反党集团"的政治与理论清算，标志着受到欧美文论影响的多元文艺观念竞争时代暂时趋于完结，而在苏联模式文论影响下的统一的文艺思想开始在全国文艺领域付诸体制化建构。

这个时段的中国现代文论可以视为苏联模式文论涵濡下的中国本土适应形态，其单向适应形态有"社会主义现实主义"涵濡出的带有本土特色的"革命现实主义和革命浪漫主义的结合"的创作方法，其文学创作典范有"三红一创"（《红旗谱》《红日》《红岩》及《创业史》）、大型音乐舞蹈史诗《东方红》等作品，其代表性文论和美学探索有 20 世纪 50 年代中期的"美学讨论"。

这时段有两个现象值得注意。一个现象是"美学讨论"。它表面看来是中国现代美学的四大派别即主观派（吕荧和高尔泰）、客观派（蔡仪）、主客观统一派（朱光潜）、社会派（李泽厚）重新亮相或崛起的时刻，但其深层实际上代表了欧美模式文论与苏联模式文论对中国现代文论竞相涵濡的过程。一方面，来自苏联的文论模式全力争夺并实际上取得了霸权，其成果集中表现为开始位居上风的客观派和社会派的美学主张；另一方面，来自欧美的文论模式不甘于失败而徘徊不忍离去，其标志就是已落下风的主观派和主客观统一派的美学理论。

另一个现象是艺术"意境"概念重新受到关注。李泽厚的《意境杂谈》（1957）一文，在苏化模式涵濡下的艺术典型概念统治文坛的时代，明确地标举来自中国本土的曾被王国维等倡导的"意境"理论，并且前所未有地把它一举提升到与艺术典型这一原本的中心范畴"平行相等"的高度：诗画中的"意境"与小说戏剧中的"典型"是"美学中平行相等的两个基本范畴"，这两个范畴彼此渗透，可以互相交换。此举可以视为苏联模式在他者涵濡下，中国自我的一次反向适应结果。在李泽厚看来，"'意境'，有如'典型'一样，如加以剖析就包含着两个方面：生活形象的客观反映方面和艺术家情感理想的主观创造方面。为了简单明了起见，我们暂把前者叫作'境'的方面，后者叫作'意'的方面，'意境'是这两方面的有机统一中所反映出来的客观生活的本质真实。"他的结论是，"意境是中国美学根据艺术创作的实践所总结提出的重要范畴，它仍然是我们今日美学中的基本范畴。"这就前所未有地肯定了来自中国古代的"意境"概念在现代美学与文论中的"基本范畴"地位。[①]正是在李泽厚的这一开创性探讨之后，意境范畴才逐渐受到重视，特别是到改革开放时代成为文艺界热捧的基本范畴之一。

　　而在"文化大革命"中，在"无产阶级专政下继续革命"这一理论指挥下，文艺创作更是被直接引向了党内高层政治斗争的工具这一极端"左"倾路线上，出现了纲领性文论著述《林彪同志委托江青同志召开的部队文艺座谈会纪要》(1966)，提出了"三突出""高大全"等创作要求，其创作实践的典范之作则是八部"革命样板戏"(京剧《红灯记》《沙家浜》《智取威虎山》《海港》《奇袭白虎团》，芭蕾舞剧《红色娘子军》《白毛女》，交响音乐《沙家浜》)。"文化大革命"时段的苏联模式涵濡下的极端"左"倾文艺路线及思想的产生，虽然直接导致文艺活动折入极端变形歧途，但毕竟在此极端歧途中又辩证地滋生了它本身的反弹力量：苏联模式文论已变得僵化，如此，它的终结时日也为期不远了。

　　这五个时段分别在文艺观念变革预备、文艺知识型建构、文艺体制转型、文艺观念多元开放、文艺思想多元整合上显示了中国现代Ⅰ文论的演变轨迹。这五个时段演化结束，标志着中国现代Ⅰ文论向着中国现代Ⅱ文论转型。

六、生成中的中国现代Ⅱ文论

　　中国现代Ⅱ文论是指 20 世纪 70 年代末和 80 年代初至今的仍在持

---

① 李泽厚：《门外集》，139、140、157 页，武汉，长江文艺出版社，1957。

续生成中的中国现代文论。它于"文化大革命"结束后伴随改革开放时代的开启而逐步启动。初看起来，它不过是要结束苏联模式文论统治中国的进程而重返五四后 20 年代至 40 年代那种欧美文论主导的多元共存与争鸣时段，从那里重新吸纳当代文论改革的丰厚资源。但实际上，它要诉求的东西远比从苏化转向欧美更为根本：要结束长期以来或清代以来中国自我在西方他者持续涵濡下呈现出来的被动局面，转而在继续与外来他者展开对话的全球化多元文化格局中，重建起真正能与外来他者平等对话的中国自我，也就是说，要从过去的以他涵我阶段转向新的我他互涵阶段。以他涵我，是首先把已衰败的中国自我虚空化，进而把强大而又陌生的外来他者植入中国自我机体，以便如"少年中国"说所比喻的那样实现中国自我的新生。和这种我弱他强的过度倚重外来他者的文化与文论涵濡不同，我他互涵则意味着新生中的现代中国自我自觉地要站起来寻求与自己先前师承的先师外来他者展开平等对话了。

自 1978 年年底启动至今仍在进行的中国改革开放时代的特点在于，它并非一般的改良意义上的改革，而是一种依然带有鲜明的革命特点和姿态的特殊改革，因而实际上可以被称为革命式改革——也就是以革命精神去推进的社会改革。这个把握首先来自邓小平于 1984 年明确提出的"把改革当作一种革命"的论断：

> 一九七八年开的是十一届三中全会，过几天我们要开十二届三中全会，这将是一次很有特色的全会。前一次三中全会重点在农村改革，这一次三中全会则要转到城市改革，包括工业、商业和其他行业的改革，可以说是全面的改革。无论是农村改革还是城市改革，其基本内容和基本经验都是开放，对内把经济搞活，对外更加开放。虽然城市改革比农村复杂，但是有了农村改革的成功经验，我们对城市改革很有信心。农村改革三年见效，城市改革时间要长一些，三年五载也会见效。十二届三中全会的决议公布后，人们就会看到我们全面改革的雄心壮志。我们把改革当

作一种革命，当然不是"文化大革命"那样的革命。①

这里等于提出了一个耐人寻味的社会变革思想及国家战略决策，这次社会改革本身就是一种社会革命。以邓小平为代表的中国政府，实际上是把此次社会改革当作一次社会革命去推进的。也就是说，社会改革是以社会革命的勇气、规格或姿态去开展的。他明确地认识到，看起来温和、稳健的社会改革本身，其实对中国来说也具有激烈的社会革命性质。这是因为，社会改革作为对社会革命的重大"改变"，本身就是对社会革命中出现的偏颇或错误的一次根本性改变，需要以社会革命的激进姿态进行。或者不如说，这场社会改革运动本身就是中国共产党领导的社会革命运动的一种特殊的断裂而又继续的形式——相当于第二次社会革命。

如此看来，改革开放实际上是一次以革命本身为对象和方式的改革运动，是以革命精神对革命本身加以改革的改革，因而属于革命式改革时代。

正是由于这场改革洋溢着革命的精神，因而表现在现代文论领域，就是革命式改革的锋芒所向，远不止中国现代Ⅰ文论第五时段的偏颇或失误，而是包括全部五个时段在内的整个中国现代Ⅰ文论范式。实际上，它要反思和终结的是长期以来的以他涵我的偏颇，而要开启的则是新的我他互涵的新时代。

这种我他互涵，并非属于中国现代Ⅰ文论简单的继续延伸，而应属于新的中国现代Ⅱ文论的开端。这个时段虽然陆续重现或出现了来自欧美的现实主义、现代主义、后现代主义、消费文化等文艺思潮或文艺思潮残片，但中国自我的意向已经越来越明确了：要在同外来文化与文论的持续对话中寻找和重建新的开放而又自主的中国自我。

---

①　邓小平：《我们把改革当作一种革命》，《邓小平文选》，第 3 卷，81—82 页，北京，人民出版社，1993。

七、层累涵濡的文论现代性

迄今为止的中国现代文论及其现代性特质，绝不是一蹴而就的，可以被视为中国自我与外来他者之间持续的层累涵濡进程的产物。由于置身在持续的层累涵濡过程中，中国自我与外来他者之间的关系具有相对性和变化性，从而导致原来陌生的异质他者总是不断地被涵濡进自我的机体中，转化成为自我的一部分。诚然，急切地否定旧有自我而形塑以外来他者为典范的新生自我，已是中国现代文论的一种革命性常态范式，不过，有意思的是，随着一批批外来陌生他者不断被植入中国自我的新机体，成为新型中国自我的一部分，久而久之，人们会逐渐遗忘它们原初的外来他者身份，而想当然地视为中国自我的一部分了。这正是层累涵濡过程所必然伴随的一种有趣现象。记得在20世纪八九十年代，当一些人为了坚决抵御来自西方的存在主义、心理分析学、西方马克思主义等现代主义思潮而要求坚持我国自己的文论传统时，说出来的我国自己的文论传统的那些代表性范畴、概念或命题，不外乎就是"典型""典型性""真实性""内容决定形式""民族精神""时代精神""真善美"等。而这些，究其源头来看，不仍然是当初外来他者的馈赠吗？时间会层累地涵濡一切的，也就是说，会不停地把外来他者涵濡成自我；同时，相应地，也会把自我涵濡为他者。[①] 这种"误认"情形的出现，实际上正是层累涵濡的必然产物。当一个个外来他者被渐次地"误认"为中国自我时，文化层累涵濡的工作目的便逐一实现了。中国现代Ⅰ文论之第一时段的地球、世界、变法等，第二时段的诗界革命、文界革命、小说界革命、美学、美育、美术、文学、文学史等，第三时段的文学革命、科学、民主、自由等，第四时段的人格、象征主义、文艺心理学、现代派等，第五时段的典型化、社会主义、现实主义等，正是以如此不断的层累涵濡方式演化成中国现代

---

① 庞德受中国诗歌的影响而倡导"意象"性，并作为象征主义诗学而影响中国，显然就是一种反向同化现象。

文论自己的组成部分的。如此说来，中国文论的现代性传统正是在自我与他者的层累涵濡中产生的，由此，这种现代性传统的特性也可以由此层累涵濡过程而得到说明。可见，所谓中国现代文论传统或中国文论现代性传统绝不是纯粹地或独立地存在，而是在中国自我与外来他者的层累涵濡中生成和变化的过程。

层累涵濡的实现，与殷海光所谓"涵濡基线"（原文为"濡化基线"）的差异有关。每个时段面临的问题重心不同，层累涵濡的基线就有差异。在上述第一时段，中国自我需要处理外来他者进入中国的合法性问题，其涵濡基线表现为"中优外劣"心态的破除。而在第二时段，则是精英自我如何启蒙奴性庸众的问题。正是在这种层累涵濡中，中国现代文论呈现出复杂性。这里，既有单向适应情形，也有反向适应情形。单向适应的例子是"现实主义"与"浪漫主义"进入中国，被涵濡成中国自我的当然组成部分。反向适应的例子则是"意境"作为古代一般概念而在现代被作为中心范畴召唤出来。还有，无意识地出现的反向适应范畴有"感兴"。就中国现代文论的文体选择而言，单向适应的例子是现代论文体、著作体成为现代文体常态。而反向适应的例子则属于非常态文体，例如钱钟书的《谈艺录》和《管锥编》的文言体以及宗白华的"散步"式文体。

第二章　中国现代文论的发生方式

——以"诗界革命"论为个案

学界都承认，是梁启超而非别人发起了轰动一时的"诗界革命"（以及随后的"文界革命"和"小说界革命"，共计三大文学革命）。但人们很少关注这种开风气之先的"革命"论本身的渊源何在，多是把它同之前的黄遵宪及其同时代诗人联系起来谈论而已。这里不打算具体分析"诗界革命"论的内涵本身，只是想指出，对这场"革命"诚然可以作多种不同的理解，也可以视为由西欧发动的"现代性"或"全球化"进程在向东方实施文化涵濡过程中，激发出来的一种来自本土的中国文论或诗学反响。按当代英国社会学家吉登斯（Anthony Giddens，1938—　）的观点，"现代性的根本性后果之一是全球化"①。

同时，"诗界革命"论所推举的"诗王"黄遵宪，其诗论实际上受到更早的王韬的影响。由这一关联进而推知，"诗界革命"论的发生当然有多重渊源（如受日本德富苏峰"革命"论及转口日本而输入欧洲文论的影响，政治改良失败后的文化启蒙需要及其对文学的借重等），但至少可通过黄遵宪而上溯到更早一代知识分子王韬那里，正是从此牵引出一条"诗界革命"所从中发生和演变的全球性知识型演变踪迹。这里只需先提及如下事实就够了：梁启超于光绪二十二年（1896）在上海与黄遵宪、汪康年等一道创办《时务报》并担任主笔，名震海内外；之前17年即光绪五年（1879），黄遵宪在日本首次会见王韬，而王韬则是中国现代知识分子中最早赴英法考察并思考中国的现代性变革的思想家之一。王韬年长黄遵宪二十岁，黄遵宪则年长梁启超二十五岁。

---

① ［英］吉登斯：《现代性的后果》，田禾译，152页，南京，译林出版社，2000。

正是从梁启超、黄遵宪、王韬三人及其三代递进关系中（当然不限于此），可以回溯出"诗界革命"论的渐进性涵濡过程的一缕遗踪。

一、从全球化向东涵濡看"诗界革命"

对于如何看待由梁启超发起的"诗界革命"，学术界已有两种观点。较早的观点认为它是一次改良主义的文学运动或进步的文学思潮和流派。较近的观点来自陈建华，他先是认为："要求诗歌在'革命之时机渐成熟'的时候，以'欧洲真精神真思想'为'诗料'，开辟诗的新境界，实际上要求诗歌起到反映、推动革命思潮的作用。"[1]后来他又从"革命"的"现代性"角度揭示了"诗界革命"同"欧洲之真精神真思想"的渊源关系，认为"'革命'被限定在诗歌领域，意谓一种变革或一种含有历史性的质变，和改朝换代、政治暴力、天意民心等因素没有直接关系"。[2] "如果说在本世纪里革命意识形态几乎主宰了中国社会和中国人的日常生活，梁启超首先引进的这个'革命'观念构成了现代动力。"[3]这一观察是富于见地的。

不过，如果从当今"全球化"进程及其向东涵濡的必然性视角来看，"诗界革命"实际上可以看作由西欧率先发动而后向全球各国扩展的"全球化"即"现代性"进程的一部分，具体说是"全球化"在向东涵濡过程中必然触发的一种根植本土而面向世界的激烈又复杂的中国文论或诗学反响。确切来说，中国现代文论中的"诗界革命"说就是"全球化"向东涵濡进程所造成的一种本土文论或诗学动员或投影，要求本土文学界人士起而运用文论武器加以积极应对。

这里的全球化及其向东涵濡进程，不同于过去所谓"西学东渐"即

---

① 陈建华：《"革命"的现代性——中国革命话语考论》，195 页，上海，上海古籍出版社，2000。

② 陈建华：《"革命"的现代性——中国革命话语考论》，14 页，上海，上海古籍出版社，2000。

③ 陈建华：《"革命"的现代性——中国革命话语考论》，40—41 页，上海，上海古籍出版社，2000。

西方学术向东方的单向移植，而是指在注定要覆盖全球的普遍性变革进程中发生的西方文化与东方文化的相互涵濡态势，在其中无论西方还是东方都无一例外地被规定为总体进程的一部分。"西学东渐"说主要着眼于"西学"的单向的中国化现象，而没有看到这种"西学东渐"本身也只是全球化的一种手段或过程，也就是说只相当于全球化实现其巨大目标的一只手，包括西方和中国在内的全球各国都身不由己地被卷入这一全球化进程中，从而引发全球性变革。更重要的是，"西学东渐"说本身容易忽略被影响一方的文化传统自身所从事的深入而持久的涵濡工作。这样，在这种全球化的文化涵濡进程中，西方既是全球化的动力源或主动方，也是被全球化的对象或被动方。西方在影响东方的同时自身也在改变，包括被东方反影响（例如，为人熟知的歌德赞扬中国文化、庞德吸收中国"意象"观念及海德格尔研读老子《道德经》等）。同时，被影响的东方本身也在从事主动、积极或能动的涵濡进程。

此时，首先需要看到由全球化及其向东涵濡所带来的一种基本的知识型及更根本的个体体验范型的转变：以梁启超为代表的中国现代知识分子，已完成从传统中国中心的天下主义到全球普遍适用主义的转变。与李鸿章、张之洞等"洋务派"的"器变"而"道不变"的本土保守主义相比，梁启超等已拥有了全球普遍适用主义新视野：欧洲有的中国也该有，它们注定要在全球各种文化中普及。这一代知识分子完全无需像我们今天这样首先论证中西汇通的可比性之类前提，而且根本不觉得这样会丧失本土民族立场。在他们那里，像欧洲那样在全中国推行广泛的革命性变革，仿佛就是天经地义的事情，根本无需论证，也来不及论证。由于这种全球普遍适用主义知识型的形成，梁启超才会在《二十世纪太平洋歌》里这样呼唤道："乃是新旧二世纪之界线，东西两半球之中央。不自我先不我后，置身世界第一关键之津梁。"①同时，也要看到，对梁启超这样谙熟我国古代"诗教"或"风教"传统而又抱负宏阔的新锐政治家和思想家来说，"诗界革命"的要务其实不在于

---

① 梁启超：《二十世纪太平洋歌》，《新民丛报》第 1 号，1902 年 1 月。据吴淞等：《饮冰室文集点校》，第 6 集，3734 页，昆明，云南人民出版社，2001。

汉语诗歌的变革本身，而在于它对享有全球普遍适用属性的中国社会革命可以起到比之普通标语口号远为有力和有效的大众动员作用。通过汉语诗歌的变革去唤起沉睡的中国知识分子及民众，让他们自觉地投身这场全球普世的社会变革，可能正是梁启超发起"诗界革命"的初衷。

当然，汉语诗歌毕竟有自身的语言与美学规律，不能完全按自称"吾虽不能诗"的政治家梁启超预设的轨道奔驰。对诗人来说，自己置身其中的生存体验、世界的变化及其语言表现，才是真正至关重要的：从以中国为中心的古典"天下"体验到现在的"地球合一"的全球体验，这一转变对诗人及其他普通人造成的生存震撼是真正剧烈的。所以，从这个意义上说，不是政治家的社会动员需要而是诗人的个体生存体验的语言表现需要构成了"诗界革命"的真正核心缘由，尽管政治家的社会动员需要是直接诱因。而这一点正可以从王韬、黄遵宪到梁启超的演进找到一条容易被忽略的连贯的线索。

二、王韬："奇境幻遇"与"地球合一"

在梁启超规定的"诗界革命"三要素（"第一要新意境，第二要新语句，而又须以古人之风格入之"）中，"新意境"是赫然列首位的。而中国文学中这种"新意境"的开创不能不溯源到王韬。王韬（1828—1897）原名畹，字利宾，号兰卿，后改名韬，字子潜，号仲弢，晚年号天南遁叟。他的一生经历鸦片战争、太平天国、第二次鸦片战争、洋务自强运动、中日甲午战争等现代重大历史事件。重要的是，他利用被清廷追捕而逃亡香港的机会，转赴英法游历，获得了"开眼看世界"的先机，在香港创办《循环日报》并担任主笔，发表了大量现代政论文、游记散文《漫游随录》以及文言小说。正是中国现代历史上这个多灾多难的特殊年代，使他成为"走向世界"的首批知识分子的一员和杰出代表。① 王韬的政论文、游记散文和文言小说都致力于描写作者在地球上亲身体验到的新奇景物、人物、器物、事件等，体现了文学新境界的开拓。由此，王韬自己明确主张刻画"奇境幻遇"并力求达到"意奇"状态。

"奇境幻遇"，简单地说就是奇幻的人生境遇。"境"又作"境遇"，指人所身处其中的生活状况。王韬继承中国古代文论中有关"境"决定"文"的传统，强调"境"或"境遇"的作用。他在《三岛中洲文集序》里指出："时势不同，文章也因之而变。余谓文运之盛衰，固有时系乎国运之升降，平世之音多宽和，乱世之音多噍杀，若由一人之身以前后今昔而判然者，则境为之也。"②在王韬看来，"境"是为文的决定性因素，其"境"状况必然在文中投下印记，其变化也必然导致文的变化。但王韬不是如古人那样谈论"境"，而是突出"境"的"奇幻"特色。他在《华胥实录序》里这样强调说："一往情深者情耳，而缘之已定，境每限之，遇每制之，至使思之不得，徇之不可，乃凭虚造为奇境幻遇，而托梦以传之，则我之欲言无可言，欲见未由见者，毕于是乎寄。"③他相信，由"境遇"的制约作用，作者往往不得已而创制"奇"文。可见，通过想象手段创造"奇境幻遇"，是王韬文论的一个明确追求。王韬身处中国古人数千年未遇的全球化"乱世"，而这全球化"乱世"充满了新奇遇。这种新奇遇的造成，主要是由于新地球观的形成。正是西方人给中国带来了令人惊羡不已和痛苦不堪的现代性文化，而落实到王韬个人，则是他的一生都与奇异的西方文化发生密切关系，从20岁那年在上海初次体验西方奇观到后来亲自游览神奇的欧洲。由此，不难理解王韬何以充满了全球化奇情异想。

这种对具有全球化意味的"奇境幻遇"的追求，鲜明地体现在王韬的小说理论和诗歌理论中。他的《淞滨琐话》（即《淞隐漫录》"续录"）是

① 有关王韬生平经历，见忻平：《王韬评传》，上海，华东师范大学出版社，1990；张海林：《王韬评传》，南京，南京大学出版社，1993。
② （清）王韬：《三岛中洲文集序》，《弢园文录外编》，卷10，258页，北京，中华书局，1959。
③ （清）王韬：《华胥实录序》，《弢园文录外编》，卷7，214页，北京，中华书局，1959。

谈狐鬼之作，原也为连载小说，后结集成书。其自序说："天下之事，纷纭万变，而总不外乎生老病死，悲欢离合……《淞隐漫录》所记，涉于人事为多；似于灵狐黠鬼、花妖木魅以逮鸟兽虫鱼，篇牍寥寥，未能遍及。今将与诸虫豸中别辟一世界，构为奇境幻遇，俾传于世。非笔足以达之，实从吾一心生。自来说鬼之东坡，谈狐之南董，搜神之令升，述仙之曼倩，非必有是地、是事，悉幻焉而已矣。幻由心造，则人心为最奇也。"①这里明确道出了其小说写作题旨：借"奇境幻遇"表达自己对"纷纭万变"的现代性境遇的体验。

王韬标举"奇境幻遇"不是要追求语言上的新奇，而是寻求新颖而独特的意义创造即"意奇"，这一点不能不说构成后来黄遵宪和梁启超的理论变革的先声。王韬在《跋淞村诗集后》里虽然自述"余于诗亦欲以奇鸣"，但又特别解释说：

> 余谓诗之奇者，不在格奇句奇，而在意奇……必先见我之所独见，而后乃能言人之所未言。夫尊韩推杜，则不离于摹拟；模山范水，则不脱于蹊径；俪青配白，则不出于词藻；皆未足以奇也。盖以山川风月花木虫鱼，尽人所同见；君臣父子夫妇朋友，尽人所同具；而能以一己之神明入乎其中，则历千古而常新，而后始得称之为奇。②

他注重的不是语言上的"格奇句奇"，而是意义表达上的"意奇"。这种"意奇"，首先依赖于"见我之所独见"，即获得个人独特的世界体验；其次来自对这种"独见"进行加工创造，以便"言人之所未言"，表达出前人或他人都不曾表达过的原创性观点。所以，"意奇"就是指在个人独特体验（"独见"）基础上形成的原创性形象及其意蕴（"人之所未言"）。而这种"意奇"的形成，要求"以一己之神明入乎其中"，取得"历千古而常新"的效果。显然，对所谓"奇境幻遇"的刻画，是从根本上服从于对"意奇"效果的追求的。

---

① （清）王韬：《淞滨琐话·自序》，5页，济南，齐鲁书社，2004。
② （清）王韬：《跋淞村诗集后》，《弢园文录外编》，卷11，326页，北京，中华书局，1959。

　　为什么他对"奇境幻遇"情有独钟？《淞隐漫录自序》道出了苦衷："盖今之时，为势利龌龊诡谀便辟之世界也固已久矣，毋怪乎余以直遂径行穷，以坦率处世穷，以肝胆交友穷，以激越论事穷。"他的小说写作是个人"穷"而后作的结果，所谓"困极则思通，郁极则斯奋，终于不遇，则惟有入山必深、入林必密而已，诚壹哀痛憔悴婉笃芬芳悱恻之怀，一寓之于书而已"。这种写作动力陈述同古人所谓"穷而后工"或"愤而著书"之说在精神上是相通的。而在具体写作时，他有自己的明确规定："求之于中国而不得，则求之于遐陬绝峤异域荒裔；求之于并世之人而不得，则上溯之亘古以前，下极之千载以后；求之于同类同体之人而不得，则求之于鬼狐仙佛草木鸟兽。"①他的艺术形象的原型或来源，往往是边缘异域处、亘古前或千载后或神仙鬼怪自然界。这使他与蒲松龄颇为近似。但是，他真正与众不同的是，他急切要表达的绝不是什么个人纯粹的伤悲身世，而是自己浪迹天涯"三十年来所见所闻，可惊可愕之事"，尤其是他在中国和欧洲所获得的对中国文化在地球上的空前危机境遇的痛苦体验及相应的拯救意向。"昔者屈原穷于左徒，则寄其哀思于美人香草；庄周穷于漆园吏，则以荒唐之词鸣；东方曼倩穷于滑稽，则十洲洞冥诸记出焉。余向有遁窟谰言，则以穷而遁于天南而作也。"②正是这样，他的写作才不同于通常那种闲来无事的"小说小道"，而是直接伴随着个人对中国文化命运丰富的喜怒哀乐的体验。

　　可以说，通过描绘"奇境幻遇"而创造"意奇"效果，是王韬的游记散文和文言小说的一个共同追求。"奇境幻遇"，指的是境遇的奇幻或奇幻的境遇，它是手段；"意奇"指的是意义表达上的新奇和独创，这才是目的。两者间是由同一个"奇"字贯串起来的。王韬显然把描绘奇幻的人生境遇和表达新奇而富有原创性的观点，作为自己文学活动的最高美学原则。

　　为了达成"奇境幻遇"和"意奇"效果，王韬还不惜抛弃正统历史观而采纳非正统的"稗史"材料，体现出一种"正稗背合"观。他在自己的

---

① （清）王韬：《淞隐漫录》，2 页，北京，人民文学出版社，1983。
② （清）王韬：《弢园文录外编》，卷 11，316 页，北京，中华书局，1959。

历史与政论著述中，大量采撷经过考订的野史、稗史、方志、碑刻史料等。他认为："稗史虽与正史背，而间有相合。"意在指出，非正统的或边缘的稗史虽有与正史相背逆的方面，但也存在相合或相通之点，从而出现"正稗背合"情形。在王韬看来，稗史可以"扩人见闻"，使人增长见识；同时，还可以怡情悦性，"野乘亦可怡情，艺谱亦为秘帙，山经舆论各专一家，唐宋文人，类以此自传"。由于稗史具有这种增长见识和怡情悦性作用，所以，王韬主张治史应"取资于稗史，折衷于正史"①。这一点为后来梁启超的《清代学术概论·历史研究方法》所肯定。王韬的尚奇求幻的美学观，是与其注重"稗史"的"正稗背合观"相符合的。王韬也曾在《蘅华馆诗录·诗评》中使用"意境"一词："意境超脱，吐属韶秀"。尽管他没有具体展开和做独特发挥，但毕竟可见"意境"概念在当时已经被人们采用了。

更需要看到，王韬的"奇境幻遇"说的内涵其实同他独创的"地球合一"说相互贯通。王韬在《拟上当事书》里描绘出各国由分离走向合一的全球性状况以及中国遭遇到的崭新的"创局"境遇：

> 泰西诸国，与我立约通商，入居中土，盖已四十余年矣。其所以待我之情形，亦已屡变，总不外乎彼强而我弱，彼刚而我柔，彼严而我宽，彼急而我缓，彼益而我损。今日者，我即欲驱而远之，画疆自守，亦势有所不能；盖今之天下，乃地球合一之天下也。全地球东西两半球，所有大小各国，无不入我之市，旅我之疆，通好求盟，此来而彼往，其间利害相攻，情欲相感，争夺龃龉，势所必至，情有固然。②

这里的"创局"从根本上意味着中国面临一个崭新的创造性境遇——"地球合一"。在此新境遇中，中国已不可能再度"驱"西方诸国而"远之"，"画疆自守"，只能向全球各国开放，寻求共处。他在《代上苏抚李宫保书》中指出：

---

① （清）王韬：《呈严骏涛中瀚师》，《弢园尺牍》，卷 2，见忻平：《王韬评传》，12—13 页，上海，华东师范大学出版社，1990。

② （清）王韬：《拟上当事书》，《弢园尺牍》，208 页，北京，中华书局，1959。

昔之与我为敌者，近在乎肘腋之间，今之与我为敌者，远在乎环瀛数百里之外；昔日止境壤毗连一二国而已，今则环而伺我者，大小数十国；昔之书于史者，曰来寇，曰入犯；今之来者，曰求通好，曰乞互市。今昔异情，世局大变，五洲交通，地球合一，我之不可画疆自守也明矣。①

这里崭新的"地球合一"时代相当于今日所谓"全球化"或"全球性"境遇。这表现在如下方面：其一，商业贸易的全球化（"互市"）；其二，交通的全球化（"五洲交通"）；其三，国家间外交的全球化（"旅我之疆，求好通盟，此来而彼往"）；其四，各民族国家生存境遇的全球化（"全地球东西两半球，所有大小各国，无不……利害相攻，情欲相感，争夺龃龉，势所必至，情有固然"）。在这里，全球各国之间形成一种必然相互依存和相互共生的新型关系。王韬的《答强弱论》说得再明白不过了：

合地球东西南朔九万里之遥，胥聚于我一中国之中，此古今之创事，天地之变局，所谓不世出之机也……故善为治者，不患西人之日横，而特患中国之自域。天下之聚数十西国于一中国，非欲弱中国，正欲强中国，以磨砺我中国英雄智奇之士。②

试想，文中所说的"天下之聚数十西国于一中国，非欲弱中国，正欲强中国"，是一幅多么浪漫而动人的列国助中国富强的全球化图景！在这个意义上可以说，王韬是中国现代知识分子中明确地和完整地标举"全球化"视野和理论的第一人。

可以相信，正是对"地球合一"奇观的亲身体验和洞察，为王韬的"奇境幻遇"诗论提供了有力的依据和支撑。而这无疑也对后继者黄遵宪的以"古人未有之物，未辟之境"为核心的诗论提供了启迪或示范。

还可以提到的是，人们曾对梁启超所倡导的中西文化"结婚"说及中国文化"迎娶"西方"美人"的内涵颇感兴趣，但实际上，这种中西文

---

① （清）王韬：《拟上当事书》，《弢园尺牍》，215 页，北京，中华书局，1959。
② （清）王韬：《弢园文录外编》，卷 7，201 页，北京，中华书局，1959。

化融会构想早已由王韬在自己的文言小说里想象和描绘过了。王韬写过几篇有关中西联姻想象的文言小说。在《淞隐漫录》卷七《媚梨小传》里，这种想象体现在异国三角恋故事中，通过一对相互热恋的中英男女得到了呈现。媚梨是英国世家美女，"生而警慧觉伦，书过目即能成诵，各国语言文字悉能通晓。而尤擅长于算学"。自幼与乐工之子约翰青梅竹马，"两相爱悦，目成眉许，誓为伉俪"。但碍于两家"门第悬殊"，不能结合，就私下于山上废宅幽会。父亲为她选择了"家拥厚资"而门当户对的西门栗，她最初不愿意，后来终于"心动"。结婚之日，新郎西门栗正要入洞房时，接到约翰的信，信中附有媚梨给约翰的情书，本想开枪杀死媚梨"以泄胸中郁勃"，但因爱而不忍下手，于是急写一诀别信后自杀。媚梨只好返回娘家。她在孤独中寻求慰藉之途，想起了遥远而美丽的中国，于是带巨资航海东赴中国。她在船上巧遇"自英旋华"的中国青年丰玉田，两人互教对方英语和汉语，渐生情愫。媚梨提出嫁与丰玉田，丰玉田因担心中西饮食差异及家贫而辞谢，不想媚梨坚决表示自己"耐贫苦""可以自给"，还有家中资助的五万巨资作后盾。两人"遂成佳偶，恩爱倍笃，跬步弗离"。这对异国新婚夫妻来到中国，周游各地，定居上海。媚梨精通数学，尤其"善测量"。当中国海疆受侵犯，媚梨激励丈夫奔赴疆场杀敌立功，而自己也主动请缨参战。在随军舰赴闽江的途中，遇海盗劫掠商船，媚梨"以纪限镜仪测量远近"，指挥丰玉田以三发炮弹击沉三艘海盗船，立下奇功。[①] 这类想象的中西文化融会景观及其保疆卫国题旨在后来的文学中大行其道，其实正可以溯源到王韬的文言小说。在这方面谈到梁启超的广泛影响时，应该看到王韬的原创之功。

王韬就是这样率先尝试用古语表达"奇境幻遇"，希望在古汉语表达方式不变的前提下，依靠书写"奇境幻遇"而实现诗文"境界"的转变。这就为后来者如黄遵宪"诗界革命"意向留下了矛盾：古汉语语言和文体都不变怎能保障新的"奇境幻遇"的顺利表现？

---

① （清）王韬：《后聊斋志异》，张宏渊点校，330—334 页，兰州，甘肃人民出版社，1987。

三、从王韬到黄遵宪

如果说，"诗界革命"论在王韬时代还只属于一种语不变而境变的朦胧的和局部的改良意向，那么，正是通过黄遵宪的新的诗歌写作实践和诗论主张，这种"革命"的意图和局部筹划已经逐渐地和雄心勃勃地披露出来，等待最后的爆发。

光绪五年(1879)农历闰三月二十八日，应邀游历日本的年过半百的王韬，在东京见到了中国驻日使馆参赞、刚过而立之年的风华正茂的黄遵宪。年龄相差二十岁的两人随即结为忘年之交。他们的会见或许可以作为一种象征性事件，表明"诗界革命"论的发生进程的延伸轨迹。黄遵宪(1848—1905)，字公度，别号人境庐主人，广东嘉应州(今广东梅县)人。他年幼时就富有诗才，同王韬既有相同处更有不同处。相同处在于，置身于中国历史的巨变时刻，作为渴望有作为的知识分子，对国家和个人命运忧心忡忡；而不同处在于，由于王韬"私通"太平军而被放逐，一生只能在清朝体制外或者体制边缘发挥启蒙作用；而黄遵宪作为朝廷命官，却可以在体制内扮演改良者角色。黄遵宪到日本才一年多就能与王韬一见如故，其原因不难理解：这位不满中国现状、素有远大报国志向和开放心态的年轻外交官，正是在驻日期间(1877—1882)获得了前所未有的崭新的现代性体验，逐渐开始产生了自己的维新变法思想。他初到日本时，受一些"旧学家"的"微言刺讥""咨嗟太息"的影响，对明治维新还持不解与反对态度，后来见识多了，才逐渐发生根本性转变："乃信其改从西法，革故取新，卓然能自树立"，并对自己过去在《日本杂事诗》中表露的保守态度颇感后悔，"颇悔少作"，"余滋愧矣"①。他的《己亥杂诗》四七自注也说："在日本时，与子峨星使言：中国必变从西法，其变法也，或如日本之自强，或如埃及之被逼，或如印度之受辖，或如波兰之瓜分，则吾不敢知，要之

① 据钱仲联：《人境庐诗草笺注》，下册，1095 页，上海，上海古籍出版社，1981。

必变。将此藏之石函，三十年后，其言必验。"①他此时终于明确认识到"中国必变从西法"，"革故取新"。这确实是黄遵宪思想历程中的一个飞跃。

这种积极的变法思想显然与王韬在香港的努力在精神上是息息相通的。从时间上判断，这种思想转变的完成也显然与王韬对他的成功感染或启发密切相关。因为，一方面，作为体制内渴望变法的年轻官员，黄遵宪正迫切希望能从外面找到一条稳妥而有效的变法改良道路；另一方面，王韬这位处于体制外的变法论者，一直在渴求自己的主张被体制内当权者承认和接纳而不得，同时，也一直在盼望得到这个体制内的中心秩序的认可。这样，当王韬被拒之于国门外而浪迹天涯，好不容易得到日本友人的青睐而壮游扶桑，并且被日本作家、教育家中村敬宇(1832—1891)当作"百年来访日的最杰出中国人"加以盛情款待时，② 他内心真正期望目睹这幕场景的人，恐怕还是自己国家体制内的当权者和同道。因为，只有他们的认可和接纳，他的报国壮志和一系列变法方略才有真正付诸实施的可能。这就是为什么他们两人会一拍即合了，一位体制内变法者和体制外变法者在东京实现了具有重要意义的会见。王韬在香港为黄遵宪印行《日本杂事诗》时作序说：

> 余去岁闰三月，以养疴余闲，旅居江户，遂得识君于节署。嗣后联诗别墅，画壁旗亭，停车探忍冈之花，泛舟捉墨川之月，游屐追陪，殆无虚日。君与余相交虽新，而相知有素。三日不见，则折简来招。每酒酣耳热，谈天下事……余每参一议，君亦为首肯。逮余将行，出示此书，读未终篇，击节者再，此必传之作也！③

两人初次订交，谈得十分投机，友谊发展极快，每隔三两天即一会，酒酣耳热，赋诗联句，畅叙平生抱负，纵论天下大势，赴忍川观花，

---

① （清）黄遵宪：《黄遵宪全集》，上卷，158 页，北京，中华书局，2005。

② ［美］柯文：《在传统与现代之间——王韬与晚清改革》，雷颐、罗检秋译，80 页，南京，江苏人民出版社，1995。

③ （清）黄遵宪：《黄遵宪全集》，上卷，5 页，北京，中华书局，2005。

在墨川泛舟，激情满怀，难舍难分。王韬于农历七月初六离开日本，黄遵宪亲自送别。大约是在与王韬订交的第二年即 1880 年，黄遵宪就开始接触孟德斯鸠和卢梭的著作，思想受到更剧烈的震动，心志为之一变。1881 年，他在日本听到清政府撤回留美学生时，激愤地写下《罢美国留学生感赋》：

> 自从木兰狩，国势弱不支，
> 环球六七雄，鹰立侧眼窥。
> 应制台阁体，和声帖括诗，
> 二三老臣谋，知难济倾危。
> 欲为树人计，所当师四夷。①

在诗中，他进一步明确提出了新的"环球"视野中的"师四夷"主张，显示了全球化境遇中师法西方而从事现代性建设的决心。这些无疑有助于理解王韬与黄遵宪之间在"诗界革命"问题上的一种前后传承关系。可以说，黄遵宪的诗论革新思想的基础在很大程度上应同王韬的感召和启发相关，而他们的共同支撑正是"地球合一"的体验和"奇境幻遇"的视野。

四、黄遵宪："古人未有之物，未辟之境"

黄遵宪一生著诗不少，除散逸的外，集辑的有诗集《人境庐诗草》11 卷 640 首，《人境庐集外诗辑》（含《人境庐集外诗辑补遗》12 首）280 首，《日本杂事诗》2 卷 200 首，共计 1120 首。② 在这些诗中，他自认成就最大的是五古诗。他自称"五古诗凌跨千古。若七古诗不过比白香山、吴梅村略高一筹，犹未出杜、韩范围"。这也与一些诗人对他的评价相待。俞明震说："公诗七古沉博绝丽，然尚是古人门径。五古具汉

---

① （清）黄遵宪：《黄遵宪全集》，上卷，103 页，北京，中华书局，2005。
② 张堂锜：《黄遵宪及其诗研究》，260 页，中国台北，文史哲出版社，1991。

魏人神髓，生出汪洋恢诡之情，是能于杜、韩外别创一绝大局面者。"
何藻翔说："五古奥衍盘礴，深得汉魏人神髓。律诗纯以古诗为之，其
瘦峭处，时类杜老入夔州后诸作。"温仲和说："五古渊源从汉魏乐府而
来，其言情似杜，其状景似韩。"丘逢甲说："四卷后七古乃美而大；七
绝大矣，而未尽化也。已大而化，其五古乎！七律乎！"①但这里不打
算专门讨论他在诗歌创作上的美学成就，主要是想简要把握他在诗歌
美学上的革新要点如何推进了"诗界革命"论的形成。诗歌语言的现代
性或汉语的现代性，是黄遵宪诗歌创作探索的重点，尽管他并没有使
用这样的字眼。他所希望的新的诗歌语言，是那种能直接抒写今人的
生存体验的语言。他做出了王韬没有做的两方面新贡献：一是俗语，
即语言的俗化；二是新语，即新词语。

　　黄遵宪长期致力于诗歌语言的俗化。也就是说，在他这里，语言
俗化是文学现代性进程的一个基本层面。他在 21 岁时写的《杂感》中就
喊出了"我手写我口，古岂能拘牵"的口号。他对直接抒写"我口"充满
自信："即今流俗语，我若登简编，五千年后人，惊为古斓斑。"②"流
俗语"也就是俗语。而他青年时代的这一思想在后来又获得了升华：他
深切地认识到整个民族语言的雅化弊端，并对其俗化方向发出热烈呼
唤。在《日本国志·学术志》中，他认为汉语书面语与口语严重脱节，
"盖语言与文字离，则通文者少；语言与文字合，则通文者多。"他总
结古代文体发展演变的历史，主张创造一种"明白晓畅，务期达意""适
用于今，通行于俗"的新文体。明白而达意，适今而通俗，显然成为他
的语言现代性理想。他称赞日本文字简便易学，"闾里小民，贾竖小
工，逮于妇姑慰问，男女赠答，人人优为之"。中国文字也应当出现新
字体，"愈趋于简，愈趋于便"。他的汉语言现代性的目标是："欲令天
下之农、工、商贾、妇女、幼稚皆能通文字之用"③。显然，在他看

----

① 以上评价见钱仲联：《人境庐诗草笺注》，上册，10 页，上海，上海古籍出版社，
1981。
② （清）黄遵宪：《黄遵宪全集》，上卷，75 页，北京，中华书局，2005。
③ （清）黄遵宪：《日本国志》卷 33，据《黄遵宪全集》，下卷，1420 页，北京，中华书
局，2005。

来，汉语的通俗化是诗歌语言革新，乃至整个文学语言革新的一个基本方向。确实，他自小就受到家乡民歌熏陶，这影响一直伴随着他。在喊出"我手写我口"的第二年，他自己就身体力行，写了以"山歌"为题的九首诗。其中说："买梨莫买蜂咬梨，心中有病没人知。因为分梨故亲切，谁知亲切转伤离。"①他巧妙地利用同音字取得一语双关的效果，同时又通俗易懂，显示了汉语通俗化追求。他青年时代还写了富于山歌风味的《新嫁娘诗》51首，刻画出少女出嫁前的微妙心态。他对民歌语言的借鉴是与"白话"的运用联系在一起的，因为民歌语言和白话其实都具有俗语特征。如《五禽言》："泥滑滑！泥滑滑！北风多雨雪，十步九倾跌。前日一翼剪，明日一臂折。阿谁肯护持？举足动牵掣。仰天欲哀鸣，口噤不敢说。回头语故雌，恐难复相活，泥滑滑！"②浅显的口语生动地传达出深刻的寓意。

如果说，语言的俗化是为了适应最广大的各阶层读者的沟通需要，那么，语言的新颖则是要适应表现新的现代性体验的要求。求"俗"，是要竭力适应现代性社会动员；而求"新"，则是要满足现代性新变化。这两方面都服从于中国文化现代性的迫切需求。以新词语入诗，构成黄遵宪诗学的另一追求。黄遵宪以其丰富的人生体验和文化阅历，接触过不少新名词、新语句，并在诗中大胆引用，如气球、地球、赤道、十字架、世纪和握手等现代新词语。③ 在后来的变法运动中，黄遵宪更明确地标举"新派诗"："废君一月官书力，读我连篇新派诗。"④

作为清末民初文学界的一个重要人物，黄遵宪以俗语和新语句大写"新派诗"，在"诗界革命"方面赢得赞誉。但是，在我看来，黄遵宪的意义决不仅仅在于诗歌语言革新上。应当看到，他的诗歌语言革新在当时条件下还是有限的，不是寻求诗歌"形式"（语言）的革命而只是谋求诗歌"精神"的革命。这样的"革命"当然只是有限的改良而已，远

---

① （清）黄遵宪：《黄遵宪全集》，上卷，76页，北京，中华书局，2005。

② （清）黄遵宪：《黄遵宪全集》，上卷，170页，北京，中华书局，2005。

③ 吴天任：《黄公度先生传稿》，399—401页，中国台北，文海出版社，1979。

④ （清）黄遵宪：《酬曾重伯编修》，《人境庐诗草》，卷8，转引自钱仲联：《人境庐诗草笺注》，中册，762页，上海，上海古籍出版社，1981。

不是真正意义上的"诗界革命"。也就是说，在黄遵宪那里，俗语和新语的运用只是达成有限的修补而已，并没有导致整个诗歌文体真正意义上的革命。为什么会出现这种有限的诗歌改良？这是因为，黄遵宪所思所念的根本方面不是诗歌语言或形式的革命问题（这样的革命要等到五四时期的胡适等"新文化运动"闯将才能真正提出来并付诸实践）；而只是诗歌语言或形式以外的事。我们与其惋惜或责备他在诗歌美学上过于保守，不如认真地对待他所思虑的远为重要而急迫的事。这一点与王韬的影响可能不无关系，因为王韬的用力处也非语言，而是"奇境幻遇"。

黄遵宪眼中更为重要而急迫的事，用他自己的话来说，就是全力抒写当时中国的"人"和"事"。他在1891年夏撰写的《人境庐诗草·自序》中，全面提出了这一诗歌美学主张：

> 士生古人之后，古人之诗号专门名家者，无虑百数十家，欲弃去古人之糟粕，而不为古人所束缚，诚戛戛乎其难。虽然，仆尝以为诗之外有事，诗之中有人；今之世异于古，今之人亦何必与古人同。尝于胸中设一诗境：一曰，复古人比兴之体；一曰，以单行之神，运排偶之体；一曰，取《离骚》乐府之神理而不袭其貌；一曰，用古文家伸缩离合之法以入诗。其取材也，自群经三史，逮于周、秦诸子之书，许、郑诸家之注，凡事名物名切于今者，皆采取而假借之。其述事也，举今日之官书会典方言俗谚，以及古人未有之物，未辟之境，耳目所历，皆笔而书之。①

这里明确提出了"诗之外有事，诗之中有人"及"今之世异于古，今之人亦何必与古人同"的诗学主张。

这两处说法的共同点在于指出诗歌最重要的是要写"异于古"的"人"和"事"。这可以说是王韬"奇境幻遇"说的进一步发展。黄遵宪所主张的"诗之外有事，诗之中有人"，按我的理解，"人"就是指"今人"，即置身于现代性巨变时刻的中国人，具体地说，既指作为中华民族整

---

① （清）黄遵宪：《黄遵宪全集》，上卷，68—69页，北京，中华书局，2005。

体的中国人，也指作为独立个体的中国人；这"事"，正是指"所见之理，所用之器，所遭之时势"，即"古人未有之物，未辟之境"和"耳目所历"，也就是中国人所遭遇的数千年未有之大事变，中国人的现代性生存境遇。

黄遵宪还在《致周郎山函》里指出：

> 遵宪窃谓诗之兴，自古至今，而其变极尽矣。虽有奇才异能英伟之士，率意远思，无有能出其范围者。虽然，诗固无古今也，苟天地、日月、星辰、风云、雷雨、草木、禽鱼之日出其态以尝（当）我者，不穷也。悲、忧、喜、欣、戚、思念、无聊、不平之出于人心者，无尽也。治乱、兴亡、聚散、离合、生死、贫贱、富贵之出而我者，不同也。苟即能身之所遇，目之所见，耳之所闻，而笔之于诗，何必古人？我自有我之诗者在矣。①

他强调把个人在大变动时代的"身之所遇，目之所见，耳之所闻"都"笔之于诗"。这里的身遇、目见、耳闻，同前面所谓"所见之理，所用之器，所遭之时势"及"耳目所历"意思是一样的，都是强调"诗之中有人，诗之外有事"，即"异于古"的人和事。

尽管黄遵宪诗歌的主要用力处在于表现"异于古"的人和事，这一点同王韬是一脉相承的，但毕竟他不限于此，同时还非同一般地重视语言俗化和新词语运用并在诗歌中实践（尽管这种实践还很稚嫩），从而比王韬前进了一大步，并客观上为梁启超后来的"新意境""新语句"和"古风格"三者融合的"诗界革命"论铺平了道路。之所以只是客观上为"革命""铺平了道路"，本身并没有自觉地走向"革命"，实在是由于他"有作为诗人长期的写作实践和对诗歌艺术规律的深入认识，对诗歌传统的弊端和对诗歌革新的方向比一般人认识得更透彻，也更尊重文化和诗歌创作的规律"②。这样，难怪黄遵宪本人只是有限度地标举"别创诗界"论，别出心裁地运用俗语和新词语而在旧文体中开创新的

---

① （清）黄遵宪：《黄遵宪全集》，上卷，291 页，北京，中华书局，2005。
② 王光明：《现代汉诗的百年演变》，47—48 页，石家庄，河北人民出版社，2003。

诗歌风貌。他诚然希望诗人以"鼓吹文明之笔，竟有左右世界之力"①，有梁启超及其他同时代人大力推崇，却没有进展到直接标举或赞同"诗界革命"的地步，可见他对这种"革命"是有保留的。

五、梁启超：新意境、新语句和古风格

梁启超(1873—1929)是在戊戌变法失败后逃亡海外时，急切地谋划"诗界革命"的。这一"革命"论的正式提出是在《夏威夷游记》(1899)中："今日不作诗则已，若作诗，必为诗界之哥伦布、玛赛郎然后可。"他呼唤中国"诗界之哥伦布"的诞生，其实质就是参酌"欧洲之精神思想"而推动"诗界革命"："吾虽不能诗，惟将竭力输入欧洲之精神思想，以供来者之诗料，可乎？要之，支那非有诗界革命，则诗运殆将绝。"他那时为"诗界革命"制定的三条美学标准是："第一要新意境，第二要新语句，而又须以古人之风格入之，然后成其为诗……若三者具备，则可以为二十世纪支那之诗王矣。"②显然，"诗界革命"说在这里属于一种两"新"一"古"的奇特糅合物。问题的关键就在于"古风格"如何与"新意境"和"新语句"形成匹配。"风格"，如果理解为特定语言和文体在表意中形成的独特个性，那么就应当与语言和文体密不可分，并且终究要通过语言和文体表现出来。这样看，要追求"新意境"和"新语句"就必然要追求"新风格"而非"古风格"。但梁启超偏偏只让"意境"和"语句"求新而让"风格"守旧，这确实是一桩彼此不匹配的"姻缘"。这表明，梁启超本人就面临一种分裂的诗学境遇，就好比双脚和半个身子都跨进了新时代，但头脑还留在旧时代一样。

梁启超在这里提出了怎样才能产生"二十世纪支那之诗王"的问题。

---

① （清）黄遵宪：《黄遵宪全集》，上卷，440 页，北京，中华书局，2005。

② 梁启超：《夏威夷游记》，据吴淞等：《饮冰室文集点校》，第 3 集，1826 页，昆明，云南人民出版社，2001。

在他看来，"时彦中能为诗人之诗而锐意欲造新国者，莫如黄公度。"①
他还指出："近世诗人，能熔铸新理想入旧风格者，当推黄公度。"②当
然，在梁启超看来，不能"以堆积满纸新名词为革命"，而是要"以旧风
格含新意境"。这就是说，只有当"新语句"与"旧风格"结合起来，成功
地表现出饱含"新理想"的"新意境"时，"诗界革命"才可"举革命之
实"③。这就对"诗界革命"作了完整的美学规定。了解这个规定才可以
理解梁启超在黄遵宪的众多诗歌中何以最推崇组诗《今别离》四首了。
《今别离》作于 1890 年至 1891 年诗人任驻英使馆参赞期间。梁启超继
"同光体"诗人陈三立（陈伯严）之后，盛赞这组诗为"千年绝作"："黄公
度集中名篇不少，至其《今别离》四章，度曾读黄集者无不首记诵之。
陈伯严推为千年绝作，殆公论矣。余响者每章能举其数联，顾迄不能
全体成诵，愤恨无任。季廉不知从何处得其副本，写以见寄，开缄默
不知其距跃三百也。亟为流通之于人间世，吾以是因缘，以是功德，
冀生诗界天国……要之，公度之诗，独辟境界，卓然自立于二十世纪
诗界中，群推为大家，公论不容诬也……吾尝推公度、穗卿、观云为
近世诗家三杰，此言其理想之深邃闳远也。"④这里的夏穗卿即夏曾佑
（1863—1924)，观云即蒋智由（1866—1929)。

梁启超是基于什么具体理由推崇这组诗呢？可以说，正是由于认
定它以"新语句"和"旧风格"而成功地开拓了"新意境"，表现了个人全
新的全球性体验。很显然，梁启超格外推崇黄遵宪，恰恰是由于认定
后者符合他确定的上述三条美学标准。就是否符合梁启超的"诗界革
命"的三条美学标准来说，黄遵宪确实当之无愧。但是，"诗界革命"论
本身如果仅仅依据这三条标准，确实又是残缺的和内在不和谐的，因

---

① 梁启超：《夏威夷游记》，据吴淞等：《饮冰室文集点校》，第 3 集，1827 页，昆明，
云南人民出版社，2001。
② 梁启超：《饮冰室诗话》，据吴淞等：《饮冰室文集点校》，第 6 集，3791 页，昆明，
云南人民出版社，2001。
③ 梁启超：《饮冰室诗话》，据吴淞等：《饮冰室文集点校》，第 6 集，3817 页，昆明，
云南人民出版社，2001。
④ 梁启超：《饮冰室诗话》，据吴淞等：《饮冰室文集点校》，第 6 集，3802—3803 页，
昆明，云南人民出版社，2001。

而结果必然是声势大而实绩小。

六、全球化向东涵濡的本土诗学投影

"诗界革命"论作为全球化向东涵濡过程中的一种本土诗学投影，其发生是一个渐进的涵濡过程。在其中，王韬从"地球合一"说出发，率先开辟全球性"奇境幻遇"，先后预示了黄遵宪的"古人未有之物，未辟之境"和梁启超的"新意境"，但遗留下语言和风格问题存而未论。继黄遵宪兼顾书写异古之人事和语言的俗化及新词语运用，为"诗界革命"作了进一步准备之后，到了梁启超这里，"诗界革命"及其三条标准的提出已是水到渠成的事。梁启超的独特建树在于，以政治家的敏锐触角和政治危机情势中的诗学拯救动机，从黄遵宪等的诗歌革新实践中认识到诗界走向"革命"的必然性并实际吹响这一号角。他的"诗界革命"说的初衷在于通过诗歌的开创性变革而唤醒知识分子的以欧洲为范本的社会变革渴望，但客观上却发起了全球化向东涵濡中的一场本土诗学动员，让此前较为隐晦的全球化向东涵濡的诗学维度转而以豁然鲜明的革命性姿态亮相。

如今重新追溯这一渐进的涵濡过程，不仅并未减弱梁启超发起"诗界革命"的历史作用，反而让这一"革命"论的历史链条及其全球化向东涵濡的历史渊源更加完整和清晰地显示出来。正是通过显示这种文化涵濡的历史链条及其遗踪，我们得以更清晰地看出，"诗界革命"论实际上无意识地成为全球化向东涵濡过程中的一种本土文论工具，这就是说它无意识中以汉语诗歌革命的方式为由西欧发动的全球化进程在中国持续的涵濡起到了推波助澜的作用。

以现代的眼光来看，这种作用实际上宛如一把双刃剑：一面通过刺向现代汉诗与其古典传统诗歌母体相连的脐带，而成为它走向与这种本土传统诗歌母体断裂的开放时代的预示（这到了十来年后胡适的《尝试集》终于成为现实）；另一面则刺向它稚嫩的身躯本身，由此表明以传统格律体而尝试表现现代生活体验必然遭遇空前的美学困境。于是，"诗界革命"论作为全球化向东涵濡的本土文论投影，一方面具有诱人追求的幻影效果；另一方面则有令人烦忧的阴影作用。无论是这种幻影还是这种阴影，都会在中国现代文论后来的理论旅行中产生深远的结果，衍生出更加纷纭繁复的缠绕。

第三章　中国现代文论知识型的建立

——兼论西方文论知识型的转向

　　置身在当前全球化语境中，随着中国现代文论与西方文论的关联度越来越深入和复杂，西方文论在中国现代文论中的作用力到底如何以及中国现代文论的独创力究竟何在？无疑是需要认真追究的问题。而要追究这个问题，就不能仅局限于了解当前正与我们频频打交道的那部分西方文论（例如"后现代主义""后殖民主义"和"文化研究"等），需要由此出发，更全面而深入地了解那部分后面所携带或缠绕着的更为久远、深厚且更为复杂多变的西方文论传统。正是在这个意义上，需要从当前正与我们发生紧密关联的当代西方文论中稍稍抽身而出，退回到一个有一定距离的更开阔的平台上旁观，看看西方文论在其漫长的发展与演化历程中经历过哪些转变或转向，以及它如何影响了中国现代文论知识型的现代性转向。

　　为了把握西方文论的历史演变及对中国现代文论知识型转向的影响，有必要首先适当引入"语言论转向"（linguistic turn）概念，① 由此概略地描述西方文论所经历的历次转变的轨迹。当"语言论转向"（以语言为中心）可以大体对应于 20 世纪西方语言论文论时，那么，更早的"认识论转向"（以理性为中心）则也可以大致对应于 17 世纪至 19 世纪盛行的认识论文论。但那还只是对这两个时段西方文论的一种断代性

---

　　① 　王一川：《20 世纪西方美学中的语言本质观》，《中国社会科学》1993 年第 2 期；《语言乌托邦》，昆明，云南人民出版社，1994。"语言论转向"（Linguistic turn）初见于 Gustuv Bergmann, *Logic and Reality*, Madison：The University of Wisconsin Press，1964，p. 177 Richard Rorty, ed., *Linguistic Turn：Essays in Philosophical Method*, Chicago ：The University of Chicago Press，1967。

审视，而不是由古到今的总体性观察。现在需要进一步考虑的是，在西方文论的总体发展历程中（假定有此总体的话），到底曾经出现过哪些在文论发展史上富有重大影响的标志性"转向"？即在"认识论转向"和"语言论转向"之前及之后的时段里，到底还存在过怎样的"转向"？探讨这个问题有助于从总体上简要认识我们与之打交道的西方文论知识型的内涵、特质及其轨迹，而这正有助于进一步了解中国文论知识型的现代性转向的缘由。

一、西方文论"知识型"及其转向

首先应当看到，一劳永逸地完全将清西方文论的历史线索是不可能的，也是不必要的，这里的将清仅仅是为更准确地把握中国文论所与之打交道的西方文论本身的总体概貌，以及理解它在向东涵濡过程中必然遇到的跨文化对话问题。一般地讲，西方文论史就是指欧美发达国家的文论史。对于当今开放时代的中国人来说，来自异邦而不断冲击我们心智的西方文论究竟有着怎样的面目，而我们应该如何认知和应对，确实是需要认真对待的问题。不过，还需要说明的是，实际上，仅仅是"西方"这个话题本身就包含着一种理论历险：果真存在着一个统一、完整或总体意义上的"西方"吗？当我们身居国内时，我们会热烈地纵情想象那正对我们虎视眈眈、跃跃欲试的"西方"；当我们走出国门进入"西方"国家，我们反而会犯难：这是一个个具体的西方国家（美国、加拿大、英国、德国、法国、意大利等），而整体的"西方"在哪里？一些西方国家学者甚至会向我们特别申明：我们只是属于某某国家，也不知道西方在哪里。无法辨清这个十分复杂的概念，但可以有种简便的处理办法："西方"不过是我们想象的但又确实与之打交道的对话伙伴，这实际上是一个由我们自己建构起来的想象与实在融会的复合物。

从研究实际来说，需要考虑的是，应当根据何种理论框架从总体上把握西方文论史的历史演进？对这个问题当然可以见仁见智、势必存在众多不同视角，但可以简要地说，这里不妨从西方文论与西方"知识型"转型的关联角度，尝试去搭建西方文论史的宏观性阐述构架，由此对西方文论史的发展状况予以概略说明。搭建这个宏观构架，不存在寻求唯一正确视角之类的问题，仅仅为的是旁观方便。如果这个构架能使我们在旁观西方文论时多少有点方便，旁观后即加以拆除也无妨。

这里的"知识型"概念主要借自福柯（Michel Foucault，1926—1984）。他认为在特定知识的下面或背后，存在着一种更加宽广、更为基本的知识关联系统，这就是"知识型"（episteme，或译"认识阈"）。同时，可以把这种"知识型"概念同库恩（Thomas S. Kuhn，1922—1996）的"范式"（paradigm）理论加以比较。福柯指出：

> 认识阈（即知识型——引者）是指能够在既定的时期把产生认识论形态、产生科学，也许还有形式化系统的话语实践联系起来的关系的整体；是指在每一个话语形成中，向认识论化、科学性、形式化的过渡所处位置和进行这些过渡所依据的方式；指这些能够吻合、能够相互从属或者在时间中拉开距离的界限的分配；指能够存在于属于邻近的但却不同的话语实践的认识论形态或者科学之间的双边关联。①

换言之，"认识阈"是"当我们在话语的规律性的层次上分析科学时，能在某一既定时代的各种科学之间发现的关系的整体"。②尝试用马克思的历史学说去适度改造"知识型"，就可以把它视为与特定时代生产方式相适应的、具体的知识系统或"范式"所赖以成立的更根本的话语关联总体，正是这种话语关联总体为特定知识系统的产生提供了背景、动因、框架或标准。

可以把"知识型"概念同库恩的"范式"理论比较起来理解。"范式"

---

① ［法］福柯：《知识考古学》，谢强、马月译，248—249 页，北京，生活·读书·新知三联书店，1998。

② ［法］福柯：《知识考古学》，谢强、马月译，249 页，北京，生活·读书·新知三联书店，1998。

在库恩那里是指"一个科学共同体成员所共有的东西"。"反过来说，也正由于他们掌握了共有的范式才组成了这个科学共同体，尽管这些成员在其他方面并无任何共同之处。"①在他看来，自然科学的"革命"往往不是来自局部的渐进的演变过程，而是由这种"范式"的转换引发的整体转变。如果说，"知识型"概念突出特定知识系统得以构成的由众多话语实践系统及其关系组成的那种非个人的或无意识的关联性根源的话，那么，"范式"概念则相当于注重建立在上述"知识型"基础上的特定知识系统与特定科学共同体成员的紧密联系。不妨说，"知识型"相当于特定时代的具有话语生产能力的基本话语关联总体，而"范式"则相当于建立在它之上的有助于特定话语系统产生的话语系统模型。打个比方说，"知识型"好比绵延广阔的高原，"范式"则宛如高原上隆起的一座座高地或高峰。以具体的文论状况为例，如果说，"知识型"是指或明或暗地支配整个长时段的种种文论流派的更基本的知识系统总体，那么，"范式"则应是指受到其支配的具体文论流派或思潮。由此看来，"知识型"所涉及的领域比"范式"更为宽阔而基本。"知识型"作为特定历史时代众多知识系统所赖以构成的更基本的话语关联总体，将决定知识系统的状况及其演变，并且在特定知识共同体成员的知识创造与传播活动中显示出来。

从宏观上考察，西方"知识型"经历过若干次重要的转变，这不妨称为"转向"。"转向"一词在英文中有转变、旋转、绕转等含义，在这里主要是指路线或方向的转变或转折点，引申而指观念、思想、知识或话语等所发生的重要转变或转型。当基本的"知识型"发生"转向"时，这种"转向"总会创生出与它相对应并奠基其上的新的文学观念、方法与批评系统即文学理论。

从西方整个"知识型"演变历程与西方文论史相关联，并且从前者的"转向"影响了后者的相应"转向"来看，西方文论经历过大约五次重要的"转向"（当然还可以列出更多）。下面不妨作简要论述。

这五次转向是从"知识型"与文论相关联的角度去说的，在有文论

---

① ［美］库恩：《必要的张力》，纪树立、范岱年、罗慧生等译，291 页，福州，福建人民出版社，1981。

之前可能存在的"知识型"转向只能忽略不计。第一次转向可称为希腊时代的人学转向。以智者派（Sophists）尤其是苏格拉底（Socrates，公元前 469—前 399）为代表，希腊哲学从此前研究自然及其本原为重心转向研究人类社会道德与政治状况，也就是从以探究自然规律为主转向探究人类及其心灵（道德）状况。正是在整个"知识型"层面的这种人学转向熏染下，出现了柏拉图和亚里士多德这两位对整个西方文论史富有开拓性意义的文论大家。在这种人学"知识型"根基上生长出以"模仿"说为特征的古希腊文论和以贺拉斯"寓教于乐"说为标志的罗马文论。尤其是以亚里士多德为代表的"模仿"说在西方文论史上发生了深远的影响。第二次转向为中世纪的神学转向。随着基督教入主欧洲，人学中心被神学中心取代，整个"知识型"都奠基于唯一的上帝，任何知识系统都被认为由此发源，这导致了以基督教神学为支撑的视上帝为知识本原的中世纪文论的产生及其霸权地位。这时期的代表性理论家有普洛丁、奥古斯丁、但丁（"俗语之辉煌"和文本四层意义等）、"桂冠诗人"彼特拉克、薄迦丘（"注重文采"）等。[①] 第三次转向是 17 世纪以笛卡儿为代表的"认识论转向"（epistemological turn），它强调任何知识都与人的理性相关，都需要从理性去寻求解释。这种"转向"为文论提供了以"理性宇宙观"为主导的"知识型"。在此影响下产生的文论流派有新古典主义文论（法国的布瓦洛等）、德国古典哲学时期文论（莱辛、康德、席勒、黑格尔等）、浪漫主义、现实主义、自然主义、实证主义以及象征主义等。第四次转向为 19 世纪末 20 世纪初发生的"语言论转向"（linguistic turn）。在这种"转向"中，不再是"理性"而是语言、语言学模型、语言哲学等，被视为知识领域中最重要的东西。正如利科尔所分析的那样，"对语言的兴趣，是今日哲学最主要的特征之一。当然，语言在哲学中始终占据着荣耀的地位，因为人对自己及其世界的理解是在语言中形成和表达的。"尤其重要的是，"使我们时代在这方面显得更为突出的特点是，对语言本身的一种理性知识被很多哲学家

---

① ［法］贝西埃等：《诗学史》，上册，史忠义译，124—140 页，天津，百花文艺出版社，2002。

看作解决基本哲学问题的必要准备。"①正是这种性质的"语言论转向"导致了20世纪形形色色的以语言研究为中心的文论流派的产生，如现代主义、俄国形式主义、英美"新批评"、心理分析、结构主义、解构主义、阐释—接受文论等。第五次转向为20世纪后期的"文化论转向"（cultural turn）②，它在语言学模型的框架中更加专注于文化及文化政治、文化经济、性别、大众文化、亚文化、视觉文化、网络文化等阐释，为此时期各种文论流派竞相追究文学的文化缘由提供了知识依据，这些流派有西方马克思主义、新历史主义、后现代主义、后殖民主义、女性主义和"文化研究"等。

这五次"转向"可以成为我们理解各时期西方文论状况及其演变的宏大的知识背景与方法论基础。

二、中西文论的相遇方式与中国文论的现代性转向

需要看到，历经多次转向的西方文论的向东涵濡过程有其特殊性：它既不是从第一次转向时起就与中国文论相遇，也不是只在最后一次转向时才与之相接触，而是分别呈现出至少四种相遇方式：叠加式、疏离式、追补式和平行式。

首先呈现的是叠加式相遇。当西方文论与中国文论在其古典帝国的晚清垂暮时分发生正面遭遇时（尽管此前有过零星侧面接触），前锋部队应当是"认识论转向"时期文论，随后涌来的大军还有"神学转向"和之前的"人学转向"时期文论。这三次转向以高度叠加或挤压到一起的特定方式，影响了从晚清到20世纪前期中国现代文论。王国维写作《红楼梦评论》就承受了"认识论转向"所导引下的德国美学如叔本华和尼采美学等的影响。"生活之本质何？欲而已矣"，这一表述显然来自

---

① ［法］利科尔：《哲学主要趋向》，李幼蒸、徐奕春译，337页，北京，商务印书馆，1988。

② Fredric Jameson, *The Cultural Turn*：*Selected Writings on the Postmodern*，1983—1998. London & New York：Verso. 1998.

叔本华。随后陆续有启蒙运动时期文论、浪漫主义文论、现实主义文论等登陆，对鲁迅写作《摩罗诗力说》等发生影响。有趣的是，此时西方正盛行的语言论文论主流对中国文论的影响却远远低于前三次转向时期。鲁迅在分析五四时期中国社会状况时指出："中国社会上的状态，简直是将几十个世纪缩在一时：自油松片以至电灯，自独轮车以至飞机，自镖枪以至机关炮，自不许'妄谈法理'以至护法，自'食肉寝皮'的吃人思想以至人道主义，自迎尸拜蛇以至美育代宗教，都摩肩挨背的存在。"从文论角度看，这种几十个世纪的多元挤缩状况也正与西方历次转向的叠加式影响密切关联。而且这种挤缩中的外来物常常是相互矛盾的，"四面八方几乎都是二三重的事物，每重又各各自相矛盾。一切人便都在这矛盾中间，互相抱怨着过活，谁也没有好处"。①显然，中国现代文论的丰富性与复杂性，正可以从这种叠加式相遇角度获得一种合理解释。

继而有疏离式相遇。从 20 世纪 50 年代初到 70 年代末的三十年间，当中国关起门来推演自己的苏联式马克思主义时，西方正相继风行"语言论转向"所标明的新批评、结构主义和解构主义等多种思潮。这些新的语言论思潮对中国那个时期的文论几乎没有产生什么影响。不过，那时期还是出版了有限的"内部读物"。袁可嘉等在 1962 年奉命编译供批判用的《现代美英资产阶级文艺理论文选》，收录第一次世界大战到 60 年代初的"美英资产阶级文艺论著"，其中就有后期象征主义、"新批评"等没有在法语国家盛行的结构主义。他在后记中一锤定音地指出："综观现代资产阶级的文学批评，虽说数量上有所发展，真正有价值的新理论是很少的。"这显然没有看到"语言论转向"带来的拓展。这样的政治与学术偏见在当时中西疏离式相遇的背景下是"正常"的。进而说"现代美英资产阶级文学批评的主流（如新批评派和心理分析学派）是反动的，它反映了现代资产阶级思想的腐朽性和腐蚀性，是

---

① 鲁迅：《热风·随感录五十四》(1919)，《鲁迅全集》，第 1 卷，344—345 页，北京，人民文学出版社，1981。

明显地为帝国主义利益服务的，我们应当予以批判"，就更可以理解了。① 不过，这种偏见的反面效果却是：因为政治与学术疏离而造成更加强烈的心理期待。

当"新时期"国门重开、欧美西方文论重新登陆时，强烈的心理期待支配下的接受就变得十分迫切，20 世纪 80 年代的人们恨不得立时追补完过去三十年光阴所耽误的整个中西相遇。由于这种追补式相遇也包含了叠加式相遇，因而西方文论的前四次转向生成的种种文学观念，都在此时期蜂拥而至、联翩而来，在中国先后推演出"审美化"文论、"主体论"文论、"向内转"文论等新思潮。

真正实现中西文论之间的大致平行式相遇，还是在 90 年代以后，也就是在"文化论转向"所造成的新的学术氛围中。由于一方面有中国学人频频到西方交流与合作，另一方面有西方著名文论家相继来中国访问及出版新旧著作，就使得"文化论转向"以来的"后现代主义""后殖民主义"和"文化研究"等西方文论新贵有了在中国平行相遇的可能。杰姆逊（或译詹姆逊）频繁来中国交流以及他的《文化论转向》(1998)几乎达成与西方同步出版(中国社会科学出版社 2000 年中文版译为《文化的转向》)正是一个明证。另外一个相似的例子是解构批评家希利斯·米勒的多次到访及专著出版。当前正火热亮相的"文化研究"或"日常生活审美化"风潮，显然也正得自这种平行式相遇的真传。但需要注意的是，平行式相遇毕竟不等于，更不能被误认为平等式相遇。中国文论要真正与西方文论平起平坐，像鲁迅当年所期待的那样与世界各民族"协同生长"，在其中"挣一地位"②，还需要做艰苦而又漫长的努力。

上面几种相遇方式表明，西方文论在中国发生影响的程度取决于多重因素，其中之一便是相遇方式的差异，正是这种差异在一定程度上制约着中国人对于西方文论的接受。但从中国文论对西方文论的接受与变形来看，这种相遇在总体上当属于一种由"一"向"多"、由"同"

---

① 中国科学院文学研究所西方文学组编：《现代美英资产阶级文艺理论文选》，下编，465—466 页，北京，作家出版社，1962。

② 鲁迅：《热风·随感录三十六》，《鲁迅全集》，第 1 卷，307 页，北京，人民文学出版社，1981。

到"异"的破裂式转向。当拥有数千年连续式文明传统的中国文论遭遇拥有数千年破裂式文明传统的西方文论时，就好比一个稳定的东亚高原板块突然遭受到来自数个相互断裂的高原板块的轮番挤压，这种轮番挤压迫使东亚高原板块在交替承受来自不同高原板块的异质力量的冲击后出现急剧变形。面对着裂岸涌来的彼此异质的人学转向、神学转向、认识论转向、语言论转向和文化论转向等欧风美雨，中国文论的现代性道路该向何方铺设，又如何延伸？这注定了是在欧风美雨侵蚀、震荡或浸润下发展的曲折历程，当然既可能如风中的芦苇飘摇起伏，也可能在其中如鱼得水。无论如何，在这多重异质高原板块的轮番高强度碰撞下，中国文论的以"破裂"为特征的现代性转向展开了。

对西方文论的转向及其与中国文论相遇的上述考察，可以为理解西方文论影响下的中国现代文论或中西相遇下中国文论的现代性转向提供一面合适的镜子。

经历过多次转向的西方文论在发起一场不期而至的短促遭遇战后，似乎立时就宣告了中国古典文论的寿终正寝和西方文论中国化的开场。其实，西方文论中国化在这里并非意味着简单的外来文论的强势入侵，而实在也同时是，甚至更多的是出于中国文化界和文论界寻求自身现代性转向这一必然要求。风烛残年的中国古典文论要借鉴西方文论以构建自身新的主体性，这被视为中国文论的一种必然的西方化过程即西化过程。这种意义上的西化其实正显示了西方文论中国化的应有含义，恰恰构成中国文论实现自身的现代性转向的一条必由之路。

这样，所谓西方文论中国化或中国文论的西化，不能被机械地解释成西方文论如何入主中国文论或中国文论如何走向西方文论，而应当被准确地理解为中国文论的现代性转向，即拥有数千年传统的中国文论如何在新的全球化语境中参酌西方文论而实现自身的现代性转变。现代性转向是中国文论的一次前所未有而又意义深远的破裂式转向，意味着向来习惯于近缘杂交的中国文论此时不得不同以往的连续式传统实行断裂或决裂，开始了与西方文论远缘的和多元的杂交进程。对西方文论的五次转向与中国文论的现代性转向加以具体而深入的比较性探讨是必要的(这需另行展开)。

三、以中为镜看西方

由于这里的主要任务是考察西方文论的转向，本是不宜在中西比较上走得更远的，而是需要继续追究西方文论本身的特点。不过，与我们通常"以西为镜"而显示中国文论的特点相应，这里也不妨换位思考，"以中为镜"而呈现西方文论的特质。所以，要从西方文论的五次"转向"中窥见西方文论的特点，一个可行的办法是把它同中国古典文论相对照，因为这是在两种迥然不同的文化土壤中生长的文论系统。而到了中国现代文论，这两种文论系统已走向相互杂交，就不那么容易辨别了。假设一种文论总有其特定的文化气质作根基，呈现出独特的演变规律，运行特定的范畴系统，有着独特的目标的话，那么，可以在中西文论的相互映照中见出西方文论的一些独特风貌。

首先从根部的文化气质透视，与中国古典文论带有近缘杂交文化气质不同，西方文论体现了明显的远缘杂交文化气质。中国古典文论生长在东方亚洲大陆，在与多民族的反复交往与竞争中成长起来。即使是受到来自印度的佛教文明的深远影响，这种影响也是限于亚洲范围内近缘意义上的，而西方文论则承受了古埃及文明、巴比伦文明、希腊文明、希伯来文明等的远缘与多元塑造。

由于在近缘杂交环境中生长，中国古典文论在自身的演变上显得相对稳定而缓慢，沿着先秦、两汉、六朝、唐宋、元明清的朝代更替脉络演变，虽不断有变化和创新但基本上未见有突转式重大"转向"，属于一种连续式文论；而西方文论则在远缘多元杂交环境中长成，屡屡走极端，先后呈现出人学、神学、认识论、语言论和文化论等"转向"，因而可说是一种破裂式文论。这里和前面有关连续式与破裂式的划分及讨论，都借自考古学家张光直教授有关中国文明属于"连续式文明"，西方文明属于"破裂式文明"的论断。① 当然，这更多地属于一种宏观观察，严格说来，这两种文明及两种文论分别在其连续中也有破裂，在其破裂中也有连续，这是需要具体分析和仔细辨别的。

在连续式生长中，中国古典文论在不同时代涌现出不同的核心范畴，它们在不同的时代生长到自身的成熟期。单就文论范畴的成熟期而言，在先秦两汉有"诗言志"说、"风教"说等，在六朝有"诗缘情""感物"（"体物"或"物感"）说等，在唐代有"感兴"（或"诗兴"）说、"天然"说、"味外之味"说等，在宋代有"妙悟"说、"点铁成金"说等，在明清有"童心"说、"性灵"说、"神韵"说、"才胆识力"说等。重要的是，这些在不同时代成熟的范畴之间不存在过分突兀的转向，都可以从同样的中国古典文化母体中找到胚胎。而西方文论在其破裂式生长历程中，往往可以奇峰突起的姿态推出在不同文明传统熏染、又在多元文明的杂交下长成的独特范畴系统，例如，希腊时期的"模仿"论、新古典主义的"理性"论、浪漫主义的"表现"论、现实主义的"真实"论、俄国形式主义的"文学性"和"陌生化"、结构主义的"二元对立"论、"新批评"的"含混"与"细读"论、新历史主义的"政治性"、西方马克思主义的"政治无意识"等。这些文论范畴各自携带着来自多元文明或杂交文化的异质内涵，显示了不停地"破裂"或"求新"的文化品格（其中当然也存在着一定的传承性关联）。

与中国古典文论喜欢调动人的直觉去把握概念或范畴的无尽之意，甚至偏爱"恍惚"不同，西方文论在长时间里执着地追求概念或范畴的明晰度，突出一种精确或实证精神。即使是尼采式、海德格尔式到德里达式等对于"形而上学"的明晰传统的一次次激进的"解构"之举，包括其中的"诗化哲学"方式，也不过恰恰反过来证明这种明显地区别于中国古典文论的明晰传统在西方至今过分强大和顽固，乃至根深蒂固而已。

西方文论还处在第五次转向的风潮中，也许第六次转向的征兆已

① 有关连续式文明与破裂式文明的说法，取自［美］张光直：《连续与破裂：一个文明起源新说的草稿》，《美术、神话与祭祀》，郭净、陈星译，117—127页，沈阳，辽宁教育出版社，1988。

逐渐显露而暂时不为我们所明察。在全球化浪潮愈演愈烈的当前，中国文论被卷入与西方文论的平行对话中，是一种不以个人意志为转移的客观宿命，同时也是一种加紧自身的现代性转向和现代性铸造的机遇。正是在这个意义上，加强对于与中国文论有着特殊关联的西方文论的深入认知，具有特殊的现实意义。

四、中国现代历史视野中的文论知识型

作为中国文学理论的一部分，百余年来的中国现代文论已经和正在形成自身的传统。这里拟从知识型层面的涵濡入手考察这种文论新传统的生成。当我们习惯于从具体的理论范畴、方法和理论家等层面起劲地谈论中国现代文论如何同古代文论和西方文论不同的时候，往往容易忽略或遗忘一个简单而又重要的事实：中国现代文论是在一个与自身古典传统迥异的陌生的大陆板块上奠基的，我们所领会到的它的种种不同，都可以从这片新大陆上找到相应的说明。如果可以给这块新大陆以一个称呼，那就大约相当于福柯所谓"知识型"。这里拟依据马克思历史学说，适度吸纳"知识型"等当代相关理论，从文化涵濡进程推动文论转变这一视角，对中国现代文论知识型作一次概略描述。

现代文学思想或文论思潮总是受制于现代特定的生产方式并同它相适应。马克思指出：

> 要研究精神生产和物质生产之间的联系，首先必须把这种物质生产本身不是当作一般范畴来考察，而是从一定的历史的形式来考察。例如，与资本主义生产方式相适应的精神生产，就和与中世纪生产方式相适应的精神生产不同。如果物质生产本身不从它的特殊的历史的形式来看，那就不可能理解与它相适应的精神生产的特征以及这两种生产的相互作用，从而也就不能超出庸俗

的见解。①

进一步看，现代的种种文论中总存在着占统治地位的强势的或主流的基本文论模型，而这归根到底是由中国现代的生产方式所决定的。在这方面，马克思曾用"普照之光"这一隐喻去表述："在一切社会形式中都有一种一定的生产决定其他一切生产的地位和影响，因而它的关系也决定其他一切关系的地位和影响。这是一种普照之光，它掩盖了一切其他色彩，改变着它们的特点。"②这意味着，即使一个时代存在着多种文论思潮，但它们的背后总有一种占主导或支配地位的基本文论模型，正是它以"普照之光"的强势力量统治着所有形形色色的文论思潮。同时，马克思进一步指出："要了解一个限定的历史时期，必须跳出它的局限，把它与其他历史时期相比较。"③这样，要了解现代文论和文论模型，就需要有一种把若干特定的历史时期包罗在内的更加宏大的历史视野，在这种宏大的历史视野中通盘地和比较地把握具体的历史联系。

可以说，中国现代文论是在中西方汇通的现代世界历史的具体环境中生长的，有着与其历史状况相适应，而又与古典性传统和西方文论传统都不尽相同的特定"知识型"。进一步看，文论知识型是指特定文论所建立其上的基本的知识系统总体。要弄清特定文论的究竟，需要认真考察这种文论所建立其上的基本的知识系统总体即知识型。

五、中国现代文论知识型的"革命"背景

中国现代文论知识型的生成，是中国现代历史演进的产物。这种

---

① 马克思：《剩余价值理论》，《马克思恩格斯全集》，第 26 卷［上］，296 页，北京，人民出版社，1972。

② 马克思：《经济学手稿(1857—1859 年)》，《马克思恩格斯全集》，第 46 卷［上］，44 页，北京，人民出版社，1972。

③ 马克思：《十八世纪外交史内幕》(1856 年 6—8 月)，《马克思恩格斯全集》，第 44 卷，287 页，北京，人民出版社，1972。

现代历史的特殊情形在于，中国现代文论知识型是在古典性知识型衰败的危机情势中，通过同这种本土知识型实施激进的断裂并向属于异型文化的西方文论知识型寻求借鉴，才得以建立起来的。① 也就是说，当知识分子对中国文化危机的自觉发展到不得不采取激进或激化行动的极端地步时，"革命"就几乎成为当时唯一必然的选择了。正是毛泽东精辟地指出了中国革命的性质及其必然性：

> 帝国主义和中国封建主义相结合，把中国变为半殖民地和殖民地的过程，也就是中国人民反抗帝国主义及其走狗的过程。从鸦片战争、太平天国运动、中法战争、中日战争、戊戌变法、义和团运动、辛亥革命、五四运动、五卅运动、北伐战争、土地革命战争，直至现在的抗日战争，都表现了中国人民不甘屈服于帝国主义及其走狗的顽强的反抗精神。

这里的历次"革命"显示了中国现代革命的长期性和连续性。重要的是，毛泽东清楚地认识到，这种现代中国革命有一个特点，就是"未完结"的：

> 中国人民的民族革命斗争，从一八四○年的鸦片战争算起，已经有了整整一百年的历史了；从一九一一年的辛亥革命算起，也有了三十年的历史了。这个革命的过程，现在还未完结，革命的任务还没有显著的成就，还要求全国人民，首先是中国共产党，担负起坚决奋斗的责任。②

这种革命未完结或未完结的革命思想，可能是毛泽东思想体系中的一种根深蒂固的思想。这也就是为什么他会在亲自发动和领导的"无产阶级文化大革命"时期提出了这个赖以开展的指导思想——"无产阶级专

---

① 关于晚清中国知识分子对于"危机"的自觉及应对方式，见王尔敏：《清季知识分子的自觉》和《近代中国知识分子应变之自觉》两文，据《中国近代思想史论》，北京，社会科学文献出版社，2003。

② 毛泽东：《中国革命和中国共产党》，《毛泽东选集》，第 2 卷，632 页，北京，人民出版社，1991。

政下继续革命"。毛泽东论述说：

> 无产阶级文化大革命，实质上是在社会主义条件下，无产阶级反对资产阶级和一切剥削阶级的政治大革命，是中国共产党及其领导下的广大革命人民群众和国民党反动派长期斗争的继续，是无产阶级和资产阶级斗争的继续。①

这种继续革命的对象是什么？毛泽东给予了明确的规定：

> 无产阶级专政条件下革命的主要对象是混入无产阶级专政机构内部的资产阶级代表人物，是党内一小撮走资本主义道路的当权派。党内一小撮走资本主义道路当权派，同广大工农兵、革命干部、革命知识分子的矛盾，是主要矛盾，是对抗性的矛盾。解决这个矛盾的斗争，是无产阶级和资产阶级两个阶级的斗争，社会主义和资本主义两条道路的斗争的集中表现。②

在他看来，像"文化大革命"这样的同上述革命对象的斗争将是长期的：

> 现在的文化大革命，仅仅是第一次，以后还必然要进行多次。革命的谁胜谁负，要在一个很长的历史时期内才能解决。如果弄得不好，资本主义复辟将是随时可能的。全体党员，全国人民，不要以为有一二次、三四次文化大革命，就可以太平无事了。千万注意，决不可丧失警惕。③

正是由于断定革命的对象总不甘心于失败而随处寻求"复辟"，因而洞悉革命的性质本身就是持续性的也是继续性的。

这种持续不断的中国现代革命运动，如果放在当时世界史的背景下去分析，正是属于近现代世界"三大革命"之一。在张灏看来，革命有两种：一种是"小革命"或"政治革命"，指的是"以暴力推翻或夺取现

---

① 据 1968 年 4 月 10 日《人民日报》《解放军报》社论《芙蓉国里尽朝晖》。
② 据《红旗》杂志 1967 年五月号《伟大的历史文件》，又见 1967 年 5 月 18 日《人民日报》。
③ 见 1967 年 5 月 23 日《人民日报》。

有政权，以达到转变现存的政治秩序为目的的革命"，如 1776 年的美国革命和 1911 年的中国辛亥革命。另一种是"大革命"或"社会革命"，"它不但要以暴力改变现存政治秩序，而且要以政治的力量很迅速地改变现存的社会与文化秩序"，如 1789 年法国革命和 1917 年俄国革命。① 在这两种不同的革命中，中国革命显然属于后一种，即那种同时改变政治、社会和文化秩序的"大革命"：

> 1895 年以后，改革的阵营逐渐分化为改革和革命两股思潮，也因此展开了百年来革命与改革的论战。在这场论争的过程中，革命派很快取得了压倒性的优势。在本世纪初年，中国思想界开始出现革命崇拜的五四时期，20 年代初，这激化已经相当普遍，终而形成中国文化界、思想界在 20 年代至 40 年代间大规模的左转。②

这里的 20 世纪 20 年代至 40 年代中国社会"大规模的左转"，指的就是朝向"大革命"的转变。

导致这种大革命转向的原因是多方面的和复杂的。张灏在论述中突出了其中的三层原因。在他看来，第一层来自思想层面，就是西学大规模输入导致了思想激化。第二层来自非思想层面，就是空前的内忧外患的政治危机、一连串失败的现实政治改造以及文化取向的危机同时出现并形成互动关联，这大大加剧了思想激化。"政治与文化两种危机交织互动的结果是各种激情和感慨变得脱序、游离而泛滥，非常容易把当时人对各种问题与大小危机的回应弄得情绪化、极端化。这种趋势自然也是助长激化的一个因素。"第三层则在于中国现代知识分子的特殊的政治与社会困境：

> 1905 年以后，也就是转型时代初期，考试制度被废除了，诚如余英时先生指出，现代知识分子参加中央与地方权力结构的管

---

① 张灏：《中国近百年来的革命思想道路》，《张灏自选集》，292 页，上海，上海教育出版社，2002。

② 张灏：《中国近百年来的革命思想道路》，《张灏自选集》，292—293 页，上海，上海教育出版社，2002。

道也因此被切除了，他们的政治社会地位被边缘化了。同时我要进一步指出，知识分子的文化地位与影响力并未因此而降落，反而有升高的趋势，这主要是因为透过转型时代出现的新型学校、报纸杂志以及各种自由结社所形成的学会和社团，他们在文化思想上的地位和影响力，较之传统士绅阶级可以说是有增无减。因此形成一种困境：一方面他们仍然拥有文化思想的影响力，另一方面他们失去以前拥有的政治社会地位与影响力。这种不平衡，自然造成一种失落感，无形中促使他们对现存政治社会秩序时有愤激不平的感觉，也因而无形中促使他们的思想激化。所以中国知识分子走上激化思想的道路，是由文化思想层面上与政治社会层面上好几种因素结合起来促成的。①

可以说，在西学大规模持续涵濡的特定背景下，由于政治危机与文化危机的相互作用，加之现代知识分子的特殊政治与社会困境的促成，"大革命"倾向的出现是不可避免的。

由此看来，中国现代文论知识型的转向及生成，应当与此前"中原之中国""中国之中国"及"亚洲之中国"的知识型涵濡不同，属于一种与本土原有文化及其知识型实施革命性断裂后，在一种全新的基础上迅速地涵濡并获得再生的新知识型。这大体相当于人类学家所谓从地方性知识到世界性知识或全球性知识的激进的转变。

中国现代文论知识型的革命性特征突出地表现在，它没有经历原本应当经历的缓慢而持久的涵濡过程，而是毫不踌躇地就敢于宣布并实际同古典性知识型（或地方性知识）实施了坚决而又彻底的决裂。例如，在庚子事变至五四时期的梁启超、王国维、鲁迅、胡适、陈独秀等那里，文学革命、文论革命似乎就是自然而然的事情，根本无需加以学理论证。梁启超在《论小说与群治之关系》（1902）中开宗明义地指出："欲新一国之民，不可不先新一国之小说。故欲新道德，必新小说；欲新宗教，必新小说；欲新政治，必新小说；欲新风俗，必新小

① 张灏：《中国近百年来的革命思想道路》，《张灏自选集》，293—295页，上海，上海教育出版社，2002。

说；欲新学艺，必新小说；乃至欲新人心，欲新人格，必新小说。何以故？小说有不可思议之力支配人道故。"①这里的"新"，可以说就是在革命的准确意义上去使用的。

现在回头看，这种革命的文论知识型的建立，之所以会给人一种省略了缓慢的涵濡进程而实现迅速突变的鲜明印象，恰是来自于前述张灏所谓三层原因。西学输入、政治危机和知识分子困境的相互激荡，使得中国自我与外来他者之间的涵濡过程异乎寻常地加剧及加快了，从而导致了对于西方现代知识型的革命性姿态的确立。

六、中国现代文论知识型与"世界学术"

由于以革命方式同古典性传统或中国本土地方性知识实施断裂，因而中国现代文论知识型就必然需要寻求一个全新的文化基础假定，这就是那时知识分子纵情想象的全人类或全世界各种民族文化共同体都共通的"世界学术"模型。这样，中国现代文论知识型的一个显著特质在于，它是一种在激进的"革命"背景下依托新的"世界学术"模型而建构起来的新知识型。

在甲午中日战争、特别是庚子事变后，敏感于中国古典文化的风雨飘摇，梁启超、王国维、鲁迅等知识分子处心积虑地酝酿、探索或发动现代文论的"革命"运动，他们所依据的正是内心所信仰的全人类通识的"世界学术"模型。

梁启超在《论小说与群治之关系》中强调："吾今且发一问：人类之普通性，何以嗜他书不如其嗜小说？答者必曰：以其浅而易解故，以其乐而多趣故。是固然。"这里明确地以"人类之普通性"的名义发问，并不考虑我们今天自然而然地需要设限或追问的"中"与"西"之类文化前提问题，所信仰的显然正是普遍的世界学术视野。作者正是凭借这种"人类之普通性"视野，得以纵横潇洒地说"中"道"西"："吾书中主人

---

① 梁启超：《论小说与群治之关系》，据吴淞等：《饮冰室文集点校》，第2集，758页，昆明，云南教育出版社，2001。

翁而华盛顿，则读者将化身为华盛顿；主人翁而拿破仑，则读者将化身为拿破仑；主人翁而释迦、孔子，则读者将化身为释迦、孔子，有断然也。"通过如此一番证明而得出结论说："故今日欲改良群治，必自小说界革命始！欲新民，必自新小说始！"①这样的论证方式显然包含了一种似已不证自明的在全球都具普遍意义的知识范型。

王国维在1906年就以开放的"世界学术"眼光自许："异日发明光大我国之学术者，必在兼通世界学术之人，而不在一孔之陋儒固可决也。"又说："夫尊孔孟之道，莫若发明光大之。而发明光大之之道，又莫若兼究外国之学说。"②这里明确地表述了把中国固有地方性学术放到包括中国"孔孟之道"和"外国之学说"在内的"世界学术"平台上加以"兼通"或"兼究"的主张。正是基于有关"世界学术"的自觉，他在《国学丛刊序》里提出"学无新旧、无中西、无有用无用之说"③的鲜明主张。特别是就"学无中西"加以论证：

> 世界学问，不出科学、史学、文学。故中国之学，西国类皆有之；西国之学，我国亦类皆有之。所异者，广狭疏密耳。即从俗说，而姑存中学西学之名，则夫虑西学之盛之妨中学，与虑中学之盛之妨西学者，均不根之说也。中国今日，实无学之患，而非中学西学偏重之患。京师号学问渊薮，而通达诚笃之旧学家，屈十指以计之，不能满也；其治西学者，不过为羔雁禽犊之资，其能贯串精博，终身以之如旧学家者，更难举其一二。风会否塞，习尚荒落，非一日矣。余谓中西二学，盛则俱盛，衰则俱衰，风气既开，互相推助。且居今日之世，讲今日之学，未有西学不兴，而中学能兴者；亦未有中学不兴，而西学能兴者。④

---

① 梁启超：《论小说与群治之关系》，据吴淞等：《饮冰室文集点校》，第2集，758—760页，昆明，云南教育出版社，2001。

② 王国维：《奏定经学科大学文学科大学章程书后》，《王国维文集》，第3卷，71、72页，北京，中国文史出版社，1997。

③ 王国维：《〈国学丛刊〉序》，《王国维文集》，第4卷，366页，北京，中国文史出版社，1997。

④ 王国维：《〈国学丛刊〉序》，《王国维文集》，第4卷，366—367页，北京，中国文史出版社，1997。

既然中学与西学如此相通，所以两者之间必无质的差异："故一学既兴，他学自从之，此由学问之事，本无中西。"①

正是由于相信存在着统一的"世界学术"，王国维在发表于1903年的《论教育之宗旨》中，可以潇洒自如地展开中西美育观念的同一性比较：

> 德育与智育之必要，人人知之，至于美育有不得不一言者。盖人心之动，无不束缚于一己之利害，独美之为物，使人忘一己之利害，而入高尚纯洁之域。此最纯粹之快乐也。孔子言志独与曾点，又谓兴于诗，成于乐。希腊古代之以音乐为普通学之一科，及近世希痕林、敬尔列尔等之重美育学，实非偶然也。要之，美育者，一面使人之感情发达，以美完美之域，一面又为德育与知育之手段，此又教育者所不可不留意也。②

他在这种平常的学理论述过程中，似乎习以为常地把"孔子言志"及"兴于诗"的中国传统同古希腊及德国的谢林和席勒代表的西方美育理论并举、互释。显然，支撑这种学术习惯的仍然是一种想象的共通的"世界学术"模型。

正由于有此"世界学术"模型假定，王国维才会在1904年发表首次运用德国美学家叔本华观点去分析《红楼梦》的论文《红楼梦评论》。王国维开篇首先援引中国典籍："《老子》曰：'人之大患在我有身'。《庄子》曰：'大块载我以形，劳我以生。'忧患与劳苦之与生相对待也久矣。"但随后笔锋一转，似乎自然而然地转向论证叔本华的生命哲学思想：

> 夫生者人人之所欲，忧患与劳苦者，人人之所恶也。然则讵不人人欲其所恶而恶其所欲欤？将其所恶者固不能不欲，而其所欲者终非可欲之物欤？人有生矣，则思所以奉其生。饥而欲食，

---

① 王国维：《〈国学丛刊〉序》，《王国维文集》，第4卷，367页，北京，中国文史出版社，1997。

② 王国维：《教育之宗旨》，《王国维文集》，第3卷，58页，北京，中国文史出版社，1997。

渴而欲饮，寒而欲衣，露处而欲宫室，此皆所以维持一人之生活者也。然一人之生少则数十年，多则百年而止耳，而吾人欲生之心，必以是为不足，于是于数十年百年之生活外，更进而图永远之生活，时则有牝牡之欲，家室之累。进而育子女矣，则有保抱扶持饮食教诲之责，婚嫁之务。百年之间，早作而夕思，穷老而不知所终。问有出于此保存自己及种姓之生活之外者乎？无有也。百年之后，观吾人之成绩，其有逾于此保存自己及种姓之生活之外者乎？无有也。又人人知侵害自己及种姓之生活者之非一端也，于是相集而成一群，相约束而立一国，择其贤且智者以为之君，为之立法律以治之，建学校以教之，为之警察以防内奸，为之陆海军以御外患，使人人各遂其生活之欲而不相侵害。凡此皆欲生之心之所为也。夫人之于生活也，欲之如此其切也，用力如此其勤也，设计如此其周且至也，固亦有其真可欲者存欤？吾人之忧患劳苦，固亦有所以偿之者欤？则吾人不得不就生活之本质熟思而审考之也。生活之本质何？欲而已矣。欲之为性无厌，而其原生于不足。不足之状态，苦痛是也。既偿一欲，则此欲以终。

在这里，打通中西似乎根本就不需要任何前提论证，这正是由于王国维对中西之间共通的"世界学术"模型深信不疑。

应当看到，后人对王国维的这种以西释中的做法，是有不同意见的。李长之于1934年在"承认王国维是中国第一个批评家"[①]前提下，肯定《红楼梦评论》"不失为一篇重要的作品"[②]，并指出其具有四点"优长"："有组织、有根据、有眼光、有感情"[③]。但同时，他又指出其也具有四个"缺点"：一是在人生态度上没有"肯定生活"。二是在艺术看法上没有认识到艺术对人生"有绝对的价值"。三是在文艺批评上采取

---

① 李长之：《王国维文艺批评著作批判》，《李长之文集》，第7卷，208页，石家庄，河北教育出版社，2006。
② 李长之：《王国维文艺批评著作批判》，《李长之文集》，第7卷，210页，石家庄，河北教育出版社，2006。
③ 李长之：《王国维文艺批评著作批判》，《李长之文集》，第7卷，212页，石家庄，河北教育出版社，2006。

"硬扣"态度："关于作批评，我尤其不赞成王国维的硬扣的态度。了解一个作品，须设身处地，跳入作者的世界，才能得到真相。把作品来迁就自己，是难有是处的。"四是对《红楼梦》的批评是"不对"的，原因在于"上了叔本华的当"。①

与李长之对王国维的《红楼梦评论》持优点与缺点并重的辩证评价不同，钱钟书的批评是相当严厉的和没有保留的：

> 王氏于叔本华著作，口沫手胝，《红楼梦评论》中反复称述，据其说以断言《红楼梦》为悲剧之悲剧……然似于叔本华之道未尽，于其理未彻也。苟尽其道而彻其理，则当知木石姻缘，侥幸成就，喜将变忧，佳耦始者或以怨耦终；遥闻声而相思相慕，习进前而渐疏渐厌，花红初无几日，月满不得连宵，好事徒成虚话，含饴还同嚼蜡。②

他的结论是："王氏附会叔本华以阐释《红楼梦》，不免作法自弊也。"同时，又评论道：

> 盖自叔本华哲学言之，《红楼梦》未能穷理窟而抉道根；而自《红楼梦》小说言之，叔本华空扫万象，敛归一律，尝滴水知大海味，而不屑观海之澜。夫《红楼梦》，佳著也，叔本华哲学，玄谛也；利导则两美可以相得，强合则两贤必至相厄。③

钱钟书在此得出了"强合则两贤必至相厄"的尖锐批评，可以说直指王国维的《红楼梦评论》的要害：牵强附会的文学批评必然导致"两贤相厄"。

虽然可以指出李长之的辩证评价说比钱钟书的全盘否定论更具合理内涵，但这里的真正关键在于：那时的王国维由于如此醉心于"世界学术"模型的共通性幻觉，以致根本想不到首先需要在中西文化之间、

---

① 李长之：《王国维文艺批评著作批判》，《李长之文集》，第7卷，213—214页，石家庄，河北教育出版社，2006。
② 钱钟书：《谈艺录》，349页，北京，中华书局，1984。
③ 钱钟书：《谈艺录》，351页，北京，中华书局，1984。

中西学术之间以及文学作品与其批评方法之间展开冷峻的区分工作。他只是在激烈的革命意识驱使下，坦然地在幻想的"世界学术"平台上闲庭信步，每当自己需要时便信手拈来，哪里会顾及应事先慎重考虑批评工具与作品之间是"利导"而"相得"还是"强合"而"相厄"之类前提问题呢！正是在革命风云激荡的特殊年代里，原本缓慢难行的异质文化间的涵濡进程，竟变得简单易行了。

从鲁迅早期的《摩罗诗力说》（1907），也可以见出相同的"世界学术"观念的驱使。鲁迅开篇就引用德国哲学家尼采《查拉图士特拉如是说》（中译或为《苏鲁支语录》）第三章"旧的和新的墓碑"部分第25节，其中"新生之作"正是"新民族的兴起"之意。全文更是大量征引和评述西方"摩罗诗人"，把他们作为中国社会与文化革命的楷模加以推崇。鲁迅还在回忆早年在日本译印"域外小说"的经历时写道："我们在日本留学时候，有一种茫漠的希望：以为文艺是可以转移性情，改造社会的。因为这意见，便自然而然的想到介绍外国新文学这一件事……"①这里有关文艺"可以转移性情，改造社会"的信念，无疑正是他当时内心汹涌的文艺革命理念的一种写照。至于"自然而然的想到介绍外国新文学"，正是出于这样一种观念："外国"的文学也能在中国找到共鸣者，在他们心中唤起"转移性情、改造社会"的冲动，至少可以获得肯定性理解。鲁迅本人即使多年后回头再看，也坚信这种翻译工作在其"本质"上具有不容置疑的世界共通的启蒙价值：

> 我看这书的译文，不但句子生硬，"佶屈聱牙"，而且也有极不行的地方，委实配不上再印。只是他的本质，却在现在还有存在的价值，便在将来也该有存在的价值。其中许多篇，也还值得译成白话，教他尤其通行。②

鲁迅当然知道外国文学中"描写"的外国事物"在中国大半免不得很隔

---

① 鲁迅：《〈域外小说集〉序》，《译文序跋集》，《鲁迅全集》，第10卷，161页，北京，人民文学出版社，1981。

② 鲁迅：《〈域外小说集〉序》，《译文序跋集》，《鲁迅全集》，第10卷，162页，北京，人民文学出版社，1981。

膜"，有的甚至"更不容易理会"，这是由于"时代国土习惯成见，都能够遮蔽人的心思"；但是，他又认为，"幸而现在已不是那时候""大约也不必虑"，也就是 20 世纪 20 年代的中国社会同世纪初时相比已不一样了。[①] 显然，在鲁迅心里，根本点不在民族之间对文学理解有不同，而在于文化启蒙的程度有不同，这程度又是可以因时间而改变的。这里显然也有同样的普遍性的"世界学术"模型在支配。

可以说，在梁启超、王国维和鲁迅等知识分子那里，在我们今天看来属于他们主观想象的全人类共通的"世界学术"模型，在他们自己那时却仿佛是实实在在的。当他们在自身激进的革命意志驱使下毫不费力地建造起"世界学术"模型并在上面自在地舞蹈时，新的现代文论知识型就搭建起来了。

七、中国现代文论知识型的内涵和特征

依托于革命的和世界共通的现代学术模型，中国现代文论知识型得以建立起来。那么，其内涵和特征何在？王国维在 1903 年就认识到："余非谓西洋哲学之必胜于中国，然吾国古书大率繁散而无纪，残缺而不完，虽有真理，不易寻绎，以视西洋哲学之系统灿然，步伐严整者，其形式上之孰优孰劣，故自不可掩也……且欲通中国哲学，又非通西洋之哲学不易明也。"在他眼里，与中国古典知识型具有"繁散而无纪，残缺而不完，虽有真理，不易寻绎"等缺点不同，西方知识型呈现出"系统灿然，步伐严整"的优点（这种对比在今天看来显然过于简单化，既无视中国古典知识型自身的长处，又过分夸大西方知识型的长处）。由此，他断言说："异日昌大吾国固有之哲学者，必在深通西洋哲学之人，无疑也。"[②]中国学人只有"深通西洋哲学"，才可能"昌大"

---

① 鲁迅：《〈域外小说集〉序》，《译文序跋集》，《鲁迅全集》，第 10 卷，163 页，北京，人民文学出版社，1981。
② 王国维：《哲学辩惑》，《王国维文集》，第 3 卷，5 页，北京，中国文史出版社，1997。

自身"固有之哲学"。他在 1905 年进一步指出：

> 抑我国人之特质，实际的也，通俗的也；西洋人之特质，思
> 辨的也，科学的也，长于抽象而精于分类，对世界一切有形无形
> 之事物，无往而不用综括（generalization）及分析（specification）之
> 二法，故言语之多，自然之理也。吾国人之所长，宁在于实践之
> 方面，而于理论之方面则以具体知识为满足，至分类之事，则除
> 迫于实际之需要外，殆不欲穷究之也。①

这里更是出现了如下鲜明的中西特质对比：中国人是"实际的"和"通俗
的"，长于"实践"和"具体知识"；西方人则是"思辨的"和"科学"的，长
于"抽象而精于分类"，对事物善于运用"综括"及"分析"二法去研究。
由此他判断说："故我中国有辩论而无名学，有文学而无文法，足以见
抽象与分类二者，皆我国人之所不长，而我国学术尚未达自觉（self-
consciousness）之地位也。"②这里直陈"我国学术尚未达自觉之地位"，
尽管在今天看来堪称妄自菲薄之论，但其借西方学术特质分析而对中
国学术现状展开自我批判的意图，应当是更值得重视的。

王国维还提及西方"形而下学"和"形上之学"相继"侵入"我国的
事实：

> 言语者，思想之代表也，故新思想之输入，即新言语输入之意
> 味也。十年以前，西洋学术之输入，限于形而下学之方面，故虽有
> 新字新语，于文学上尚未有显著之影响也。数年以来，形上之学
> 渐入于中国，而又有一日本焉，为之中间之驿骑，于是日本所造
> 译西语之汉文，以混混之势，而侵入我国之文学界。③

特别是西方的"形上之学"为中国古典知识型所未具备，这应当是他所

---

① 王国维：《论新学语之输入》，《王国维文集》，第 3 卷，40 页，北京，中国文史出版
社，1997。
② 王国维：《论新学语之输入》，《王国维文集》，第 3 卷，41 页，北京，中国文史出版
社，1997。
③ 王国维：《论新学语之输入》，《王国维文集》，第 3 卷，41 页，北京，中国文史出版
社，1997。

谓"我国学术尚未达自觉之地位"的一个重要标志。

王国维所理解和借鉴的上述"综括"及"分析"法，其实正是西方学界自身所概括的那种现代性"分类"研究机制。对此，福柯曾经有过明确的论述。他在《事物的秩序》中指出：直到 20 世纪之前，西方社会还习惯于运用"分类"方式去理解事物，而不是用"生命"去理解事物。因此，研究自然史总是将自然分为属、种，研究文化与语言领域则是运用文法的分类范畴，而研究经济学则也是用字、词去分类事物。这里指出的情形正符合王国维对西方"分类"研究传统的理解，但王国维那时并不知道，当时的西方社会其实已经和正在发生重大的转变，这就是对以往的现代性"分类"研究模式展开反思和批判，并开始实施重大转型：从以往的"分类"研究转向新的"生命和有机体"研究。英国社会学家拉什在援引福柯的上述论述后指出：转变在现代性进程进展到 19世纪时出现了。"到了 19 世纪的现代性时期，只要哪里有过分类法存在，哪里就有生命和有机体。"①无论如何，王国维等中国现代知识分子通过借鉴西方 19 世纪反思和批判时期之前盛行的现代性"分类"研究模式，为中国现代文论知识型的建立做出了奠基性工作。

从王国维时期到 20 世纪末，经过将近 100 年的长时间涵濡，中国现代文论知识型体现了自身的特点。对此，不妨从层次角度去做简要考察。中国现代文论知识型呈现出如下层次特点：

一是专业化。古典文论是不存在现代才有的具体专业分工的，那时可谓文史哲交融成为一个整体而不加区分。与之不同，现代文论则从一开始就受到来自西方的现代性分类体系影响，自觉地按照文学、历史、哲学、经济学等的专业分类体系，成为文学学科下面的一个子学科，具有自身的不同于其他学科的独特对象、方法和目标。王国维认识到：

> 今之世界，分业之世界也。一切学问、一切职事，无往而不需特别之技能、特别之教育，一习其事，终身以之。治一学者之不能使治他学，任一职者之不能任他职，犹金工之不能使为木

---

① ［英］拉什：《信息批判》，杨德睿译，30 页，北京，北京大学出版社，2009。

工，矢人之不能使为函人也。①

这里的"分业"，实际上就相当于今天所谓学术的专业化、分类化或合理化，这正体现了早期现代性学术体制的一个基本特质。

二是本质论。与古典文论不问事物本质而只问其特征不同，现代文论总是力求追问事物的唯一本质。这种本质论特征表现在具体文论的基本载体——学术论文和学术著作中，就体现出两个特点：第一，论者总是从一个已有的理论前提或预设去演绎或推导论点及结论。第二，论者总是从对具体现象的分析中归纳出一个统一的结论或中心论点。王国维的《红楼梦评论》就是运用叔本华的生命意志之说去解析《红楼梦》，把这部中国长篇小说纳入叔本华的理论前提中去，证明了这一西方美学理论的权威性及其放之四海而皆准的普遍性。同时，这篇论文还通过对《红楼梦》的具体分析，归纳出一个统一的和先入为主的中心论点："《红楼梦》一书，与一切喜剧相反，彻头彻尾之悲剧也。"尽管在后来的李长之和钱钟书看来，王国维的具体做法和中心论点都难免失之于简单化，但这种本质论方式本身确实在现代文论知识型发展中开了一种先河。

三是思辨式。中国古典文论常常是以感悟、直觉的方式去论说，尽管要说理和论证，但都同感悟和直觉交织在一起。现代文论则总是思辨式的，对于事物总是依据一定的思想前提开展严格的综合与分析，由此寻求明晰的和统一的结论。

四是体系化。中国古典文论常常不追求统一的理论体系，而是按自身的理论表述逻辑行进，总是针对具体问题发言和论述。钟嵘的《诗品序》、严羽的《沧浪诗话》、叶燮的《原诗》等，都可以代表古典文论的这种常态表述方式。至于被推崇为"体大思精"之作的《文心雕龙》，其实只能被视为少见的体系化之作，因其受到来自印度的佛教典籍思维与表述方式影响。现代文论则不同，文论家们总是勇于借鉴西方现代性知识型中的体系化方式，并且善于把各种理论话语整理为一个严整

① 王国维：《教育小言十三则》，《王国维文集》，第3卷，84页，北京，中国文史出版社，1997。

而有序的有机构造，再从这个严整而有序的有机构造去处理各种话语材料，这就是体系化。原因不难理解：现代文论家把运用现代知识型去思考，视为拯救中国现代文学和文化的必由之路。

八、以曹丕与陈独秀为案例

为了说明由现代知识型牵出的上述四方面特点，不妨把"世界之中国"时段陈独秀的《文学革命论》(1917)同"亚洲之中国"时段曹丕的《典论·论文》作一简要比较，因为两者在中国古典性文论传统与现代性文论传统中分别具有重要的纲领性意义。

曹丕的这篇文章，涵濡于"亚洲之中国"时段汉代末年和曹魏时期的中国文化与文论的氛围中。其依托的知识型基本上还是在中国传统内部，并未受到后来的外来西方文化的任何涵濡。正是基于中国已有的知识型，曹丕论述了文章的四方面问题。第一，他认为作家的才气与文体存在必然的联系，作家才能各有所偏，通才、全才少见，"文非一体，鲜能备善"。他据此批评了文坛"各以所长，相轻所短"的"文人相轻"习气。第二，他提出了以四科八体说为标志的文体论："奏议宜雅，书论宜理，铭诔尚实，诗赋欲丽。"认为体裁不同，风格也随之不同，这应当说是中国古代文论中现存最早的文体特质论。第三，他相信文章灌注作者之"气"，从而标举"文以气为主"之说："文以气为主，气之清浊有体，不可力强而致……虽在父兄，不能以移子弟。"第四，他主张文章有大用于国家和个人。他的"盖文章，经国之大业，不朽之盛事"的论断对后世影响久远。尽管这些论述在条理上清晰，逻辑上严谨，但毕竟不讲究现代文论论著中那种明确的理论前提、中心论点与结论等的统一性和体系化。这里论述的四个问题是并非精确到不能随意增减的，其实也许可以伸缩为三个问题或六个问题，但可以肯定的是，作者没有十分明确地指出全文的核心议题及中心论点之所在。其根源正在于受到那时的"亚洲之中国"时段文化与文论特有的古典知识型或地方性知识的支撑。

与这种不追求核心议题及中心论点的中国古典文论传统不同，陈独秀的《文学革命论》显示了中国现代文论的新传统风貌。它从一开始就开宗明义地提出核心议题并予以明晰回答："今日庄严灿烂之欧洲，何自而来乎？曰，革命之赐也。"欧洲的"庄严灿烂"来自"革命"，"革命"正是全文的一个核心议题。有了这个核心议题，下面的任务就是对它加以证明和阐释。

他进而解释这种"革命"的性质与古代不同："为革故更新之义，与中土所谓朝代鼎革，绝不相类。"这就为全文论述设置了明确的和统一的思想前提："今日庄严灿烂之欧洲，乃革命之赐也。"接下来的推理逻辑必然是，如果我们要想有"庄严灿烂的中国"，就必然需要开展欧洲意义上的"革命"。随后，他提出并阐述了全文的中心论点——"文学革命论"。

为了论证这个中心论点，作者从三个方面加以阐发，从而为它提出了"三大主义"这一基本内涵："推倒雕琢的阿谀的贵族文学，建设平易的抒情的国民文学；推倒陈腐的铺张的古典文学，建设新鲜的立诚的写实文学；推倒迂晦的艰涩的山林文学，建设明了的通俗的社会文学。"作者随即从中国古代文学发展历程中提取论据，说明"际兹文学革新之时代，凡属贵族文学、古典文学、山林文学，均在排斥之列"，从而论证了打倒"三大主义"的三大论敌（贵族文学、古典文学、山林文学）的必要性和可行性。①

这里的论述套路表现在，集中探讨文学而非笼统的文史哲问题，体现了现代文论特有的专业化思路。同时，论文首先设立思想前提，进而标举"三大主义"，接着回到古代文学史讨伐"三大文学"，这一论证过程正体现了本质论、思辨式和体系化等现代知识型的作用和力量。

正是借助现代性知识型，这篇论文宛如中国现代"文学革命"的宣言书，为中国现代文学革命的发展起到了巨大的引领作用。

从上面的概述和案例可见，中国现代文论是在寻找和建立自身的知识型的过程中逐步发展起来的，而今天我们要理解中国现代文论传

---

① 陈独秀：《文学革命论》，《独秀文存》，95—98 页，合肥，安徽人民出版社，1987。

统的究竟，就需要尽力挖掘出已被深埋在地底的那种广袤而坚硬的知识型大陆。

　　尽管以上的专业化、本质论、思辨式和体系化特征可以大致代表中国现代文论知识型的主干构架，但同时应看到，在中国现代文论知识型的这个主干架构之余，还存在着其他必要的枝节性构架或次要的结构性零部件，这就是那些带有古代文论特有的跨专业性、非本质论、直觉式和反体系化等特征，但又与古代文论有所区别的知识型构架。这种知识型构架并非上述主干构架的简单补充，而事实上是现代人面对西方文论知识型这一他者而感到有所不满足，转而尝试重新激活自身的古代文论知识型传统的结果，是有意地以古代文论知识型来纠正西方文论知识型的偏颇的调和式结果。这样的文论著述有王国维的《人间词话》、宗白华的《美学散步》、李健吾的《咀华集》和《咀华二集》、钱钟书的《管锥编》等。认识到这一点，有利于全面把握中国现代文论知识型构架的特点：其主干是现代型的，但其枝叶却难免仍属古代知识型的延留或延伸。

第四章　中国现代文论核心范畴的位移：从典型到感兴

——兼谈兴辞在文学作品的文本层面中的存在

考察中国现代文论传统，一个绕不开的问题在于中国现代文论的核心范畴或极重要的关键词的状况。考虑到百余年来中国现代文论曾用过的范畴多种多样，其中哪些属于核心范畴，必然是见仁见智、莫衷一是，因此，这里不打算直接摆出一系列核心范畴来加以综合论述，而是仅从中挑出公认的一度显耀的核心范畴"典型"，以及尚未获得公认但实际上颇为重要的若隐范畴——来自中国古代文论的"感兴"予以概要性探讨。这两个范畴的一显一隐命运之间，会披露出中国现代文论传统在其关键词领域显示的独特品格。"典型"于20世纪20年代进入中国，逐渐产生重要的影响，直到一度成长为中国现代文论的核心范畴。但与此同时，也必须看到，进入20世纪80年代末90年代初以来，典型在中国的影响力却呈现持续下降趋势，直到近二十多年来在文学理论与文学批评中竟已变得芳踪难觅了。相对而言，来自中国古代文论与艺术理论中的感兴范畴却逐渐受到重视，引发诸多探讨。典型的中国化进程虽不足百年时间，竟已历经盛衰起伏的奇妙转变，而在现代曾经受到忽视的感兴范畴却呈现方兴未艾之势。现在回头对典型的向东涵濡轨迹和感兴的由隐转显变故作一番简要的追踪是必要的，想必会有助于冷静而全面地梳理西方文论与中国文论形成文化涵濡的复杂历程，在此基础上看到中国现代文论核心范畴从典型位移到感兴的必然性，由此对兴辞在文学作品的文本层面中的存在提出新的思考。

一、典型在西方及其向东涵濡踪迹

在重返典型在中国的涵濡进程前，有必要对我们所讨论的"典型"在西方的原有本土状况作必要而又粗略的辨识。据朱光潜的研究，"典型"(Tupos)来自希腊文，原义是铸造用的模子，与希腊文"Idea"为同义词，同有模子、原型、形式、种类等含义，引申而有印象、观念、思想和理想等含义。①"典型"作为美学与文论概念，在西方诚然有着久远的历史，例如，从亚里士多德起就发生并出现复杂的演化，但从其在美学与文论界的影响力或领导权来说，主要还是一个盛行于前现代主义(浪漫主义和现实主义)时期的现代范畴，即主要的活动舞台在18—19世纪欧洲美学与文论中。其主要的代表性理论家为黑格尔和别林斯基以及马克思主义创始人。

正是黑格尔在前人基础上为艺术典型概念注入了新的唯心辩证法内涵，使其成为一般与特殊、感性与理性、丰富与整一、现象与本质等多组对立关系的辩证统一范畴。尽管黑格尔的典型论拥有更多的原创性和更令人信服的权威性，但真正在我国文学界有着更高知名度并产生过显赫影响的却是在文学界忠实而出色地推演黑格尔理论的俄国文学批评家别林斯基。作为著名的俄国民主主义者，别林斯基从"典型"的高度，对以果戈理为代表的19世纪俄罗斯文学的现实主义精神作了及时、尖锐而深刻的批评，给我们留下了广为传颂并至今印象深刻的一系列著名论断："典型性是创造的基本法则之一，没有它就没有创造……必须使人物一方面成为一个特殊世界人们的代表，同时还是一个完整的、个别的人。"②他又指出："创作的独创性，或者更确切点说，创作本身的显著标志之一，就是这典型性"；典型性是"作者的文章印记"；"在一位真正有才能的人写来，每一个人物都是典型，每一

---

① 朱光潜：《西方美学史》，下卷，695页，北京，人民文学出版社，1979。

② ［俄］别林斯基：《评〈现代人〉》，《别林斯基论文学》，查良铮译，121页，上海，新文艺出版社，1958。

个典型对于读者来说都是熟识的陌生人。"①从别林斯基在此高屋建瓴般的论述可见，活跃的文学批评家比严谨的理论家更善于从肥沃的文学土壤中直接吸纳养料，从而铸造出更富有生命活力的词语去推演典型理论，因为，他的身后正是富于感召力、可以名垂千古的活灵活现的"典型"形象画廊。正是凭借对于文学"典型"人物在现实干预中的巨大感召力的高度洞察和热切期待，别林斯基才敢于跨越其宗师黑格尔而把典型性一举提升到艺术创作的"一条基本法则"这一前所未有的美学顶点，闪耀着"伟大"或"崇高"的美学光环。难怪朱光潜会评价说："在近代美学家中，别林斯基是把典型化提到艺术创作首要地位的第一人。"②

更值得重视的是，马克思和恩格斯运用原创的先进的唯物主义思想武器，对以黑格尔为代表的唯心典型观做了空前的富于革命性的转型式改造。恩格斯要求"现实主义"文学"除了细节的真实外，还要真实地再现典型环境中的典型人物"。③ 现实主义要求对现实关系予以真实描写，同时更要塑造出典型环境中的典型人物。马克思和恩格斯都把是否塑造出生动感人的典型人物看作叙事文学成败得失的关键环节。马克思称欧仁·苏的《巴黎的秘密》中的主人公鲁道夫是"艺术形象"，而称小说中一个不怎样显要的人物为"典型"："在欧仁·苏的小说里，阿娜斯塔西娅·皮普勒是巴黎看门女人的典型。"④皮普勒太太之所以被视为"典型"，是由于她以自己独特的带有"嘴上刻薄"的个人特点和"独立"的思想行为方式，体现了19世纪上半叶法国社会中的看门女人这一特定阶层人物的生活和思想性格的普遍特征。巴尔扎克是马克思和恩格斯都十分推崇的创造艺术典型的大家。马克思说："巴尔扎克不

---

① ［俄］别林斯基：《论俄国中篇小说和果戈理君的中篇小说》，《别林斯基选集》，第 1 卷，满涛译，161 页，北京，人民文学出版社，1959。这里的"熟识的陌生人"原译"似曾相识的不相识者"。

② 朱光潜：《西方美学史》，下卷，543 页，北京，人民文学出版社，1979。

③ ［德］恩格斯：《致玛·哈克奈斯》(1888 年 4 月初)，《马克思恩格斯选集》，第 4 卷，683 页，北京，人民出版社，1995。

④ ［德］马克思、恩格斯：《神圣家族》，《马克思恩格斯全集》，第 2 卷，94—95 页，北京，人民出版社，1957。

仅是当代的社会生活的历史家，而且是一个创造者，他预先创造了在路易·菲利浦王朝时还不过处于萌芽状态，而直到拿破仑第三时代，即巴尔扎克死了以后才发展成熟的典型人物。"①他特别喜欢莎士比亚创造的典型人物："莎士比亚塑造的典型在十九世纪下半叶开出了灿烂的花朵。"②恩格斯也说："我觉得刻画一个人物不仅应表现他做什么，而且应表现他怎样做……古代人的性格描绘在今天已经不够用了，而在这里，我认为您原可以毫无害处地稍微多注意莎士比亚在戏剧发展史上的意义。"③马克思批评拉萨尔在创作上的最大缺点在于人物缺乏鲜明生动的个性，变成"时代精神的单纯的传声筒"。恩格斯批评拉萨尔、敏·考茨基和玛·哈克奈斯，同样也是由于他们没有"真实地再现典型环境中的典型人物"。列宁也把典型视为社会主义文艺发展的一个重要环节，认为"在小说里全部的关键在于个别的环节，在于分析这些典型的性格和心理"。④他强调作家到生活中去"观察人们怎样以新的方式建设生活"，⑤"缜密地研究新的幼芽，极仔细地对待它们，尽力帮助它们成长，并'照护'这些柔弱的幼芽"。⑥这种观察的目的，就是在创作中特别注意捕捉一些个别的、偶然的瞬间，从中发现生活中出现的新的共产主义幼芽。

由此看来，马克思、恩格斯及列宁在对典型概念加以革命性的转型式改造的过程中，体现了两方面的关键点：一是把黑格尔的唯心辩证论理解转变为唯物辩证论阐释，引申出凭借"典型"去认识世界、认识生活的美学主张；二是进一步把"典型"同现实生活的革命性改造目标联系起来，翻转出"典型"所蕴含的新的审美认识和改造现实的美学

---

① ［法］拉法格：《忆马克思》，《回忆马克思恩格斯》，6页，北京，人民出版社，1973。
② ［德］马克思：《啤酒店主和礼拜日例假——克兰里卡德》，《马克思恩格斯全集》，第10卷，659页，北京，人民出版社，1962。
③ ［德］恩格斯：《致斐·拉萨尔》（1859年5月18日），《马克思恩格斯选集》，第4卷，558页，北京，人民出版社，1995。
④ ［俄］列宁：《论文学艺术》（二），711页，北京，人民文学出版社，1960。
⑤ ［俄］列宁：《致阿·马·高尔基》（1919年7月31日），《列宁选集》，第4卷，44页，北京，人民出版社，1995。
⑥ ［俄］列宁：《论文学艺术》（二），568页，北京，人民文学出版社，1960。

价值。这两方面主要表现在，他们出于"歌颂倔强的、叱咤风云的和革命的无产者"这一崭新意图，去强调"典型"应是与"个性"统一的艺术整体，要"真实地再现典型环境中的典型人物"，以及要"按照美的规律"去塑造等。① 他们心仪的能够创造上述"典型环境中的典型人物"的作家是后来在中国产生巨大影响的莎士比亚、巴尔扎克等。

可以说，回顾典型理论在西方发生、发展与演化的历程可知，它主要是 18、19 世纪欧洲美学与文论的一项富有代表性的重要成果，② 尤其是紧紧依托浪漫主义和现实主义艺术，为文艺提供了有效的理论与批评资源，产生了很大的影响。进入 20 世纪以来，随着俄国形式主义、英美新批评、结构主义等陆续登上文坛，典型理论在西方逐渐衰落并最终趋于沉寂，这是不以个人意志为转移的。有趣的是，当典型在西方本土日趋没落时，却正值其在中国涵濡过程中愈加风光时，这种错时又错位的兴衰更替现象耐人寻味。

来自西方的典型观念是从晚清时起逐渐传入中国的，这个向东涵濡的过程先后经历了发生、发展、高潮和退潮四阶段，与此相对应的则是典型在中国文论界的登陆期、勃兴期、高潮期和衰落期。

把典型的中国登陆期指认为始于 20 世纪 20 年代初是有根据的。早在 20 世纪 30 年代，文学评论家胡风就认识到："文学创造工作的中心是人，即所谓'文学的典型'，这已经成了常识。"③到 40 年代，美学家蔡仪把这认识扩展到整个艺术领域："艺术的创作就是典型的创造，典型是艺术的核心。"④这里探讨典型范畴在中国现代文论中的情形，可以借"一斑"而窥见中国现代文论核心范畴的总体运行状况和基本特质的"全貌"。据研究，正是鲁迅于 1921 年在我国文学界首度使用典型

---

① 有关马克思和恩格斯的典型观的汇集和阐述，见李衍柱：《马克思主义典型学说史纲》，192—302 页，济南，山东文艺出版社，1989。

② 朱光潜：《西方美学史》，下卷，702—707 页，北京，人民文学出版社，1979。

③ 胡风：《什么是"典型"和"类型"——答文学社问》，《胡风全集》，第 2 卷，104 页，武汉，湖北人民文学出版社，1999。

④ 蔡仪：《新艺术论》，《蔡仪文集》，第 1 卷，91 页，北京，中国文联出版社，2002。

一词，① 从那时起到 20 世纪 80 年代末 90 年代初，典型理论在中国文论界已风行达 70 年。而在这 70 年中，它作为主流理论雄踞文坛至少已长达 40 载。这一来自西方的文论范畴的中国化及其在中国的主流化进程曾是如此成功并如此富有权威，以致许多人容易忘记一个事实：典型原是产自西方的文学理论范畴，只不过被中国化了。这一点至少表明，在西方异域生长的典型理论已成功地完成其向东涵濡使命，在原本陌生的中国土地上生根、发芽、开花和结果，也就是发生了持久而深入的涵濡作用，并且还一度成为中国现代文论家族中一个不可或缺的重要成员。

　　从 20 世纪 20 年代初到 20 年代中期，典型理论在中国登陆。围绕鲁迅本人创作的阿 Q 等后来被恰当地命名为"典型"的新型人物形象的批评，沈雁冰、成仿吾、郑振铎等在寻找新的合适的美学理论去解读的过程中，紧紧抓住来自西方的典型新说，在论争中使其正式顺利登陆中国文坛。可以说，典型登陆中国时的第一个文学"港口"便是鲁迅和他的创作。继鲁迅之后，1924 年，成仿吾在分析鲁迅创造的阿 Q 等人物形象时第一次使用"各样的典型的性格"（typical character）"这一个的典型"等表述，并把这种"典型"视为衡量文学创作成就的重要的美学标尺（尽管他对鲁迅的理解存在片面性）。②

　　1926 年年初，郁达夫在《小说论》第五章《小说的人物》中说："这'典型的'三字，在小说的人物创造上，最要留意。大抵作家的人物，总系具有一阶级或一社会的特性者居多……但这一种代表特性的抽象化化得太厉害的时候，容易使人物的个性失掉，变成寓话中的人物"，"使读者感不出满溢的现实味来，这一层是小说家创造人物最难之点，也是成功失败的最大关头"③。郁达夫以小说家的敏锐，揭示了典型创

　　① 鲁迅：《译了〈工人绥惠略夫〉之后》，《鲁迅全集》，第 10 卷，107 页，北京，人民文学出版社，1981。有关研究见李衍柱：《马克思主义典型学说史纲》，济南，山东文艺出版社，1989。

　　② 成仿吾：《〈呐喊〉的评论》，据李何林：《鲁迅论》，229 页，上海，上海北新书局，1930。

　　③ 郁达夫：《小说论》，《郁达夫全集》，第 4 卷，171—172 页，杭州，浙江大学出版社，2007。

造中抽象性与个性的关系，并把它看作小说创作最具难度和最能关系成败的关键环节。这些标志着典型自此开始成为我国现代文学理论与批评中的一个重要范畴。

随后的勃兴期则属于大约 20 世纪 30 年代。那时，伴随马克思主义广泛、深入和成功的中国化进程，马克思和恩格斯在五封书信等著述中表述的典型理论迅速传布，影响日盛。我们回头看，许多人为典型理论尤其是马克思主义典型理论的中国化做出了努力，但首功应属于以瞿秋白为代表的中国马克思主义者。在领导武装斗争经历严重挫折后，瞿秋白在 1931 年被迫重新拿起笔杆子，在与鲁迅合作领导左翼文学运动的过程中，大力译介和阐发马克思主义典型观，同胡风、周扬、冯雪峰等文论家一道努力开创中国化典型理论的道路。胡风的《什么是"典型"和"类型"》(1935)、周扬的《现实主义试论》(1936)及《典型与个性》(1936)、冯雪峰的《鲁迅与中国民族及文学上的鲁迅主义》(1937)等论文及其参与的论争，有力地推动了中国化典型理论的生成。

具体地说，1935 年胡风在《张天翼论》《什么是"典型"和"类型"》等文章中对典型论作了阐述。1936 年年初，周扬发表《现实主义试论》对此加以批评。而胡风又以《现实主义底"修正"》作了反驳。周扬随后又写《典型与个性》，胡风再以《典型论的混乱》予以回应。

胡风说："艺术活动的最高目标是把握人的真实，创造综合的典型。这需要在作家本人和现实生活的肉搏过程中才可以达到，需要作家本人用真实的爱憎去看进生活底层才可以达到。"①胡风强调的重心是典型化中的"综合"或概括。在如何创造典型上，胡风突出的是先"提取"出"个别"，把它"抽象"化，再加以"具体化"："为了写出一个特征的人物，得先从那人物所属的社会群体里面取出各样人物个别的特点——本质的阶层的特征，习惯，趣味，体态，信仰，行动，言语等，把这些特点抽象出来，再具体化在一个人物里面，这就成为一个典型了。"这一方法实质上还是"综合"："这创造典型的过程，我们叫作综合(generalization)或艺术的概括。一个典型，是一个具体的活生生的人

① 胡风：《张天翼论》，《胡风全集》，第 2 卷，39 页，武汉，湖北人民文学出版社，1999。

物，然而却又是本质上具有某一群体的特征，代表了那个群体。"①胡风进而规定了典型的五项含义：第一，典型既是普遍的又是特殊的。典型的普遍性，是对那人物所属的社会群里的各个个人而说的；典型的特殊性，是对别的社会群或别的社会群里的各个个体而说的。第二，典型意味着从特定的社会群里的各个个体中抽出共同的特征来。第三，典型的艺术概括具有历史界限，只能从处于大同小异的社会环境下的同一社会群的个人里抽出本质的特点来，概括成一个特定的典型。第四，文学上的典型同时一定是这个人物所由来的社会关系之反映。第五，典型具有时代性，新的性格不断产生，旧的性格不断灭亡。②

周扬抓住胡风在张扬普遍性及综合而对特殊性及个性语焉不详这一缺陷，不失时机地大力标举典型的个性化内涵："个人的多样性并不和社会的共同性相排斥，社会的共同性正通过各个个体而显现出来。一个典型应当同时是一个活生生的个体。"③他以"果戈理笔下的地主"为例说："虽然都具有以吮吸'灵魂'们的血为生的地主的共同的本质，玛尼罗夫在感情、气质等方面和梭巴克维奇之类有不小的距离。两个伊凡在保守、顽固、贪欲之点上并无二致，但两人的个性是可惊地相反，一个文雅到肉麻的程度，另一个却粗暴不堪。两种个性的强烈对照却并没有抹煞他们那种地主的共同特性，反而使那些特性更加明显和凸出起来。"④

其实，胡风和周扬在典型论上的分歧远远没有两人之间的论战架势和锋芒来得明显，只不过他们各自为了张扬各自的思想倾向而分别更加突出共性与个性而已。客观上讲，正是通过这场论战，典型理论在中国文论界的影响力加大了。

---

① 胡风：《什么是"典型"和"类型"——答文学社问》，《胡风全集》，第 2 卷，105 页，武汉，湖北人民文学出版社，1999。

② 胡风：《什么是"典型"和"类型"——答文学社问》，《胡风全集》，第 2 卷，105—106 页，武汉，湖北人民文学出版社，1999。

③ 周扬：《典型与个性》，《周扬文集》，第 1 卷，164 页，北京，人民文学出版社，1981。

④ 周扬：《典型与个性》，《周扬文集》，第 1 卷，165 页，北京，人民文学出版社，1981。

如果说，勃兴期典型理论往往伴随着一种开拓性激情和神秘感的话，那么，进入 20 世纪 40 年代直到 80 年代中期，中国化典型理论进入主流期或高潮期，在我国现代文学界体现出一种无可争辩的美学权威性。以毛泽东《在延安文艺座谈会上的讲话》（1942）为代表，中国化典型理论获得了系统表述并逐渐登上主流地位。

毛泽东出于让文艺作品承担感染和动员群众的目的，要求文艺作品注重"典型性"，走"典型化"的创作道路，因为他认为"文艺作品中反映出来的生活却可以而且应该比普通的实际生活更高，更强烈，更有集中性，更典型，更理想，因此就更带普遍性"。在他看来，文艺作品的"典型化"极大地有助于动员群众投身于"改造自己的环境"的"斗争"："革命的文艺，应当根据实际生活创造出各种各样的人物来，帮助群众推动历史的前进。例如，一方面是人们受饿、受冻、受压迫，另一方面是人剥削人、人压迫人，这个事实到处存在着，人们也看得很平淡；文艺就把这种日常的现象集中起来，把其中的矛盾和斗争典型化，造就文学作品或艺术作品，就能使人民群众惊醒起来，感奋起来，推动人民群众走向团结和斗争，实行改造自己的环境。"①

同样在 40 年代，继毛泽东之后，从日本回国的美学家蔡仪在自己的美学体系中有机地输入了"典型"范畴，并把它作为自己整个美学体系的基石。在 1942 年出版的《新艺术论》中，他规定说："在个别里显现着一般的艺术形象，就是所谓典型。""艺术的创作就是典型的创造，典型实是艺术的核心。"②他在中国现代美学与文论史上首次明确地规定："美的就是典型的，典型的就是美的。就客观现实来说是如此，就艺术来说也是如此……艺术的美就在于艺术的典型，艺术的典型形象就是美的形象。"他甚至更直接地说："美就是典型，典型就是美。"③在随后的《新美学》（1948）中，蔡仪界定说："美的东西就是典型的东西，就是个别之中显现着一般的东西；美的本质就是事物的典型性，也就

① 毛泽东：《在延安文艺座谈会上的讲话》，《毛泽东选集》，第 3 卷，861 页，北京，人民出版社，1991。
② 蔡仪：《新艺术论》，《蔡仪文集》，第 1 卷，91 页，北京，中国文联出版社，2002。
③ 蔡仪：《新艺术论》，《蔡仪文集》，第 1 卷，161 页，北京，中国文联出版社，2002。

是个别中显现种类的一般。"①一句话，"美是客观事物显现其本质真理的典型。"②

以 1949 年中华人民共和国成立为标志，典型理论开始成为国家文学理论的核心范畴，由此上升为全国文艺创作和批评的纲领性规范。这种情形不仅是来自延安的解放区文学观念实现全国扩张的结果，也是来自苏联的文学理论实现中国化的产物。

被苏联委派来中国指导高校文学理论教学与研究的毕达可夫，在北京大学讲授的《文艺学引论》中，就明确地指出："创造典型的性格，这是古典的俄国文学和世界文学进步代表们的第一个训条。这个任务对苏联作家来说也是十分必要的。"③由于被上升到"第一个训条"的高度，典型论就具有了超乎寻常的重要地位。"作家在艺术形象中概括现实的重要方面，即典型化，是现实主义艺术的最重要的标志。"④毕达可夫在列数马克思主义创始人及列宁等典型理论的过程中，特别引用了以毛泽东为代表的中国马克思主义者的典型论："毛泽东同志指出文艺创作中典型的巨大意义，他结合中国条件发展了马克思列宁主义关于典型的原理，指出只有把生活中的矛盾和斗争典型化了的作品，'能使人民群众惊醒起来，感动起来，推动人民群众走向团结和斗争，实行改造自己的环境'。"⑤可以说，由于来自解放区的典型观同来自苏联的典型理论实现互动，典型论通过中国文艺领导机构、高校教学体系的大力传播，终于成为国家化的文学理论核心范畴了。

进入 20 世纪 60 年代，蔡仪在周扬领导下主编的高校统编教材《文学概论》中，主张创造既有鲜明、生动的性格特点又有普遍的社会意义的文学"典型"，并把"典型性"作为文学形象的一个基本规定。文学形

---

① 蔡仪：《新美学》，《蔡仪文集》，第 1 卷，235 页，北京，中国文联出版社，2002。

② 蔡仪：《新美学》，《蔡仪文集》，第 1 卷，244 页，北京，中国文联出版社，2002。

③ ［俄］毕达可夫：《文艺学引论》，北京大学中文系文艺理论教研室译，51 页，北京，高等教育出版社，1958。

④ ［俄］毕达可夫：《文艺学引论》，北京大学中文系文艺理论教研室译，60 页，北京，高等教育出版社，1958。

⑤ ［俄］毕达可夫：《文艺学引论》，北京大学中文系文艺理论教研室译，61 页，北京，高等教育出版社，1958。

象当其"有可能描写出鲜明而生动的现象、个别性以充分地表现它的本质、普遍性，使它具有突出的特征而又有普遍的社会意义"时，就具有了"典型性"。① 这部教材还进一步标举文学形象的"典型化"：这是创作中那种"概括一定阶级的、一定人群的性格的本质特征而具现于一个人物身上，使他既有一定的代表性又有完全独特的个别性"的过程。② 这部教材在一定程度上可以代表典型理论在中国现代文论中最后的完成态表述。③

正是在这个时期，以毛泽东为代表的中国现代文论家把中国化典型理论推向成熟的顶端。马克思和恩格斯还只是在理论和批评著述中主张一种积极的和革命性的典型观，而毛泽东则可以把它根本性地转变成全国文艺界的一整套实实在在的国家体制化举措，包括文学创作、文学批评、文学运动等体制运作过程。

典型理论在中国走向边缘期或衰落期，是在大约 20 世纪 80 年代中后期至 80 年代末 90 年代初。正是在这一被称为"新时期"的改革时段里，文论界和创作界兴奋的中枢神经区却再也容不下曾经显赫一时、风光无限的典型的身躯了，转而张开双臂去纵情接纳"朦胧"说、"积淀"说、"文学主体性"论、"向内转"论、"先锋主义""新写实"论等与典型范畴难以兼容（也有的主张兼容）的种种新学，使得曾经位居主流的典型理论逐渐被冷落一边，不得不向边缘移位直到走向衰落（但应当看到，典型范畴在中国文学中至今仍有其特殊的生命力）。

二、典型在中国的兴衰及其启示

典型在中国兴衰的原因是什么？全面而深入的分析有赖时日，但这里不妨做出一种初步的简明扼要的概括：它在中国的兴衰更替根本

---

①　蔡仪：《文学概论》，23 页，北京，人民文学出版社，1979。

②　蔡仪：《文学概论》，227 页，北京，人民文学出版社，1979。

③　与此书几乎同时编撰出版的高校教材还有以群主编的《文学的基本原理》（1964），同样把典型置于中国现代文论的核心范畴地位。

上是取决于中国现代文学从文学革命到文学改革的转型,其背后依托的则是中国社会更为宏大而深厚的从社会革命到社会改革的转型。与文学改革或改良的渐进、温和和稳定等追求不同,文学革命总是激进的、激烈乃至断裂的。正是文学革命这一特定情势,要求文学创造出能小中见大、一中见多地呈现中国社会危机及其普遍本质的特殊人物,这类特殊人物形象远比其他普通人物形象更具有真实性、生动性和感染力,从而更有助于中国人深刻地认识中国现实社会危机及其拯救途径。这样的文学革命吁求,就为文学创作的典型化转向铺平了道路。这样,典型论在中国的兴盛主要取决于两方面的原因。一方面,是出于那时期正日益高涨的中国文学现代性在新的文学形象阐释上的特殊的美学需要:对内力充满失望而对外力满怀期待的中国现代文学家,敏锐地捕捉到来自苏俄的典型论有助于阐释现代文学中以阿Q为代表的一种特殊的新型人物现象,于是大胆加以借鉴,从而有力地促成典型向东涵濡的成功。可以说,正是依靠来自西方的新范畴典型,中国作家和文学理论家找到了借以洞悉中国现代文艺与中国现实生活之间的必然联系的一束强光。当然,另一方面,同时也需要看到,那时的苏联和第三国际主动向中国输出革命,而典型理论不过是那时输入我国的种种革命理论和实践武器中的一种罢了。

回顾典型论在这两个时期的演进动因,可以说苏联因主动输出马克思主义而充当了主要的外因,日本马克思主义者则扮演次要的辅助角色。总起来说,一方面是中国现代文学界把握以鲁迅为代表的新形象创作的迫切需要;另一方面是典型这一富有理论威力的西方理论的及时输入,这两方面的合力才确保典型在中国文艺界平稳着陆,直到登上主流宝座。

到20世纪70年代末期,随着"文化大革命"结束和"改革开放"时代的到来,当整个中国社会从社会革命的时代转向社会改革的时代时,文学革命的时代必然终结,取而代之的是文学改革的时代。这时,作为文学革命时代的核心范畴的典型,必然趋于衰落。具体地看,不妨重点关注如下三个方面。

第一,典型走向衰落其实是它自我解构的一种必然后果。随着《林彪同志委托江青同志召开的部队文艺工作座谈会纪要》(1966)及其标举的"三突出""高大全"等理论对"典型"论的过度滥用，"典型"在"文化大革命"终于走向恶性膨胀的极端，随之而来的必然是重新觉醒的"新时期"人们对它的激烈质疑和冷酷抛弃，这就把它推向自我解构的绝境。这一点与其说出于一种清晰的理论推导，不如说更出于一种无需证明的素朴的情感判断。

第二，这种衰落更是出于"新时期"创作出现新变化，并由此发出新挑战的结果。"伤痕文学""改革文学""反思文学""寻根文学"等文学思潮一再对"典型"作为认识和改造世界的"镜子"的权威性以及对"典型化"作为文艺创作的基本法则的权威性均构成严峻的挑战，从而迫使文学批评家们无法再像别林斯基及周扬等当年那样充满自信地运用"典型"武器了，转而探索前面曾提及的"朦胧""积淀""文学主体性"和"向内转"等新理论。这一点背后的推手其实正是中国社会从社会革命时代到社会改革时代的转变。改革时代必有专属于改革时代的文学理论范畴。

第三，需要同时看到来自外部和内部两方面的合力作用：一方面，20世纪80年代以来，不再是苏俄而是来自美英等西方国家的文论思潮如存在主义、弗洛伊德主义、结构主义、解构主义等先后抢滩中国，这等于竭力冲击或消解"典型"的王者地位；另一方面，我国文学理论家们面对这场以"语言论转向"为标志的新的欧风美雨而展开新的回应，尝试借机加紧耕种自己新的文论园地，包括寻求自身文论传统的积极的现代性变革。正是这两方面的汇合，促使"典型"逐渐地让出理论体系的中心而退居边缘。

在典型向东涵濡过程告一段落的时候，对这个不平常的段落加以回顾是必要的，这种回顾可以帮助我们更清晰地辨识脚下继续延伸的新道路。

首先想指出的一点是，移位就意味着变形。当典型离开"泰西"本土向东涵濡时，东方黄土地必然会以自身特有的生态环境去接纳新客人。这种新生态环境下的接纳对陌生的西方客人来说，势必意味着一种本土未有的新变形。也就是说，中国新语境必然会导致典型发生一种在其本土未遇的变形过程。理解西方"典型"理论的原貌对借鉴诚然十分必要，但真正根本性的却是，中国理论家们总是为着自身的新需要而创造性地运用它。没有鲁迅和他的不朽艺术形象阿Q，何来"典型"这理论之需？不是"典型"理论需要阿Q去证明，而是阿Q需要"典型"理论去把握。正由于这种中国现代文学形象与莎士比亚、巴尔扎克、狄更斯、果戈理等创造的艺术典型颇为不同，因而阐释过程中生成的"典型"及其内涵就与西方原有"典型"出现特定的差异。这就是说，新的阐释对象必然导致原有理论内涵发生变形。

如果从积极方面去理解这种变形就可知，移植的外来理论也能生成民族的和原创的品格。由于中国理论家在阿Q等形象的阐释中对西方"典型"作了能动的变形，因而这种"典型"理论已经打上了中国民族特色文学理论或具有原创因素的中国现代文学理论的明显烙印。如果中国现代文学理论确实存在的话，那么，"典型"就应当是这个理论家族中的一个当然成员。诚然它起初是外来的而非民族的，但正是在中国化的过程中逐渐地被赋予了民族的和原创的内涵。阿Q形象创造之初，人们对它感到震惊和陌生，一时显出阐释的困窘。但由于创造性地移植这一外来理论，阿Q才终于获得了民族的可理解品格。在这个意义上可以说，中国化典型理论不失为中国现代文论的一次富有民族性和原创性的理论建树。

同时要看到，"典型"在中国的盛衰历程与在西方本土之间存在着明显的错时现象，即当其在中国兴盛时恰是在西方衰落时，这决定了"典型"理论持续的外来资源供给会出现匮乏。这种错时本身正宛如一把同时插向盛与衰的双刃剑，它既能促成"典型"由边缘向中心的迅猛位移，因为新的异域土地有着新的强烈渴求；同时又埋藏着令其资源匮乏的种子，因为，当虚心好学的国人在重新开放时一旦发觉"典型"在西方已零落成明日黄花，那么其抛弃的冲动想必同当初接纳时的冲动一样来得势不可当。这也提醒我们，外来理论种子当其尚未深深扎根于中土时，必然会出现这种后果。

作为西方理论在中国的一次成功旅行，"典型"在中国畅行大约70年后衰落了，但不妨尝试加以揣摩：它不大可能会就此轻易退出中国现代文学的历史舞台。其实，在一些当代作家的作品中，典型形象是一直有其踪迹的。就陕西作家群的创作而言，路遥的《平凡的世界》里的孙少平、孙少安、田晓霞等，陈忠实的《白鹿原》里的白嘉轩、朱先生、鹿三、黑娃、田小娥、白灵等，仍然带有鲜明而执着的典型化特征。或许，当浩瀚黄土地的某一角落在某一天发出低沉而有力的呼唤时，它还会重新被唤醒，以新的适当方式去发挥作用。或许这种声音已经响起来了，夹杂在众声喧哗中，需要我们以超常的耐心去静心倾听和辨别。只是它的新的作用方式究竟是什么，是全新的再生整体，还是被肢解的碎片，或是多种异质美学范畴的碎片式重组？尚不便妄加预测。

三、中国现代文论传统三层次及其若隐传统①

在探讨中国文论的现代性传统，把目光聚焦于那些显而易见的大传统，同时也偶尔余光一瞥那些不够显明的隐性的小传统时，不应当忽略，在这些显明的大传统和隐性的小传统的缝隙间，还可能隐藏着更加隐晦而又蕴含深意的传统——我尝试把它称为若隐传统。在这个新概念名义下拟提出并探讨的，是一个容易在热闹中被遗忘的来自古典文论的范畴："感兴"。在百年来中国现代文论发展中，存在过众多的文学思想或观念，这些文学思想或观念可以共同组成至今仍对当代文论发生这样或那样影响的中国现代文论传统。这一点毋庸置疑。不过，这里想说的是，在这种现代文论传统内部，还交织着更为多样而复杂的传统线索，而这些传统线索是可以分层理解的。

对此，美国人类学家雷德菲尔德（Robert Redfield，1897—1958）在 20 世纪 50 年代提出的两种传统论值得重视。他认为，西方社会的"乡民社会"（peasant societies）的文化形态有两种：一种是以都市为中心的上层知识分子所代表的"大传统"（great tradition）；另一种是广布

---

① 本节及以下有关感兴的论述，参考王一川：《文学理论修订版》第二章，北京，北京大学出版社，2011。此处有修订。

于都市之外的乡间民众所传承的"小传统"（little tradition）。① 这样两种不同传统共存的理论确实富于见地，有助于认识我国现代文论中多种传统并存的现实可能性。但如果直接套用来解释我国现代文论传统却不尽契合，原因在于，在拥有高度发达的现代传媒条件的我国现代文论中，几乎不可能存在这种所谓民间"小传统"。理由并不复杂：来自民间的文论"小传统"即使可能存在，也缺乏赖以滋生和繁衍的传媒生态语境，尤其是在过去半个世纪的高度集中和统一的社会语境中。这样，对于"大传统"与"小传统"之说，不妨略加改造：在中国现代文论传统中，存在着主流传统与支流传统或边缘传统或主传统与亚传统。同时，还应当看看英国学者波兰尼（Michael Polanyi，1891—1976）关于显性知识（explicit knowledge）与隐性知识（implicit knowledge）或静默知识（tacit knowledge）的论述。他在《人的研究》（1959）中指出："……人类有两种知识。通常所说的知识用书面文字、地图或数学公式来表述，这仅仅是知识的一种形式。还有一种知识是不能系统表述的，如我们有关自己行为的某种知识。如我们将第一种知识称为显性知识（explicit knowledge），而将第二种知识称为静默知识（tacit knowledge），那么，我们就可以说，我们始终是在静默中知道我们确实拥有显性知识。"②在波兰尼看来，那种不能清晰地反思和表述的知识叫隐性知识，而那种能够清晰地反思和表述的知识叫显性知识或静默知识。③ 这种知识二分法用来揭示知识传承或教育中的两种方式确实富于启迪。而我们对此如果略加调整和变通，则可以在现代文论传统领域表述两种分别处于主导与从属、正统与非正统地位的文论传统：显性传统与隐性传统。

出于把握中国文论现代性传统的需要，一旦把"大传统"与"小传统"理论和"显性知识"与"隐性知识"理论组合起来看，就可能对理解中

① Robert Redfield, *Peasant Society and Its Culture*, Chicago: The University of Chicago Press. 1956.
② Michael Polanyi, *The Study of Man*, Chicago and London: The University of Chicago Press, 1959, p. 12.
③ 参见石中英：《知识转型与教育改革》，222页，北京，教育科学出版社，2001。

国文论现代性传统提供一种新的阐释框架。可以看到，中国文论现代性传统中存在着三种层面：显性主流传统、隐性边缘传统和若隐若显传统。具体地看，第一层传统为显性主流传统，简称显传统，是指那些显耀的主流文学思想或理论。如清末到五四及其后的"小说界革命"论、"审美"论、"境界"或"意境"论、"文学革命"论、"为人生"论、"典型"论等。第二层传统为隐性边缘传统，简称隐传统，是指那些一度淡隐的或非主流的文学思想或理论。如 20 世纪 50 年代到 70 年代被忽略或不被重视的沈从文、钱钟书等的创作及其文学思想。这两种文论传统层面之间的区分并不绝对，可以相互转化。显传统当其耗竭自身能量后可能会归于隐传统，例如"典型"论从 20 世纪 90 年代起逐渐淡出；而隐传统中某些因素也可被接纳或整合到显传统中，如"境界"或"意境"论在沉寂了若干年后从 20 世纪 80 年代起逐渐成为解释古典抒情文学的一个基本范畴。这里想特别指出的是，就中国文论现代性传统而言，在上述两个引人注目的传统层面之间，还可能存在着第三层面的传统，这种传统常常可能在上述两层传统中都若隐若显地存在但又不被注意，带有某种居间的或间性的特质，不妨称为若隐若显传统，简称若隐传统。在这个意义上，若隐传统是指那些在显传统和隐传统中若隐若显地存在却不被重视的文学思想或理论。这种若隐若显和不被重视，甚至也适用于提出或主张这种文学思想的作者本人。而有意思的是，这种若隐传统常常就存在于显传统中的不显眼处，宛如被暂且隐匿或忽略的奇花异草或奇风异景。这种若隐若显传统中的某些部分，由于在显传统和隐传统之间具有居间的或间性的功能，因而在现代文论传统的新的演进中有可能成长为具有重要潜能的创造性质素。

若隐传统的一个显著特征在于隐而显。这就是似乎被隐藏起来，但实际上一直显露着，简洁地说，就是似隐实显，反过来说也一样，似显实隐。也就是说，它曾经被隐藏起来但实际上又显露着，曾经被显露出来但实际上又隐藏着，总之，尽管存在着但没有受到真正的正视或重视。同时，若隐传统还有一个特征，就是具有可显性，也就是有可能被显露，进而被融合进显传统之中。

四、感兴在现代的若隐若显及其原因

在这里想探讨的一种若隐传统，正是在古代长久辉煌但在现代一直若隐若显的"感兴"论，即一种关于文学来自作家的"感兴"并能激发读者"兴会"的文学思想传统。

在中国古代文论中风光无限的"感兴"，在现代文论的百余年时光里，常常是处在若隐若显状况中的。从孔子提出"兴于《诗》""《诗》可以兴，可以观，可以群，可以怨"的思想时起，中国历代文论家和文学家陆续把"兴""感兴"或"兴会"等视为文学的一种基本质素或特质加以提倡，由此而形成了中国古代文论中的一种连绵不绝的传统。① 但清末或 20 世纪初以来，这种"感兴"传统在西方文论的强势输入中且战且退直到潜隐下去。确实，随着梁启超、王国维等以充分地开放的文化襟怀大力引进新的西方文论，以西方现代知识型为依托的各种欧美文论就竞相登陆中国文论舞台，成为中国现代文论家开创和建构新的现代文论传统的锐利武器。尽管如此，"感兴"论在现代文论中却没有真正退场，而是以不显眼的方式隐蔽地存在下来，也就是成为中国现代文论中的一种若隐传统。

1. 梁启超："忽发异兴"

大力倡导并带头从西方文论中输入一系列新词语的梁启超，在其论述的字里行间实际上并没有完全割断古代文论传统。《夏威夷游记》(1899)这样写道："二十五日，风稍定，如初开船之日。数日来偃卧无事，乃作诗以自遣。余素不能诗，所记诵古人之诗不及二百首。今次

---

① 有关研究参见下论文：张晶：《审美感兴论》，《学术月刊》1997 年第 10 期；袁济喜：《论"兴"的审美意义》，《文学遗产》2002 年第 2 期；陈允峰：《论初盛唐诗人的感兴观》，《北方交通大学学报》2002 年第 2 期；袁济喜：《诗兴活动与中国传统审美心理》，《江苏大学学报》2004 年第 3 期；陈伯海：《释"诗可以兴"——论诗性生命的感发功能》，《华中师范大学学报》2006 年第 3 期。

忽发异兴，两日内成十余首，可谓怪事！"①正是在这篇首次倡导"诗界革命"的游记散文中，梁启超自述作诗来自"忽发异兴"，可见他在自身意识与无意识的深层，还是信奉中国古代文论中的"感兴"范畴及其传统的。"异兴"的使用，正点明了梁启超与中国古代文论传统的若隐若显的关联。

2. 王国维："无限之兴味"

王国维是以美学、美育、"红楼梦"评论、"境界"说等享誉现代文论领域的，但少有人知道，在这些如今早已成为现代文论的显性传统的深层，却若隐若显地活跃着来自古代的"感兴"论传统。这种传统对他的影响是那样深入，以致他在自己的非文学与美学论文中，常常习惯于运用"兴味"一词："其对形而上学非有固有之兴味也"，"人之对哲学及美术而有兴味者"②。而在美育著述中，他甚至注意阐发古代儒家的"兴"的思想。在发表于1903年的第一篇探讨美育的论文《论教育之宗旨》中，王国维指出："德育与智育之必要，人人知之，至于美育有不得不一言者。盖人心之动，无不束缚于一己之利害，独美之为物，使人忘一己之利害，而入高尚纯洁之域。此最纯粹之快乐也。孔子言志独与曾点，又谓兴于诗，成于乐。希腊古代之以音乐为普通学之一科，及近世希痕林、敬尔列尔等之重美育学，实非偶然也。要之，美育者，一面使人之感情发达，以美完美之域，一面又为德育与知育之手段，此又教育者所不可不留意也。"③他以中西比较视野阐发美育观，将"孔子言志，独与曾点"及"兴于诗"的中国传统同古希腊及德国的谢林和席勒代表的西方美育理论并举、互释，显示了"感兴"传统的现代性转化思路。次年，在据信是他所作的《孔子的美育主义》中，王国维以西方现代美学和美育理论来阐述孔子的以"兴"为核心的美育思想："其(孔子)审美学上之理论虽不可得而知，然其教人也，则始于美育，

---

① 梁启超：《夏威夷游记》，据吴淞等：《饮冰室文集点校》，第3集，1826页，昆明，云南人民出版社，2001。

② 王国维：《论哲学家与美术家之天职》，《王国维文集》，第3卷，7页，北京，中国文史出版社，1997。

③ 王国维：《教育之宗旨》，《王国维文集》，第3卷，58页，北京，中国文史出版社，1997。

终于美育。《论语》曰：'小子何莫学乎诗。诗可以兴，可以观，可以群，可以怨。迩之事父，远之事君。多识于鸟兽草木之名。'又曰：'兴于《诗》，立于礼，成于乐。'"正是从这种基于"兴"的美育传统出发，他进一步指出，孔子的"始于美育，终于美育"的美育理论除了采用诗教和乐教外，"尤使人玩天然之美"以"涵养其审美之情"。① 他把孔子率弟子在《诗经》的吟诵中兴起、在自然中吟咏的境界比作叔本华式"无利无害，无人无我"、席勒式"美丽之心"等，还用席勒的"在法则中获得自由"等观点来加以阐释。从今天的眼光看，这些阐发难免有牵强处，因为中国的以"兴"为核心的诗教传统同西方现代美学与美育传统相比毕竟有不同，但这也恰恰说明，孔子开创的古典"诗兴"传统成了王国维吸纳西方现代资源而建构中国现代文论的一把隐形而又有用的钥匙。

正是出于对"兴"的"感发"作用的深层笃信，王国维在同年发表的《〈红楼梦〉评论》中，直接用"感发"去解读亚里士多德的悲剧诗学："昔雅里大德勒于《诗论》中谓：悲剧者，所以感发人之情绪而高上之，殊如恐惧与悲悯之二者，为悲剧中固有之物，由此感发，而人之精神于焉洗涤，故其目的，伦理学上之目的也。叔本华置诗歌于美术之顶点，又置悲剧于诗歌之顶点，而于悲剧之中又特重第三种，以其示人生之真相，又示解脱之不可已。故美学上最终之目的，与伦理学上最终之目的合。由是，《红楼梦》之美学上之价值，亦与其伦理学上之价值相联络也。"他在这篇论文末尾还强调"吾国人之对此书之兴味之所在"②。这种对"兴味"的重视还体现在《屈子文学之精神》(1906)一文中："诗歌者，描写人生者也。用德国大诗人希尔烈尔之定义。此定义未免太狭。今更广之曰'描写自然及人生'，可乎？然人类之兴味，实先人生，而后自然。故纯粹之模山范水，流连光景之作，自建安以前，殆未之见。"③在《古雅之在美学上之位置》(1907)中，王国维明确主张文学创

---

① 王国维：《孔子之美育主义》，《王国维文集》，第 3 卷，157 页，北京，中国文史出版社，1997。
② 王国维：《〈红楼梦〉评论》，《王国维文集》，第 1 卷，13—14、23 页，北京，中国文史出版社，1997。
③ 王国维：《屈子文学之精神》，《王国维文集》，第 1 卷，30—31 页，北京，中国文史出版社，1997。

作依赖于作家的"神兴"："真正之天才，其制作非必皆神来兴到之作
也。以文学论，则虽最优美、最宏壮之文学中，往往书有陪衬之篇，
篇有陪衬之章，章有陪衬之句，句有陪衬之字。一切艺术莫不如是。
此等神兴枯涸处，非以古雅弥缝不可。"虽然他在这里强调的重心是天
才之作"非必皆神来兴到之作"，以便为"古雅"的"弥缝"功能提供合理
缘由，但毕竟还是把"神兴"当作文学创作的基本规律去认识。

　　王国维对"兴"的重视，尤其集中地体现在他的文论代表作《人间词
话》(1908)中，尽管这一著作中的"境界"或"意境"说常常遮掩了"兴"的
光芒："严沧浪《诗话》谓：'盛唐诸人，唯在兴趣。羚羊挂角，无迹可
求。故其妙处，透彻玲珑，不可凑泊。如空中之音、相中之色、水中
之月、镜中之象，言有尽而意无穷。'余谓：北宋以前之词，亦复如是。
然沧浪所谓兴趣，阮亭所谓神韵，犹不过道其面目，不若鄙人拈出'境
界'二字，为探其本也。"①他这里的"境界"说虽然自以为高于严羽的
"兴趣"说和王渔洋的"神韵"说，但实际上是对两者的一种创造性综合
的结果。② 而在其他部分，他还论及近体诗的"寄兴言情"功能。③ 在
《〈人间词话〉删稿》中，王国维大力称赞说："长调自以周、柳、苏、辛
为最工。美成《浪淘沙慢》二词，精壮顿挫，已开北曲之先声。若屯田
之《八声甘州》，东坡之《水调歌头》，则仵兴之作，格高千古，不能以
常调论也。"还评论说："宋直方《蝶恋花》：'新样罗衣浑弃却，犹寻旧
日春衫著。'谭复堂《蝶恋花》：'连理枝头侬与汝，千花百草从渠许。'可
谓寄兴深微。"又指认"飞卿《菩萨蛮》、永叔《蝶恋花》、子瞻《卜算子》，
皆兴到之作"④。

　　在《文学小言》中，王国维索性直接用"兴"去阐发文学的超功利的
功能："《三国演义》无纯文学之资格，然其叙关壮缪之释曹操，则非大

　　① 王国维：《人间词话》，《王国维文集》，第 1 卷，143 页，北京，中国文史出版社，
1997。
　　② 叶嘉莹：《王国维及其文学批评》，300 页，石家庄，河北教育出版社，1997。
　　③ 王国维：《人间词话》，《王国维文集》，第 1 卷，155 页，北京，中国文史出版社，
1997。
　　④ 王国维：《〈人间词话〉删稿》，《王国维文集》，第 1 卷，160、162、163 页，北京，
中国文史出版社，1997。

文学家不办。《水浒传》之写鲁智深，《桃花扇》之写柳敬亭、苏昆生，彼其所为，固毫无意义。然以其不顾一己之利害，故犹使吾人生无限之兴味，发无限之尊敬，况于观壮缪之矫矫者乎？若此者，岂真如汗德所云，实践理性为宇宙人生之根本欤？抑与现在利己之世界相比较，而益使吾人兴无涯之感也？则选择戏曲小说之题目者，亦可以知所去取矣。"①这里标举的是文学由于"不顾一己之利害"，因而可以"使吾人生无限之兴味，发无限之尊敬"，"使吾人兴无涯之感"。

总之，王国维虽然是以"境界"说、"美学"或"美育"观等享誉学界的，但他的理论的深层却仍回荡着"兴"的传统，只不过这种古典性传统在他这里已经移位为一种现代若隐传统而已。

3. 鲁迅：创作发自"感兴"

鲁迅的思想，是以同旧传统实施断裂并对外主张"拿来主义"而著称的，这使得他对古典"感兴"论的兴趣和运用常常不大被人关注。实际上，鲁迅自始至终都是相信"兴"的传统并深受其影响的，只不过出于策略的考虑，他常常更多地强调作家不能过分依赖"感兴"而已（详后）。早在《摩罗诗力说》（1907）中，他就明确主张："由纯文学上言之，则以一切美术之本质，皆在使观听之人，为之兴感怡悦。"（《坟》）在《"硬译"与"文学的阶级性"》（1930）中指出："但于我最觉得有兴味的，是上节所引的梁先生的文字里，有两处都用着一个'我们'，颇有些'多数'和'集团'气味了。"（《二心集》）直到临终前一年（1935），仍然这样对后辈作家叶紫写道："以后应该立定格局之后，一直写下去，不管修辞，也不要回头看。等到成后，搁它几天，然后再来复看，删去若干，改换几字。在创作的途中，一面练字，真要把感兴打断的。"（《鲁迅书信集》）他显然相信"感兴"是支配创作过程的重要力量。

鲁迅自己的小说和散文创作就贯穿着令人难以忘怀的"感兴"。《野草》里的《腊叶》（1925）就刻画了"将坠的病叶的斑斓"。而这一对于"病叶"的体验和描写则包含了鲁迅自己的一则隐秘的"感兴"。据孙伏园回忆，鲁迅这样向他解释创作动因说："许公很鼓励我，希望我努力工

---

① 王国维：《文学小言》，《王国维文集》，第1卷，29页，北京，中国文史出版社，1997。

作，不要松懈，不要怠忽；但又很爱护我，希望我多加保养，不要过劳，不要发狠。这是不能两全的，这里有着矛盾。《腊叶》的感兴就是从这儿得来，《雁门集》等等却是无关宏旨的。"[1]孙伏园认为，这里的"许公"当是指许广平。正是在由"病叶"引发的"感兴"中，鲁迅对自我的反省终于找到了一个合适的艾略特式"客观对应物"，从而使得"病叶"成为鲁迅自己命运和形象的一种自况式刻画。

4. 宗白华："诗兴勃勃"

现代诗人、美学家宗白华在回忆自己 17 岁时在青岛和上海的体验时说："青岛的半年没读过一首诗，没有写过一首诗，然而那生活却是诗，是我生命里最富于诗境的一段。"对这位青年诗人来说，伫兴的过程其实同时就是生命体验的过程——生活被诗化了，诗成为生活本身的旋律，所以构成他"生命里最富于诗境的一段"。宗白华继续回忆道："秋天我进了上海同济，同房间里一位朋友，很信佛，常常盘坐在床上朗诵《华严经》。音调高朗清远有出世之概，我很感动。我欢喜躺在床上瞑目静听他歌唱的词句，《华严经》词句的优美，引起我读它的兴趣。那庄严伟大的佛理境界投合我心里潜在的哲学冥想。我对哲学的研究是从这里开始的。庄子、康德、叔本华、歌德相继地在我的心灵的天空出现，每一个都在我的精神人格上留下不可磨灭的印痕。'拿叔本华的眼睛看世界，拿歌德的精神做人'，是我那时的口号。"他的诗兴的发动以及他的哲学兴趣的发端都同这次体验有关。"有一天我在书店里偶然买了一部日语版的小字的王、孟诗集，回来翻阅一过，心里有无限的喜悦。他们的诗境，正合我的情味，尤其是王摩诘的清丽淡远，很投我那时的癖好。"[2]这里记录的是青年宗白华对诗歌的"兴趣"的发生过程。而这里的"兴趣"一词是可以同"诗境""情味"相换用的。这实际上阐述了宗白华的无意识伫兴与有意识伫兴相交织的伫兴过程。这些富于青春朝气的诗意充满的伫兴过程，为他后来写诗提供了坚实的感兴储备。

---

[1]　孙伏园：《鲁迅先生二三事》，上海，上海作家书屋，1942。转引自孙伏园、许钦文等：《鲁迅先生二三事——前期弟子忆鲁迅》，60 页，石家庄，河北教育出版社，2000。
[2]　宗白华：《我和诗》，《美学与意境》，172—173 页，北京，人民出版社，1987。

宗白华的有名的《流云小诗》，正诞生于他的"诗兴"发动：

> 1921 年的冬天，在一位景慕东方文明的教授夫妇的家里，过
> 了一个罗曼蒂克的夜晚；舞阑人散，踏着雪里的蓝光走回的时候，
> 因着某一种柔情的萦绕，我开始了写诗的冲动，从那时以后，横
> 亘约莫一年的时光，我常常被一种创造的情调占有着。黄昏的微
> 步，星夜的默坐，大庭广众的寂寞，时常仿佛听见耳边有一些无
> 名的音调，把捉不住而呼之欲出。往往是夜里躺在床上熄了灯，
> 大都会千万人声归于休息的时候，一颗战栗不寐的心兴奋着，静
> 寂中感觉到窗外横躺着的大城在喘息，仿佛一座平波微动的大海，
> 一轮冷月俯临这动极而静的世界，不禁有许多遥远的思想来袭我
> 的心，似惆怅，又似喜悦，似觉悟，又似恍惚，无限凄凉之感里，
> 夹着无限热爱之感。似乎这微渺的心和那遥远的神秘的暗道，在
> 绝对的静寂里获得自然人生最亲密的接触。我的《流云小诗》，多
> 半是在这样的心情中写出的。往往在半夜的黑影里爬起来，附着
> 床栏寻找火柴，在烛光摇晃中写下那些现在人不感兴趣而我自己
> 却借以慰藉寂寞的诗句。《夜》与《晨》两诗曾记下这黑夜不眠而诗
> 兴勃勃的情景。①

旅欧的宗白华时常处在发兴情境中，"黑夜不眠而诗兴勃勃"，在此诗
兴大发的情境中，他得以行云流水般地写出自己青年时代的佳作《流云
小诗》。对古人来说，发兴是有条件的，即诗人应适当摆脱"俗"务纠缠
而沉入"虚静"之境。"诗也者，兴之所为也。兴生于情，人皆有之，唯
愚人无兴，俗人无兴。天下唯俗人多，俗人之兴在乎轩冕财贿，而不
可以法之于诗，其所为诗率剿袭模拟，若优孟之于孙叔敖也。"②如果
整天专注于"轩冕财贿"这四样世俗功利目标，断不可能随处发兴。

5. 郭沫若："灵感"与"诗兴"

作为诗人的郭沫若，是既相信西方人所谓"灵感"，也相信古人所

---

① 宗白华：《我和诗》，《美学与意境》，177 页，北京，人民出版社，1987。
② （明）赵南星：《三溪先生诗序》，《赵忠毅公文集》，卷八。

谓"诗兴"的。他在《诗歌的创作》(1941)一文里指出："灵感这东西到底是有没有呢？如有，到底是需要不需要呢？在我看来是有的，而且也很需要。不过这种现象并不是什么灵鬼附了体或是所谓'神来'，而是一种新鲜的观念，突然使意识强度集中了一种新鲜观念而又累积地增强着意识的集中的那种现象。这如不十分强烈的时候，普通所谓诗兴，便是这种东西。如特别强烈可以使人作寒作冷，牙齿发战，观念的激流如狂涛怒涌，应接不暇。"在郭沫若心目中，外来词语"灵感"完全是可以用古代术语"诗兴"去替换或互译的，这仿佛就是自然而然的事情。

郭沫若自己的诗歌创作，就经常是在充满"诗兴"的状态中进行的。关于《地球，我的母亲！》一诗的写作，他自己回忆说，那是1919年寒假中的一天，他正在福冈图书馆看书，"突然受到了诗兴的袭击"，于是便乘兴出了图书馆，在馆后僻静的石子路上，激动地脱掉木屐，"赤着脚踱来踱去"，"时而又率性倒在路上睡着，想真切地和'地球母亲'亲昵，去感触她的皮肤，受她的拥抱。"①显然，他相信"诗兴"正是自己作诗的直接动因。郭沫若还回忆说，正是由于《学灯》编辑宗白华的鼓励，在1919至1920年之交，"我的诗兴被煽发到狂潮的地步"②。这里的"诗兴"基本上沿用的就是那种来自古代传统的"感兴"意味。他自己常常怀念《女神》时代的"那种火山爆发式的内发情感"，那种表现出"最高潮时候的生命感"③的诗兴的畅快。他于1968年的一首词就题为《水调歌头·追忆游采石矶感兴》，显然直到晚年，他作诗仍然相信"感兴"或"诗兴"的推动。这首词的下阕是："君打桨，我操舵，同放讴。有兴何须美酒，何用月当头？《水调歌头·游泳》，畅好迎风诵去，传遍亚非欧。宇宙红旗展，胜似大鹏游！"从"有兴何须美酒"看，诗人突出的仍是"诗兴"的感发作用。

6. 沈从文："文学兴味"

在中国现代文坛，沈从文是以通过美的人生形象和人生理想去感

① 郭沫若：《我的作诗的经过》，《郭沫若文集》，第11卷，143页，北京，人民文学出版社，1961。
② 郭沫若：《凫进文艺的新潮》，《文哨》1945年第1卷第2期。
③ 郭沫若：《序我的诗》，《沫若文集》，第13卷，121页，北京，人民文学出版社，1957。

染读者而著称的影响力巨大的作家。他自己惯常的理论表述也确实加强了这一印象。他在《新的文学运动与新的文学观》这样写道："一个作家在写作观念上，能得到应有的自由，作品中浸透人生的崇高理想，与求真的勇敢批评态度，方可望将真正的时代精神与历史得失，加以表现。能在作品中铸造一种博大坚实富于生气的人格，方能启发教育读者的心灵。"①这种以美的人生来批评和改造现实世界的信念，无疑是沈从文文学创作的一个宏大抱负。

　　但是，同样应当看到，在他进行这种表述和论证的过程中，也就是在他所有意识或无意识地使用的术语中，就有在古代（尤其是魏晋以来）盛行的"兴味"或"感兴"之说。具体地说，在他自己的创作和理论文字里，经常使用的词语除"兴味"和"感兴"外，还有"兴致""兴趣""余兴""尽兴"等。例如，正是在上面这篇申论把新文学从"商场"和"官场"中解放出来的文字里，他也使用了"兴趣"一说："作品既以沈丛文方式分布国内，作者固龙蛇不一，有好有坏，读者亦嗜好酸咸，各有兴趣……非职业作家，且有不少人已近中年，尚有兴趣在个人所信所守一个观点上，继续试验他的工作的。"这里把作家创作和读者阅读都纳入"兴趣"左右的范围里了。又说："在什么集会中有贵宾要人莅临时，大家也凑合一场，胡乱畅谈文学艺术，或照老文人方式，唱唱京戏作为余兴，或即席赋诗相赠。"②又使用了"余兴"来加以支持。可以说，沈从文在其思想的显传统层面不折不扣地运用了现代文论术语，但在深层里却有意无意地受到古代"兴味"范畴的支配。

　　这种情形在他创作的文学作品里就有流露。1930 年发表的短篇小说《灯》借助叙述人"我"表述出对乡土题材的"兴味"："平常时节对于以农村因经济影响到社会组织来写成的短篇小说，是我永远不缺少兴味的工作"③。在他作于 1932—1939 年的《凤子》中，更可以读到下面这

　　① 沈从文：《新的文学运动与新的文学观》，《抽象的抒情》，6 页，上海，复旦大学出版社，2004。
　　② 沈从文：《新的文学运动与新的文学观》，《抽象的抒情》，2、3 页，上海，复旦大学出版社，2004。
　　③ 沈从文：《灯》，《沈从文全集》，第 9 卷，146 页，太原，北岳文艺出版社，2002。

样的描写：

　　那一对不相识的男女，一点谈话引起了他一种兴味，这年青人希望认识那个有趣味的中年男子的欲望，似乎比想看看那年青女人的心情还深切。

　　一种希奇的遇合，把海滩上两粒细沙子粘合到了一处。一切不可能的，在一个意外的机会上，却这样发生了。当两人把话尽兴的说下去，直到分手时，两人都似乎各年轻了十岁。

　　绅士对于这个对白发生了一种思索的兴味，他愿意接续到这一点问题上，思想徘徊逍遥。

　　显然的，这个人在路上触目所见，一切皆不习惯，皆不免发生惊讶，故长途跋涉，疲劳到这个男子的身心，却因为一切陌生，触目成趣，常常露出微笑，极有兴致似的，去注意听那个同伴谈话。

　　那时正是八月时节，一个山中的新秋，天气晴而无风。地面一切皆显得饱满成熟。山田的早稻已经割去，只留下一些白色的根株。山中枫树叶子同其他叶子尚未变色。遍山桐油树果实大小如拳头，美丽如梨子。路上山果多黄如金子红如鲜血，山花皆五色夺目，远看成一片锦绣。

　　路上的光景，在那个有教育的男子头脑中不断的唤起惊讶的印象。曲折无尽的山路，一望无际的树林，古怪的石头，古怪的山田，路旁斜坡上的人家，以及从那些低低屋檐下面，露出一个微笑的脸儿的小孩们，都给了这个远方客人崭新的兴味。

　　那个城市中人，大半天来就对于同伴的说话，感到最大的兴味。①

这里先后使用"兴味"一词多达四次，还使用与之相关的"兴致"和"尽

---

　　① 沈从文：《凤子》，见《沈从文文集》，第 4 卷，333 页，广州、香港，花城出版社、生活·读书·新知三联书店香港分店，1982。

兴"各一次。像这样在创作的文学作品中使用古典术语"兴味""兴致"
"尽兴"等术语的，还有不少处。可见来自古代的"兴味"一词已经渗透
到沈从文的创作情态中去了，成为他有意识和无意识地进行创作的一
把经常使用的自我标尺。

沈从文不仅在文学创作中，而且在文学理论与批评文字中，在自
觉的理性层面经常使用"兴味"及其相关词语。他的《论中国创作小说》
（1931）意在帮助"关心新文学"的人了解当时的创作状况，以便摆脱"恶
化的兴味"的束缚，而获得真正健康的文学"兴味"。他这样评论鲁迅创
作产生之原因及其特色：

> 写《狂人日记》，分析病狂者的心的状态，以微带忧愁的中年
> 人感情，刻画为"历史"所毒害的一切病的想象。在作品中，注入
> 嘲讽气息，因为所写的故事超拔一切，同时创作形式，文字又较
> 之其他为完美，这作品，便成为当时动人的作品了。这作品的成
> 功，使作者有兴味继续写下了《不周山》等篇，后来汇集成为《呐
> 喊》，单行印成一集。且从这一个创作集上，获得了无数读者的友
> 谊。其中在《晨报副刊》登载的一个短篇，以一个诙谐的趣味写成
> 的《阿Q正传》，还引起了长久不息的论争。在表现成就上，得到
> 空前的注意。当时还要"人生的文学"，所以鲁迅那种作品，便以
> "人生文学"悲悯同情意义，得到盛誉。

沈从文显然相信，鲁迅是在"兴味"驱使下写作《狂人日记》的，而正是
其成功"使作者有兴味继续写下了《不周山》等篇"。那么，小说集《呐
喊》呈现了怎样的文学"兴味"呢？沈从文继续分析说："因为在解放的
挣扎中，年轻人苦闷纠纷成一团，情欲与生活的意义，为最初的睁眼
与眩昏苦恼，鲁迅的作品，混合的有一点颓废，一点冷嘲，一点幻想
的美，同时又能应用较完全的文字，处置所有作品到一个较好的篇章
里去，因此鲁迅的《呐喊》，成为读者所喜欢的一本书了。时代促成这

作者的高名。"①在沈从文看来，鲁迅作品的"兴味"突出地表现为四方面要素的融合：一点颓废、一点冷嘲、一点幻想的美以及文字与篇章上的融合能力。

沈从文对"创造社"的文学活动，仍然从"兴味"角度去作积极评价："从微温的，细腻的，怀疑的，淡淡寂寞的朦胧里离开，以夸大的，英雄的，粗率的，无忌无畏的气势，为中国文学拓一新地，是创造社几个作者的作品。郭沫若、郁达夫、张资平，使创作无道德要求，为坦然自白，这几个作者，在作品方向上，影响较后的中国作者写作的兴味实在极大。同时，解放了读者的兴味，也是这几个人。"②他清醒地认识到，"创造社"在"影响较后的中国作者写作的兴味"和"解放了读者的兴味"方面起了"极大"的作用。

沈从文对诗人徐志摩的评价，运用的还是"兴味"标准。在《论徐志摩的诗》(1932)里，沈从文直接使用"文学兴味"一词去描述1923年以来"中国新文学运动"的"新的展开"："凡为与过去一时代文学而战的事情，渐趋于冷静，作家与读者的兴味，转移到作品质量上面后，国内刊物风气，皆有沉默向前之势。创造社以感情的结合，作冤屈的申诉，特张一军，作由文学革命而演化产生的文学研究会团体，取对立姿式，《小说月报》与《创造》，乃支配了国内一般青年人之文学兴味。"又说："新的文学由新的兴味所拥护，渐脱离理论，接近实际，独向新的标准努力。"③沈从文着力分析在新的"文学兴味"条件下，徐志摩的诗对新诗的独特贡献：

> 基于新的要求，徐志摩以他特殊风格的新诗与散文，发表于《小说月报》。同时，使散文与诗，由一个新的手段，作成一种结合，也是这个人。（使诗还元朴素，为胡适。从还元的诗抽除关于

① 沈从文：《论中国创作小说》，《抽象的抒情》，60—61页，上海，复旦大学出版社，2004。

② 沈从文：《论中国创作小说》，《抽象的抒情》，64页，上海，复旦大学出版社，2004。

③ 沈从文：《论徐志摩的诗》，《抽象的抒情》，180—181页，上海，复旦大学出版社，2004。

成立诗的韵节，成完全如散文的作品为周作人）使散文具诗的精灵，融化美与丑劣句子，使想象徘徊于星光与污泥之间，同时，属于诗所专有，而又为当时新诗所缺乏的音乐韵律的流动，加入于散文内，徐志摩的试验，由新月印行之散文集《巴黎鳞爪》，以及北新印行之《落叶》，实有惊人的成就。到近来试检察作者唯一之创作集《轮盘》，其文字风格，便具一切诗的气分。文字中糅合有诗的灵魂，华丽与流畅，在中国，作者散文所达到的高点，一般作者中，是还无一个人能与并肩的。

沈从文还进而对徐志摩做出了如下评价："作者所长是使一切诗的形式，使一切由文中不习惯的诗式，嵌入自己作品，皆能在试验中契合无间。"原因在于，徐志摩善于通过崭新的语言"组织"去带给读者以"极大的感兴"："如《我来扬子江边买一把莲蓬》，如《客中》，如《决断》，如《苏苏》，如《西伯利亚》，如《翡冷翠的一夜》，都差不多在一种崭新的组织下，给读者以极大的感兴。"①这里又于不知不觉间换用了"感兴"一词，可见"兴味"与"感兴"在沈从文内心本来就是同一范畴的不同表述方式而已。八年后，沈从文对徐志摩诗歌的"兴味"特色作了进一步理解："徐志摩作品给我们感觉是'动'，文字的动，情感的动，活泼而轻盈，如一盘圆台珠子，在阳光下转个不停，色彩交错，变幻炫目。他的散文集《巴黎的鳞爪》代表他作品最高的成就。写景，写人，写事，写心，无一不见出作者对于现世光色的敏感，与对于文字性能的敏感。"②他在这里以"如一盘圆台珠子，在阳光下转个不停，色彩交错，变幻炫目"去比喻徐志摩的诗歌语言的特色，可谓独出心裁，形象而传神，至今仍令人回味。

此外，沈从文还在其他许多场合使用"兴味""感兴"等词语。他评焦菊隐的《夜哭》这样说："若我们想从一种时行作品中，测验一个时代

---

① 沈从文：《论徐志摩的诗》，《抽象的抒情》，181—182、190 页，上海，复旦大学出版社，2004。
② 沈从文：《从徐志摩作品学习抒情》，《抽象的抒情》，146 页，上海，复旦大学出版社，2004。

文学的兴味高点，《夜哭》是一本最相宜的书。"①他还用"感兴"评价诗人朱湘："在《草莽集》上，如《猫诰》，以一个猫为题材，却作历史的人生的嘲讽，如《月游》，以一个童话的感兴，在那诗上作恣纵的描画。"②他在比较自己和废名（冯文炳）时，这样说废名："同样去努力为仿佛我们世界以外那一个被人疏忽遗忘的世界，加以详细的注解，使人对于那另一世界憧憬以外的认识，冯文炳君只按照自己的兴味做了一部分所欢喜的事。"如果说废名只按照个人的文学"兴味"去书写，那么，他沈从文自己就不一样了："使社会的每一面，每一棱，皆有一机会在作者笔下写出，是《雨后》作者的兴味与成就。用矜慎的笔，作深入的解剖，具强烈的爱憎有悲悯的情感，表现出农村及其他去我们都市生活较远的人物姿态与言语，粗糙的灵魂，单纯的情欲，以及在一切由生产关系下形成的苦乐，《雨后》作者在表现一方面言，似较冯文炳君为宽而且优。"③他自己的"兴味"则可以"写出"全"社会"的方方面面。也就是说，废名只是"按照自己的兴味做了一部分所欢喜的事"，而真正能"使社会的每一面，每一棱，皆有机会在作者笔下写出"的，无疑是他自己的"兴味与成就"。这里，比较文学成就时所使用的标尺，仍然是"兴味"。

如果要说杜甫是中国古代文学界在理论与创作层面上自觉地传承中国"感兴"传统的第一人的话，可以说，沈从文堪称中国现代文学界在理论与创作层面上自觉地传承中国"感兴"传统的第一人。

其实，在现代文学界，倡导"感兴"的还大有人在。例如，毛泽东就在这方面留下不少印迹。他在1950年10月即兴作《浣溪沙·和柳亚子先生》："长夜难明赤县天，百年魔怪舞翩跹，人民五亿不团圆。一唱雄鸡天下白，万方乐奏有于阗，诗人兴会更无前。"这里就特地使用了"诗人兴会"这样的表述。毛泽东诗的视野极为广阔，相对而言，更

①　沈从文：《论焦菊隐的〈夜哭〉》，《抽象的抒情》，199—200页，上海，复旦大学出版社，2004。

②　沈从文：《论朱湘的诗》，《抽象的抒情》，219页，上海，复旦大学出版社，2004。

③　沈从文：《论冯文炳》，《抽象的抒情》，105—106页，上海，复旦大学出版社，2004。

偏爱李白、李贺、李商隐，而对杜甫诗也圈点多达 69 首，占他圈阅过的唐诗的 10％。他尤其喜欢宋词中豪放派苏轼、辛弃疾、陈亮的词。他的兴趣是："偏爱豪放，不废婉约。"他在 1957 年致女儿李讷的信中说："词有婉约、豪放两派，各有兴会，应当兼读。"

从上面的描述可见，"感兴"在现代虽然被压制，但依然以淡隐的方式存在着。那么，导致"感兴"在现代淡隐的原因是什么呢？不妨从客观与主观两方面去看。就客观因素来看，新的现代"文学革命"语境的压力与"世界学术"模式的幻觉，为接纳和创造现代文论提供了远为合适的土壤。就主观因素来看，现代文论家们往往有意或无意间把自己原本喜爱或认同的"感兴"淡隐起来。这里可见区分出两种情形：一是有意识淡隐；二是无意识淡隐。

有意识淡隐，是指现代文论家为了某种目的，把自己原本信奉的"感兴"隐匿起来。鲁迅正是这种有意识淡隐的例子。一方面，他相信文学创作依赖于"感兴"，所以有时会情不自禁地流露出这一点，这一点已如前述。但另一方面，他却在更多场合，在更理性的层面上，尽力否认文学"感兴"的作用。他的《并非闲话》(1925)说："至于所谓文章也者，不挤，便不能做。挤了才有，则和什么高超的'烟士披离纯'呀，'创作感兴'呀之类不大有关系，也就可想而知。"他一面明确否认"创作感兴"，一面强调"挤"的作用。这种"挤"在他这里显然带有某种理性控制色彩，体现了作家的富于社会责任的有意识作用。"这也算一篇作品罢，但还是挤出来的，并非围炉煮茗中的闲话，临了，便回上去填作题目，纪实也。"(《华盖集》)对这种不信"感兴"而信"挤"的情形，鲁迅总是一再加以申辩的。他在《〈阿Q正传〉的成因》(1926)里说："我常常说，我的文章不是涌出来的，是挤出来的。听的人往往误解为谦逊，其实是真情。我没有什么话要说，也没有什么文章要做，但有一种自害的脾气，是有时不免呐喊几声，想给人们去添点热闹。"如果这里的"挤"是指理性控制，那么，"涌"则是指"感兴"说的。"阿Q的影像，在我心目中似乎确已有了好几年，但我一向毫无写他出来的意思。经这一提，忽然想起来了，晚上便写了一点，就是第一章：序。"(《华盖集续编》)

鲁迅这样竭力掩盖"感兴"而突出"挤"的作用，为的是什么？可以说，最为直接的作用之一在于，号召人们不要脱离生活地等待什么创作灵感，而应首先做一个"革命人"。他的《革命文学》(1927)这样指出："我以为根本问题是在作者可是一个'革命人'，倘是的，则无论写的是什么事件，用的是什么材料，即都是'革命文学'。从喷泉里出来的都是水，从血管里出来的都是血。'赋得革命，五言八韵'，是只能骗骗盲试官的。"(《而已集》)与鲁迅有意识地掩藏"感兴"而突出做"革命人"不同，沈从文的"感兴"谈论则更多地属于一种无意识淡隐。这是因为，沈从文的创作"感兴"是与他的创作旨趣完全一致的：对美的人生形象、理想的想象和礼赞，往往来自个体的"感兴"。

五、中西比较中的感兴再生

在 20 世纪上半叶，感兴在文学创作界被挤压成为若隐传统时，在文学研究界也只是受到过少许有限的关注，这种关注更多地仅仅局限在民间歌谣及其古代渊源问题领域。

那是五四新文化运动高潮过后的 1925 年，顾颉刚发表题为《起兴》的文章，试图从民间歌谣回头考察《诗经》及其表现手法赋比兴，从而使"兴"的研究出现了一次热潮。顾颉刚赞同地援引郑樵《读诗义法》中的观点指出："'关关雎鸠'……是作诗者一时之兴，所见在是，不谋而感于心也。"他由此得出结论说："凡兴者，所见在此，所得在彼，不可以事类推，不可以理义求也。"他看到了"兴"中"所见"与"所得"之间存在的差异，指出这种差异在于"不可以事类推，不可以理义求"，而属于"一时之兴"中才可以产生的一种"不谋而感于心"的东西。同时，在"兴"的表现功能上，他做出了如下比较："'关关雎鸠'的兴起淑女与君子便不难解了。作这诗的人原只要说'窈窕淑女，君子好逑'，但嫌太单调了，太率直了，所以先说一句'关关雎鸠，在河之洲'，它的最重要的意义，只在'洲'与'逑'的协韵，至于雎鸠的'情挚而有别'，淑女与君子的'和乐而恭敬',原是作诗的人所绝没有想到的。"①这里等于指出"兴"具有一种音韵上的"协韵"功能。刘大白进一步指出:"其实,简单地说讲,兴就是起一个头,借着合诗人底耳鼻舌身意相接构的色声香味触法起一个头。换句话讲,就是把看到、听到、嗅到、尝到、想到的事物借来起一个头。这个起头,也许合下文似乎有关系,也许完全没有关系。总之,这个借来起头的事物,是诗人的一个实感,而曾经打动过诗人的心灵。"②钟敬文《谈谈兴诗》则把"兴"分作两种:第一种"兴"是只借物以起兴,和后面的诗句含义并无直接关联,可以叫作"纯兴诗"。第二种"兴"是借物以起兴,隐晦地暗示后面的诗句含义,可以叫作"兴而带有比意的诗"。③ 这个区分是有意义的。这次探讨虽然没有直接涉足古代"感兴"传统的现代传承问题,但毕竟可以间接地唤起人们对此的关注。朱自清后来在研究中发现,"兴"的意义由两部分合成:《毛传》'兴也'的'兴'有两个意义,一是发端,一是譬喻;这两个意义合在一块儿才是'兴'。"在他看来,由"发端"与"譬喻"的组合即成为"即事言情"④。

上述有关赋比兴的讨论并没有对中国现代文论的发展产生多少直接的推动力,因为中国现代文论其时急于吸纳的,主要是来自西方文论的影响力。进入1949年,中国文论界更是致力于借鉴苏联文论范式而发展中国现代文论,自然就无暇顾及中国古代文论遗产,特别是"感兴"传统了。好在初出茅庐的青年美学家李泽厚在1957年撰写了《"意境"杂谈》一文,旗帜鲜明地呼吁"需要深入到中国古典艺术理论和作品的遗产中去追寻探索,而且更需要结合今天艺术创作和理论批评工作中的许多问题去探索",从而在传承中国古典美学与文论传统方面发出了有力的呼唤。他把"意境"与其时被格外推崇的"典型"范畴相提并论,在中国马克思主义文论框架中输入了古代传统范畴"意境"的地位,大

---

① 顾颉刚:《写歌杂记·起兴》,转引自朱自清:《古诗歌笺释三种·附录》,据《朱自清全集》,第7卷,176—177页,南京,江苏教育出版社,1996。
② 刘大白:《白屋说诗》,3—4页,北京,中国书店,1935年影印版。
③ 钟敬文:《谈兴诗》,据《兰窗诗论集》,123页,北京,北京师范大学出版社,1993。
④ 朱自清:《诗言志辨·比兴》,据《朱自清全集》,第7卷,180,192页,南京,江苏教育出版社,1996。

大提升了"意境"在中国现代文论中的范畴地位。他认为，"意境"包括了生活形象的客观反映和艺术家情感理想的主观创造，后者就是所谓"意"，前者则是所谓"境"。"意"与"境"的统一，就是"情""理"与"形""神"的有机融合。他相信，"在情、理、形、神的互相渗透、互相制约的关系中或可窥破意境形成的秘密。"特别应当指出的是，李泽厚引用了严羽《沧浪诗话》中论述"兴趣"的段落："诗者，吟咏情性也。盛唐诸人，惟在兴趣，羚羊挂角，无迹可求。故其妙处，透彻玲珑，不可凑泊，如空中之音，相中之色，水中之月，镜中之象，言有尽而意无穷。"①这些援引以及论述，② 在当时条件下，可以启迪人们注意向中国古典美学与文论遗产（包括"兴趣"论）中去寻求支持。

　　从李泽厚的上述论述到下面即将描述的海外学者的研究可知，进入 20 世纪下半叶，中国现代文论研究者在与西方文论的对话中，陆续体认到一个事实：建设中国现代文论不能仅仅依赖于借鉴西方文论，而需要适当传承我们民族自身的文论传统。当中国大陆文论界尚处于关门师法苏联文论而对西方文论冷拒之时，一些海外学者在西方文论语境中通过中西文论比较，逐渐发现了古典"感兴"传统对于中国现代文论的重要性。旅美学者陈世骧（1912—1971）的"原兴"研究正是一个突出代表。

　　陈世骧在《原兴：兼论中国文学特质》(*The Shih-Ching：Its Generic Significance in Chinese Literary History and Poetics*，1969)一文中，大力标举和诠释"兴"为中国文学之本的观点。他认为，在美学的范畴里，"'兴'或可译为 motif，且在其功用上可见有诗学上所谓复沓(burden)、叠复(refrain)，尤其是'反覆回增法'(incremental repetition)的本质。如果我们能详细探究出'诗'和'兴'这两个字的意义，并把这两个字结合讨论，即有希望求得三百篇的原始面目。"他希望透过对于"诗兴"的字源学探究，发现《诗经》乃至整个中国古典诗歌的本源。他的做法是，从字源学角度分析"诗"和"兴"的本义，发现早在"诗"出

---

① 李泽厚：《"意境"杂谈》，《光明日报》1957 年 6 月 9 日、16 日。

② 还可参见李泽厚稍后在相近领域的论文《虚实隐显之间》，《人民日报》1962 年 7 月 22 日。

现以前，"兴"就早已成为文学的创作根源。"'兴'在古代社会里和抒情诗歌的萌现大有关系，至于这种抒情作品被称为'诗'，已是晚期变化的结果。"他随即分析说：

> "兴"乃是初民合群举物时所发出的声音，带着神采飞逸的气氛，共同举起一件物体而旋转；此一"兴"字后来演绎出隐约多面的含意，而对我们理解传统诗意和研究《诗经》技巧都有极不可忽视的关系。这是古代歌乐舞即"诗"的原始，"诗"成了此后中国韵文艺术的通名。但我们可以把"兴"当做结合所有的《诗经》作品的动力，使不同的作品纳入一致的文类，具有相等的社会功用，和相似的诗质内蕴；这种情形即使在《诗经》成篇的长时期演变过程里也不见稍改。原始的歌呼转化润饰而成为诗艺技巧和风尚，产生各种不同的意思，但我们仍体会得出那是最原始"曲调"的基本成分。①

陈世骧的这一分析的重要性和贡献在于，第一，把"兴"理解为原始人的带有强烈的巫术仪式意味的产物，从而寻到了这个范畴的原始生活基础；第二，进而认定"兴"蕴含着后来作为歌乐舞结合的艺术的"诗"的萌芽因子，这就为中国古典诗歌找到了一个集中的源头；第三，把"兴"当作所有的《诗经》作品乃至艺术作品所必需的共通的动力因子，其包含艺术所需的文类、社会作用和诗质内蕴，这就为整个中国文学乃至艺术寻找到一种可能的共同原始模型。他指出："'兴'保存在《诗经》作品里，代表初民天地孕育出的淳朴美术、音乐和歌舞不分，相生并行，糅合为原始时期撼人灵魂的抒情诗歌。它是后世所冥想憧憬的艺术典型，也是后世诗人所竞相鼓舞来追求的艺术目标，只是遽尔企及那个境界却是已不可能的事。"②他认为"兴"是中国古典诗歌乃至古典文学和古典艺术所据以发端的原始范型。作为这种原始范型，"兴"

---

① ［美］陈世骧：《原兴：兼论中国诗的特质》，见台北"中央"研究院史语所集刊第三十九本，1969年正月刊，引自《陈世骧文存》，155—156页，沈阳，辽宁教育出版社，1998。

② ［美］陈世骧：《原兴：兼论中国诗的特质》，见台北"中央"研究院史语所集刊第三十九本，1969年正月刊，引自《陈世骧文存》，159页，沈阳，辽宁教育出版社，1998。

成为后世中国文学所不断回溯和发挥作用的源头："谁都知道《红楼梦》是中国文学史里登峰造极的小说，但它显然还保留着民间说书的色彩。我们发现这个人才具与民间传统的结合仍然保留着明显的俗世的辛酸和欢畅。所以这个高度加工的艺术品里正显示洪荒以来基本人性的活生生的面貌。用这个眼光看中国文学，基于这种认识，我们对中国文学的欣赏有增无减；本文以初民'上举欢舞''时兴'的呼声来研究《诗经》，希望是个发展式的同时也是个还原式的研究。"①在他看来，即便是《红楼梦》这样的"登峰造极"之作，也保留着来自原始"兴"的传统血脉。这是因为，根据他的研究，《红楼梦》乃至其他中国文学作品都不过是原始"诗兴""发展"的产物而已。如此，他的这种研究既是一种"发展式"研究，也是一种"还原式"研究。

　　旅加学人叶嘉莹在 1976 年发表的论文《论〈人间词话〉境界说与中国传统诗说之关系》中，发现王国维的"境界"说同古代严羽的"兴趣"说和王士禛的"神韵"说之间存在着紧密的渊源关系，由此而明确地追溯出一条中国古典诗歌之重视"兴发感动之作用"的评诗传统。她这里的所谓"兴发感动"，其实就是我们这里所谓"感兴"或"兴会"（或其他相关词语）。她认为，严羽的"兴趣"说重视"感发作用本身之活动"，王士禛的"神韵"说重视"由感发作用引起的言外之情趣"，而王国维的"境界"说重视的则是"感受作用在作品中具体之呈现"。由此她得出如下通盘性结论："在中国诗论中，除了重视声律、格调、用字、用典等，偏重形式之艺术美一派的各家艺术主张外，其他凡是从内容本质着眼的，盖无不曾对此种兴发感动之力量有所体会和重视。只是因为不同之时代各有不同之思想背景，因此各家诗论当然也就不免各有其偏重之点。"②应当讲，她的这一看法是大体符合《诗大序》以来，特别是魏晋以来中国诗论的传统的。她还由此出发，主张让这种古典性传统在现

---

　　①　［美］陈世骧：《原兴：兼论中国诗的特质》，见台北"中央"研究院史语所集刊第三十九本，1969 年正月刊，引自《陈世骧文存》，178 页，沈阳，辽宁教育出版社，1998。

　　②　叶嘉莹：《谈古典诗歌中兴发感动之特质与吟诵之传统》，据叶嘉莹：《我的诗词道路》，181—182 页，石家庄，河北教育出版社，1997。又见叶嘉莹：《王国维及其文学批评》，299 页，石家庄，河北教育出版社，1997。

代获得传承。这就是为什么，她特别重视王国维在西学东渐时代条件下借助西方视野而对中国"兴发感动"传统的弘扬之举。

叶嘉莹明确地认为，王国维的"境界"说是他在新时代借助西学而对中国古典"兴发感动"传统加以新体认的结果："至于静安先生之境界说的出现，则当是自晚清之世，西学渐入之后，对于中国传统所重视的这一种诗歌中之感发作用的又一种新的体认。故其所标举之'境界'一词，虽然仍沿用佛家之语，然而其立论，却已经改变了禅宗妙悟之玄虚的喻说，而对于诗歌中之由'心'与'物'经感受作用所体现的意境及其表现之效果，都有了更为切实深入的体认，且能用'主观''客观''有我''无我'及'理想''写实'等西方之理论概念作为析说之凭借，这自然是中国诗论的又一次重要的演进。"①根据她的分析，王国维的"境界"说贡献在于，一是在传统上"沿用佛家之语"；二是在"立论"上把禅宗的"妙悟之玄虚的喻说"改造为可信的分析；三是对于古人有关诗歌中的兴发感动作用的论述有了"更为切实深入的体认"；四是能够运用"西方之理论概念"予以大致合理的阐发。据此，她对王国维的"境界"说作了很高的评价，认为它代表"中国诗论的又一次重要的演进"。可以说，这种"重要的演进"其实正是指中国诗论或文论的一次现代性演进。

至于叶嘉莹本人，其独特的理论贡献在于，通过中国诗论传统与西方诗论传统的比较，以清醒的自觉姿态指出"感兴"正代表中国诗歌的"基本生命力"："兴发感动之作用，实为诗歌之基本生命力。"②对中国诗歌中的这种"兴发感动之作用"，她有时又用别的相关术语表示："诗歌创作的一种基本要素""诗歌原始的生命力"③以及"在本质方面……某些永恒不变之质素"④。她还进一步对"兴发感动"从诗人感受和读者效果两方面加以分析："至于诗人之心理、直觉、意识、联想

① 叶嘉莹：《王国维及其文学批评》，300页，石家庄，河北教育出版社，1997。
② 叶嘉莹：《王国维及其文学批评》，301页，石家庄，河北教育出版社，1997。
③ 叶嘉莹：《王国维及其文学批评》，284、286页，石家庄，河北教育出版社，1997。
④ 叶嘉莹：《古典诗歌兴发感动之作用》，据《迦陵论词丛稿》，3页，石家庄，河北教育出版社，1997。

等，则均可视为'心'与'物'产生感发作用时，足以影响诗人之感受的种种因素，而字质、结构、意象、张力等，则均可视为将此种感受予以表达时，足以影响表达之效果的种种因素。如果用《人间词话》中静安先生的话来说，则前者应该乃属于'能感之'的种种因素，后者则是属于'能写之'的种种因素。"①同时，她进一步指出："如果就中国古典诗歌之以兴发感动为其主要之特质的一点而言，则私意以为'兴'字所代表的直接感发作用，较之'比'的经过思索的感发作用，实更能体现中国诗歌之特质。"②相比而言，她认为"兴"比"比"更能体现"中国诗歌之特质"。这一点确实抓住了中国诗歌之根本。

　　另一位旅加学者高辛勇则主要从现代修辞学角度重新考察"兴"的内涵和渊源，提出了相近的看法："中国诗所强调的则是'兴'而不是'比'。《文心雕龙》论比兴时说：'毛公述转，独标兴体'。兴的运作机制到底怎样，一二千年来众说纷纭，一是一个具体的外在事物，另一则是与主题或情感有关的内在事物，两者之间存在着某种关系。"到底应该如何理解"兴"呢？比之陈世骧和叶嘉莹，高辛勇的更进一步和独特的研究在于，认识到"比"大体相当于西方的"隐喻"（metaphor），而"兴"则是属于中国诗歌特有的一种传统，又可称"兴体"，有着特殊的宇宙观渊源。他指出，"比"所显示的"二个事物之间的关系是明显的"，如"我心非石，不可转也"；而"在兴的情形下，两者关系则不明显也不明确"，如"关关雎鸠，在河之洲。窈窕淑女，君子好逑"③。"兴"或"兴体"的独特处何在？他发现，与"比"或隐喻中的确定性代替关系相比，"兴"或"兴体"中的关系具有一种特殊的不确定性或"暧昧性"："但也正因它的这种暧昧性，兴才受重视、才有价值……一般认为比的意思明确但狭窄，兴则是含义暧昧但深广。"这种来自《诗经》的"含义暧昧但深广"的"兴"，在后世不断生发、演进："兴这种伸缩的主客（或'此'与'彼'）的关系，后来发展成情景的诗观，兴代表的正是中国诗所强调

---

①　叶嘉莹：《王国维及其文学批评》，301 页，石家庄，河北教育出版社，1997。
②　叶嘉莹：《谈古典诗歌中兴发感动之特质与吟诵之传统》，据叶嘉莹：《我的诗词道路》，183 页，石家庄，河北教育出版社，1997。
③　高辛勇：《修辞学与文学阅读》，68 页，北京，北京大学出版社，1997。

的价值，如含蓄、微隐、取义广远、意味无穷等等。"①高辛勇在此倾向于把"兴"视为中国文学的基本审美价值系统的源头活水，而后世的"含蓄、微隐、取义广远、意味无穷等等"价值无疑是这个原始系统越来越波澜壮阔而又顺理成章的拓展、衍生而已。

需要追问的是，中国人何以信奉"兴"或"兴体"所标明的这整套审美价值系统呢？高辛勇认识到，在这整套文学审美价值体系的背后或下面，应当还有着中国人特有的远为宽广而深厚的宇宙观系统作基础，这一基础正是李约瑟所谓"有机宇宙观"（organic cosmology）。他发现，"兴"是依托于中国人信奉的"有机宇宙观"这一深厚基础的："兴的兴趣在于从不同的事物、经验看出它们的'类同'，使它们能通感相应，而不在于它们之间的断裂与距离。西方汉学家称此同类相感的说法为'correlativism'，建筑在'correlativism'上的宇宙论，李约瑟（Joseph Needham）称为'organic cosmology'，并认为中国哲学家设想的正是这种有机的宇宙论。"②或许我们可以就这里引用的"有机宇宙观"概念提出争辩，但高辛勇如此深探"兴"的中国宇宙观基础的做法，无疑是对的，因为假如没有这种独特宇宙观作支撑，"感兴"的心理机制及效果是不可理喻的。由此，高辛勇对"兴"的这些看法，对今天重新认识和把握"感兴"是富有启迪意义的。

在中国，进入"新时期"以来，美学家李泽厚继20年前的"意境"研究后，又通过《美的历程》一书再次呼吁重视中国古典美学与文论传统。学者赵沛霖有关"兴"的源起的研究陆续引起美学与文论界关注，并于1987年出版《兴的源起——历史积淀与诗歌艺术》一书，从远古图腾角度及其历史积淀去理解"兴"的源流，在源头上做了一些考辨和阐发工作。笔者在1985年中国比较文学学会成立大会暨首届学术研讨会上提交一篇论文《中国"诗言志"论与西方"诗言回忆"论》③。该文在杨树达、闻一多和朱自清等研究基础上进一步展开中西诗学比较，提出了如下

① 高辛勇：《修辞学与文学阅读》，69页，北京，北京大学出版社，1997。
② 高辛勇：《修辞学与文学阅读》，70页，北京，北京大学出版社，1997。
③ 该文随后发表于《文化：中国与世界》丛刊第2辑，北京，生活·读书·新知三联书店，1987。

几点新看法：第一，从中西诗学比较看，"志"既然是指"停留在心上"的东西，那就应是"记忆"或"回忆"，如此，"诗言志"就应被理解为"诗言回忆"，也就是说诗表现人的回忆，从而与西方"诗言回忆"论相通；第二，对中国诗学来说，这种让人非"手之舞之、足之蹈之"而不足以尽情表现的"志"毕竟不同于一般回忆，而应是指"兴"，"诗言志"就是指"诗言兴"；第三，正是这种源自古代《诗经》传统的"兴"，实际上成为后世中国诗歌乃至整个中国文学的原始范型以及美的范型，由此可窥见中国诗歌乃至整个中国文学的特质。随后，有关"感兴"或"诗兴"的研究在文论界和古代文学研究界形成新的热点领域。

从上面的讨论可见，"感兴"不仅在古代成为一种源远流长的传统，而且在现代已经和正在成为一种传统——若隐传统。如今，这一若隐传统能否破土而出上升成为一种显传统？

六、感兴论与 21 世纪中国文论现代性传统建设

提出上面这个问题，是由于进入 21 世纪以来，一个问题变得越来越重要而又迫切：如何在已有基础上进一步建设中国现代文论？这必然牵涉如下两个需要加以重新认识的关联性问题：一是如何重新认识西方文论在中国参与中国现代文论建设的历程？二是如何重新认识中国文论传统的现代传承？有关这两个问题的争论，已经持续较长时间了（有"现代转换"说、"改弦更张"说等）。这里不想直接介入这场争论，而是集中探讨如下问题：在当前语境中如何进一步建设中国文论现代性传统？中国文论现代性传统，意味着中国现代文论是现代的，既不同于它所反叛的中国古代文论，也不同于它所借鉴的西方文论；同时，中国现代文论又是传统的，既不同于它所传承的中国古代文论，也不同于它所与之对话的西方文论。为了使探讨集中而不分散，这里仅仅打算从"意境"与"典型"范畴的引退和"感兴"的现代传承角度去作初步分析。

在过去百余年中国现代文论发展历程中，有两个范畴是受到格外

重视的：一是来自古代文论的"意境"（含"境界"）说，二是来自西方文论的"典型"说。这一点是由李泽厚在《"意境"杂谈》（1957）里率先确认的："意境"与"典型"应是"美学中平行相等的两个基本范畴"①。这里对于"感兴"的讨论需要在此基础上展开。

　　首先来看"意境"说。面对西方文论的进入，王国维的《人间词话》借鉴尼采的"醉境"与"梦境"之说等，率先重新发现并阐发了古代概念"意境"（或"境界"）的现代力量，随后有宗白华（在三四十年代）和李泽厚（在50年代）相继接力似的加以响应。到20世纪80年代，"意境"终于成为进入中国现代文论主流的一个重要范畴。不过，在现在看来，"意境"范畴虽在现代取得了可与"典型"范畴"平行相等"的地位，但其实并不必然地代表对中国现代文学审美品格的承认，也不代表古代人对古代文学审美品格的确认（古代人不曾像现代人这样起劲地把"意境"或"境界"视为一个重要范畴去运用），而主要是代表现代人对中国古代文学审美品格的一种重新承认。也就是说，"意境"范畴应当属于现代人所追认的一种用以规范古代文学的范畴。换言之，"意境"不过是现代人从古代借鉴的在现代条件下重新阅读和体验中国古代文学遗产的特有范畴。这一借鉴是重要的，有助于面临丧魂落魄困窘的现代人得以回头从自身传统中找到在全球化时代据以安身立命之根。至于那种用"意境"去阐释中国现代文学如诗歌的做法，虽然可以尝试，但毕竟无法抓取中国现代文学的真正特质。

　　与"意境"说主要承担规范中国古代文学审美品格的任务不同，现代人更需要一种据以阅读和体验新生的中国现代文学审美品格的特有范畴，这就首推借鉴自西方文论，特别是其中的马克思主义文论的"典型"说。鲁迅、胡风、周扬、蔡仪等相继在这方面做出了突出的努力和建树。"典型"说的确立，及时地和有效地满足了现代人规范现代文学中的英雄人物形象创造的理论渴求。创造新的英雄人物以便拯救民族国家于危亡之中，是中国现代文学长时间里承担的使命，这一点从20世纪初梁启超的"英雄"呼唤开始，直到80年代"改革英雄"和"新人形

────────────

　　① 李泽厚：《"意境"杂谈》，《光明日报》1957年6月9日、16日。

象"创造止，已经形成了一种现代形象传统。

进入 20 世纪 90 年代，"意境"说和"典型"说都遭遇困境：它们都从中国现代文学创作主流中急速退却，取而代之的则是受到西方现代主义和后现代主义文学影响的诸种不尽确定的灵活范畴，包括分别来自西方现代主义的"象征"范畴系列（含"荒诞"等）和后现代主义的"类像"范畴系列（含"反艺术""反审美"等），这里不妨统称为"后典型"范畴，是"典型"范畴在中国退出主流，"意境"又继续仅限于规范古代抒情文学之时，而新崛起的诸种新兴范畴或范畴系列又尚未取得主流地位前的特定状态。

在这样的"后典型"语境中，中国现代文论何为？确切地说，它如何从新的核心范畴的建构角度，为身处当今全球化语境中的中国现代文学，寻找到安全而合身的美学寓所？也就是说，当一度如日中天的"典型"渐次引退，古老的"意境"仅仅钟情于古典文学，而新的"象征"和"类像"也需要在中国现代文学的活的土壤中入乡随俗时，中国现代文论如何寻觅到新的富于活力的美学范畴？这种新的美学范畴应当既来自对中国当前文学创作与鉴赏活动的总结，又归属于中国文论传统血脉中，既是现代的，又是传统的。这样的新范畴建构路径可以有若干条，但显然，根据我们上面有关现代文论家的"感兴"阐发综述，古老而常新的"感兴"应当是其中尤其富有吸引力的一条。

"感兴"论所代表的中国文学传统中的那些价值观，至今仍富于现代意义和活力。第一，文学创作不是来自理性推论或思想阐发，而是来自个体的活生生的人生体验。中国作家创作讲究"感兴"或"诗兴"，正是如此。第二，作家开展创作活动的基础，不在于一时浮光掠影之"感兴"，而在于多次自觉或不自觉的"感兴"储备即"伫兴"。第三，文学作品中的形象不是一般的形象或形体，而是在"感兴"中抓取的特殊形象，是"兴"中之"象"，是"兴象"。第四，文学作品中最令读者珍视的东西，不是那种显而易见的显在意义，而是蕴藉深长的"兴"中之"味"，即"兴味"。第五，读者或批评家的阅读不仅要体会"兴味"，而且还要尽力追寻那在个体记忆中绵延不绝而令人感动不已的剩余兴味，即"余兴"。由于如此，不妨尝试重新激活古典"感兴"论，将其运用于当前文论建设中。

从上面的讨论可知，"感兴"不仅在古代成为一种传统，而且在现代已经成为一种若隐传统。那么，在当前条件下，当典型范畴在文学及其他艺术中的影响力受到质疑的时候，重新伸张来自古典文论中的"感兴"论并使其上升而成为一种显传统是否可能呢？这种可能性应当已经表现在，随着典型的核心范畴地位出现由中心向边缘的位移，那么，原来作为若隐传统的"感兴"就有机会上升为新的核心范畴。而"感兴"在位移为核心范畴的过程中，需要以兴辞的方式出现。

七、汉语文学的兴辞性

上面这个问题的提出，等于要求考虑如下问题：如何在当前条件下重新激活汉语文学中的"感兴"传统呢？与通常讲中国文学相比，这里特意提汉语文学，是考虑到以汉语为主要媒介的中国文学在表意上对汉语有着特殊的依赖性。当前汉语文学的一条可行之道在于，让古典"感兴"与现代"修辞"范畴实现一种新的融合。具体地说，从古典"感兴"传统与现代"修辞"相结合的角度，可以把汉语文学视为一种"感兴"中的"修辞"，也就是说，汉语文学是一种感兴修辞，简称兴辞。古典"感兴"加上现代"修辞"，正有兴辞。

需要说明的是，"兴辞"一词古已有之，通常含两义：一是起立辞谢之意，如《礼记·曲礼上》说"客若降等，执食兴辞"，唐代孔颖达疏："兴，起也。客既卑，故未食，必先捉饭而起，以辞谢主人之临己也。"二是告辞之意，如清蒲松龄的《聊斋志异·娇娜》："酒数行，曳兴辞，曳杖而去。"欧阳予倩的《桃花扇》第二幕："陈定生、吴次尾二人兴辞。"我们这里的"兴辞"虽然与上述含义存在一定的联系，但直接来自古代术语"感兴"与现代术语"修辞"的新的融合。当然，这种"兴辞"含义其实已内含于某些古代表述中。汉代经学家郑众的《毛诗·关雎传·正义》说过："兴者托事于物，则兴者起也，取譬引类，起发己心。诗文诸举草木鸟兽以见意者，皆兴辞也。"宋代朱熹的《诗经集传·关雎》也说："兴者，先言他物以引起所咏之辞也。"这里实际上已内含有"兴"可生"辞"，"辞"可发"兴"的含义了，只是缺乏那捅破薄纸的最后一戳而已。

1. 汉语文学的复联性与主导性

感兴修辞或兴辞，是从中国文论传统的古今融汇角度新造的、用来表述当今汉语文学的主导属性的范畴。为了说明这一点，有必要首先对汉语文学属性概念做出说明。使用文学"属性"是扬弃以往"本质"概念的结果。如果本质是指文学之所以为文学的唯一原因，那么，属性就是指文学在社会中可能具有的多重相互关联的特性。本质只能是单数概念，而属性则可以是复数概念，是表示文学可以同时存在着多重不同的但有可能相互联系着的特性。这样，汉语文学在属性上具有复联性和主导性特点。这就是说，一定的汉语文学过程或生活往往同时包含媒介、语言、形象、体验、修辞和产品等多重属性。这表明，汉语文学属性实际上是一个多重属性共存的复合而又联系的结构。不妨把汉语文学的这种由媒介、语言、形象、体验、修辞和产品等多种属性组成的复合而又联系的情形称为汉语文学属性的复联性。具体地说，一方面，汉语文学的属性不是单一的而是复合的；另一方面，这些复合属性不是彼此孤立的而是联系的。就现代汉语文学的总体情形而言，汉语文学不可能仅仅只有上述属性中的任何一个，而必须同时拥有它们全部，正是它们之间的相互联系和渗透形成了现代汉语文学过程的丰富性和复杂性。

汉语文学属性在其复联性中，还会体现出一种主导性——这就是感兴修辞性或兴辞性。在汉语文学的多重属性中，感兴与修辞性可能是主导性的。感兴属性可以将形象属性涵摄进去，因为感兴是必须由形象去激发的，始终与形象不可分离的。所以，谈论感兴实际上应始终不离形象。而修辞属性则可以涵摄媒介、语言和产品属性，因为无论是媒介选择、语言创造还是产品制造，都不只单纯地是它们本身，而是体现出人调达现实矛盾的努力，即都需要从修辞性上去把握。修辞一词本身就包含了语言及其对人与现实关系的调达过程。所以，汉语文学的主导属性在于感兴修辞性。说汉语文学具有主导性属性——

感兴修辞性，意味着汉语文学主要是人的感兴修辞，是一门感兴修辞艺术。感兴与修辞在汉语文学中是紧密联系、不可分割的东西，是人的社会符号实践的一部分。

2. 汉语文学与感兴

感兴（有时又作兴、兴起、兴会等）原本出自中国古典文论。署名贾岛的《二南密旨》说："感物曰兴。兴者，情也。谓外感于物，内动于情，情不可遏，故曰兴。"这正点明了感兴的基本意思：它是外感事物、内动情感而又情不可遏这一特殊状态的产物。感兴的基本意思就是感物起兴或感物兴起。感兴就是说人感物而兴，也就是指人由感物而生成体验。简言之，感兴是指人在现实中活生生的生存体验。感兴，作为人的现实生存体验，是人对自己生活的意义的深沉感触和悉心认同方式。感兴是一种直接触及人的生存意义或价值的特殊感触。遍照金刚说得十分明白："感兴势者，人心至感，必有应说，物色万象，爽然有如感会。"[①]感兴被视为人的一种"至感"。"至"有到达极点或顶点、程度最高的意思。显然，"至感"就是到达顶点的和程度最高的感受。由此可见，感兴作为"至感"，是人对现实生活的一种到达顶点和程度最高的感受。

这里从内在构成和层面构造两方面去简略说明。从内在构成看，感兴不只是普通的心理反应或心理过程，也不只是单纯的物质生活状态，而是它们复杂的融汇——一种存在体验。可以说，感兴是人的实际生存与心理感受、意识与无意识、情感与理智等要素的多重复合体。从层面组合看，感兴具有多层面结构。而这里需要指出至少三个层面：第一层，日常感兴。这是人在日常生活中的兴会际遇。平常或琐碎的油盐酱醋、功名利禄、恩怨纠缠乃至生老病死等，都可以在人的心中掀起感兴波澜。这一层面的感兴既可以为高雅文化、主导文化提供素材，更可以为大众文化和民间文化提供取之不竭的日常生活资源。第二层，深层感兴。这是人超越日常境遇而获得的富于更高精神性的兴会际遇，涉及人对生活的超越、提升、升华等需要，与对阴阳、有无、

---

① ［日］遍照金刚：《文镜秘府论·地卷·十七势》，据遍照金刚撰、卢盛江校考：《文镜秘府论汇校汇考》（一），393页，北京，中华书局，2006。

虚实、形神、美丑、悲喜剧等审美价值的体认相连。这一层面的感兴尤其可以为高雅文化的写作和阅读提供直接的支持。第三层，位于这两层面之间的种种感兴，即日常感兴与深层感兴之间的转换地带。这一层面是相对而言的和变动不居的，往往成为日常感兴与深层感兴之间发生对立、渗透、过渡或转化的中介，属于主导文化、高雅文化、大众文化和民间文化等不同文化类型之间的复杂关联域。

当然，对感兴在文学中的作用不能简单化。第一，中国古典文论家从万物相反相成和氤氲化生的古典宇宙观出发，认识到感兴来自日常生活。正如清代袁守定在《谈文》中所说，"文章之道，遭际兴会，撼发性灵，生于临文之顷者也。然须平日餐经馈史，霍然有怀，对景感物，旷然有会，尝有欲吐之言，难遏之意，然后拈题泚笔，忽忽相遭，得之在俄顷，积之在平日。"这里把"餐经馈史"与"对景感物"联系起来看待，同样视为"兴会"之基，而并没有做出高下之别，表明日常感兴与深层感兴之间并不存在天然鸿沟，而是可以相互转化和渗透的。第二，同理，文学的感兴并不一定是高雅的，也可以是世俗的，作用于日常生活。清代袁枚在《随园诗话》中说过："圣人称诗'可以兴'，以其最易感人也。王孟端友某在都取妾，而忘其妻。王寄诗云：'新花枝胜旧花枝，从此无心念别离。知否秦淮今夜月？有人相对数归期。'其人泣下，即挟妾而归。"一首诗可以感化一个因娶妾而遗忘妻子的人，使他幡然悔悟，立即"挟妾而归"。这足以说明，一首富于感兴的诗通过有力地感发心灵，可以有效地帮助人们调整日常行为。第三，从文学活动中高雅文化与大众文化和民间文化相互共存和渗透的现状看，如果单纯标举深层感兴或感兴的深层性而忽略日常感兴或感兴的日常性，就势必把大众文化和民间文化排斥在文学理论和批评视野之外。所以，有必要全面认识和把握感兴的多层面性，使我们能够切实地从感兴修辞概念入手而达到对诸种文化文本的全面阐释。

3. 感兴与修辞关联

中国古典文论家并不愿意孤立地谈论"感兴"，而总是习惯于把它与文学的具体修辞环节联系起来讲：人感物而兴，兴而修辞，从而生成感兴修辞即兴辞。清代叶燮有关"兴起"与"措辞"的论述，可以帮助我们正视文学的这种感兴与修辞结合的特性。他在《原诗》中指出："原夫作诗者之肇端，而有事乎此也，必先有所触以兴起其意，而后措诸辞，属为句，敷之而成章。当其有所触而兴起也，其意、其辞、其句劈空而起，皆自无而有，随在取之于心；出而为情、为景、为事，人未尝言之，而自我始言之。故言者与闻其言者，诚可悦而永也。"这段话明确地说明了感兴与修辞或"兴"与"辞"的不可分割特性。第一，文学写作发端于"兴起"，即"感兴"。"有所触"就是"触物"或"感物"，由"感物"而"兴起"，这是指诗人从现实生存境遇中获得活生生的体验，从而产生精神的飞升或升腾。第二，文学写作继之以"兴意"的生成，"兴发意生"。这是说"感兴"勃发时往往伴随着"意"的生成。叶燮的"兴起其意"，应正取此意。诗人由"兴起"获得新的诗"意"，这是指在感兴的瞬间产生艺术发现和最初的语言与形象火花，激发写作的冲动。这里的"意"是包含着活生生的"感兴"的诗"意"，因而应是"兴意"——在感兴中生成的诗意。第三，文学感兴始终伴随着"措辞"即修辞，与修辞紧密交融，通过它呈现出来。"措诸辞，属为句，敷之而成章"正是说文学写作不是直接呈现感兴，而是要以原创的语言修辞去重新建构它，即把它重新建构为原创性的语言修辞形式。第四，读者阅读需要由修辞指引到感兴。文学作品凭借原创性的修辞，可以使读者激发同样原创性的感兴，并且令作者和读者都获得精神愉悦，"故言者与闻其言者，诚可悦而永也"。

这种感兴修辞的重要特点和价值之一在于审美上的原创性。无论是感兴还是修辞都具有原创性。原创性，是指前所未有的原初的创造特性。叶燮所谓"其意、其辞、其句劈空而起，皆自无而有，随在取之于心；出而为情、为景、为事，人未尝言之，而自我始言之"，正是指文学中的感兴和修辞具有前所未有的原初的创造特性。他在《原诗》中还说过："……其仰观俯察，遇物触景之会，勃然而兴，旁见侧出，才气心思，溢于笔墨之外。"他明确地看到，"勃然而兴"的瞬间可以产生平常生活中无法产生的特殊的艺术创造力量。

可以说，由于叶燮在上述论述中明确地把"感兴"与"措辞"紧密结合起来考虑，这就把"感兴"与"修辞"（它不过是叶燮的"措辞"概念的拓展而已)之间此前早已内含的必然联系豁然开朗了。这使得我们可以毫不迟疑地说，就汉语文学而言，感兴修辞或兴辞正是其主导属性。这样，汉语文学就是一种兴辞且具有兴辞性。

4. 兴辞的古今范例：杜甫与鲁迅

叶燮心目中最富于兴辞性，也最符合他如上理论要求的"千古诗人"，正是杜甫。这一点其实不仅出自叶燮的理论推导，而是源于杜甫本人的自觉的诗歌美学追求。可以说，进入唐代，从"诗兴"角度去创作和鉴赏已成为一种自觉的时代风气，而杜甫正是其集大成者。

正是杜甫，善于将丰富的生活感兴积累与惊人的修辞锤炼完美地统合在"诗兴"中。他的不少诗题都标明来自"兴"，如《遣兴》《遣兴三首》《绝句漫兴九首》《敝庐遣兴奉寄严公》《秋兴八首》，正显示了他本人对兴辞境界的有意识开拓和自觉追求。他的《寄张十二山人彪三十韵》说："静者心多妙，先生艺绝伦。草书何太古，诗兴不无神。曹植休前辈，张芝更后身。"正是在"诗兴"勃发状态中，下笔如有神助，就像曹植那样超越前辈，真可称作张芝的后身。杜甫晚年在《峡中览物》中回忆说："曾为掾吏趋三辅，忆在同关诗兴多。"我曾身为一名小吏趋奔于三辅(指京兆、扶风、冯翊)之间，回想在潼关时诗兴尤多啊！他的许多诗正是这样，来自他的活生生的诗兴，从而成为兴辞的结晶。《上韦左相二十韵》有："感激时将晚，苍茫兴有神。为公歌此曲，涕泪在衣中。"这里的"苍茫兴有神"正是指诗人感兴勃发的状态。王嗣奭的《杜臆》把此释作"意兴勃发之貌"，确实有道理。《独酌成诗》有："醉里从为客，诗成觉有神。"这也表达了相近的意思。仇兆鳌注说："诗觉有神，喜动诗兴也。""诗兴"无疑是杜甫诗获得成功的一个关键。① 正是在"诗兴"中，平常难以实现的感兴与修辞的完美统一如有神助地获得了实现。杜甫诗的这种感兴与修辞完美融汇的境界，为我们理解感兴修辞的实质及其中感兴与修辞的关系，提供了一个恰当而又绝妙的古典范例。

如前所述，鲁迅作为现代作家，也自觉地把文学写作视为"感兴"

---

① 以上讨论参考了张少康、刘三富：《中国文学理论批评发展史》上，330—331页，北京，北京大学出版社，1995。

过程，如他自述《蜡叶》的创作就来自自己与许广平之间围绕"工作"与"保养"之间的平衡而产生的"感兴"。正是在这种特定的"感兴"情境中，蜡叶形象实际上充当了作家的一种自我形象或自我象征。可以说，汉语文学创作讲究感兴，古今一致，师承着同一个感兴传统。

5. 汉语文学的兴辞性

感兴与修辞在汉语文学中实际上是紧密结合在一起的东西，是感兴修辞即兴辞。感兴修辞，意思是说感物而兴、兴而修辞，也就是感物兴辞。换言之，感兴修辞就是富于感兴的修辞，是始终与体验结合着的修辞。文学正是这样一种感兴凝聚为修辞/修辞激发感兴的艺术。文学的感兴修辞性，正是指文学具有感物而兴、兴而修辞的属性。单说感兴，它是指人对自身的现实生存境遇的活的体验；单说修辞，它是指语效组合，即为着造成特殊的社会效果而调整语言。但感兴与修辞组合起来，则生成新的特殊含义：感兴属修辞型感兴，而修辞属感兴型修辞。在这里，感兴本身内在地要求着修辞，而修辞则是感兴的生长场。感兴修辞是指文学通过特定的语效组合而调达或唤起人的活的体验。简言之，兴辞是指以语效组合去调达或唤起活的生存体验。

作为感兴与修辞相互涵摄的形态，文学的兴辞性可以包含两层意思。一层是指感兴型修辞。这是说汉语文学这种修辞具有感兴内涵，它是由感兴转化而成并可以引发感兴的修辞。这是强调汉语文学修辞的特殊的现实感性属性。人们说文学语言世界并非独立自足或与现实无关，而是蕴含着独特而丰富的人生意义，正可以从这一层去理解。另一层则是指修辞型感兴。这是说汉语文学这种感兴具有修辞性内涵，即由修辞加以传达并始终不离修辞的感兴。这是突出汉语文学感兴的普遍的语言效果属性。人们相信看来独特的文学感兴由于与修辞不可分离因而具有普遍可理解性，正可以从这一层面去考虑。无论如何，汉语文学的兴辞性是感兴与修辞相互涵摄的整体。

兴辞看来是个人的生活体验和语言表达行为，但绝不是单纯的个人所有物。文学作为人的兴辞行为，实际上是人类符号实践的一种形式。实践是人有意识地改造世界的创造性活动，如制造生产工具或符号以改造自然、创造产品等。按照马克思的学说，人类实践具有如下特点：第一，它是"有意识的"生命活动。"有意识"，就是从盲目的机械世界和动物的本能世界中解放出来，形成对于自然和自我的理性掌握能力。人类由此超越自身的原初动物本能。第二，它是"自由自觉的"生命活动。① 作为"有意识的存在物"，人类实践具有"自由自觉"的特性。"自由自觉"是指人类作为主体，在把握、控制和改造自然世界中体现出来的能动性和目的性。第三，它是"按照美的规律来造型"的活动。"美的规律"来自人类实践对客观存在的规律的认识和把握，是人类支配自然世界的内在主体尺度。马克思以人与蜜蜂的对比说明这个道理：尽管蜜蜂建造蜂房的本领能让人类建筑师"感到惭愧"，但是，"最蹩脚的建筑师从一开始就比蜜蜂高明的地方，是他用蜂蜡建筑蜂房以前，已经在自己的头脑中把它建成了"②。人比蜜蜂高明的地方，正在于蜜蜂的工作只是本能性的，而人的创造则是有意识的和自由自觉的。第四，它总是符号实践。如果从马克思逝世以后的学科进展去进一步理解和丰富马克思主义，就必然要看到和重视有关符号与文化研究的新成果。符号（英文作"symbol"，也可译为象征）通常有两个含义：一是指一件事物可以表达一定的意义，二是指一件事物暗示着另一件事物或某种意义。按照德国哲学家卡西尔（Ernst Cassirer，1874—1945）的看法，人的特点在于通过劳作制造"符号"，形成人类文化的世界，这就是"符号的宇宙"。"人不再生活在一个单纯的物理宇宙之中，而是生活在一个符号的宇宙之中。语言、神话、艺术和宗教则是这符号宇宙的各部分，它们是组成符号之网的不同丝线，是人类经验的交织之网。"③因此，人在本性上与其说是"理性的动物""言语的动物""使用和制造工具的动物"，不如说是"符号的动物"。正是符号提示了人的本质，符号化思维和行为构成人类生活中最富代表性的特征。按照马克思的观点，人类的符号活动归根结底是人类社会实践的具体形态，

① 马克思：《1844年经济学—哲学手稿》，刘丕坤译，50页，北京，人民出版社，1979。
② 《资本论》，第1卷，《马克思恩格斯全集》，第23卷，202页，北京，人民出版社，1979。
③ ［德］卡西尔：《人论》，甘阳译，34—35页，上海，上海译文出版社，1985。

因而应当理解为符号实践。符号实践是人类创造和运用符号以便认识和改造世界与自我的社会过程。

作为兴辞的文学，应当被理解为人类符号实践的一种形式。汉语文学是一种兴辞，它的任务是在汉语这种符号组织中去创造性地建构人的独特而又具有可理解性的个体体验，从而帮助人认识世界与自我，沟通个体与社会，并转而微妙地影响社会。李白作为诗人，虽自以为拥有宰相之才，但其真正本领却不是治理国家或领兵打仗，而是创造奇妙动人的汉语符号去传达他的独特体验。"黄河之水天上来"用看来违反地理常识的表述，却准确地写出了黄河冲决万里的雄伟气势，可谓神来之笔！"相看两不厌，只有敬亭山"，表达出人与自然亲如知己的关系及其喜悦。"床前明月光……"这样平易浅显而又脍炙人口的诗句，把中国人的思乡情怀与"明月"紧紧联系起来，更是早已成为我们民族在符号实践中共同拥有的象征物了。李白是以富于感兴修辞的符号体系加入社会实践中的。他的独特诗句已经成为我们民族的汉语符号实践传统的一部分了。人类符号实践具有若干形式，如语言、神话、宗教、科技、艺术等，而文学只是其中特殊的一种。它的特殊性在于，作为中国人的语言符号与艺术符号的结合形式，它将个体感兴与语言修辞行为紧密结合起来，通过创造富于兴辞的语言作品去认识和改造世界。

无论如何，文学中的兴与辞是密不可分的，所以合说兴辞性。从读者的角度看，文学的审美价值在于，辞如何激发兴，即原创性修辞如何把读者牵引到对原创性感兴的领悟和享受上。把文学视为兴辞，这不过是从古今融汇的角度对汉语文学的主导属性做出的初步思考。兴辞还可以同今天的其他若干概念联系起来考虑，从而进一步体现出兴辞在阐释当今中国文学现象时的特殊活力和广泛的应用前景，以及来自传统而又能融入现代的深厚力量。

八、兴辞在文学作品的文本层面中的存在

既然把兴辞视为汉语文学作品的主导属性，那么，接下来需要做

的就是，考察兴辞在文学作品的文本层面中的存在状况。任何文学作品的文本都可以分解成若干层面去理解。层面，通常是指事物具有一定次序的构造。文学作品的文本层面，简称文学文本层面，是指文学作品的文本具备一定次序性的构造状况，如语音、词语、形象、意义或意蕴等。文学文本层面问题曾是 20 世纪 80 年代至 90 年代，英美新批评等形式主义文论强势介入、猛烈冲击黑格尔式内容与形式结构论的主导地位之际，中国文论界遭遇的一个焦点性问题。在此方面，需要在吸纳中外文学文本层面理论的基础上，参酌有关媒介的理论，建立一种以兴辞为主导属性的文学文本层面构造。①

（一）中外文学文本层面说

中西方都有过富于启发性的文本层面之说。中国古代有两种文本层面观：一种认为文学文本由言、象、意三层面构成，另一种则认为由粗（言）精（意）两层面构成，或者说由最粗层、稍粗层及最精层三层面构成。这两种二层面观及三层面观之间虽有不同，但都是从"可见"（显示）与"不可见"（非显示）的分别上去立论的。这种文本层面理论传统对于我们认识文学文本的层面构造应是有启发意义的。② 在西方文学文本层面论中，也有两种观点值得注意。第一种是古典二层面说，即但丁（Dante Alighieri，1265－1321）提出的诗有四种意义之说，字面意义、寓言意义、道德意义和奥秘意义。这大致相当于说把文学文本划分为两个层面：字面意义层面和由其表达的深层意义层面（包括寓言意义、道德意义和奥秘意义）。③ 第二种是 20 世纪波兰现象学美学家英加登（Roman Ingarden，1893—1970）的文学文本四层面说：一是语音层面（sound-stratum），是指字音及其高一级语音组合，属文学文本的最基本层面；二是意义单元（unites of meaning），是由字音及其高一级语音组合所传达的意义组织，它是文学文本的核心层面；三是多重

---

① 本节有关文学文本层面的论述，引自王一川：《文学理论修订版》第六章，北京，北京大学出版社，2011。此处有修订。

② 以上参考了童庆炳先生有关中国古代文本层面论的开创性探讨，有所调整。见童庆炳：《文学活动的美学阐释》，185－187 页，西安，陕西人民出版社，1989。

③ Dante, The Banquet, II Convivio, *Critical Theory since Plato*, edited by Hazard Adams, New York：Harcourt Brace Jovanovich, Inc., 1971, p. 121.

图式化面貌(schematized aspects)，是由意义单元所呈现的事物的大致略图，包含着若干"未定点"(spots of indeterminacy)而有待于读者去具体化；四是再现的客体(represented objects)，是通过虚拟现实而生成的世界，这是文学文本的最后层面。此外，他又补充说，在某些文学文本中还可能存在着"形而上特质"(metaphysical qualities)，如崇高、悲剧性、恐怖、震惊、玄奥、丑恶、神圣和悲悯等，它并非文学文本必有的层面构造，而仅仅在"伟大的文学"中出现。[①] 这个四层面论在美国文论家韦勒克(Rene Wellek，1903－1995)那里衍生出文学文本五层面论：一是声音层面(谐音、节奏和格律)；二是意义单元；三是形象和隐喻；四是诗的特殊世界(由象征和神话的象征系统构成)；五是模式和技巧(叙述手法)。他还把这五层面同文学文类、文学批评和文学史问题综合在一起，又补充进三层面：文类(文本的具体存在类型)、评价(对文学文本的批评和估价)和文学史。[②] 这些论述也可以给予文学文本层面划分以启迪。

(二)文学文本层面构造

应该如何认识文学文本的层面？这里的出发点在于如何把握当前新的文学文本层面问题，由此出发去借鉴以往的中外文学文本层面理论。这种新的问题显著地表现在两方面：一是媒介在当前文学文本中的作用是如此微妙而又重要，以致已到非正面回答不可的地步了；二是文本不再被视为独立的审美－语言结构，而与看来属于文本之"外"的种种社会、文化因素具有复杂的修辞性关联，而这种复杂而多样的修辞性关联也已到必须正视的程度了。因此，对文学文本层面的讨论，不应当继续固守"俄国形式主义"和"新批评"以来的文本中心论立场，而应当加入媒介和感兴的修辞实践两大要素。

关于文学媒介在文本层面中的作用问题，《庄子·天道》中的论述

[①]　Roman Ingarden, *The Literary Work of Art*, Evanston：Northwest University Press, 1973.

[②]　Rene Wellek and Austin Warren, *Theory of Literature*, the third edition, Harmondsworth, Middlesex：Penguin Books Ltd. , 1970，p. 157.（见韦勒克和沃伦：《文学理论》，刘象愚等译，165 页，北京，生活·读书·新知三联书店，1984。）

应具有明确的启示作用："世之所贵道者书也，书不过语，语有贵也。语之所贵者意也，意有所随。意之所随者，不可以言传也，而世因贵言传书。世虽贵之，我犹不足贵也，为其贵非其贵也。"①这篇作品诚然可能出自后人伪托而不一定出自庄子本人，其可信度受到质疑，但并不影响它属于古人论述这一事实。它在中国文献里较早明确区分文学作品中作为媒介的"书"与作为语言形式组合的"语"的不同。这里尽管是从庄子式"绝圣弃智"的否定性立场谈"书"论"语"说"意"的，但毕竟揭示了"书"这一文字媒介在那个时代传输中的基本作用：书是传输语言的媒介。从文本层面划分来看，这里等于提出文学文本四层面说：第一层是"书"，是传输"道"的文字媒介；第二层是"语"或"言"，是书所直接传输的语言即兴辞；第三层是"意"，是兴辞所传输的意义；第四层是"道"，是"意"所指向的更深层而微妙的意蕴，属于"意之所随"和"不可以言传"但又被强行传之于书的东西。庄子虽然反对"贵言传书"、否定"道"在"书"中的可传性，但毕竟指出了通常的文学文本的四个基本层面。

下面从对文学的兴辞属性的理解出发，以庄子的上述层面划分为基本依托，略加变通或调整，形成一个具有一定实用性和操作性的文本层面构造之说。需要考虑的变通或调整因素是：第一，根据今天的文学媒介状况而加上其他诸种媒介，即从"书"扩展到印刷媒介和电子媒介等；第二，依据对文学的兴辞属性中那种兴味蕴藉的理解，突出强调余兴层面的作用，而这正是理解汉语文学或中国文学的基本特质的一个关键方面；第三，引入影响读者阅读的语境因素；第四，在具体表述上稍作变通。这就可以形成一种新的文学文本层面说。

如此，文学文本应由如下层面构成：第一，它属于从文学媒介到文学文本的转换或过渡层面，由一种可感的物质媒介层面转向语言形式层面，这种中间地带的状况对文学文本的特定的语言与意义构型有着微妙的影响。所以，媒介在文本中的初始构型作用必须考虑，这可称为媒型层。严格地说，媒型层与其说属于文学文本的实在层面，不

---

① 参见《庄子今注今译》，陈鼓应注译，356 页，北京，中华书局，1983。

如说属于文学媒介与文学文本之间居间的或间性的层面，可简称间层。第二，被媒介所承载或中介的是文学文本的语言系统——狭义上的兴辞，这是文本的最基本的实在层面。第三，语言要刻画一定的物象——艺术形象或兴象。第四，这种兴象往往包蕴特定而又不确定的感兴意味——意兴。第五，在汉语文学传统及文化传统中，这种意兴还必须同时蕴藉着某种难以言喻的微妙而又重要的深长余意或余蕴——余兴。当然，同时，被意兴蕴含的余兴，在特定修辞语境的读者阅读中，又可以衍生出更复杂而又富于变化的意义——这不妨称为衍兴。这里提出衍兴问题，主要是要解决特定语境里的读者在文本中的作用问题。在实际的文学活动中，读者在文本意义建构中的作用不可回避。按照中国古典美学关于"缀文者情动而辞发，观文者披文以入情"和接受美学代表人物伊塞尔（W. Iser，1926—2007）的"隐含的读者"（implied reader）之说，文学文本中已经为可能的读者的介入预设了位置，期待着实际读者去"入情"或"填空"，从而使文本的意义呈现出一种因读者介入而生成的多义性。据此，在划分文学文本层面时，需要将读者在文本意义建构中产生的特殊作用考虑进去。在阅读过程中，特定读者往往受制于所置身其中的具体文化语境和历史情境的影响，这种影响会渗透入他对文本的阅读与理解中，从而形成文学文本的特殊的衍生意义——衍兴。同样严格地说，无论是余兴还是衍兴也都不属于独立而实在的文学文本层面，应当称为从文学文本到读者之间的居间的或间性的层面，也可像媒型层那样具有间层特性。

这样，文学文本由五层面构成：一是媒型层；二是兴辞层；三是兴象层；四是意兴层；五是余兴—衍兴层，简称余衍层。其中，媒型层和余衍层属于文学文本的间层，其余三层属于文学文本的实体层面。以下逐层做简要分析。

1. 媒型层

这是文学文本的最外在可感的初始层面，是位于文学媒介与文学文本之间而主要由文学媒介隐性地建构起来的文本语言与意义构型。严格地讲，它也许只能算文学文本最初的具有中介性的"间层"，即是从文学媒介过渡到文学文本的居间的、中间的、起着中介作用的层面，一半在文学媒介而另一半在文学文本，因而可充当文学媒介的末端和预设文学文本层面的开端，具体地反映出文学媒介对文学文本的语言与意义结构的或明或暗的微妙建构作用。在考虑文本层面时，需要将媒介在文本构造中的这种特殊作用揭示出来。

文本的媒型层与文学媒介紧密相连但又有着不同：文学媒介属于文本传输渠道，而媒型层则是仅仅指文学媒介对文本的意义构型发生实际影响的那些方面。媒型层也不能被等同于文本的语言与意义层面，而只是对它的语言与意义构型产生一种微妙的暗示或唤醒作用。这种构型宛如一种隐性的迹象或征兆，揭示语言与意义存在的方向和状态。媒型层的直接作用本来是传输语言，但其传输语言的渠道会规定语言的存在形态及其意义呈现方式，正像特定的河道状况会规定特定的水流景观一样。假如没有壶口的特定地理构成因素的作用，我们就很难想象黄河壶口瀑布会形成如今的壮观场面。这样，媒型层就对文学文本的意义生成起到不可忽视的作用。

鉴于文学媒介具有六种形态，即口语媒介、文字媒介、手工印刷媒介、机械印刷媒介、电子媒介和网络媒介，因而媒型层也应具有相应的六类：口头媒型、文字媒型、手工印刷媒型、机械印刷媒型、电子媒型、网络媒型。

2. 兴辞层

兴辞在这里取其狭义，是指具体的富于感兴意味的语言层。文学文本的兴辞层，是指文学文本中感兴修辞的语言层面构造，包括语音、文法、辞格和语体等具体层面。这是包含着人对现实的活生生的感兴的语言修辞组合。有感兴，就必然有与之相伴的原创的兴辞组合，这道理早已由叶燮在前面说过了："当其有所触而兴起也，其意、其辞、其句劈空而起，皆自无而有，随在取之于心；出而为情、为景、为事，人未尝言之，而自我始言之。"明代谢榛更明确地阐述了感兴中创生的语言对诗歌的特殊重要性："凡作诗悲欢皆由乎兴，非兴则造语弗工。欢喜之意有限，悲感之意无穷。欢喜诗兴中得者虽佳，但宜乎短章；悲感诗兴中得者更佳。至于千言反覆，愈长愈健，熟读李杜全集方知无处无时而非兴也。"①这里的"非兴则造语弗工",恰当地揭示了感兴中生成的语言才真正富于表现力这一道理。而在他眼中,"李杜全集"确实体现了"无处无时而非兴"这一特色。现代作家老舍说过:"我们的最好的思想,最深厚的感情,只能被最美妙的语言表达出来。"②这里所谓可以表现"最好的思想"和"最深厚的感情"的"最美妙的语言",正是相当于这种兴辞。那么,这"最美妙的语言"内部包含怎样的奥秘呢?这就需要考察文学文本的兴辞层。兴辞层,进而还可以细分为四个层面:语音层面、文法层面、辞格层面和语体层面。

语音层面是文学兴辞层的基本层面之一,它是指兴辞的语音组合系统,包括节奏和音律两种形态。这里的语音层面是特指感兴中生成的具有原创性的语音层面,它可以使作家达到日常语言难以达到的美学独创性的高度。不过,对诗、散文和小说而言,这种语音层面的作用有所不同。具体地看,语音层面还可以分为两种形态:节奏和音律。

文法层面中的"文法"一词借自中国古典文论,指的不是现代语言学意义上的"语法",而是指"作文"和"作诗"之"法"或"法度",即文学写作的法则,这里主要指文学兴辞组织在语词、语句和篇章方面的构成法则。这样,文法层面是文学兴辞组织的基本层面之一,它是文学兴辞组织在语词、语句和篇章方面的构成法则。文法通常有三类:词法、句法和篇法。词法是特定文本内语词的构成法则,如用词要贴切、生动和传神。这就有"炼字"之说,指每个词或字为了既符合节奏和音律又实现意义的表达,往往要经过千锤百炼才最终确定下来。句法是特定文本内语句的构成法则,如注重句型和炼句。篇法又称章法,是特定文本的整体语言构成法则。前面说的词法和句法还只是就组成文本的语词和语句而言,这里的篇法则扩大到对整个文本的语篇组织的概括。

辞格层面是文学兴辞的基本层面之一,是富有表现力并带有一定规律性的表现程式的运用状况。汉语的辞格历来种类丰富,至少有三

---

① (明)谢榛:《四溟诗话》,见周维德集校《全明诗话》,第2册,1350页,济南,齐鲁书社,2005。
② 老舍:《关于文学的语言问题》,《出口成章》,60页,北京,作家出版社,1964。

对六种基本辞格：比喻和借代、对偶和反复、倒装和反讽。比喻和借代是分别体现相似和相近原理的借他物以表现某物的语言方式。比喻和借代的共同点在于：一是都表达两相近似之意，二是都要借彼达此。其不同点在于，比喻体现相似性，而借代注重相近处。比喻是借他物来表现某相似之物的语言方式，有三种样式：明喻、暗喻和借喻。借代是借用其他名称或语句代替通常使用的名称或语句的语言方式。借代辞格由本体和借体组成。对偶和反复是分别体现对称和循环原理的语言方式。对偶是上下字数相等、结构相同或相似的具有整齐和对称效果的语言方式，其类型多种多样，如从形式看的当句对、邻句对和隔句对，从上下句语义看的正对、反对和串对等。倒装和反讽是分别在语句上和语义上呈现相反组合的语言方式。倒装是通过颠倒惯常词语顺序来表意的语言方式。反讽（又称倒反、反语或说反话）是意不在正面而在反面或内涵与表面意义相反的语言方式。

语体层面是文学文本当其为着造成特殊的表达效果而综合地混杂或并用多种不同文类或体式时呈现的语言状况，涉及小说、诗、散文诗、散文、日记、书信、文件、档案、表格、绘画和图案等，以及抒情体、叙事体和戏剧体，纪实体和传奇体，写实型和象征型等。

兴辞层其实还可以有远为丰富复杂的层面构造，这里只作了简要的分析。总之，文学文本的兴辞来自感兴，包裹着感兴，终究是要服务于创造活生生的、同样包裹着感兴的艺术形象——兴象。

3. 兴象层

这是文学文本富于感兴意味的艺术形象层。兴象是包含活生生的感兴的艺术形象。兴象是兴中之象，是富于感兴的虚拟形象，是在兴辞中生成的活生生的可感的音画组合。兴象涉及对现实物象的刻画，但本身并不等于感性实在物，而是由文学媒型和兴辞共同呈现出来的，并且与它们始终不相分离的东西，正像舞蹈形象不离舞者的肢体媒介和语言本身一样。这就决定了兴象不是现实已有的实在之物，而是由媒介和兴辞创造之物。兴象就是文学媒介和兴辞共同虚拟出来的可感的音画组合。同时，作为文学媒介和兴辞虚拟出来的可感的音画组合，兴象并不简单地存在于文学文本的媒介和兴辞中间，也存在于读者对文本的媒型和兴辞的阅读与想象过程中。确切点说，当读者调动视觉和听觉等感官去感知文学文本的媒介和兴辞时，往往在头脑里想象出某种与情感、理智、幻想等交织的感性的音画组合，这就是兴象。与绘画、雕塑、电影、电视等文本中的兴象本身属于视觉性的形象不同，文学兴象需要通过兴辞阅读而在心里"想象"或"翻译"出来。在这个意义上，兴象也可以说是一种心理之物。再有就是作为虚拟之物和心理之物，兴象往往是具体可感的，能唤起读者的某种现实感，如人的现实生活活动、场景、自然环境、历史事件等。这种具有现实感的具体可感物，当然不等于通常的感性实在物，而是虚拟之物与心理之物之间相互作用的构成物，因而可以说是想象态现实或想象的具体可感物。这里的想象态现实往往能显现出实际存在的现实事物中潜藏的某种深层意义，令读者产生某种审美直觉。最后，上述深层意义往往是富于蕴藉的，即多义的或不确定的，令读者觉得意味深长。总的说，文学文本中的兴象是指那种由文学媒介和兴辞呈现的、依赖于读者的想象的富于深意及余蕴的活生生的可感的音画组合形态。简单地说，兴象是富于感兴的虚拟音画组合形态。

从中国现代文学中的兴象对古典文学中的兴象加以承接和转化的角度，可见出至少三种兴象类型：典型、意境和流兴。典型属于现代文学中长时间占据主流地位的兴象，意境属于古典文学所特有并在现代仍然产生影响的兴象，流兴则是现代文学中新出现的融汇着古典意境质素与现代典型碎片的新型兴象。

（1）典型应被视为兴象的类型之一，是一种以独特的个别去显现普遍性或共同本质的人物或事物兴象。典型本是外来词（type），来源于希腊文"tupos"，原义为铸造用的模子，后来指接近理想之型的具体模型，在文学中被用来描述那种在特殊或个别中体现普遍性或共性的人物或事物形象。[①] 典型自20世纪初以来曾经长时间风行于中国现代文学和文学理论领域。这种风行的原因正在于中国现代文学的特殊的表现性需要。典型作为一种具有高度凝缩性的兴象，可以视为中国人对

---

① 参见朱光潜：《西方美学史》，下卷，695页，北京，人民文学出版社，1979。

自身在现代遭遇的天下与世界、中心与边缘、土与洋、道与器、古与今、个体与群体、个别与普遍等复杂冲突的一种辩证解决方式。这些冲突构成中国现代性体验的当然内核。正是在典型中，上述种种复杂的冲突能够获得一种典范性表征形式。也就是说，透过这些典型兴象，人们可以集中地和富有代表性地体验中国人的现代性境遇及其意义。

　　文学典型既可以由人物承担，也可以由人物所身处于其中的世界状况如自然事物充当，也可以由人创造的器物担当，还可以由人想象的超自然事物蕴含。这样，可以看到如下大致四类现代性文学典型：自然典型、人物典型、器物典型和超自然典型。一是自然典型。它是有关中国人的新型世界环境的想象性模式，正是这种新型世界环境使得现代性体验的产生成为可能。"大海"正是最突出的自然典型之一。如果说，与中国古典性天下模式相匹配的"海"，是中国古典性体验的典型性表征，那么，作为中国全球化进程的见证的"大海"，就理所当然地成了中国现代性体验的典型性形象了。① 二是人物典型。中国现代文学中的人物典型，主要是作为卡里斯马典型出现的。这是一种具有原创性、神圣性和感染性的人物性格。现代是需要卡里斯马典型而又成批出现了这种典型的时代。② 这种现代卡里斯马典型其实正是现代人物典型的一种特殊形态。中国现代性体验需要相应的现代性人物典型去表达。鲁迅笔下的"狂人"、阿Q、祥林嫂、孔乙己，高晓声《陈奂生上城》中的陈奂生，古华《芙蓉镇》里的胡玉音和秦书田，路遥《平凡的世界》里的孙少平和孙少安兄弟，陈忠实《白鹿原》里的白嘉轩、朱先生、田小娥等，正是这样的典型。站在今天的视界看回去，这种人物典型创造已经成了中国现代文学的一大"传统"。三是器物典型。这是由人创造的实际生活中的器具、物品来承担的典型，属于不折不扣的文化形态的典型。例如，艾青的《手推车》(1938)："在黄河流过的地域/在无数的枯干了的河底/手推车/以唯一的轮子/发出使阴暗的天穹痉挛的尖音/穿过寒冷与静寂/从这一个山脚/到那一个山脚/彻响着/北

----

　　① 关于大海形象，详见本卷第十章。
　　② 有关中国现代英雄典型问题，参见王一川：《中国现代卡里斯马典型》有关章节，昆明，云南人民出版社，1994。

国人民的悲哀/在冰雪凝冻的日子/在贫穷的小村与小村之间/手推车/以单独的轮子/刻画在灰黄土层上的深深的辙迹/穿过广阔与荒漠/从这一条路/到那一条路/交织着/北国人民的悲哀"这里的器物典型"手推车",本是我国北方农村日常生活器物,但在诗人的感兴中被赋予了深厚的象征意味:它是我中华民族深重灾难的一种可感而兴味深长的蕴藉形式。诗人借助"手推车"这一日常器物起兴,通过上写它的"尖音",下写它的"辙迹",再为它编织出"黄河地域""山脚""广阔与荒漠"及"路"等整体氛围,最终指向它作为"北国人民的悲哀"这一题旨。此外,张炜长篇小说《古船》中的"古船",贾平凹中篇小说《古堡》中的"古堡"等也都属于这类器物典型。四是超自然典型。这类典型形象既非自然典型,也非人物典型,而是想象性的、具有象征意味的自然与人混合的典型。有"中国"①"凤凰"(郭沫若)、"龙""铁屋"(鲁迅)、"吃人"(鲁迅)和"亚洲铜"(海子)等。

可以说,典型是一种现代文学兴象,它力图在独特的个别人物或事物形象中蕴含丰富的普遍意义。作为现代中国人对自身的陌生的全球新境遇的体验的凝缩模式,典型中的独特个别正可以置换现代中国人的特定生存境遇,而典型中的普遍意义则可以代表中国人对于中国的全球性境遇的追寻。典型的特点在于:第一,它总是属于独特的个别。第二,这种独特个别蕴含着某种普遍性意义。第三,这种蕴含普遍性的独特个别的存在,体现了"世间一切都可理解"的理性主义精神。

(2)意境。意境是个古典术语,这一点已众所周知。但自从王国维在《人间词话》里标举"意境"或"境界"以来,中国现代关于这个概念的探讨经久不息,已可谓汗牛充栋。这里不想涉足这些争论(当然重要),只打算从现代性体验的角度去略作探讨。置身在中国古典性文化已然衰败的全球化世界,中国人如何确立自身的地位?靠认同于西方现代文化或"全盘西化"?肯定行不通。靠已经衰落的中国古典性文化?也行不通,因为那些衰落的毕竟已无可挽回地衰落了。出路有两条:一是开拓现代性体验的新境界,如典型,这已如上述;二是在现代性体

---

① 见王一川:《中国形象诗学》第一章,上海,上海三联书店,1998。

验基础上重新激活和指认古典性文化传统，这就是意境。

意境在现代风行，适时地满足了现代中国人在全球化时代重新体验古典性文化韵味的特殊需要。这个术语尽管早已在古代出现，却从来也没有获得过现代这般的重要性。由于王国维、宗白华及李泽厚①等的努力，意境得以复活和流行，满足了把握抒情文学的特殊审美特性的需要（即人们把典型与小说等叙事文学相连，而把意境与诗等抒情文学相连）。但意境真正的现代性意义远不在解决抒情文学的审美特性上。它的现代性意义更为根本而深远：为急于在全球化世界上重新"挣得地位"的中国人，铺设出一条与自身古典性文化传统相沟通的特殊通道。现代人从意境视角重新阅读和体验中国古典文学，尤其是诗、词、曲、赋和散文，会格外敏感和好奇地发现意境中蕴蓄的中国人和中国文化所具有的独特审美个性。意境越是与现代人的现实生存境遇相疏离，越能激发起他们对于飘逝而去的中国古典性文化的美好回忆、怀念或想象，从而满足他们对于中国古典性传统的认同需要和重新体验需要。可以说，意境范畴的创立，为现代人体验中国古典文学及领会古代人的生存体验提供了一条合适的美学通道。不过，如果要用意境来把握现代文学如新诗的抒情特征，虽然也可以找到一些合适的例证，但可能会丧失这个范畴特殊的历史性依据和内涵。所以，我宁愿用意境仅仅规范中国古典性文学。而对于中国现代文学现象，虽然可以从中找出这样那样的意境特征（这样做自有其合理性），但是如此无限制地扩展意境概念，会导致它的特殊历史性内涵丧失掉，因而最好还是选用与它们的现代审美特性相称的新概念去概括。这种新概念的选择尚处尝试阶段，这里只是提出初步看法而已。下文将要讨论的流兴，正是这样的新概念之一。

简要说来，意境是兴象的一种古典形态，是现代中国人对自身古典兴象传统追慕的产物，是一种阴阳耦合、虚实化生、情景交融和余兴悠长的想象性画面。

（3）流兴。这是中国现代文学的一种独特的兴象类型。"流"，《说

---

① 意境与典型是"美学中平行相等的两个基本范畴"。李泽厚：《"意境"杂谈》，《光明日报》1957 年 6 月 9 日、16 日。

文解字》："流，水行也。"段玉裁注说此字"本义谓不顺忽出也。引申为突忽。故流从之。"①按《辞源》解释，"流"具有九个含义：第一，水移动，如《诗经·大雅·常武》："如山之苞，如水之流。"第二，水道，如《史记·河渠书》临河歌："延道驰兮离常流。"第三，支流，流派，如《汉书》九七《班婕妤传》："奉共养于东宫兮，托长信之末流。"第四，传布，传递。《易·谦》："地道变盈而流谦。"第五，移动无定，放荡。《左传》成六年："士贞伯曰：'郑伯其死乎，自弃也已！视流而行速，不安其位，宜不能久。'"《礼记·乐记》："故制雅颂之声以道之，使其声足乐而不流。"第六，寻求，择取。《诗经·小雅》："参差荇菜，左右流之。"第七，放逐远方。《书·舜典》："流共工于幽州。"第八，古代指边远地区。《书·禹贡》："五百里荒服，三百里蛮，二百里流。"第九，新莽时的银两单位。《汉书·食货志》："朱提银重八两为一流。"②这里除了第九条作为银两单位的词义以外，"流"都带有移动、流动或流变之意。

流兴之"流"应是指一种流动不息、流溢不止的状态；而流兴之"兴"正是指富于深长余兴的古典感兴。感兴是中国古典文化"场"所生长的一种基本而又独特的审美气质或品格。"流"是指流变、流溢或流散，是原有的某种东西正在散落、播散或消散状况。流兴，是中国古典感兴在现代性语境中遭遇裂变后的流变物。当原来生气勃勃的自足的感兴整体被无情地肢解、散落为碎片时，这些属于中国深厚文化传统的古典感兴碎片并不会轻易走向寂灭，而是会在现代性语境中重新流溢开来，生成新的流溢不绝的审美对象。读者在阅读现代文学文本时，会从中发现并欣赏那既熟悉而又陌生的流兴。总之，流兴是现代文学文本特有的一种兴象类型，是由兴辞所建构的流溢不息而又余兴悠长的感兴变体。

现代性语境何以钟情于流兴呢？置身在新的现代世界格局中的中国人，面对这个陌生的环境，会产生无家可归式的生存焦虑，于是不得不回头将安身立命的希望投寄到自身的深厚的古典传统上。这样，

---

① 许慎撰、段玉裁注：《说文解字注》，567页，上海，上海古籍出版社，1981。

② 《辞源》，修订版第3册，1786页，北京，商务印书馆，1981。

他们不仅满怀留恋地回瞥那在古人文本中徘徊而不忍去的古典意境，进而根据现代性语境中新的生存需要，主动地创造和欣赏古典意境的现代流变物——流兴。流兴对于现代人具有双重美学功能：既能让他们重新接续那被迫断裂的古典性传统，又能特别满足他们在现代生活境遇中的新诉求。流兴是现代情境中的古典流变物。刘鹗可以说是现代流兴的一个开创者，其《老残游记》写白妞说书的段落确实称得上刻画现代流兴的经典片段之一。① 而小说中另一则关注较少的片段即玙姑和黄龙子两人在"夜明珠"映照下演奏琴瑟相和的情景，突出了古典琴瑟流溢出的悠长兴味，由此不难体会到置身于古典文化衰败境遇中的现代人对于传统音乐感兴的一种深切的倾慕与缅怀之情。

　　鲁迅的小说和散文贯穿着一种令人难以忘怀的流兴。在《野草·腊叶》中，"一片压干的枫叶"显示了一种耐人寻味的流兴。这种流兴体现在两个层面上：第一层面，枫叶的红色本身流溢出令人心醉的美。"一片独有一点蛀孔，镶着乌黑的花边，在红，黄和绿的斑驳中，明眸似的向人凝视。"枫叶似乎长了一双可以"向人凝视"的"明眸"。这是它的自然特色在人心中引发的独特感动层面。第二层面，枫叶对"我"个人流露出特殊的价值——它代表"旧时的颜色"，唤起"我"对往事的"记忆"。这两个层面是交织在一起的，从而构成一种自然特色与个人记忆相融汇的兴味。同时，枫叶的流兴内部又包含着一组张力：一方面，红色枫叶的流兴是美的；另一方面，这种流兴并非出自枫叶的健康本色，只是来自它"将坠的病叶的斑斓"，是"病叶"的美，因而这种流兴之美是带着病态的美。鲁迅在这里显示了一种矛盾态度：对枫叶的流兴既流连忘返又充满摆脱的渴望。流连忘返，是由于枫叶寄托着他的个人记忆，具有"保存"价值；而渴望摆脱，则是由于内心鼓荡着与病态的过去相决裂的焦虑。在这种矛盾心态中，鲁迅的摆脱病态的渴望显然占据了上风。对此，只要注意全文的词语倾向就够了：压干、繁霜夜降、凋零、蛀孔、病叶、将坠、被蚀、飘散、黄蜡似的、将坠、病叶的斑斓、秃尽。这些词语的共同点在于体现出对于生命的否定性

---

　　① 有关此片段的十八层次分析，见王一川：《中国现代性体验的发生》，328—342页，北京，北京师范大学出版社，2001。

意义。而其中最具有统摄意义的"关键词",或许就数"病叶"了。它们的出现都可以看成对于"病叶"的衬托。"病叶"总共重复出现三次:第一次是回忆去年发现病叶的经过,点出枫叶的病态实质;第二次在时间上则转到现在,陈述"病叶的斑斓"对"我"施加的压力;第三次是想象将来,当自己再度遭遇同样的"病叶"时,决不再有"赏玩的余闲"了。在这里,鲁迅是通过对流兴的缅怀式描写,显露自己与过去记忆相搏斗的内心轨迹。

由此可见出流兴的突出特点:第一,衰败气息。流兴属于古典感兴的衰败变体。与古典感兴具有完整与兴盛风貌相比,流兴展现出古典感兴的危机征兆:正处在无可挽回地走向衰败的过程中。第二,乡愁。乡愁,英文为"nostalgia",可译为怀乡病、怀旧感、思家愁绪等,在这里指对于一种无可挽回的过去的怀念之情。过去的繁盛尽管已经出现败相,但毕竟仍在持续徘徊而不忍离去,从而展现出令人回忆的深长余兴。第三,以昔为镜。流兴往往在对于往昔的缅怀中流露出将其作为现实镜子的迹象。只是这面镜子可能有两种相反情形:或者成为正面垂范,或者作为反面警示。

4. 意兴层

兴象本身就是一种"意",而意兴则是兴象所传达或蕴藉之意,因而更为深层,属于与感兴紧密相连的一种深厚意蕴。清人贺贻孙提出:"夫诗中之厚,皆从蕴藉而出,乃有同一蕴藉而厚薄深浅异者,此非知诗者不能别也。"①吴乔更是把"深"与"厚"合提并举:"诗之难处在深厚,厚更难于深。"②诗歌的难能可贵之处在于深沉和厚实,而厚实比深沉更难以做到。这实际上就是要求诗歌创作应当讲究"意兴"的蕴藉。意兴作为兴中生成之意,主要是指兴象所传达的富于感兴的深意或蕴藉。在一首诗里,如果兴象主要是指兴中生成之物象,那么,意兴往往以凝练的方式存在于那些直接点明兴象之意义的字、词或句之中。

---

① (清)贺贻孙:《诗筏》,据郭绍虞编选:《清诗话续编》,第1册,158页,上海,上海古籍出版社,1983。

② (清)吴乔:《围炉诗话》,据郭绍虞编选:《清诗话续编》,第1册,585页,上海,上海古籍出版社,1983。

苏轼《题西林壁》："横看成岭侧成峰，远近高低各不同。不识庐山真面目，只缘身在此山中。"前两句可以说构成具体可感的兴象，而后两句则表露出明确的意兴。

5. 余衍层

这是余兴与衍兴交融的层面。余兴，与古人所谓"余意""余蕴""余韵""余味""余音"或"余文"意思相近，是指在鉴赏之余仍存在的一种似乎绵绵不绝的意义余留。钟嵘《诗品》说："文已尽而意有余，兴也。"可见，感兴本身在其逻辑上就包含着某种可以令人回味不已的余意。严羽在《沧浪诗话》中说："言有尽而意无穷。"宋代欧阳修《六一诗话》引梅尧臣的话说："必能状难写之景如在目前，含不尽之意见于言外，然后为至矣。"他们两人的主张其实很接近：诗歌语言应蕴涵着一种"无穷"之"意"，或"见于言外"的"不尽之意"。宋代张戒对那种"词意浅露，略无余蕴"的诗作提出批评，明确地标举"余蕴"。① 明代陆时雍评论说："少陵七言律蕴藉最深，有余地、有余情。情中有景，景外含情。一咏三讽，味之不尽。"他赞扬杜甫诗"蕴藉最深"，富于"味之不尽"的"余地"和"余情"。清代袁枚认定诗应有"弦外之音、味外之味"，"情深而韵长"②。吴乔强调："诗贵有含蓄不尽之意，尤以不着意于声色、故事、议论者为最上。"③吴雷发也主张："诗须得言外意，其中含蕴无穷，乃合风人之旨。故意余于词，虽浅而深；辞余于意，虽工亦拙；词尽而意亦尽，皆无当于风人者也。"④黄图珌也指出："情不断者，尾声之别名也。又曰'余音''余文'，似文字之大结束也。须包括全套，有广大清明之气象，出其渊衷静旨，欲吞而又吐者。诚所谓言有尽而

① （宋）张戒：《岁寒堂诗话》，据丁福保辑：《历代诗话续编》上，454 页，北京，中华书局，2006。

② （明）陆时雍：《诗镜总论》，据丁福保辑：《历代诗话续编》下，1416 页，北京，中华书局，2006。

③ （清）吴乔：《围炉诗话》，据郭绍虞编选：《清诗话续编》上，476 页，上海，上海古籍出版社，1983。

④ （清）吴雷发：《说诗菅蒯》，据王夫之等撰：《清诗话》下，898 页，上海，上海古籍出版社，1978。

意无穷也。"①他要求的是"言尽"而"情不断"，留有"尾声"即"余音"或"余文"。这些论述虽各有其出发点或用意，但都共同主张并崇尚意义的余留，他们认为这是文学必须追求的至高审美境界。可以说，余兴是余留之兴，是指读者在文本中体会到的似乎连绵不绝的余留兴味。在比较成功的文学文本里，无论是高雅文化文本、主导文化文本还是大众文化文本、民间文化文本，都可能令读者在具体阅读中体会到悠长的余蕴、余意或余味，这就是余兴。对余兴的向往和追求，构成中国文学，无论是古典文学还是现代文学的一种独特审美特征。王维《终南别业》有"行到水穷处，坐看云起时"佳句，历来为人称道。明代恽向《道生论画山水》这样阐释说："'行到水穷处，坐看云起时'，此十个字，寻味不尽，解说不得，故画中之人，须别有天地，潏荡奇妙，此是河阳本色。"②他认为这对佳联的妙处正在于"寻味不尽，解说不得"。确实，读者透过"水穷处"与"云起时"的景色描写，以及诗人"行"与"坐"的姿态，不难体味出一种连绵悠长的余兴。

与余兴紧密相连而难以区分的常常还有衍兴，这是指文学文本中的感兴是读者在阅读中衍生的状况。如果说，余兴更多的是指读者对文本深长兴味的品评，那么，衍兴则更多的指向读者从自身的生存体验出发而对文本深长兴味的自我联想或想象的状态。读者总是从自己所置身其中的特定文化语境去阅读文学文本的，这种阅读必然会打上特定文化语境和自身生存体验的印记。其实，文学文本层面中的任何一个层面都与具体文化语境和个体生存体验的作用相关。每一个层面都不是可与具体语境和体验相割裂而自在的，而是必须做出以下假定：由读者带入的具体语境和个体体验可以无所不在地介入他的阅读。在这个意义上，文学文本层面的感兴意义是与具体语境的规定及个体体验的渗透密切相关的。正是在这种具体语境和个体体验中，文学文本中的感兴必然发生某种转化、演变或变形，也就是出现衍生的感兴。

①　（清）黄图珌：《看山阁集闲笔·文学部》，据《古典戏曲美学资料集》，360页，北京，文化艺术出版社，1992。

②　（明）恽向：《道生论画山水》，据俞剑华编著：《中国画论类编》，765页，北京，人民美术出版社，1986。

而这里将衍兴同余兴一道列为一个混合而互渗层面，正是为了突出它们之间相互交融和难以分离的状况。衍兴虽然紧密依托文本而现形，但更充满了来自读者的语境及体验的若干变数或不确定因素。因此，比起余兴来，衍兴对读者的语境和体验会有更大的依赖性。

在这里，应当对余衍层内部余兴与衍兴之间的转接有着大体明确的划分，否则无法把握两者的关联。《红楼梦》第 23 回"西厢记妙词通戏语，牡丹亭艳曲警芳心"的一个段落可以帮助体会这一点。我们由此可以看到，林黛玉在与贾宝玉一道偷读《西厢记》《会真记》后，是如何从余兴过渡到衍兴的：

> 这里林黛玉见宝玉去了，又听见众姊妹也不在房，自己闷闷的。正欲回房，刚走到梨香院墙角上，只听墙内笛韵悠扬，歌声婉转。林黛玉便知是那十二个女孩子演习戏文呢。只是林黛玉素习不大喜看戏文，便不留心，只管往前走。偶然两句吹到耳内，明明白白，一字不落，唱道是："原来姹紫嫣红开遍，似这般都付与断井颓垣。"林黛玉听了，倒也十分感慨缠绵，便止住步侧耳细听，又听唱道是："良辰美景奈何天，赏心乐事谁家院。"听了这两句，不觉点头自叹，心下自思道："原来戏上也有好文章。可惜世人只知看戏，未必能领略这其中的趣味。"想毕，又后悔不该胡想，耽误了听曲子。又侧耳时，只听唱道："则为你如花美眷，似水流年……"林黛玉听了这两句，不觉心动神摇。又听道："你在幽闺自怜"等句，亦发如醉如痴，站立不住，便一蹲身坐在一块山子石上，细嚼"如花美眷，似水流年"八个字的滋味。忽又想起前日见古人诗中有"水流花谢两无情"之句，再又有词中有"流水落花春去也，天上人间"之句，又兼方才所见《西厢记》中"花落水流红，闲愁万种"之句，都一时想起来，凑聚在一处。仔细忖度，不觉心痛神痴，眼中落泪。正没个开交，忽觉背上击了一下，及回头看时，原来是……且听下回分解。正是：妆晨绣夜心无矣，对月临风恨有之。①

---

① （清）曹雪芹、高鹗：《红楼梦》，327—328 页，北京，人民文学出版社，1987。

在这里，林黛玉先是被《牡丹亭》打动，细细品味，直到"不觉心动神摇"，这显然还属于"余兴"。因为，这里"心动神摇"的发动主要还是局限于《牡丹亭》的效果范围之内。而紧接着讲述"她又听道"，"亦发如醉如痴，站立不住"，随即"细嚼'如花美眷，似水流年'八个字的滋味"，"忽又想起……""再又有词中……"显然是自然而然地过渡到"衍兴"过程了。这就是说，她刚刚经历的《牡丹亭》余兴品味，同"前日"和"方才"已有的余兴品味"都一时想起来，凑聚在一处"，从而在内心深处骤然爆发了一次余兴与衍兴之间的交融与衍生，直到进入"不觉心痛神痴，眼中落泪"的最高潮。可见，仅仅局限于对特定作品的余兴品味，还不足以进入衍兴。当读者对特定作品的余兴品味发生由此及彼的推扩和衍生，同此前其他体验交融到一起，生成更加丰富而复杂的兴味品评时，衍兴才发生了。

衍兴，是在读者阅读中衍生的感兴。如下因素可以影响衍兴的走向：读者的个人生存境遇、特定文化语境、社会阶层身份、民族文化传统、世界境遇等。由此，衍兴可能呈现出至少如下三种情形：第一种，个人型衍兴。衍兴大体符合原作者的写作意图，不过从读者个人条件出发加以具体化，这种具体化有可能导致文本中的感兴出现衍变。这显然是读者的个人化衍兴。例如，不同的读者在读《红楼梦》时，心中想象的贾宝玉和林黛玉的相貌、年龄、胖瘦、高矮等是不尽相同的。由此看，文本感兴在读者中出现衍生是必然的。第二种，异同并存型衍兴。在读者阅读中生成的衍兴，有些地方与原作者意图同一，而有些地方则形成差异。第三种，抗拒型衍兴。读者的阅读索性坚决抗拒原作者意图，并且消解它，这是感兴出现衍生的一种极端的然而并非少见的变异情形。

文学文本层面虽然有分别，但实际上紧密相连，甚至相互渗透。这是因为，读者对文本的实际阅读行为往往遵循自身的逻辑进展，这种行为常常可以跨越上述层面的分别而使其连贯起来。当然，读者也有可能在阅读中专注于文本的某一层面或某些层面，而淡化或看轻其他层面。这样，对于特定读者来说，文本层面的重要性就是变动不居的了，文本具有不容置疑的开放性。

第五章　中国现代文论中的外来他者

谈起中国现代文论，一些人会有如下印象：中国现代文论早已抛弃了自身的古典文论传统，完全仿照外国文论建设起来，"西化"色彩太浓，不值一提。这样的说法多少把问题简单化了。确实，中国现代文论受到外国文论即外来他者的重大影响，对此事实不能否认；但与此同时，更加重要的是要看到，中国现代文论即中国自我在接纳外来他者的过程中，实际上加以了关键的本土化变形。在这里，外来文论在中国的影响或接受过程实际上就意味着一种变形或变异过程。

一、外国文论在中国六十年

从中华人民共和国成立六十周年(1949—2009)这一特定的政治时间节点回望，可以清晰地见出外国文论在中国现代文论历程中刻下的那些深深印记。当然，严格说来，这与其说是外国文论自身留下的印记，不如说是中国文论家利用外国文论所留下的印记。我们知道，进入晚清以来，特别是梁启超在西方影响下标举"小说界革命"以来，中国文论不断地面向外国文论开放并由此产生相应变化，都是不容置疑的。但这些影响和变化究竟如何，则是需要回顾和思考的，同时也是见仁见智的。无论如何，要完整地认识中国现代文论的发展，如果不尽力弄清外国文论在中国的影响是不可能的。特别是1949年以来的六十年间，外国文论在中华人民共和国发展历程中究竟产生了怎样的影响，这些影响对中国现代文论的发展究竟有何作用，都需要予以认真分析。但限于篇幅和水平，这次分析也只能是初步的。

中华人民共和国成立，意味着国家统一为中国现代文论的生长提供了新的整合的体制土壤和发展目标。如果说，之前由于国内革命与战争形势的作用，中国现代文论置身在一个零散、分裂及不确定的国家体制框架中，那么，正是从此时起，中国现代文论终于拥有了统一的国家体制的规范，相应地，外国文论在中国的作用也开始服从于统一的国家意志和新的文化建设任务的要求。具体说来，从外国文学理论范式在中国的影响轨迹看，在这六十年中国文论大约经历了两次明显的大转向：第一次转向是 1949 年起的苏化转向，第二次则是 1979 年起的西化转向。不过，如果从更具体的层面看，西化转向内部其实还可以细分出若干转向，这是因为，越来越深入的改革开放进程，把越来越近并且正在进行中的当下西方文论直接引进了中国，不再总是经过苏联和日本之类国家的转手。这样，总的看来，两次转向之说需要让位于更加具体的四次转向之说。

第一次转向为 1949 至 1977 年，可称为苏联文论范式主导期。根据 1949 年 7 月 2 日召开的第一次中华全国文学艺术工作者代表大会的统一表述，那时期文艺界的主要任务是建立和发展"人民的文学艺术"①，而这正是新的国家政治与社会体制所需要的。文论的任务就是为"人民的文学艺术"和"人民的文学艺术工作者"的诞生提供思想资源。这种文论在当时条件下只能从苏联文论范式中寻到合适的范例。这一点加上此后陆续发生的"创作方法""真实性""典型性""形象思维"等理论争鸣及"美学大讨论"，都无一例外地是面向苏联文论范式获取思想资源的。当然，由于不满足于苏联文论这单一资源，人们也注意上溯到马克思所推崇的德国古典美学以及列宁所重视的俄罗斯 19 世纪文论家"三斯基"（即别林斯基、车尔尼雪夫斯基和杜勃罗留波夫斯基）等求助。

第二次转向为 1978 至 1989 年，为西方前期现代文论范式主导期。由于国家实行改革开放政策，饱受"文化大革命"困扰并企望摆脱苏联文论范式束缚的现代文论，得以向外寻求新的思想资源。于是，过去

---

① 毛泽东：《中共中央给中华全国文学艺术工作者代表大会的贺电》，《毛泽东文艺论集》，130 页，北京，中央文献出版社，2002。

一度被禁锢的西方生命美学、直觉主义文论、心理分析文论、新批评、结构主义文论、现象学文论、存在主义文论等文论与美学资源，便从尽情敞开的大门蜂拥而至，一时间蔚为大观，给予中国现代文论以极大的冲击和启示。

　　第三次转向为 1990 至 1999 年，为西方后期现代文论范式主导期。以"符号学""后现代""文化研究""后殖民"等为主要热点。这时期出于国家政治与经济工作的特定需要，对西方文论的开放度有所收缩，并对业已引进的西方文论加强了分析，例如，对生命美学、直觉主义、心理分析学、存在主义等思潮中存在的非理性主义偏向进行了严峻的批判；不过，对依托符号学或语言学而生成的意识形态色彩相对淡薄的结构主义、叙事学、新批评等西方文论思潮则予以默许，从而为学者们修炼专业文论素养、加强文论学科建设提供了范式借鉴。

　　还可以说，进入 21 世纪以来的文论属于第四次转向期，表现为以全球消费文化等为热点的新近西方文论范式主导，带有明显的跨学科话语特征。这时期随着中国加入 WTO，国家在文化产业上实行更加开放的政策，因而允许包括文论在内的外国学术论著大量引进，这其中既有汉译论著，也有原著影印版，还有原版教材等。正是这种更加开放的文化政策给外国文论在中国的影响提供了更大的便利。

　　需要看到，这四次转向之间实际上是彼此交错、重叠的。例如，从第二次转向的起始浪潮中可以辨识出第一次转向的浪花，1978 至 1979 年兴起的"真实性""典型性""形象思维"等论争就可以在"十七年"文论主流中找到渊源，它们只是由于"文化大革命"而断流了。至于第二次转向与第三次转向之间以及第三次与第四次转向之间，更具有可谓千丝万缕或藕断丝连的复杂关系。这四次转向的划分只是相对来看的，目的只在方便分析问题。

二、四次转向的动力与特色

　　任何一种现代文论转向的发生，必定是受制于特定的动力的，这动力既来自文论内部，更来自文论所产生的远为宽泛而深广的社会文化语境，正是这种社会文化语境给予文论转向以深厚的动力。中国现代文论在六十年里发生四次转向，其动力与特色何在？

第一次转向的动力主要来自当时以"冷战"为标志的国际政治与文化格局。由于处在中苏结盟和中美敌对的特定形势下，新生的中国社会主义时期文论只能求助于苏联范式的文论。随着 20 世纪 50 年代初一批批苏联文论家应邀来到北京大学、中国人民大学、北京师范大学等高校讲学并出版汉译教材和专著，苏联文论陆续产生了强大的影响。这些来自"老大哥"的先进文论，在毛泽东《在延安文艺座谈会上的讲话》等文艺论著的结构性基础上发生综合作用，有力地支持了中国社会主义文论的发生和发展。这时期社会主义文论的主要特色，可以简要归结为政治论范式主导，这就是说，文学或文艺是为特定的国家政治服务的，是具有阶级性、倾向性和实践性的。在"文化大革命"中，这种文论范式被当时的极端政治斗争加以无节制地延伸和发挥，反过来变成扼杀文论家和作家自身的政治生命及艺术生命的罪魁时，它们的威信受损就是毋庸置疑的了。在今天从理论上看来仍然具备的那些合理性，在极端政治斗争的残酷打击中不得不趋于瓦解，从而在新时期文论中内在地和自发地分离出反苏化的力量。不过，如果没有随后新时期的改革开放进程，反苏化力量是不可能演变成实际的西化动力的。

第二次转向的动力，就来自改革开放时代新的变革需求与西方前期现代文论影响交织成的合力。开放，在中国新时期主要就是面向曾封闭长达三十年的西方或欧美开放。1979 年 1 月，由中国社会科学院外国文学所编选的《外国理论家作家论形象思维》出版，所录不仅有苏联的，也有欧美古典及现当代的，及时配合了兴起的学习毛泽东有关"形象思维"语录的热潮。此书的出版及阅读可能正代表了新时期西方文论译介与研究的初潮。那年适逢中华人民共和国成立三十周年，也是正式推进改革开放的第一个年头。面向隔绝长达近三十年的西方文论重新开放，此次转向实在不同寻常，意味着把此后三十年中国文论导向一个判然有别的新里程。虽然说改革开放前几年，苏联文论范式中的美学方面重新产生了影响，有力地激活了中国现代文论的美学化趋向，但是，随着欧美文论与美学的大量引进，加之当代苏联文论与美学缺乏足够的吸引力，苏联文论范式的影响力就逐渐衰退了，于是，反苏化力量终于占据主流，迎来了新的西化时期。

取而代之，我们看到的是西方文论范式成为新的主导。这一点可以下面几位论者的活动为代表。美学家朱光潜在此时期不仅完成黑格尔《美学》全三卷翻译出版，还重新提笔翻译马克思《1844 年经济学—哲学手稿》，并以 80 岁高龄之精力勉力翻译意大利学者维柯的巨著《新科学》，体现了重新介绍西方文论与美学的雄心。其时的中青年美学家李泽厚在 1980 年发现：

> 现在有许多爱好美学的青年人耗费了大量的精力和时间苦思冥想创造庞大的体系，可是连基本的美学知识也没有。因此他们的体系或文章经常是空中楼阁，缺乏学术价值。这不能怪他们，因为他们根本不了解国外现在的研究成果和水平。这种情况也表现在目前的形象思维等问题的讨论上。科学的发展必须吸收前人和当代的研究成果，不能闭门造车。目前的当务之急就是应该组织力量尽快地将国外美学著作大量地翻译过来。我认为这对于彻底改善我们目前的美学研究状况具有关键的意义，你搞一篇有价值的翻译比你写十篇缺乏学术价值的文章作用大得多。我对研究生就是这样要求的，要求他们深入研究现代美学某家某派，而不要去写那种空洞的讨论文章。

这段话完全表露了这位美学家对外国美学和文论的引进的高涨热情和勃勃雄心。他说干就干，随即着手主编"美学译文丛书"①，到 1982 年、1983 年先后推出桑塔耶纳的《美感》、苏珊·朗格的《艺术问题》等。李泽厚所说的"国外现在的研究成果和水平"十分重要，其所指主要是当时的西方美学而非过去三十年里持续影响中国的苏联美学。这一点其实也适用于文论界，因为那时的中国文论学者们多是把美学视

---

① 李泽厚：《美学译文丛书序》，据［美］桑塔耶纳：《美感》，缪灵珠译，1 页，北京，中国社会科学出版社，1982。

为文论的拯救性及支撑性学科来崇尚和研习。季羡林继倡导成立北京
大学比较文学研究中心和比较文学研究会之后，又于 1981 年发起编辑
出版"北京大学比较文学研究丛书"。他反思道："在那与世隔绝的十年
中，国外比较文学的发展情况，同其他学科一样，对我们完全是陌生
的。因此，在最近几年中，同国外研究比较文学的学者一接触，好多
人都有豁然开朗之感。"为了重新发展中国比较文学事业，他主张"先从
翻译外国比较文学研究者的论文开始"，也就是"先做一些启蒙工作，
其中包括对我们自己的启蒙"，尽管他孜孜以求的目标是"比较文学中
国学派"的建立，[①] 但这套丛书的第一本就是《比较文学译文集》（张隆
溪选编，1982）。其时正年轻的编者本人还在钱钟书的"勉励"下研究
"现代西方文论"：

> 　　写这本小书的想法固然是由来已久，但具体实现这想法，则
> 是在受到钱钟书先生的勉励之后才开始的。钱先生推荐我为社会
> 科学院组织编写的一部参考书撰写介绍现代西方文论的部分，使
> 我不能不较系统地阅读有关书籍，把平日一些零星的想法组织成
> 一篇完整的东西。只是在此基础上，才有写成目前这本小书的可
> 能，而在写作过程中，我又常常得到钱先生的指教和支持，获益
> 益深。[②]

这里的记述向我们展露了钱钟书当时对现代西方文论积极的引进和研
究态度，而这同前面提及的几位学者面向西方开放的主张几乎是完全
一致的。这批现代西方文论研究成果曾作为系列论文于 1983 至 1984
年在《读书》杂志分 11 期连载，后于 1986 年结集成《二十世纪西方文论
述评》一书，激发了年轻读者对现代西方文论的浓厚兴趣，产生了较大
的西化启蒙作用。1981 年花城出版社出版的《现代小说技巧初探》介绍
了小说的演变、叙述语言、人称转换、意识流、怪诞与非逻辑、象征、

　　① 季羡林：《序》，据张隆溪选编：《比较文学译文集》，1—3 页，北京，北京大学出版
社，1982。
　　② 张隆溪：《二十世纪西方文论述评》，2 页，北京，生活·读书·新知三联书店，
1986。

艺术的抽象、语言的可塑性、时间与空间、真实感、距离感、现代技巧与现代流派等，向国人展示了久违的现代西方小说理论新风貌，也引起了反响。

仔细分析，这时期在影响我国文论界的西方文论中占据主导范式的，应当说是以康德主体性理论、生命美学、心理分析学和存在主义等思潮为代表的审美论文论范式。相应地，文论家则被要求首先成为美学家。与前一时期的政治论范式竭力崇尚文学的政治性不同，这种审美论范式转而针锋相对地标举被政治论文论压抑的人的审美主体性。而人的审美主体性则被视为人道、人性、人的自由、全面发展的人或"大写的人"的完满的感性显现。20世纪70年代末到80年代后期陆续亮相的"康德与建立主体性""审美特征论""审美体验论""审美价值论""文学主体性""向内转"等命题，正是这种审美论范式在中国现代文论中的一种具体体现。

第三次转向，其动力主要来自市场经济条件下知识界自身的改革反思与西方20世纪后期文论影响产生的合力。面对国家政治、经济和社会的进一步转型，知识界发现自身面临新的角色转变：国家文化建设特别是文学活动所需要的更多的，不再是80年代人们以为的那种专家加政治家形态的文论家或者思想型文论家，而是具有专业意识和学术素养的学者型文论家。正是这样，在80年代中期就先后登陆中国的符号学或符号论，其中尤以1985年和1983年出版的恩斯特·卡西尔和苏珊·朗格师徒的符号学美学专著《人论》和《艺术问题》的汉译本为鲜明标志，加上其时越来越引人注目的结构主义和叙事学汉译著作被重新发现，一跃成为人们信奉的主导性文论范式。于是，受到符号论支撑的符号学美学、结构主义、叙事学、西方马克思主义（特别是阿尔都塞和杰姆逊）等就成为新宠。与此同时，面对我国经济和社会的新变化，人们敏锐地感到后现代社会的来临并意识到需要重新反思现代性问题，于是后现代主义和现代性又成为另一个新热点。可以说，这时期文论的特色在于，一方面是符号论范式的主导，另一方面则是后现代及现代性范式的主导，这两者交织一体而难以分离地存在。如果说前者更多地构成理论的支撑原型，那么后者更多地构成理论的应用领域，它们之间相互渗透地发生作用。

第四次转向的动力，大体来自21世纪全球性文化消费主义浪潮与西方当下跨学科形态文论的影响交织成的合力。在全球性文化消费主义支配下的文学创作、生产、消费、阅读与批评新潮，特别是越来越活跃的网络文学、短信文学等，越来越清晰地证明，文学不仅不是单纯地审美的、个性的，反而是商品的、消费的、政治的、时尚的、从众的、无个性的，等等。这促使人们认识到，不仅审美论文论范式不能完全把握现实中的文学，而且连符号论文论所设想的独立的专业视野也不过是心造的幻影，与此同时，强调文学的社会关联性的政治论文论被重新证明并非没有合理性，文学实际上依赖于跨越单一学科界限的更为宽泛的多学科视野的综合考量。正是在如此情形下，来自西方的跨学科文论范式起到了及时的影响作用。

这种跨学科范式强调，需要调动两个以上学科的综合视野的考察，才能对任何一种文学现象予以阐释，否则只能产生对于文学现象的单薄的或片面的认识。卡勒的《文学理论》在对文学理论的特征加以解说时，开宗明义第一条就是文论具有跨学科性（interdisciplinary）——"一种具有超出某一原始学科的作用的话语"。[①] 当文学现象的理解总是依赖于"超出某一原始学科的作用的话语"时，文论就越来越具有跨学科特性了，也就越来越难以确定自身的学科特性了。随着来自西方的哲学、历史学、社会学、政治学、传播学、人类学、教育学、心理学、管理学等人文与社会科学的学术论著被以异乎寻常的高速度大量地译介进来，当代的文学理论无疑正遭遇前所未有的跨学科性冲击。由此可见，第四次转向造成的文论特色主要表现在跨学科性的展示上。跨学科性，意味着文论不再具有大致确定的学科边界，可以面向任何一种学科话语开放；同时，运用超出一种原始学科的资源去做综合考察已成为文学研究的常态。相应地，被构拟出来的理想的文论家，不会再是过去三次转向依次有过的政治家、美学家和专家，而变成善于运用跨学科视野去分析文学的社会属性的批评家，拥有渊博学识的"百科

[①] ［美］卡勒：《文学理论》，李平译，16页，沈阳，辽宁教育出版社、牛津，牛津大学出版社，1998。

全书式"学者，或者处处寻求文学的政治性和社会性的公共知识分子等。

三、外国文论与中国现代文论走向

透过以上外国文论在中国影响的四次转向，实际上已可以大体见出中国现代文论的走向了。但问题在于，如何予外国文论对于中国现代文论的影响力以合理的估价，而这同时也等于是对中国现代文论的自主性状况做出合理评价。

对此，只要对四次转向做出具体理解就明确了。第一次转向诚然吸纳了苏联文论范式而拒绝了西方文论范式，但其结果却并没有简单地跟在苏联文论范式后面亦步亦趋，而是终究走自己的路，满足自身文学活动的需要。关于电影《武训传》的讨论、文艺界整风学习、批俞平伯《红楼梦》研究、批胡风、批丁玲、美学大讨论、"反右"等，都表明中国现代文论走在自己的道路上，而这些都是由现代文论所生长于其中的国家政治体制及意识形态机制的规范，从而直接体现了文艺为国家政治服务的特质。而与此同时，苏联文论范式中与政治论范式同时存在着的审美论取向，却在 20 世纪 50 年代到 70 年代没有获得充分的吸纳，这正是由其时中国现代文论的特定语境要求所制约的。第二次转向，在大方向上是顺应了国家的改革开放机制的，而急切地吸纳西方文论中的美学资源和现代文论资源，一方面是要弥补过去三十年与西方隔绝带来的巨大耽误和损失；另一方面更主要的是要满足文论对于被政治论文论所长期放逐的审美与人道的强烈渴求。

第三次转向发生于中国社会经历转型和市场经济体制对文学和文论提出了新的要求，而来自西方的符号学范式和后现代话语不无道理地成了新的选择。值得注意的两件事：一件是以卡西尔符号学哲学和结构主义为代表的符号学文论范式虽然早在 20 世纪 80 年代中期陆续介绍进来，但真正受到重视和借鉴却是在 90 年代初，显然延滞了数年之久；另一件是美国新马克思主义代表人物杰姆逊在北京大学作的《后现代主义与文化理论》讲演录，虽然早在 1986 年就由陕西师范大学出版社出版，但也是推迟到 90 年代初才逐渐受到中国学界的正视和普遍青睐的。只是当 90 年代文学界的特定状况需要借重符号论范式和后现代主义理论时，这两种思潮才突然间交了好运，成为学界流行的思潮。这两件被延滞接受的案例并非巧合，它们共同地表明，中国现代文论总会以自身的需要和方式去过滤任何外来文论资源，也总会按自己的需要、方式以及节奏自主地吸纳外来文论的影响。

第四次转向虽然发生在中国现代文论可以同西方文论展开平行对话之时，但当具体面对西方文论时，总会体现出自身的自主需求。例如，中国现代文论对于跨学科范式的吸收，实质上导源于中国当代文学产业中出现的一系列依赖于跨学科话语加以阐释的新现象、新问题，如畅销书现象、网络文学现象等。这表明，中国的特定国家体制及其文化产业政策仍然在总体上规范着现代文论与西方文论相遇的具体方式。

从上面的简略描述，可以对外国文论在中国的作用方式做出一些理解。外国文论在过去六十年里无疑渗入中国现代文论的建设进程中，但是，这种渗入常常只是在经过中国现代文论的特定需要的过滤或变形后才发生实际作用。可以说，外国文论之渗入我国文论，并非像有些人想象的那样总是长驱直入、无孔不入、所向披靡，而是根据我国文论的实际需要而受到取舍、变形或改造的。例如，来自苏联的社会主义现实主义起初被直接照搬为我国文学的创作方法和批评原则，但随着中苏政党与国家间关系交恶，中国党和政府旗帜鲜明地在论战中走独立自主的政治与文化发展道路，这一理论就逐渐地让位于毛泽东提出的"两结合"创作方法（革命现实主义与革命浪漫主义相结合的方法）。这一实例表明，外来文论总是在本土利用中被加以改写的，在本土文化语境中利用外来文论，本身就意味着对它的变形和创造。利用，总是在本土文化语境中出于本土文论建设的需要，而对外来文论加以有选择的取舍、改造、变形或重组，总是一种带有以我为主意味的对外部思想资源的改造性移植。

不妨再说说前面提到的两件在中国被延滞接受的案例，即符号学文论和杰姆逊后现代文论延滞几年后才在中国释放广泛影响力。还是在 20 世纪 80 年代，当中国正置身在几乎毫无保留地面向"蔚蓝色大海"进军的激进的开放风潮中时，学理化或者过分学理化的上述两股文化阐释思潮，自然就不待见，不能契合中国激进开放论者的需求，从而被抛诸脑后。取而代之，那时人们崇尚的是叔本华与尼采式生命美学或生命文论，以及美学家李泽厚规划的"新感性"远景。甚至到 80 年代后期，连曾经无人能及地征服当时的全国青年学子的李泽厚和他的美学，也被那时更激进的狂奔的"黑马"斥责为"过时了""老了"，可想而知符号学之类学理化阐释范式所受到的冷遇之必然了。一旦进入 90 年代，随着计划经济转向市场经济，消费文化潮逐渐涌起，全国文化语境从新浪漫主义式或新生命美学式的"新感性"呼唤转向了富有理性主义意味的学术反思与学术建设，这时，上面提及的生命美学、"新感性"等流行思潮就骤然转冷，代之以新的"人文精神"讨论、学术化或专业化浪潮，它们摇身一变而成为新的文论时尚。于是，90 年代以来文论学者们孜孜以求的，不再是生命、感性、自由、解放等生命美学概念，而是文本、符号、话语、阐释、分析等带有浓烈符号学色彩的术语了。同时，面对越来越汹涌的中国消费文化和大众文化潮流，像杰姆逊那样去分析、阐释中国式后现代，也就成了一些文论学者的新追求。回头试想，假如没有 20 世纪 80 年代后期社会转型以及后来市场经济的高速发展对全社会及文化思潮的作用力，外国文论在中国的影响源、影响力、影响效果等都不大可能像后来实际的那样运行。那样的话，也许符号学和杰姆逊的影响还可能会被延滞若干年！可以说，本土语境总是在出于自身的特定需要而我行我素地检查或过滤任何外来影响，或者不如更恰当地说，让外来影响发生必要的变形。

　　由此，不妨得出这样一种推断：就外来思想资源在中国现代文论中的影响来看，并非影响直接决定利用，而是利用规范影响。规范，在这里是规定、引导和制约等含义。这就是说，本土文论对外国文论的具体利用方式，在很大程度上将直接规定和制约这种外国文论的影响方式及其影响力。很多时候，中国文论家利用外国文论往往是用其一点而不求甚解、不及其余，或是借助外国文论的某些方面而说自己的事，这正是由于，他们总是出于自身的本土考虑而有选择地利用外国文论。利用外国文论，为的是建设中国自己的文论。

　　由此，我们可以有勇气地承认说，中国现代文论是利用了外国文论特别是西方文论的影响，因而如果没有对于外国文论的影响的自主利用，中国现代文论肯定是不会以现在的方式呈现的。但是，这并不能简单地推导出中国现代文论完全是外国文论的复制品的轻率结论。实际上，就中国现代文论而言，任何外来影响总会受到本土文化的抵抗和变形的，这种抵抗和变形过程，其实正意味着中国现代文论自主地吸纳外来资源并建构自身自主品格的特定方式。

　　问题不在于是否应该利用外国文论，而在于如何利用它。全球化条件下的中国现代文论继续面向外国文论和文化开放是必然的，如果没有这种开放，特别是开放中的中外自主与平等对话，中国现代文论必然会变成死水一潭、井底之蛙。但与此同时，在这种全球跨文化对话情势下，目前更加重要而又艰巨的任务则是，如何在中外跨文化对话中努力探寻和建构属于中国现代文论自身的民族的与自主的品格。这一点可能正是如今反思外国文论在中国六十年的一点启示。

第六章　中国现代文论的双重品格

中国现代文论在何种意义上成为真正属于"世界之中国"的现代文论的呢？这就要考察中国现代文论既区别于中国自身的古典性传统，又区别于西方现代文论的那种特殊品格或独立品格——这不妨称为中国现代文论的双重品格：现代型品格与传统型品格及其交融。正是在对中国现代文论的双重品格的探讨中，可以更加深入地了解中西文化与文论之间的文化涵濡程度。①

一、中国现代文论的品格

百余年前，当不甘变法失败的梁启超在《夏威夷游记》（1899）中呼唤"诗界之哥伦布"及"二十世纪支那之诗王"，发起"诗界革命"，并大力推崇"时彦中能为诗人之诗而锐意欲造新国"的黄遵宪时，② 他可能并没有想到，他所发出的"诗界革命"声音会在后来被视为一种前所未有的新文论——中国现代文论的第一声长啸。

但是，在 20 世纪这沉重的一页翻过去后，人们还是不得不问：中国现代文论称得上一种独立的文论形态吗？它真的具有自己的属于现代文论的独特品格吗？品格，通常是指人在为人处事中显示的独特人品和风格。这个词移用到现代文论上，不妨问：现代文论在自己的理论和批评过程中呈现出了独特的学品和风格吗？一种声音可能会回答：

---

① 本章原稿见王一川：《中国现代学引论》第五、六章。此次纳入时有所修订。

② 梁启超：《夏威夷游记》，《饮冰室文集》附录《新大陆游记》，引自王运熙主编：《中国文论选》，近代卷（下），286 页，南京，江苏文艺出版社，1996。

当然，这难道还用说吗？中国现代文论怎能不算一种独立的文论形态，怎能没有自己的独特品格！

其实不然：这个看来简单的问题实在是多年来争论不休，并且至今仍在持续论争的敏感问题。因为，对它的论证不得不与多年来聚讼纷纭的另一话锋相交织：一些学者判定，中国现代文论不过是"西化"的畸形后果，哪里配谈独立的品格？其给出的理由似乎简单而充分：倘若中国现代文论果真是现代的，那么这种现代性不就等于与中国文论传统背道而驰的西方性？其开出的救治药方似乎也顺理成章："数典忘祖"的中国现代文论的唯一出路就是"改弦更张"，回到中国古典文论去；要不至少是起而寻求中国古典文论的现代"转换"，这种"转换"才有可能救治病入膏肓的现代文论。诚然，谁也不会怪异到轻易否认中国现代文论的独立品格，而这些偏激观点也确实受到了学者们的反驳和申论，[①] 但现在确实必须进一步回答的是：中国现代文论是否具有自己的独立品格？如果有，它们何在？

要回答这个问题，需要就中国现代文论的品格做出明确的描述和论证，因为现代文论如果真的堪称独立形态的文论，就必然具有其属于现代的独立品格。但讨论现代性又绕不开另一问题：现代性是否就简单地等同于西方性？即便现代性可以幸免等同于一向被人鄙夷或唾弃的西方性，那么这又算哪门子的现代性呢？这里尝试探讨如下话题：中国现代文论究竟能否具备独立的属于现代的品格？如果能，又具备了怎样的现代品格？这种探讨为的是进一步辨明中国现代文论的究竟，或许可以为发展当代文论提供一些可能的参照路径。

其实，中国现代文论的独立品格内部，应当至少包含两方面元素或因子：一是新的现代元素，就是受西方文论影响生长起来的为以往

---

① 有关论争可参见：曹顺庆：《文论失语症与文化病态》，《文艺争鸣》1996 年第 2 期；李思屈、曹顺庆：《重建中国文论话语的基本路径及其方法》，《文学评论》1996 年第 2 期；钱中文：《文学理论现代性问题》，《新理性文学精神论》，25—81 页，武汉，华中师范大学出版社，2000；童庆炳：《关于文学理论、文艺学学科的若干思考》，《文艺理论研究》2002 年第 4 期；童庆炳：《中国文学理论现代性转型的标志与维度》，《社会科学辑刊》2003 年第 1 期；童庆炳：《在"五四"文学理论新传统上"接着说"》，《文艺研究》2003 年第 2 期；熊元良：《文论"失语症"：历史的错位与理论的迷误》，《中国比较文学》2003 年第 2 期。

古典文论所没有的新的世界性元素，可以称为中国现代文论的现代型品格；二是可以回溯到中国自己的古典文化及文论传统源头的那些本土元素，可称为中国现代文论的传统型品格。可以简要地说，现代型品格与传统型品格的交融构成中国现代文论的双重品格。正是这种双重品格使得中国现代文论具有了与中国古典文论和西方文论不同的风貌。

二、中国现代文论的现代型品格

首先要看到，中国现代文论具有一种现代型品格，这是与中国古典文论不同的新的世界性元素的组合体。要探讨这种现代型品格，需从一开始就考察中国现代文论所赖以产生的具体语境缘由。这涉及至少三个方面：中国现代文论与现代文学、西方文论和中国古典文论三者之间的关系。考察这三组关系，有助于弄明白中国现代文论的现代型品格的生成缘由及其具体表现形态。

中国现代文论是与中国现代文学一道生长的，既是它内在的一部分，又是它的一个特殊部分。

这首先表现在，现代文论是出于文化干预的强烈需要而"定制"现代文学的。现代文论常常传达来自更广泛的文化领域的强烈呼唤，直到向现代文学发出新的开拓指令。黄遵宪、梁启超、胡适、陈独秀等总是在现实的文学进程发生前就预先提出新的文学指令，如"诗界革命""文界革命""小说界革命""八不主义"等，借此要求现代文学为着更广泛的文化现代性需要而展开创造。在他们的慧眼中，陷入困境的中国文化现代性进程似乎只有仰仗文学革命才能转危为安。李大钊在创办《晨钟报》(1916)时就有意掀起一场"新文艺"革命运动："由来新文明之诞生，必有新文艺为之先声，而新文艺之勃兴，尤必赖有一二哲人，犯当世之不韪，发挥其理想，振其自我之权威，为自我觉醒之绝叫，而后当时有众之沉梦，赖以惊破。"①如果文化现代性意味着一种"新文明"，那么，它就必须依赖"新文艺为之先声"。"新文艺"的作用不在于一般地娱乐读者，而在于通过表现崭新的"理想"，振奋"自我之权威"，呼唤"自我觉醒"，去"惊破"蒙昧的广大民众的"沉梦"。显然，现代文学革命的动机直接地并非发自文学内部，而是首先来自文学外部——来自比文学更广泛而深厚的文化地基。让文学去扮演革命先锋角色，为的就是文化现代性本身。而正是在现代文学革命的呼唤或呐喊中，中国现代文论诞生了。可见，现代文论的发生实在是为了开启现代文学，而后者恰是要服务于现代文化的宏伟大业。在这个意义上说现代文论常常理论先行、创作紧跟，其实并不过分。由此看来，执意主动干预文学创作与阅读，并通过这种干预进而干预更广泛而根本的文化现代性进程，正是中国现代文论的一种通常品格。

同时，另一方面，现代文论还出于社会变革需要而求助于现代文学。这具体表现在，它有时在文学研究中表露出更加主动的行动愿望——通过影响文学创作和阅读而试图影响现实的人的社会变革行动，从而呈现出突出的社会行动品格。鲁迅有如下名言："文艺是国民精神所发的火光，同时也是引导国民精神的前途的灯火。"他据此大声疾呼："世界日日改变，我们的作家取下假面，真诚地、深入地、大胆地看取人生并且写出他的血和肉来的时候早到了；早就应该有一片崭新的文场，早就应该有几个凶猛的闯将！"②沈从文甚至让自己的创作应合于"社会必须重造，这工作得由文学重造起始"的宗旨。③ 这种社会行动品格在瞿秋白、周扬、胡风等的阶级论文论中则有着更显著的表现。再进一步看，现代文论有时也出于个体感兴愿望而建构现代文学，也就是在致力于文化干预和社会行动时，常常并不忘记为现代个人建造审美体验空间，表达出个体感兴品格。宗白华相信诗是"一种美的文

---

① 李大钊：《〈晨钟〉之使命》，《李大钊文集》，第 1 卷，168 页，北京，人民出版社，1999。

② 鲁迅：《论睁了眼看》，《鲁迅全集》，第 1 卷，240－241 页，北京，人民文学出版社，1981。

③ 沈从文：《从现实学习》，《沈从文全集》，第 13 卷，375 页，太原，北岳文艺出版社，2002。

字""音律的绘画的文字",旨在"表写人的情绪中的意境",所以"诗人最大的职责就是表写人性与自然","表写天真的诗意与天真的诗境"。① 可以说,现代文论在现代文学中扮演着文化干预、社会行动和感兴建构等多重角色。

至于中国现代文论与西方文论的关系,就要复杂而微妙得多。前面说过,中国现代文论给人的通常印象是"西化"即西方化,有人甚至据此指责它就是"全盘西化"的严重后果,丧失掉自身的独立自主品格。这一指责并非完全空穴来风,因为它毕竟接近这样一个事实:中国现代文论受西方文论的巨大影响。其实,不仅现代文论如此,而且现代文学也如此。只要稍稍浏览或回顾中国 20 世纪的历史,就可以看到:包括文学、音乐、绘画、戏剧、学术、教育在内的整个文化界,几乎处处都能见到对于外来西方文化(含文论)的欣赏、羡慕和仿效情景。单就 20 世纪初年的"晚清小说"而论,根据阿英的统计,"翻译多于创作"。"翻译书的数量,总有全数量的三分之二,虽然其间真优秀的并不多。而中国的创作,也就在这汹涌的输入情形之下,受到了很大的影响。"②

与西方文学影响中国现代文学相应,西方文论也随之涌入并产生深刻的影响,这集中体现在现代文论是以西方理论为总体参照系和逻辑框架而建立起来的,这是毋庸置疑的事实。这可以简要归纳为如下几个层面。

第一层面,在基本的话语系统上,挪用西方概念,也就是直接移植西方文论观念系统来分析中国现象。如现代文论家们竞相运用形象、真实、典型、内容与形式、主题与题材、现实主义与浪漫主义等阐释中国文学现象,梁启超从日本借用西方小说观念把古代位卑的小说抬高到"文学之最上乘"的崇高位置,蔡仪在引进基础上独创"美在典型"之说等。

第二层面,在表述文类上,论文与专著体盛行。与古典文论采用以诗论诗、评点等表述文类不同,现代文论选用了来自西方的论文体

---

① 宗白华:《新诗略谈》,《艺境》,20—22 页,北京,北京大学出版社,1987。
② 阿英:《晚清小说史》,210 页,北京,东方出版社,1996。

和专著体，它们成为现代文论的主流文类。

第三层面，在思维方式上，与论文体和专著体相应的概念、判断与推理方式风行开来。

第四层面，在更根本的知识型上，来自西方的现代学术分类体制和分析机制等为文论确立了新的文化位置。

这就是说，现代文论被同时归属于文学体制、艺术体制、美学体制和教育体制等专门领域去生存和发展，并且又与政治、经济、传媒等体制交互渗透，从而在一个错综复杂的多重体制关联场中扮演着十分活跃的调节者角色。现代文论正是通过这些方面使自己走上一条与中国古典文论迥然不同的新的现代性道路。

但如果仅此就断言中国现代文论没有自己的独特品格，也是片面的，没有同时看到现代文论所必然呈现的自身品格，例如它生成的中国本土因子以及携带的传统性因子。只谈一点而不谈另一点必然是片面的。

归结到基本理据上，上述片面观点导源于一种错误的知识预设：似乎世界上存在着发源于西方并因而必然地也等同于西方的那种唯一的现代性。正像美国学者罗丽莎所批评的那样，这种观点假定现代性是来自西方的一个"普遍模型"，而其他后发的现代性不过是这个"普遍模型"的"简单翻版"而已；同理，似乎这个西方主导的普遍主义的"现代性在任何地方都能导致同样的实践和效果"。① 好像你既然是现代性的，就不得不是西方的；即使你扩散到了东方，也仍然等同于西方的现代性。实际上，这种普遍主义的现代性模型论忽略了一个基本的事实：任何一种后发现代性进程都会对现代性的普遍主义导向做出激烈抵抗和拆解，或者更确切点说，都会在惊羡中传达激烈的怨恨情结。也正如前面所说，文化涵濡过程既可能有单向适应，也可能激发更加复杂的反向适应。这表明，不存在真正的普遍主义的现代性模型，有的只是在本土语境的涵濡中难免发生变异的多元现代性或他者现代性，从而多元现代性具有必然的当地依存性和当地具体性。由此可以说，

① ［美］罗丽莎：《另类的现代性：改革开放时代中国性别化的渴望》，黄新译，2页，南京，江苏人民出版社，2006。

在中国文化及文论同外国文化及文论的相互涵濡过程中，中国自我必然会向外来西方他者做出当地或本土的抵抗行动。

正是这种当地依存性和当地具体性决定了中国现代文论不可能完全模仿西方而缺乏自主性，更不可能与自身的古典性传统彻底隔绝而丧失自身根基，因而所谓现代文论是"西化"的后果之类断言是站不住脚的。现代文论虽然自觉地承受西方文论的巨大影响并以之为参照系，但往往自觉地或不自觉地、或显或隐地孕育着自身本土气质并促进其与中国文论传统融汇生长，从而涵濡出现代理论与古典传统的现代融汇形态。后面在论述中国现代文论的传统型品格时会指出，现代文体—古典遗韵型、古典文体—现代视角型和现代文体—古典精神型三类现代文论的文体形态可以证明：中国现代文论具有自身的独特气质和传统型品格。

如上所述，中国现代文论与现代文学、西方理论和中国古典传统同时具有深厚的关联。尤其值得注意的是，它既从西方理论中获取参照系但又不同于后者，同时，它既拥有深厚的传统渊源又体现强烈的现代性特征。这样，中国现代文论就不能仅仅从"西化"视角或"本土化"立场分离地加以把握，而应同时看到其固有的并一直相互交融着的传统性与现代性特征。

三、中国现代文论的现代型品格之特征

当然，中国现代文论毕竟与古典文论有着不同，具有独特的现代型品格。这就是说，与古典文论体现出古典性传统特点不同，现代文论具有自身的属于现代的现代型品格。这种现代型品格不是来自与古典性传统的简单断裂，而是来自上述现代语境中的一种新融汇。这种新融汇的主要资源有如下方面：现代文化变革的特殊压力、西方文论的权威感召、现代文学变革的要求、自身古典文论传统的影响等。这些文论资源交织一体，根据中国文化语境对现代文学的特定要求，重新熔铸成新的文论，这就是中国现代文论。

可以说，中国现代文论的现代型品格在于，它是在现代文化变革的强大压力、西方文论的权威感召和中国古典文论传统的暗中复活等多方影响及交融下，根据现代文学变革要求而产生的一种文论形态。具体地看，中国现代文论的现代型品格可以简单概括为以下几个特征：大众白话性、学制性、显在文化性、激进革命性、西方骨架性、隐在传统性。

1. 大众白话性

谈论现代文论的现代型品格，首先需要关注它的传播媒介和表述语体，正是它们为现代文论提供了预定的传播渠道和表述方式，而这正与现代文论的现代型品格的生成密切相关。由于这一点似已属司空见惯的事实，常常容易为论者所忽略或误解，因此下面不妨多说几句。正像现代文学所体现的那样，中国现代文论总体上是借助现代大众传播媒介（报纸、杂志、书籍、广播、电视等）传输的，并且以现代白话文为表述语体，这使它明显地不同于以口头媒介和印刷媒介为传输主渠道，以及以文言文为通用语体的古代文论，从而具备大众性与白话性。但应当看到，这种大众白话性并不仅仅源自胡适等少数文化精英的个人偏见，而恰恰正是现代大众传媒本身所赋予的，要求现代文论适应大众媒介传输的特定要求。

例如，在《新青年》杂志刊登文论论文，就需要考虑如何面对现代大学体制培养成的知识分子受众群体，如何运用现代白话去表达，如何阐述新的文学观念，如何借此阵地展开新文化运动所需的社会动员，以及如何回应受众群体的及时反馈和新的期待视野的要求等。而以现代白话语体取代文言语体，并不仅仅代表文论表达工具的转换，更重要的是恰恰意味着文论的新品格的养成：与文言文面对古代文学发论不同，现代文论面对的是新的现代白话文文学问题，因而需要相应的现代白话语体去探讨。试想，如果以文言语体去探讨白话新诗问题，在表意上如何匹配？而对这些白话文学新问题的新的白话语体探讨，实际上正构成现代文论的温床。

由此看来，如果忽略了大众传媒和白话语体，就等于遗忘了现代文论得以产生的一条最基本的缘由。所以，鉴于大众传媒和白话语体的重要作用，我在这里斗胆尝试把大众白话性列为现代文论的现代型品格之首（对此如有争议也是正常的）。

当然，金圣叹以来的文学批评家们已经在白话小说评点中注意运用白话语体了（如金圣叹《读第六才子书西厢记之七十五》说："总之，世间妙文原是天下万世人人心里公共之宝，决不是此一人自己文集。"这已接近于现代汉语句式了），而且那也是或多或少带有了今天回头追认的大众传媒特性，不过，同晚清以来机械印刷媒介和现代白话语体相比，那毕竟只属早期萌芽形态（当然也富有价值）。以钱钟书为代表的极少数现代文论家偏爱以文言语体去表述现代文论，如《谈艺录》和《管锥编》，其行其趣都值得尊重，其探险精神也应嘉许，并可作为现代文论遗产予以保护，但鉴于其文言语体在当代公众学习与理解上的高难度，毕竟无法成为现代文论主流，也无法供年青一代大量仿效（除非现代文学都一律改回到古代那种文言语体，甚至学生从幼儿发蒙起就回到文言语体）。因而学习钱氏品格可以，但大量仿效或全面回归不足取也不现实。

2. 学制性

与大众白话性紧密相连的是，现代文论并不单纯地只是现代文学普遍问题的学理探究。其实，带有学理性的探究本身也是古代文论所具备的。重要的是，现代文论是属于更大的现代学术体制的一部分，而现代学术体制又属于几乎包罗万象的现代性社会体制的一部分（参见吉登斯的《现代性的后果》和《现代性与自我认同》对现代性的"抽离化机制"的论述）。这就是古代文论所缺乏的了，因而学制性是现代文论的现代型品格的一个鲜明标志。

在现代学术体制下，现代文论是现代文学、艺术、美学、教育等体制相交叉的体制成分，它们共同属于文化现代性的组成部分。正是在这种交叉体制中，现代文论的研究主体（即文学理论家或文学批评家）往往与如下三类人物密切相关。

第一类是作家、诗人、散文家、剧作家，如鲁迅、周作人、郭沫若、巴金、曹禺、郁达夫、田汉、艾青等，他们在文学创作过程中遭遇新问题而需要及时总结和探索，从而建构起贴近现代文学创作实际的文论。

第二类是属于特定团体或机构的职业的文论与批评家，如瞿秋白、茅盾、周扬、胡风等，他们置身文艺社团、出版机构或政党组织，从各自的团体立场和理论视角出发去探讨现代文学问题，其文论的政治性、论争性、论战性较为鲜明。

第三类是高校文学专业教师，例如王国维、李长之、朱光潜、宗白华、沈从文等，他们在现代教育体制内以其稳定的学术教职身份、从现代学术传承的角度向大学生传授古今中外文论知识，在此过程中建构具有现代学理特色的文论。

以上三类人物在古代虽都有存在（仅在类比意义上说），但在现代重心已变得不同：古代文论以第一类为主流，第二类为支流，第三类相对过于涓细；而现代文论则大为不同：在三类齐头并进的情况下，以第二类为主流，辅之以第一类，再以第三类为独具形态。第三类既可以与前两类并存，同时也把对它们的研究和传授作为自己的当然任务。可以说，第二类文论的主流作用及第三类文论的独特存在，正构成现代学术体制的特殊作用的集中体现，也成为现代文论的现代型品格的鲜明印记。

3. 显在文化性

由于一开始就选择大众传媒传输，运用白话语体表述，纳入现代学术体制，因而现代文论的动力源或引力就变得复杂起来。如前所述，这种动力源主要不是来自现代文论内部，而是来自其外部，即它以现代文化变革为动力源或引导力量。因此，现代文论具有明显的文化依托性格，简称显在文化性。也就是说，现代文论的创新并不仅仅来自现代文学变革的要求本身，而是更多地和主要地来自外在的远为广泛而深厚的现代文化变革需求。古典文论诚然也有其文化性特点，但恰恰正是在现代，文论才被如此集中和经常地要求承担起陷入危机的文化变革的先锋重任，或如李大钊所说起到"先声"作用。每当文化变革受挫或需要更强大的动力时，文学和文论就被明确地要求承担起文化变革的先锋重任，而这种对于文论的文化变革先锋的要求本身正构成现代文论的重要品格。现代文论的那些曾产生过重大影响（无论好与坏)的理论主张，往往可以从这种显在文化性中获得一种理解。

例如，无论是梁启超的急切的"小说界革命"，还是胡适的激进的"八不主义"，抑或是"文化大革命"时期的"三突出"与"高大全"理论，都可以从文化的引导或支配上获得解释。它们可能曾经带有与文学本身的变革不合拍的方面，但那确实是来自文学界以外的强劲号令。

而如果要在这种显在文化性内部作进一步细分的话，那么可以说，政治性在其中尤其扮演了活跃的角色，这种显在文化性之说因此可以改称为显在政治性。从黄遵宪、王国维、梁启超到陈独秀、胡适、鲁迅、李大钊，再到周扬、胡风等，文论活动都被赋予了或明或暗的政治性特征。在中国古代，一种文论的提出当然也有可能染上政治性(如柳宗元的"文以明道"说与其政治改革主张、明代前后七子的文论与其群体的政治权力角逐都多少有关)，但只是在现代，文论才如此经常地、必然地和难以分离地与文化或政治交融在一起，以致这外在因子似乎已被内化了，成为现代文论的一种见怪不怪的当然品格(要让现代文论远离文化或政治才真有点见怪呢)。

4. 激进革命性

回顾百余年来的文论轨迹并把它与古代文论比较可见，现代文论具有明显的激进革命性。这是同上一点紧密相连的，或者说不过是它的不同侧面而已。由于时常接受来自更广泛的文化变革力量的强势拉动，现代文论往往具有激进的和不妥协的革命性品格。与古代文论的相对说来属于渐进的变革相比，现代文论总是善于激荡起异常激进的革命风暴，与现代文学一道承担起广泛的社会动员或启蒙的超常任务。光梁启超一人就在短短几年时间里先后发起过"诗界革命""文界革命"和"小说界革命"等革命主义呐喊。从五四文学革命到20世纪20年代后期的革命文学，再到后来的无产阶级文艺、社会主义文艺、先锋主义等潮流，激进的革命性或革命主义品格成了中国现代文论的主旋律。

这种激进的革命主义得以发生的缘由，主要来自上面所论的显在文化性，即来自外在的更为广泛而深刻的文化现代性变革需要。现代人文知识分子一次次痛感中国现代性进程的艰难性和曲折性，并深知这种艰难和曲折的症结就在于广大普通民众的愚昧，认识到如果不首先唤起他们的理性觉悟，就无法真正推动越来越沉重的现代性车轮。

同时，在广大普通民众的愚昧后面，还有更深厚的文化无意识原因：中国人根深蒂固的文化优越感和自我中心幻觉阻碍着中国人轻松地弃旧图新。英国历史学家霍布斯鲍姆也看到这一点：中国在现代的"落后"，"事实上并非由于中国人在技术或教育方面无能，寻根究底，正出在传统中国文明的自足感与自信心"。所以"中国人迟疑不愿动手，不肯像日本在 1868 年进行明治维新一样，一下子跳入全面欧化的'现代化'大海之中"。只有等到局势变得不可收拾了，即古典文化传统无可挽回地走向没落时，中国人才能猛醒过来；但这时，渐进的改良道路已经断绝，只剩下激进的革命这唯一生路了。"因为这一切，只有在那古文明的捍卫者——古老的中华帝国——成为废墟之上才能实现；只有经由社会革命，在同时也是打倒孔老夫子系统的文化革命中，才能真正展开。"①甚至连知识分子们要唤醒愚昧的民众，也不得不运用文学革命或艺术革命的激进手段。

5. 西方骨架性

现代文论的现代型品格突出地表现在，它往往以西方文论为基本参照系，打个比方，也就是以西方文论为自身的基本骨架。西方骨架性，正是现代文论的一个尤其鲜明的总体特征。正如上面所论述的四点，在基本话语系统、表述文类、思维方式和知识型方面，现代文论不折不扣地表露出"西方"特征。这在全球各种文化都不得不被纳入由西方发动的现代性及全球化进程的语境中是必然的，② 不以特定民族意志为转移的。但是，正是在这种全球各种民族文化都被迫卷入并形成新的关联场的现代性及全球化过程中，这种"西方"特征其实已不能简单地等同于原初的西方本身了，而是各民族本土语境对西方扩张加以强势过滤或变形的结果。全球化形成了新的全球关联场和整合作用，使得不仅作为被扩张对象的"第三世界"如中国，而且就连扩张主体西

---

① ［英］霍布斯鲍姆：《极端的年代》下，郑明萱译，688 页，南京，江苏人民出版社，1999。

② 吉登斯认为"现代性的根本性后果之一是全球化"。见［英］吉登斯：《现代性的后果》，田禾译，152 页，南京，译林出版社，2000。

方本身，也都同处这风雨飘摇的相互涵濡的关联场中。在这里，它们双方或多方都不得不相互依存而不能分离，也即扩张者和被扩张者都有可能轮番或交替地扮演被动者或能动者角色。在此过程中生成的中国现代文论，就不能被误认为西方文论本身，不过是参照西方而在中国本土生成的新文论。

切不可轻易把在中国发生涵濡性影响并存活下去的西方文论，与在西方存在的原初西方文论本身画等号（果真那样，西方会接纳你吗）。因为，中国本土语境的特殊需要宛如一个能量和效力惊人的过滤器或变形器，它制约着西方文论在中国的影响方位、轨迹及程度。从西方裂岸涌入中国频频闯关的文论产品可能有很多，但中国"海关"却不会来者不拒地一概予以放行，而是要看哪些适合于自己的特定需要。这就是说，究竟是哪些西方文论能在中国流通，以及在何时流通，还包括怎样流通，往往不取决于西方文论本身，而是中国"海关"说了算，即取决于中国本土语境的特殊需要。对此，说两个一远一近的例子就清楚了。

远的是"典型"理论的影响事实。当典型论在20世纪20年代陆续进入中国并从40年代起至80年代发生长时间的巨大影响时（鲁迅、瞿秋白、周扬、胡风、蔡仪等），在西欧和美国却并未汇入文论主流。这并不是说中国现代文论如何落后于西方，而是说它总是有自身的特殊语境需要及其突出的问题：当这块土地孕育出的文学作品需要一种新理论，以便解释那种前所未有的在个性中蕴含共性的新的英雄人物及其缘由时，来自西方的典型理论恰好能填补这种解释的空白，满足其解释的急迫需要。

近的就是后现代理论在中国影响滞后这一例子。西方后现代主义文论兴盛的20世纪80年代中期即1985年，美国著名后现代主义理论家杰姆逊就来到中国讲学、参加学术会议，他在北京大学的讲演录《后现代主义与文化理论》也在1986年及时出版中文版。如果以为该书在中国一出版就火速产生热烈反响，那就错了。因为，那时的中国本土语境正热切地张臂拥抱现代主义理论呢！尼采、弗洛伊德、海德格尔、马尔库塞、卡西尔等是那个年代文论界的明亮星座。当人们的全副热

情都为现代主义美学而激荡时，对后现代主义的频频叩关就漠然置之
了，缺乏接受的准备。直到 90 年代初时起，也就是过了几年，经历过
80 年代末那场"风波"与转变的中国知识界，才逐渐地、继而急切地抛
弃现代主义而争"后"恐"现"地拥戴后现代主义。但此时接纳的后现代
主义，由于必然地在中国扮演起与在西方不同的特殊作用，因而被烙
上了深深的中国本土印记。

可以说，本土语境的特殊需要才是西方文论能够在中国发生影响
的最致命原因（如果原因有多重，而我们又不得不从中找出那最致命的
原因的话）。

如此说来，在中国存活下来的西方文论，尤其是那些存活多年并
已容易被误以为原产自中国本土的文论，即便属于西方的原创，但实
际上业已被中国本土语境浸染或变形，变得中国化了，成了中国现代
文论的一部分。例如上面所举的典型论已经成为中国现代文学和文论
传统中的当然组成部分。

所以说中国现代文论具备西方骨架性，并不简单地意味着全盘模
仿西方或跟在其后面亦步亦趋地爬行，往往意味着鲁迅意义上的"拿来
主义"思维在能动地发生选择作用，即为着解决中国现代文学与文化问
题而在过滤或变形中利用西方而已。这是在中国发生文化涵濡作用的
西方文论的一种必然命运。

6. 隐在传统性

提到本土语境对外来西方文论的过滤或变形作用，就必然牵扯出
本土文论传统的传承问题。指责现代文论"西化"或"数典忘祖"的人们
所容易忽略的一个关键点是，现代文论诚然具有西方骨架性，即以西
方文论为总体参照系和逻辑框架，但由于受到中国本土语境的强大过
滤或变形作用，必然总是以各种不同方式流溢出中国传统风貌，而这
种传统风貌更多地是隐在的，在隐性层面起微妙而关键的作用。正是
这种隐性传统风貌的存在有力地体现了如下容易被忽视的事实：西方
原生现代性在其试图把全球各种民族文化都加以普遍化的涵濡过程中，
遭遇到来自中国本土文化语境必然的和强有力的抵抗与变形作用。全
球化普遍性牵引力有多大，来自本土的抵抗与变形的反弹力量就有多

强！而隐在传统性正是在这扩张与抵抗过程中顽强而又蓬勃地生长起来的。所以，隐在传统性可视为现代文论的现代型品格最深厚的内质所在。

这种隐在传统性的具体表现很多，这里可举"意境"论的复活为例。当来自西方的"典型"论在中国强势生长时，在古代本来并不那么显要的"意境"论却在席勒、叔本华、尼采等西方理论的激发下，在王国维和宗白华等人手中获得再生，显示出与古代不可同日而语的新的强势风貌，并在与"典型"论的争长较短中确立了自身的无可替代的现代型品格。"意境"论就源头来说当然来自古代，却是在现代语境中才获得了崭新的生命力。可以说，在现代走红的"意境"论是中国古典文化与西方文化在现代中国发生涵濡的一个具有反向适应特点的成果。

还可以再提及下面即将在"中国现代文论的传统型品格"一节中分析的现代文论的三种文体类型中的两种：无论是现代文体—古典遗韵型，还是现代文体—古典精神型，它们都在其现代文论的洋装下透露出无需掩饰的黄皮肤气息。至于学贯中西的钱钟书选择古典文体—现代视角型去撰写《谈艺录》等则属传统风貌较显性的罕有例子，更多出现的则是其他两类文体即朱光潜《诗论》和宗白华《美学散步》之类，它们代表中国现代文论的浩荡主流，更能体现这里所谓隐在的传统性：表面上和总体上都属于现代，但内在隐性气质上却难掩中国传统风尚。

可见，无论以何种方式存在，中国现代文论都与中国传统有着这样那样的必然联系，流溢出意味深长的传统品貌。

四、未来：从显西隐中到以中化西

上面六方面当然远不能涵盖中国现代文论的现代型品格的全貌，只能约略和示例地显露其大体轮廓。如果硬要从中拈出一点来极概略地描摹迄今为止中国现代文论的现代型品格的总特征，我想到的是：显西隐中。显西隐中是说中国现代文论在其显在的表面呈现西方状貌，而在其隐在的内部却暗藏中国品质和风格。其实这只是一种并非恰当的比喻性表述,它不过是要表明如下基本事实:中国现代文论诚然移植了西方文论的基本骨架及其他方面,却是以来自本土语境的强势过滤或变形方式实施这种移植;同时,这种移植诚然难掩西方骨架的状貌,却实实在在地跃动着中国血肉。由此可进一步见出"西化"与"数典忘祖"等说法的偏颇处。

承认中国现代文论的现代型品格,不是要回头孤芳自赏或闭门造车,不过是要在这种承认的前提下辨析和正视自身面临的问题,以更加扎实而有力的步伐迈向未来。首先需要对中国现代文论采取一种"长时段"眼光:"中国诗学现代性,也称中国文学理论现代性,是与中国诗学古典性不同的新的诗学形态,它立足于在新的全球化境遇中探索中国文学的现代性问题。中国诗学现代性应是一个本身包含若干中短时段的长时段或超长时段进程,它不仅有第一期即现代 1,还有第二期即现代 2,以及可能的第三期即现代 3……如今,初期现代 1 已经终结,我们正置身在新的现代 2 时段。"可把 20 世纪 80 年代作为大致的分界线,之前属中国现代文论的现代 1 时段或现代 I 时段,之后则属其现代 2 时段或现代 II 时段。"从现代 1 到现代 2,中间不存在绝对的断裂或连续,而是断续,即既有断裂也有连续,在连续中断裂,在断裂中连续。"①以这种长时段眼光在分时段意义上探究现代文论,有助于分梳现代文论在不同时段存在的问题或问题重心,从而以历史主义的态度分别予以应对。

如果说,中国文论现代 I 体现了显西隐中的总特征的话,那么,其现代 II 则要在延续现代 I 所携带的现代性精神的同时实现新的重心转移,这就是进而寻求以中化西。以中化西,不是要针锋相对或反其道而行之地显中隐西,仿佛已到强力彰显中国气派而全隐西方印记的时段(这是显而易见的误解)。以中化西,是要继续顺应已有的现代性及全球化大趋势,在显西隐中的时段之后"接着说"未完成的现代文论故事,即以全球化语境中现代中国本土建构为基点更加主动地融化或化合西方文论及文化影响,力求在全球化世界上努力兴立属于中华民

① 王一川:《中国诗学现代 II 刍议——再谈中国现代性诗学》,《北京师范大学学报》2003 年第 3 期。

族自我的独特文论个性。以中化西不是要以似乎全然纯洁的本土去排斥西方(这样的本土其实不存在),而是要以早已成为现代性和全球化之一环的本土去化合西方;由于这种本土已是现代性进程中的相对意义上的地缘文化身份表征,因而以中化西就意味着在坚持承接西方影响的同时更加注重这种西方影响下的本土文化的个性建构需要,并把它置于文论探索的导向位置。中国现代文论的现代Ⅱ时段还有很多工作要做,这里只是初步涉及。

五、中国现代文论的传统型品格

拥有现代型品格,还只是中国现代文论的双重品格的一个方面,另一个必不可少的方面就是传统型品格。如果把中国现代文论归属于中国文论传统,那么,问题乃至尖锐质疑就随之而来:中国现代文论凭什么资格挤入中国文论传统呢?它难道不是以"反传统"或"反正统"的"革命"自居的吗,有什么资格成为中国传统?这个问题颇为严峻,必须予以正面回应。要证明中国现代文论属于中国文论传统,而且是它的现代性传统,就需要认真考察中国现代文论在哪些方面具有中国传统品格或属性。

二十多年前,其时名动学界的李泽厚为宗白华老人的首部论文集《美学散步》(上海人民出版社1981年版)写下这样的序言:"……朱先生更是近代的,西方的,科学的;宗先生更是古典的,中国的,艺术的……"①把朱光潜规定为"现代的"而把其同龄人宗白华指认为"古典的",这一别出心裁的精妙评语在当时产生了很大的影响,"现代的"和"古典的"两标签自此就分别紧随两位美学宗师左右了。现在回看这一判断,不免生出些疑惑:中国现代文学理论或美学究竟有着怎样的品格?它们到底是现代的还是古典的,或者在哪种意义上是现代的或古典的?

---

① 李泽厚:《〈美学散步〉序》,《美学散步》,3页,上海,上海人民出版社,1981。

近二十多年来的一种流行见解在于，从中国现代文论的现实状况看，判定它总体上属西方文论在中国影响的产物，没有中国文论应有的独创性和精神气质，从而等于是从其"现代"品格角度予以完全的否定。而另一种流行见解则是，虽然也赞美宗白华、钱钟书等人文论的罕见的略带"古典"意味的特殊品格，但更主要是从现代文论应有的理想状况出发，主张抛弃以往的西化偏向而转身寻求古典文论的现代"转换"，这样做也包含着对百年现代文论的现代性的某种批判性反思。这两种流行见解各有其合理处和侧重点，前者虽然承认中国现代文论的现代型品格，但在价值上予以否定；后者虽然有肯定也有批判，但重心还是落脚在古典的现代"转换"上（"转换"一词有其合理性，但在使用中已引发一些歧义和争议，之所以如此，我以为原因之一是这个词本身尚不足以揭示现代生存境遇和文化语境中的创造性内涵，尽管使用时可以做出补充解释）。这样，问题仍然存在：我们如何看待和评价中国现代文论的品格？在面向 21 世纪新语境建构文论的今天，我们需要对中国现代文论的品格做出阐明。其目的不在于简单地辨清它的古今中西身份，而在于在探明它的历史和现状的基础上更加镇定地走向未来。因为弄明白历史和现状，恰恰有助于为走向未来确立必需的价值框架、目标和任务。

出于上述考虑，这里不揣冒昧地提出一种看法：中国现代文论在总体上是现代的，具有属于中国的现代型品格，但同时也是中国文学理论传统链条上的一环，具有特定的传统型品格。也就是说，它虽然自觉地以西方现代文论为参照系，形成中国自身的现代性性质，但内在深层次里自觉或不自觉地、或显或隐地传承着中国文论传统，呈现出总体上的现代性与深层次的古典传统性相融汇的复杂品格。

六、中国现代文论的传统型品格之特征

如果这一判断大体成立，那么，要考察这一点则需要做许多探究工作，这里仅仅从现代文论的几个要素或方面入手，予以初步讨论。

中国现代文论的几个要素是：文体、视角、精神和遗韵。所谓文体，在这里是指现代文论的表述文类，也就是它是运用什么样的文章或著作形态表述出来的，例如，究竟是用古代文章体、韵文体还是现代论文体；视角则是指它的观照问题的思维方式，是中国古典式还是借鉴西方现代论文体？精神则是指它的基本价值取向，它所谋求的价值指标是中国传统的"三纲五常"还是现代科学、民主和自由？遗韵是它的更隐性的深层次风范，可由此探明它的民族精神或文化蕴藉。这四要素可以分别从现代或古典加以借鉴，再根据现代需要加以匹配，从而汇合成形态各异的现代文论形态。简要说来，现代文论的传统型品格的特征主要表现为如下方式：现代文体—古典遗韵型、古典文体—现代视角型、现代文体—古典精神型。

　　第一类，现代文体—古典遗韵型。这类现代文论在明显地参照西方理论并采用现代文体时，往往或明或暗地流露出某种古典文论传统的遗韵。这类文论的特点在于，其文体是现代论文体或著作体，视角和精神也主要是现代的，由此判断，显然其现代性是显性的；但其中却流溢出某种古典遗韵，让我们想起自己的古典文论传统，这又表明古典性是隐性的，朱光潜、李长之、李健吾、梁宗岱等大体如此。这应当是现代文论的一种取得成功的主流类型。朱光潜以现代视角和立场，主张散文讲究"声音节奏"：

　　　　领悟文字的声音节奏，是一件极有趣的事。普通人以为这要耳朵灵敏，因为声音要用耳朵听才生感觉。就我个人的经验来说，耳朵固然要紧，但是还不如周身肌肉。我读音调铿锵，节奏流畅的文章，周身筋肉仿佛作同样有节奏的运动；紧张或是舒缓，都产生出极愉快的感觉。如果音调节奏上有毛病，我的周身筋肉都感觉局促不安，好像听厨子刮锅烟似的。我自己在作文时，如果碰上兴会，筋肉方面也仿佛在奏乐，在跑马，在荡舟，想停也停不住。如果意兴不佳，思路枯涩，这种内在筋肉节奏就不存在，尽管费力写，写出来的文章总是吱咯吱咯的，像没有调好的弦子。

　　　　我因此深信声音节奏对于文章是第一件要事。①

他把人在"兴会"与"意兴"中创造的特殊的声音节奏，提到了文学的"第
一件要事"的高度，这既显示了他对于语音层面的极度重视，更突出了
他对于感兴修辞或兴辞的独特理解。正是在"兴会"与"意兴"中，人能
够创造出平常无法创造的美妙的"声音节奏"。且不说他在其他地方如
何注意引证古代朱熹、刘大櫆等的论述以支持自己，即便是上面的看
来字面上与古代并无直接关联的引文，其实也暗含了古典文论遗韵：
"兴会""意兴"正是中国古代文论的重要概念。李泽厚把朱光潜归结为
"现代的"，当然不无道理；但如此简单的判断毕竟忽略了现代总体中
的古典遗韵这一隐层意味。直接地讲，朱光潜的诗论在其现代性的总
体框架中，实际上流溢出中国古典文论的深长遗韵。

　　　　批评家李长之这样评论《水浒》和《红楼梦》：

　　　　《水浒》的人物是男性，甚至于女性也男性化。看一丈青，看
　　　孙二娘，都是如此。《红楼梦》则不然，它是女性的，宝玉、秦钟、
　　　贾蓉们本来是男子，也女子化了！表示男子的感情，大都是"怒"，
　　　《水浒》整部都是怒气冲天的，……代表女性感情的是"哭"，贾母
　　　见了黛玉，哭！宝玉见了黛玉，哭！……就美的观点说，《水浒》
　　　是壮美，是雕刻，是凸出的线条，健壮坚实，全属于单纯的美。
　　　而《红楼梦》是优美，是绘画，彩色繁复，与前者大不相同。②

上面的品评在表述语言上完全是现代白话文，在表述方式上也是现代
论文体，同时运用了新的西方理论术语和视角，如"男性化"与"女性
化""壮美"与"优美"。但是，其拈出"怒"与"哭"分别评点《水浒》和《红
楼梦》的方式，显然令人想到金圣叹那种《水浒》评点："写鲁达为人处，
一片热血，直喷出来，令人读之深愧虚生世上，不曾为人出力。孔子

――――――――――

　　① 朱光潜：《散文的声音节奏》，《艺文杂谈》，82页，合肥，安徽人民出版社，1981。
　　② 李长之：《水浒传与红楼梦》，中国艺术研究院红楼梦研究所编：《红楼梦研究稀见
资料汇编·下》，963页，北京，人民文学出版社，2001。

云：'诗可以兴'．"①以古典"感兴"阐释鲁达形象塑造，言简意赅。又说："天汉桥下，写英雄失路，使人如坐冬夜。紧接演武厅前，写英雄得意，使人忽上春台。"②以富于文学性的评点方式直接书写个人阅读感受——读者感觉自己似乎与水浒英雄们一道时而苦尝冬夜无情，时而领略春日融融。李长之的评论虽然归根到底是现代的，但毕竟暗溢出明清小说评点的某种风范，可以说构成了古典文论传统的一种现代再生形态。

第二类，古典文体—现代视角型。这类现代文论索性直接运用古典文言文文体加以表述，但论述视角却具有现代特色。这种现代文论有个鲜明特点：其古典性是显性的，而现代性是隐性的。古典文体成功地包裹起了颇为隐秘的现代特色。它在一定程度上可以纠正第一类过于"西化"的偏向，满足现代人的古典传统诉求。最典型和最极端的实例莫过于钱钟书的《谈艺录》和《管锥编》了，它们从表述语言、表述方式到思考方式等全面仿效古典文论。尤其是当沿用被抛弃的文言文文体时，这种传统风貌就表露得尤其突出。不过，由于其中自觉地运用现代文论视角以及中西比较立场，所以总体上仍属于现代文论著述，却是不能否认的事实。钱钟书《谈艺录》第 91 节这样写道：

> 一手之作而诗文迥异，厥例甚多，不特庾子山入北后文章也。如唐之陈射洪，于诗有起衰之功，昌黎《荐士》所谓"国朝盛文章，子昂始高蹈"者也。而伯玉集中文，皆沿六朝俪偶之制，非萧、梁、独孤辈学作古文者比。宋之穆参军，与文首倡韩柳，为欧阳先导；而《河南集》中诗，什九近体，词纤藻密，了无韩格，反似欧阳所薄之"西昆体"。英之考莱（Abraham Cowley）所为散文，清真萧散，下开安迭生（Addison）；而其诗则纤仄矫揉，约翰生所斥为"玄学诗派"者也。③

---

① 金圣叹：《第五才子书施耐庵水浒传》第二回总批，据《水浒传会评本》上，陈曦钟、侯忠义、鲁玉川辑校，81 页，北京，北京大学出版社，1987。
② 金圣叹：《第五才子书施耐庵水浒传》第十一回总批，据《水浒传会评本》上，陈曦钟、侯忠义、鲁玉川辑校，233 页，北京，北京大学出版社，1987。
③ 钱钟书：《谈艺录》，302 页，北京，中华书局，1984。

在阐述"一手之作而诗文迥异"这一理论观察时，作者先后援引庾信在南朝和北朝时的风格变化、陈子昂的"兴寄"与"俪偶"共存、穆修在首倡韩柳与自作仿西昆体之间的不协调来证明，同时还似乎信守拈来英国考莱的实例加以比较。表述语言是古典"之乎者也"体，但又善于中西比较、旁征博引，形成古典式文言与现代比较诗学视角的奇特糅合。这类实例在五四以后的年代里不仅本身少见，而且成功者如钱钟书实属凤毛麟角。要在现代汉语的总体环境中推广和普及这种古典文体是不现实的，它不过成为古典文体在现代的一种具有一定保留和示范价值的珍贵风景而已。

第三类，现代文体—古典精神型。这可以说是介乎上述两类之间的一种居中形态，在承认现代文化与留恋古典精神之间寻求一种平衡和融汇。这种现代文论形态一方面采用现代论文体，另一方面竭力张扬古典文论乃至古典文化传统的精神。宗白华就是其中的成功者。他的理论表述方式既非朱光潜那种严谨的现代论文体，也非钱钟书那种古典文言文体，而是一种独创的"散步"型论文体。这种独创的现代散步型论文体的特点在于文体是现代的，但其具体表述方式却是零散的和非系统的，不寻求严谨的概念、判断和推理方式，而是类似日常生活中的随意散步。这实际上是古典评点体和现代论文体的一种现代综合形式，具体地说，是现代论文体框架中对于古典精神的重新复现。这种散步型论文体追求的正是现代框架中的古典精神复归。在《美学散步》中，宗白华这样写道：

> 散步是自由自在的、无拘无束的行动，它的弱点是没有计划，没有系统。看重逻辑统一性的人会轻视它，讨厌它，但是西方建立逻辑学的大师亚里士多德的学派却唤做"散步学派"，可见散步和逻辑并不是绝对不相容的。中国古代一位影响不小的哲学家——庄子，他好像整天是在山野里散步，观看着鹏鸟、小虫、蝴蝶、游鱼，又在人间世里凝视一些奇形怪状的人……散步的时候可以偶尔在路旁折到一枝鲜花，也可以在路上拾起别人弃之不顾自己感到兴趣的燕石。无论鲜花或燕石，不必珍视，也不必丢

掉，放在桌上可以做散步后的回念。①

散步正体现了自由的无拘无束的超功利姿态，这样的姿态正有助于古典文化精神的继承。不妨来看看他的一段《美学散步》：

> 中国人与西洋人同爱无尽空间（中国人爱称太虚太空无穷无涯），但此中有很大的精神意境上的不同。西洋人站在固定地点，由固定角度透视深空，他的视线失落于无穷，驰于无极。他对这无穷空间的态度是追寻的、控制的、冒险的、探索的。近代无线电、飞机都是表现这控制无限的欲望。而结果是彷徨不安，欲海难填。中国人对于这无尽空间的态度却是如古诗所说的："高山仰止，景行行止，虽不能至，而心向往之。"人生在世，如泛扁舟，俯仰天地，容与中流，灵屿瑶岛，极目悠悠。中国人面对着平远之境而很少是一望无边的，像德国浪漫主义大画家菲德烈希（Friederich）所画的杰作《海滨孤僧》那样，代表着对无穷空间的怅望……"红日晚天三四雁，碧波春水一双鸥。"我们向往无穷的心，须能有所安顿，归返自我，成一回旋的节奏。我们的空间意识的象征不是埃及的直线甬道，不是希腊的立体雕像，也不是欧洲近代人的无穷空间，而是潆洄委曲，绸缪往复，遥望着一个目标的行程（道）！我们的宇宙是时间率领着空间，因而成就了节奏化、音乐化了的"时空合一体"。这是"一阴一阳之谓道"。②

宗白华在这里从空间意识的差异入手展开中西文化精神比较，在表述上合乎逻辑、观点明确，但同时，在论证上并不追求概念预设和细密证据，而是向往古典评点式的简洁明快；在本应提交论据的关节处，只是引用古诗或德国绘画予以颇带个人体验色彩的即兴阐发。再看他这样阐述"艺术意境"："以宇宙人生的具体为对象，赏玩它的色相、秩序、节奏、和谐，借以窥见自我的最深心灵的反映；化实景为虚境，创形象以象征，使人类最高的心灵具体化、肉身化，这就是艺术境界，

---

① 宗白华：《美学散步》，1 页，上海，上海人民出版社，1981。
② 宗白华：《美学散步》，94 页，上海，上海人民出版社，1981。

艺术境界主于美。"①

他用现代美学的"美"的观念去解释"意境",从而让其同功利、伦理、政治、学术、宗教等境界并列为生命境界:

> 世界是无穷尽的,生命是无穷尽的,艺术的境界也是无穷尽的……历史上向前一步的进展,往往地伴随着向后一步的探本穷源……现代的中国站在历史的转折点。新的局面必将展开。然而我们对旧文化的检讨,以同情的了解给予新的评价,也更显重要。就中国艺术方面——这中国文化史上最中心最有世界贡献的一方面——研寻其意境的特构,以窥探中国心灵的幽情壮采,也是民族文化的自省工作。希腊哲人对人生指示说:"认识你自己!"近代哲人对我们说:"改造这世界!"为了改造世界,我们先得认识。②

这里的文体、句式乃至视角都无疑是现代的,但其至关重要的中心概念"意境"却不折不扣地取自中国古代文论。这正构成现代论文体与古典文化精神的一种奇特融汇方式。对于这种融汇,宗白华自己是从中西文化"菁华"的"总汇"去解释的:

> 一方面保存中国文化中不可磨灭的伟大庄严的精神,发挥而重光之,一方面吸收西方新文化的菁华,渗合融化,在这东西两种文化总汇基础之上建造一种更高尚、更灿烂的新精神文化,作为世界未来文化的模范,免去现在东西两方文化的缺点、偏处。③

他是要在东西方文化融会基础上建造更加美好的"新精神文化"。

有意思的是,由于在现代语境中竭力张扬古典文化精神,因而这种现代文论往往容易给人以"古典"印象:似乎它的根本特点就在其"古典性"。李泽厚的上述"误解"正由于此。其实,如果宗白华的文论确实有着"古典"特色的话,那么,这种古典性不过就是现代中的古典或者现代性中的古典性,因为,它代表了现代性语境中探寻古典文化精神

---

① 宗白华:《美学散步》,59页,上海,上海人民出版社,1981。
② 宗白华:《美学散步》,58页,上海,上海人民出版社,1981。
③ 《宗白华全集》,第1卷,102页,合肥,安徽教育出版社,1994。

的一种方式。如果简单地把它划归入"古典"，那就会把现代性与古典性混为一谈了。

　　除了上述现代文体—古典遗韵型、古典文体—现代视角型和现代文体—古典精神型三类外，现代文论还有更复杂多样的具体形态，这里就不一一涉及了。探讨现代文论的上述几类呈现方式，正是为了显示中国现代文论所具有的传统型品格，以及这种传统型品格本身的多样性。今天我们在 21 世纪语境中寻觅中国现代文论的进一步建构思路，不妨先回头看看，朱光潜、宗白华、李长之、钱钟书等前辈曾经踩出了何种脚步，这种脚步在多大程度上会成为我们迈向新路程的示范。

　　上面所说的现代型品格与传统型品格，作为一种双重品格，实际上是紧密交融于中国现代文论之中的，不可能真正分离开来独立发展。这里分开叙述，只是想尽力还原其深层的复杂动因罢了。

第七章　心化美学与物化美学之间

——简论中国现代美学Ⅰ与现代美学Ⅱ

几年前读《新京报》，其长篇专稿的醒目标题《李泽厚：当下中国还是需要启蒙》①颇有吸引力。这位当代美学家至今仍坚持其一贯的"思想启蒙"或"启蒙理性"主张，令人感慨。本章的一个基本理论假定在于，清末至今的中国现代美学在"文化大革命"结束后的几年间，也就是通常说的 20 世纪 80 年代，逐渐发生一次重要的转向，从此分化出两个不同的美学时段即中国现代美学Ⅰ和中国现代美学Ⅱ来。具体地说，此前由清末开始的转折可暂且称为革命论转向，由此引导出以心化美学为主要特征的中国现代美学Ⅰ。而由 20 世纪 80 年代开始的新转折可称为改革论转向，引导出以物化美学为主要特征的中国现代美学Ⅱ。这里打算对革命论转向时段的中国现代美学Ⅰ的心化美学特征以及中国现代美学Ⅱ的物化美学及其解决方案——兴辞美学作初步分析。

一、长时段视野中的中国现代美学

从王国维开始其美学探索到今天，中国现代美学已历经百余年沧桑。对这段美学演变历程及其丰富与复杂的内涵加以探讨，自可以见仁见智。这里仅仅从一种简略的宏观视野去加以分段，进而从两个不同时段美学的概略比较中，尝试把握中国现代美学的演变脉络。在这

---

① 武云溥：《李泽厚：当下中国还是需要启蒙》，《新京报》2010 年 11 月 23 日。

种宏观打量的同时对众多细部或细节不予精细考量或有所忽略，实属不得已。

　　这里采取的是法国历史学家布罗代尔的历史的"长时段"观点。① 如果把清末至今百余年间的中国现代史划分为两个中时段的话（还会继续延伸出新的中时段），那么，显著的转向应发生在大约 20 世纪 70 年代末到 80 年代前期，也就是中共中央正式宣布结束"无产阶级文化大革命"或"无产阶级专政下继续革命"而历史性地开启新的"以经济建设为中心"的"改革开放"时期（特别是 1984 年启动"城市经济体制改革"大潮）之时，之前大体属于社会革命时段，而之后大体属于社会改革时段。对这一微妙而又重要的时段转折时刻，有时也不妨笼统地称为 20 世纪 80 年代（当然，这种重大时段转折在人们内心的投影或轨迹实际上会绵延更长时间）。这就是说，第一个中时段应当在清末至 20 世纪 70 年代末到 80 年代前期，属于中国现代历史中的以社会革命为主旋律的时段，简称社会革命年代或革命年代；第二个中时段应当在 20 世纪 80 年代后期至今，属于中国现代历史中的以社会改革为主旋律的时段，简称社会改革年代或改革年代。前者可称为中国现代 I，后者可称为中国现代 II（随后还可能出现中国现代 III、中国现代 IV 等若干中时段）。

　　简要地看，属于革命年代的中国现代 I 诚然本身经历过从社会改良（改革）到社会革命的渐变过程，但主要是通过全民族的精神觉醒而发动暴烈的政治革命和激进的社会革命及文化革命，以此非常手段跨越古典中国的衰败泥淖而缔造现代世界格局中新兴的"少年中国"；属于改革年代的中国现代 II 本身经历过从社会革命到社会改革的渐变过程，它是要对上述激进的革命本身进行几乎同样激进的锐意改革，以解决当年精神至上的革命遗留下的物质生活困窘或缺憾问题。相应地，中国现代美学 I 和中国现代美学 II 则分别成为社会革命年代和社会改革年代的美学话语，它们在面对生活课题时必然有着彼此不同的诉求。当然，由于中国现代 II 才刚刚打开其最初的只有大约四分之一世纪长

---

　　① ［法］布罗代尔：《长时段：历史和社会科学》，《资本主义论丛》，顾良、张慧君译，173—204 页，北京，中央编译出版社，1997。

度的短时段，后面的其他短时段究竟会如何演化，尚需时日观察，因而这里对中国现代Ⅱ及其相关的中国现代美学Ⅱ的论述，只能是一次初浅的尝试。

二、中国现代美学Ⅰ：革命年代的心化美学

从美学与生活的关系及其演变的具体重心去考察，中国现代美学Ⅰ诚然包含了诸多繁复的音符或旋律，但究其主旋律或基调来说，主要是奠基于精神生活层面的，而物质生活则更多地成为精神生活的从属物。从而中国现代美学Ⅰ主要体现了精神或心灵因素的主导，具体地看，它是中国现代社会革命时段的审美认知与实践论美学。

这里的社会革命之说，主要采纳张灏有关"大革命"或"社会革命"的界说。他指出："近代世界的革命有两种：一种可称为'小革命'或'政治革命'，它是指以暴力推翻或夺取现有政权，而达到转变现存的政治秩序为目的的革命，最显著的例子是一七七六年的美国革命和一九一一年的中国辛亥革命；另一种例子是所谓'大革命'或'社会革命'，它不但要以暴力改变现成政治秩序，而且要以政治的力量很迅速地改变现存的社会与文化秩序，最显著的例子是一七八九年的俄国革命，中国革命也属此类。"他相信中国的社会革命属于这第二种革命，进而认为这一中国现代历史的主旋律正是由 1895 至 1920 年的"激化与革命崇拜"浪潮推波助澜而成的。① 用这种"大革命"或"社会革命"之说来概括清末至 20 世纪 70 年代末中国历史演变的总体特点，显然较为恰当。从"小革命"或"中革命"开始而不得不最终被迫走向"大革命"，这正是中国现代社会革命的一大特征。

耐人寻味的是，这种"大革命"的深层资源却是来自古典哲学中固有的心化传统，而这种由儒家所集中代表的心化传统本来是中国现代文学革命及文化革命论者所要集中"革命"的对象。"大革命"的思想资

①　[美]张灏：《中国近百年来的革命思想道路》，《张灏自选集》，292、293 页，上海，上海教育出版社，2002。

源却恰恰相反存在于它所要"革命"的对象中。这难道不是黑格尔所谓"历史的吊诡"？

需要看到，处于这种社会革命主潮中的中国现代美学Ⅰ的革命性特征集中表现在，一方面，与中国在世界列强的冲击下屡屡受挫的惨痛现实相伴随，中国知识分子对本民族古典文化传统及其现代价值予以了正面的激烈否定（包括"打倒孔家店""人生识字糊涂始"等）；另一方面，他们毫无保留地向东渐的西学开放，倾力借鉴并信奉来自康德的审美无功利学说等西学理论，把审美认知价值与社会实践价值作为艺术的首要品质和作用加以伸张，目的是要让审美与艺术承担起全民族的文化启蒙与社会革命动员的重任。这种美学宁愿为了艺术的审美认知价值与社会实践价值而悬置起、跨越过或忽略掉实际的物质生活层面，结果剩下来被供奉的必然就是精神生活层面。梁启超、王国维、鲁迅、蔡元培、宗白华、朱光潜、蔡仪、王朝闻、李泽厚等的美学主张诚然各有差异，但其深层美学信念都在于"精神变物质"上，也就是相信人的精神生活层次的坚决转变能换来人的物质生活层次的巨变效果。

究其根源来说，在长时段演变的意义上，这种对精神力量的特殊的强烈笃信传统是由中国近现代历史上一系列重大事变持续"激化"而成的。简要地说，鸦片战争、甲午中日战争、戊戌变法、庚子事变、废除科举、辛亥革命和五四运动等重大历史事变，接二连三地在中国现代知识分子内心不断"激化"成高度紧张、激烈的集体心理原型：中国的事不能再遵循从物质到精神的常理常规，而只能从思想或精神领域找原因、找出路，不首先实行思想上的激进革命或"文化革命"是不可能的。这种以精神或思想先导为内核的集体心理原型，可从林毓生对五四思想界三领袖陈独秀、胡适和鲁迅的分析集中见出："这三人在性格、政治和思想倾向方面的差异影响了他们的反传统主义的特质。但他们却共同得出了一个相同的基本结论：以全盘否定中国过去为基础的思想革命和文化革命，是现代社会改革和政治改革的根本前提。"甚至更宽泛地说，五四新文化运动和"文化大革命"这两次"文化革命"之所以都"对传统观念和传统价值采取疾恶如仇、全盘否定的立场"，恰是"基于一种相同的预设，即如果要进行意义深远的政治和社会改革，基本前提是要先使人的价值和人的精神整体地改变。"而这些激进的反传统观念和言行都可以概括为一条基本原则："借思想文化以解决问题的途径。"这条原则"所包含的基本信念是，文化改革为其他一切必要改革的基础。进一步设想，实现文化改革——符号、价值和信仰体系改革——的最好途径是改变人的思想，改变人对宇宙和人生现实所持的整个观点，以及改变对宇宙和人生现实之间的关系所持的全部概念，即改变人的世界观。"①可以说，这种自戊戌变法失败后迅速蔓延、五四以来长期盛行的"以思想文化为解决问题途径"的集体心理原型及思维范式，如今早已成为中国现代文化的一种具有主流地位的精神至上或精神优先的新传统（尽管以现在的观点去苛求，林毓生当时的概括还难免有些简单）。这种现代新传统的深层意义在于相信，只有首先在人的精神层次爆发革命，才有可能帮助现代世界格局中的中国人实现赶超西方文化，复兴中华文化的艰难而又神圣的使命。

　　这时段的美学主流显然可以归结为以物质生活从属于精神生活的精神主导美学，或者可用中国术语说，称为心化美学，即心灵化的或精神化的美学。在这个美学时段里，物质与精神结成了一对矛盾，而其中占主导地位的还是精神或心灵，从而导致精神化的美学或心化美学。这只要提及在"文化大革命"中物质生活繁荣曾被当作资本主义去反对和抵制一事就清楚了。精神上的革命被认为可以取代资产阶级的享乐主义的物质生活。

　　上面所说的这种精神优先的现代性传统是如此根深蒂固和影响力强劲，以至直到"文化大革命"结束、改革年代到来之初的 1979 年，新时期中国美学风云人物李泽厚仍在《近代思想史论》中对其深信不疑："打倒'四人帮'后，中国进入一个苏醒的新时期：农业小生产基础和立于其上的种种观念体系、上层建筑终将消逝，四个现代化必将实现，人民民主的旗帜要在千年的封建古国上空中真正飘扬。因之，如何在深刻理解多年来沉重的经验教训的基础上，来重新看待、研究中国近

----

　　① ［美］林毓生：《中国意识的危机》，穆善培译，9、2—3、43—44 页，贵阳，贵州人民出版社，1986。

代思想史上的一些问题，总结出它的科学规律，指出思想发展的客观趋向以有助于人们去主动创造历史，这在今天，比任何时候，将更是大有意义的事情。"①对他来说，如此高瞻远瞩地"指出思想发展的客观趋向"，其重要性必定是先于"主动创造历史"这一政治革命进程的。

在1985年的《中国古代思想史论》中，他不仅再次提及这一观点，并且进一步"通过对中国古代思想的粗线条的宏观鸟瞰"探讨"中国民族的文化心理结构"。他倡导大力探究现代思想的"文化心理结构"渊源，"深入探究沉积在人们心理结构中的文化传统，去探究古代思想对形成、塑造、影响本民族诸性格特征（国民性、民族性）亦即心理结构和思维模式的关系"。而这种"文化心理结构"会"展现为文学、艺术、思想、风习、意识形态、文化现象，正是民族心灵的对应物，是它的物态化和结晶体，是一种民族的智慧。"②

甚至到1986年撰写《中国现代思想史论》后记时，李泽厚所倾心企盼、念念不忘的仍旧是"思想"的先导性，不过，他此时索性迈出了一大步，干脆直接发出了对中国出"世界性的大思想家"的殷殷期盼："当中国作为伟大民族真正走进了世界，当世界各处都感受到它的影响的时候，正如英国产生了莎士比亚、休谟、拜伦，法国产生了笛卡儿、帕斯噶、巴尔扎克，德国产生了康德、歌德、马克思、海德格尔，俄国产生了托尔斯泰、陀思妥耶夫斯基一样，中国也将有它的世界性的思想巨人和文学巨人出现。这大概要到下个世纪了。"③这一期盼令人想到近年来的"钱学森之问"，仿此不妨称为"李泽厚之盼"。与"钱学森之问"主要关注中国出世界顶尖科技创新人才不同，"李泽厚之盼"关注的始终是中国如何出世界大思想家。当这位中国当代著名美学家和思想家如此急切地期盼中国出现"世界性大思想家"时，他的内心是不大可能同时对中国出现世界性的重大物质发现者、科技发明家或原创性实业家等抱有同等程度的期盼的。非不能也，乃不为也，甚或不屑也。

可以说，从王国维锐意引进康德、叔本华等的美学思想，到李泽

---

①　李泽厚：《中国近代思想史论》，488页，北京，人民出版社，1979。

②　李泽厚：《中国古代思想史论》，296、297页，北京，人民出版社，1985。

③　李泽厚：《中国现代思想史论》，345页，合肥，安徽文艺出版社，1994。

厚在接连撰写的"中国思想史三论"即《中国近代思想史论》《中国古代思想史论》和《中国现代思想史论》中层层升级地发出"世界性的大思想家"之期盼，中国现代美学Ⅰ在总体上始终还是秉承着精神主导的原则，尽管到李泽厚的上述思想表述时，中国的物质建设车轮已越转越快了。

三、现代心化美学的传统渊源

要明确指出现代心化美学的西方启迪并不难，因为梁启超、王国维、胡适、陈独秀和鲁迅等现代美学人物从不讳言他们的美学思想的西方来源。如果就此认定心化美学主要源出西方，那可能就会走向迷途，导致对心化美学思想源头作简单化处理。而实际上，追根溯源，中国古代早就为现代心化美学的生成和持续演进，提供了一种虽然或显或隐但总是在起作用的思想传统原型。

对此，余英时的论述值得重视。在他看来，"'心'在中国精神史上占据了极为特殊的地位，我们可以很肯定地说，中国的精神传统是以'心'为中心观念而逐步形成的。极其所至，则'心'被看作一切超越性价值（即古人所谓'道'）的发源地；艺术自然也不可能是例外。"[1]这一看法是大致符合中国古典美学与艺术传统的实际状况的。而关于"心"作为超越性价值发源地的原因，余英时进一步指出，春秋战国诸子百家时代是关键时段。之前高高在上的"帝"或"天"被视为超越性价值发源地，需要经过"巫"的中介作用。通过巫师的占卜，人可以与"天道"接触。但这一固有的通道程序到春秋战国时代走向"崩溃"，也就是出现了"礼坏乐崩"的局面。礼乐中的巫术成分开始受到庄子等诸子的怀疑和攻击。"由于超越性世界的性质已变，巫失去了他们长期垄断的中介资格。在诸子的哲学构思中，这个中介功能只能由'心'来承担，因

---

① 余英时：《从"游于艺"到"心道合一"——〈张充和诗书画选〉序》，余英时：《中国文化史通释》，172页，牛津，牛津大学出版社，2010。

为‘心’是人的精神的总枢纽。”①从此，“心”逐渐代替“巫”而行使沟通“天道”与人的中介职责。由“心”而沟通“天道”，对个体人生是十分重要的。“人必须与‘道’保持经常的接触，才能赋予他的生活以精神价值和内在意义。”从以往神秘的“巫”的作用转向个体“心”的自身可以内省体验的作用，这就完成了包括审美价值体系在内的中国文化价值体系上的一次重要转变：“收‘道’于‘心’，使‘心’成为一切价值之源，这一基本原则……贯穿在近代以前的中国精神传统中，并且在中国文化的诸多方面，包括艺术在内，都有或多或少的体现。”②

如果余英时的上述观察成立，那么可以说，这种以“心”为中心的精神传统其实也在现代美学中起着自己的作用。完整地讲，正是出于中国现代革命的危机与拯救情势的特殊需要，来自西方的思想革命启迪与中国古代固有的“心”化传统之间产生了神奇的中西交融作用，从而给中国现代美学家的美学思考以或显或隐的有力导向，使得他们不约而同地倾向于向内即向“心”寻求美学革命的动力源，而不是向外即向物质实践寻求美学革命的动力源。

这里只是对中国现代美学Ⅰ及其心化美学特征作了简要描述。当然，同时要看到，具体地说，哪里有心化美学，哪里也就有它的反对力量即反心化美学同它相抗衡。同心化美学倾向相连的反心化美学倾向，也同时构成心化美学的重要组成部分。反心化美学是一种以逆反方式出现的，但又可以确证心化美学的合理性的特殊的心化美学。心化美学同反心化美学一道构成心化美学的必有风景。依现在的眼光看，无论是王国维的“悲剧”观，还是朱光潜的“直觉”论、宗白华的“意境”及“节奏”论、蔡仪的“典型”论、李泽厚的“主体性”及“情本体”论等，他们的美学虽然彼此之间存在具体理论渊源、立场及其重心等明显差异，一旦与目前正在推演的中国现代美学Ⅱ的物化特质相比，就必然显示出偏重内在精神或心灵而轻看外在物质或物品的基本特质来。作

---

① 余英时：《从“游于艺”到“心道合一”——〈张充和诗书画选〉序》，余英时：《中国文化史通释》，173 页，牛津，牛津大学出版社，2010。

② 余英时：《从“游于艺”到“心道合一”——〈张充和诗书画选〉序》，余英时：《中国文化史通释》，175 页，牛津，牛津大学出版社，2010。

为中国现代美学Ⅰ和中国现代美学Ⅱ转换之际的风云人物及关键人物的李泽厚，到中国的物质建设车轮急剧提速的 1986 年还在发出"世界性的大思想家"之盼，可见这种心化传统之根深蒂固和影响深远。

今天，当置身在社会改革年代的物化美学时段时，当面对"物化"洪流的日甚一日的强力冲击而急于寻求中国美学的应对或解决方案时，中国固有的心化传统还有现实意义吗？如果有，还有哪些意义呢？应当如何召唤它的幽灵呢？问题就因此提了出来。

四、生活论与中国现代美学长时段

美学与生活及其相关问题，是进入 21 世纪十余年来众说纷纭的热门话题，与之相伴随的争议也总是惹人注目。自 2003 年以来陆续有论者标举"生活美学""日常生活审美化"及"生活论转向"等理论主张，引发了一些讨论和争议。这里不想直接介入这些讨论和争议，而只想尝试探究如下问题：假定承认有关美学的生活论视野重新回归的说法具有可信度，那么，百余年来中国现代美学已经和正在出现何种转向，以及面对这种转向需酌情探索何种美学范式加以必要的回应。

把美学与生活联系起来探讨，应当有其逻辑的必然性和历史的必然性。从逻辑上看，美学无论作为研究狭义的美的学问还是作为研究广义的审美（或感觉）的学问，总是植根于人的生活之上的人为的理论范式，而非生活本身，尽管生活始终是美学探究的源泉。再从历史上看，无论是中国现代美学的开拓者王国维还是其众多后继者如蔡仪、李泽厚等，都注意探讨美学与人的生活的关联。而近年来中国文艺学、美学界呼唤面向生活和生活论，直到《文艺争鸣》杂志自 2010 年第 3 期以来倾力推动的"新世纪中国文艺学美学范式的生活论转向"探讨栏目，也蕴含着某种历史必然性——改革开放三十余年来新的生活实践向美学提出了一系列新问题，迫使美学家们予以应对。因此，从逻辑上和历史上看，美学面向生活都是必然的。

不过，需要仔细关注的是，上面有关"新世纪中国文艺学美学"的

"生活论转向"的阐述，其中心词是赫然落脚在"范式"上的。① 这一关键词组合在语义上是清晰的而又开放的，显示了面向生活却并未简单地从生活直接推导美学范式的清晰定见。但同时应当警觉的是另一种明显的理论误解，即所谓"生活美学"命题。"中国文艺学美学范式的生活论转向"并不必然导向，也更不必然归宿于乃至等同于"生活美学"本身。也就是说，在历史必然性洪流的裹挟中"被回归"的生活本身，虽然可能给美学带来所需的新的生活价值启迪，但本身却并不能给予美学以任何理论范式，因此所谓"生活美学"命题是站不住脚的。美学诚然要依赖于生活，甚至也可以重复车尔尼雪夫斯基的"美是生活"之说而规定美是生活本身，但生活如丰厚的沃土，虽然可以孕育美与美学，却根本无法自动呈现和提供美学所需的任何理论范式。规定生活价值取向及其理论范式的只能是置身于生活中的自由自觉的生活主体——人，而非生活本身。任何美学理论范式的寻求与获取，诚然与生活相关，但归根到底还是不能不取决于人们对待生活的特定价值取向而非生活本身。这样，"生活美学"这一表述本身由于过于笼统而又缺乏具体范式内涵，因而实际上是无意义命题，尽管它的出现从重新关注生活来看具有一种合理性。

　　从生活论视野去考察中国现代美学，首先需要返回中国现代美学的开端时刻去做适当逗留。真正自觉的美学在中国并非古已有之，而是在现代才从西方输入的，因而在中国，正是现代美学才真正具有了自觉的美学内涵。重要的是，这种美学从一开始就是同生活结下不解之缘的。被视为中国现代"美学之父"的王国维，在其现代美学批评的开创性论文《〈红楼梦〉评论》(1904)中，就是从人的生活及其欲望和苦痛角度去评说《红楼梦》的"悲剧"价值的。"夫生者，人人之所欲……人有生矣，则思所以奉其生：饥而欲食，渴而欲饮，寒而欲衣，露处而欲宫室；此皆维持一人之生活者也。然一人之生，少则数十年，多则百年而止耳。而吾人欲生之心，必以是为不足。于是于数十百年之生

---

① 张未民：《想起一些与"生活"有关的短语和诗句》，《文艺争鸣》2010年第3期。

活外，更进而图永远之生活……"又说："生活之本质何？'欲'而已
矣。"①人的生活中无尽的"欲"会产生无尽的"不足"之感，从而导致"苦
痛"。而《红楼梦》的"美学上之价值"，正在于以人的生活之"悲剧"而引
导读者从生活"苦痛"中获得"解脱"。《红楼梦》不仅是"彻头彻尾之悲
剧"，而且是"悲剧中之悲剧"。他指出："《红楼梦》之为悲剧也如此。
雅里大德勒于《诗论》中，谓悲剧者，所以感发人之情绪而高上之，殊
如恐惧与悲悯之二者，为悲剧中固有之物，由此感发，而人之精神与
焉洗涤。故其目的，伦理学上之目的也。叔本华置诗歌于美术之顶点，
又置悲剧于诗歌之顶点；而于悲剧之中，又特重第三种，以其示人生
之真相。又示解脱之不可已故。故美学上最终之目的，与伦理学上最
终之目的合。由是，《红楼梦》之美学上之价值，亦与其伦理学上之价
值相联络也。"②从王国维的这一具有开创意义的美学批评个案来看，
不妨在一定意义上说，中国现代美学在其开端就是从生活论视野切
入的。

　　不过，对中国现代美学来说，实际运用中的"生活"一词，始终是
绕不开而又众说纷纭的多义词语。在现代汉语里，"生活"的含义本身
就丰富多样，可以分别指：(1)人或生物为了生存和发展而进行的各种
活动（如"政治生活""日常生活"）；(2)进行各种活动（如"跟群众生活在
一起"）；(3)生存（如"一个人脱离了社会就不能生活下去"）；(4)衣食
住行等各方面的情况（如"人民的生活不断提高"）；(5)（方言中的）活
儿。③ 拥有这样多重含义的"生活"一词，一旦被美学家们运用于有关
审美与艺术现象的美学研讨中，往往难免引发多重歧义。尽管如此，
需要指出，在"生活"的这些含义中，人或生物的生存或活着应当是其
最基本的含义。这一基本义甚至可以上溯到先秦时期，《孟子·尽心
上》说："民非水火不生活。"《汉书·萧望之传》也指出："人情，贫穷，

　　① 王国维：《〈红楼梦〉评论》，《王国维文集》，第 1 卷，1—2 页，北京，中国文史出版
社，1997。

　　② 王国维：《〈红楼梦〉评论》，《王国维文集》，第 1 卷，13—14 页，北京，中国文史出
版社，1997。

　　③ 《现代汉语词典》，2002 年增补本，1128 页，北京，商务印书馆，2003。

父兄因执，闻出财得以生活，为人子弟者将不顾死亡之患、败乱之行以赴财利，求救亲戚。"不妨这样来看，"生活"大体有着狭义和广义两种用法：在狭义或最基本义上，是指人或生物为了维持生命和繁衍所必须进行的各种生存活动，其基本内容就是衣食住行或饮食男女；在广义上，则是指人类从事的各种活动，包括个人生活、家庭生活、群体生活、社会生活等。

其实，生活的具体表现形态丰富多样，分类方式也应当如此，从而在美学家们的思考中的地位和作用也应当不尽相同。简要地看，生活可划分为两大类：物质生活和精神生活。物质生活是人们为了维持生命和繁衍所必须进行的各种生存活动，有日常生活(衣食住行)、经济生活(农业生活、工业生活、商业生活等)、社交生活、战争生活或军事生活等。精神生活是人们在上述物质生活得到基本保障后进行的以精神寄托为主要目的的各种活动，有教学生活、文化生活、艺术生活、学术生活、宗教生活等。如果说，物质生活主要关注人如何活着，那么则可以说，精神生活主要关注人如何活得有意义或有价值。在不同时期的不同美学家眼里，生活以及物质生活与精神生活的地位和作用应当是各不相同的。上面王国维所使用的"生活"，主要是从生活的狭义或物质生活义出发的，而对生活的广义和精神生活义缺少真正有力的凝视和阐述。

就中国现代美学来说，美学与生活的关系及其演变历程应当有着远为丰富与复杂的内涵，并且发生过，而且正在发生，还将继续发生必然的演变。这里暂且仅仅从一种简略的宏观视野去加以分段，进而从两个不同时段美学的概略比较中，尝试把握中国现代美学与生活的相互演变脉络。在这种宏观打量的同时对众多细部或细节不予精细考量或有所忽略，实属不得已。这里采取的是布罗代尔所谓历史的"长时段"观点。这位法国历史学家相信，"长时段是社会科学在整个时间长河中共同从事观察和思考的最有用的河道"。社会科学应当跨越彼此孤立及静止的"短时段"或"事件"研究，拓展到"长时段"视野中去，从一个广阔的和相互关联的平台上看待具体细微的历史事件或过程。"接受长时段意味着改变作风、立场和思想方法，用新的观点去认识社会……以新的眼光和带着新的问题从历史时间的大门出入便成为合理合法的了。总之，有了历史层次，历史学家才能相应地重新思考历史整体。"①

五、现代美学Ⅰ与现代美学Ⅱ：从革命年代的心化美学到改革年代的物化美学

从某种意义上说，中国现代美学Ⅰ的上述心化美学特征，恰恰是从与目前正在推演的中国现代美学Ⅱ相对比的视角见出的。现代美学Ⅰ内部无论有过"唯物"与"唯心"之间的何种争论，一旦同当今美学的日甚一日的物化趋势相比，就必然显示出偏重内在精神或心灵而轻看外在物质或物品的共同特征来。相对于中国现代美学Ⅰ在时间上的完整性，中国现代美学Ⅱ才刚刚打开其最初短时段，所以这里只能就目前所见来作极有限的观察（今后的新变化很可能要求对现在的有限分析及结论加以调整）。可以说，同中国现代美学Ⅰ的心化美学特质相比，中国现代美学Ⅱ恰恰是对心化美学的一种逆向或逆反运动的结果，体现出明显的物质化美学或物化美学这一新质来。

这种物化美学的出现，恰恰是精神美学或心化美学走向衰落而物质因素急剧强化的结果。随着1978年以来以"改革开放"和"经济建设"为标志的中国社会改革进程的深入，经历过"勒紧裤腰带"闹"文化革命"的极端精神化或反物化折磨的中国人民，义无反顾地一举抛弃已丧失权威的精神主导传统，而一心向往新的物质生活。特别是随着由此而来的与西方资本主义文明产生更紧密联系的"物质文明建设"的快速发展，审美与艺术的创作及接受状况乃至人们的日常生活状况，都陆续发生了深刻的转变。这样，一方面是开放时代特有的西方资本主义物质生活送来的巨大诱惑；另一方面是自己亲手参与创造的新的社会主义物质生活正频频造就的巨大实惠，这两方面的合力导致中国人的

---

① ［法］布罗代尔：《长时段：历史和社会科学》，《资本主义论丛》，顾良、张慧君译，202、182—183页，北京，中央编译出版社，1997。

当代生活与文化建设不可遏止地出现了显著的物化取向，是不足为奇的。过去的极端变形的心化美学在其解体过程中势必会出现同样极端的反弹现象，向着物化方位以不可逆转之势迅猛地摆过去，直到摆到物化美学的另一端点。换句话说，美学在从心化美学泥淖拔出的过程中，必然会以强势向着相反的方向即物化方向反弹而去，直到出现物化美学。这些年来在人们日常生活中起到主导作用的美容美学、美发美学、美食美学、美体美学及家居美学等实用美学，其实正是这种物化美学的具体表现形态。美学从以往的心化美学或心学转变成了物化美学或实学。从王国维到李泽厚，美学家们所纵情描绘的新世界境界主要还是精神化的或心化的生活幻影，而实用美学才真正给人们带来幸福的物质生活允诺和保障。可以说，中国现代美学Ⅱ是中国现代社会改革时段的以实用美学及物质生活愿景为特质的物化美学。

　　美学当然不能脱离生活特别是物质生活，从某种意义上说，摆脱往昔精神至上梦魇的作祟而重新正当地啜饮生活及物质生活的源头活水，恰是美学题中应有之义，从而无可争议地具有历史合理性。但是，倘若全部生活都单纯地守定物质并以物质欲望满足为旨归，甚至连艺术或更广义的文化都变得以物质及物质欲望满足为旨归，那就决非美学之本来诉求了。需要看到的是，当前不得不面对一种双重物化趋势：一重是生活的物化，另一重是文化的物化。首先来看生活的物化。随着物质生活在整个生活世界中的地位愈益根本，人与人之间的关系往往可以被人与物的关系或物与物的关系所衡量、主宰甚至取代。这不禁让人想到卢卡奇曾指出的西方社会普遍的"物化"（reification）状况，"物化是生活在资本主义社会中每一个人所面临的必然的、直接的现实性"。① 卢卡奇当年对这种生活"物化"状况其实并不真正忧心，因为他那时还相信"伟大的现实主义"艺术或文化完全可以起到"扬弃"这种物化困境的解放作用。

　　不过，当前需要特别关注的是另一重物化即文化的物化。文化的物化在这里是指审美文化及艺术被物质因素左右或以物质欲望满足为

―――――――――

　　① ［匈］卢卡奇：《历史和阶级意识》，张西平译，224 页，重庆，重庆出版社，1989。

主导的特定状况。它是随着物质生活的日益发达及物质生活与文化之间距离销蚀而逐渐形成的。当与物质生产发展相应的传媒技术、材料技术、创意经济等愈益发达，为人们的生活提供了越来越有效且威力强大的时尚文化流，甚至将人们的生活过程都包裹于其中的时候，人们的生活势必与传统的文化（或艺术）过程愈益趋近，双方之间的传统距离趋于消融或模糊化，直到导致整个生活过程被审美化了，呈现出泛审美态势。另一方面，随着金钱、财物或物等原本属于经济基础的物质因素及其愈益强大的作用被直接纳入原本属于上层建筑的审美文化与艺术过程中，甚至扮演起中心角色，那么，审美文化或文化本身也难免走向物化，也就是文化被物化了，进入不妨称为"文化的物化年代"的时期。可以想想英国社会学家的判断："在全球文化工业和信息资本主义的时代，与其说是物质基础决定上层建筑，不如说是上层建筑'崩塌'之后又归于物质基础。于是便有了信息产品、情感劳动和知识产权，经济大体上成了文化经济。文化一旦归于物质基础，就显现出一定的物质性。媒介变成物、意象（image）以及其他文化形式从上层建筑崩塌，陷入物质性的经济基础当中。原先属于上层建筑的独立的意象被物化，变为了'物质图像'。"①中国的情形当然自有其与西方资本主义社会不同的独特性，不能相提并论，但在全球化进程愈益加快并且愈益深入的今天，毕竟不能享有真正的豁免权，而是被深深地卷入其中，呈现出相关的众多变迁。这一点只要适当回望进入 21 世纪以来中国大陆艺术或审美文化的一些新景观就可以理解了：以互联网和手机为代表的新兴媒介正在痛快地撩拨起人们敏感的日常生活"物"欲；各种媒体商品广告与张艺谋电影《英雄》中视觉奇观镜头、大型实景演出"印象"系列等一道，突显出"物""实物""实景"乃至身体等在生活中的重要作用；央视春晚的《卖拐》《卖车》《不差钱》《捐助》等作品，把金钱或财物在日常生活中的中心角色张扬得无以复加，等等。这些无疑都呈现了日益加剧的文化物化奇观。这表明，随着生活的物化，连与

---

① ［英］拉什·卢瑞：《全球文化工业——物的媒介化》，要新乐译，10—11 页，北京，社会科学文献出版社，2010。

生活紧密相连的文化也已经和正在被物化。①

　　面对这种双重物化趋势，美学何为？应当讲，美学被物化、出现物化美学，是不以个人意志为转移的客观进程。当往昔占主导地位的心化美学变得失位、失范、失威，由新兴的物化美学（如大量的实用美学等）崛起并逐渐取而代之，确实有其必然性，个人奈何不得。而此时出现"生活美学"及"日常生活审美化"等新的美学主张，也实属必然。可以说，物化美学是对生活与文化的物化状况的一种美学反响，是物化年代的美学体验与反思。

　　不过，需要看到，物化美学应当被视为一种多元并存的总体，其内部往往交织着多重相互异质的声音，或冲突，或调和。简要地看，物化美学内部包含相互冲突又相互依存的双重形态：正物化美学与反物化美学。正物化美学，是物化美学内部对生活与文化物化状况的一种正向肯定的结果。它针对新时期以来物质生产、物质生活及物质文明的历史必然性，以需要为往昔心化美学之偏颇而历史性地"补课"这一正当名义，对当前生活与文化的物化趋向持积极的肯定姿态，从而肯定物质及物质生活的主导地位在生活中的确立。上面说到的诸多实用美学等实学以及"生活美学"和"日常生活审美化"等主张，都可以归入此类。另一种则是反物化美学，它是对生活与文化的物化趋向加以逆向否定的结果。反物化美学对当前生活与文化中的物化态势抱以深深的忧虑，希望把物质及物欲满足的作用限定在人们理智可控范围内，而不致无节制地膨胀。相应地，主张以精神或心灵去引导、抑制日益膨胀的物欲，把心与物关系调整到合理程度。而相对于正物化美学的显赫声势，这种反物化美学的声音微弱得多，需要适当强化。应当看到，这里说的反物化美学本身其实也应是物化美学的一个当然的重要组成部分。它只不过是以反物化姿态出现的物化美学而已，正像贡巴尼翁说的一样："真正的反现代派同时也是现代派，今日和永远是现代派，或是违心的现代派"，"没有反现代派就没有现代派""现代派之中有反现代派"：贡巴尼翁有趣而又准确的分析表明，往往是那些"反现

----

　　① 有关物化及文化的物化年代，见王一川：《文化的物化年代》和《感兴传统面对生活—文化的物化》，《艺术评论》2010 年第 7 期和《文艺争鸣》2010 年第 13 期。

代派"才是"真的现代派，没有受骗的、更为聪明的现代派"或"现代派中最优秀的人"。[1]

无论是正物化美学还是反物化美学，都可以视为物化美学的具体呈现形态。这表明，随着物质生活的发展，精神主导的社会已转变为物质主导的社会。物质主导社会的核心信念在于"物质变精神"，也就是人的物质生活的丰盈繁盛呼唤精神表现以及亟待精神引导。这是一种侧重于体验物质生活的物化美学。在物质与精神的二律背反中，占主导地位的因素从精神变成了物质，物质生活发展的速度高于精神生活的发展速度，所以导致了物化美学的产生。物化美学属于物化年代注重人际沟通与素养培育的美学，是肯定物质生活及反思物质生活的美学，从而属于一种审美沟通与素养论美学。

六、反物化的物化美学范式：兴辞美学

在"以经济建设为中心"和以物质生产的快速增长为显著效果的社会改革年代，必然会出现与之相伴随的生活与文化的物化现象。而这种物化年代必出物化美学，是毋庸置疑的。种种实用美学及其相关的肯定性美学理论建构，在国民生活中已经和正在起到日益基本的美化作用，也早已成为不争的事实。但物化美学不可能只有一种范式，也不可能只存在正物化美学范式，而应当存在诸多彼此不同的理论范式，这里面当然也包括反物化美学范式。当然，无论是正物化美学还是反物化美学，各自都必然会存在诸多不同的理论范式或理论取向，这里不可能对它们一一加以讨论或预测，只是想尝试对正在探索的一种反物化美学范式——兴辞美学作初步阐述。从当前语境下中国美学古典传统与现代美学传统的交融着眼，美学应当坚持在生活中询构一种新传统美学——兴辞美学。它或许应当被归属于物化美学中的一种具有新传统特质的反物化范式。它不仅尝试复活中国现代美学Ⅰ时期的心

---

① [法]贡巴尼翁：《反现代派》，郭宏安译，2、12、3页，北京，生活·读书·新知三联书店，2009。

化美学传统，以此应对当前物化趋势的挑战并加以遏制；而且同时尝试复活更为久远的中国古典感兴美学传统，以及古今都受到重视的修辞论美学传统；同样，还需要适度借鉴来自西方的体验美学范式及现代修辞论美学范式，等等，由此组合出一种新传统美学阐释框架。

在这里标举兴辞美学，是经过了较长时间考虑的。在过去四分之一世纪里，曾先后琢磨过中国古典"感兴"传统、西方体验美学、修辞论美学、中国形象诗学、汉语形象美学和兴辞诗学等思路，到现在终于暂时做出兴辞美学这一选择，感觉可以用它来尝试面对当前生活与文化的物化困境这一难题。之所以有此感觉和选择，主要是由于痛感需要走出目前特殊的理论困窘：一方面是理论过剩；另一方面是理论匮乏。流行的西方后现代语境下的诸种美学与艺术理论及相关多学科理论，尽管种类和数量繁多乃至过剩，尽管也有一些富有价值的建构理论，但能真正助人进行建构性思索的东西却不多，因为它们总体上解构多于建构，批判性反思多于建设性反思，也就是"破大于立"。这就是说，重要的是化解解构性理论过剩而建构性理论匮乏的困窘。面对当前物化年代的物欲膨胀现象，既需要持续的解构或批判，同时更需要正面的建构和建设性反思，既需要"破"更需要"立"，也就是要在解构中实施建构。而建构性学术资源从哪里来？不能不拓宽资源吸纳渠道，主要有如下几条：第一，继续批判地吸纳西方学术界的无论是解构性还是建构性的资源，以充实物化与反物化的分析装备。这一点应无需论证。第二，适当发掘以往中国现代美学Ⅰ时段的心化美学传统，同样是必需的。但同时应当避免机械地完全照搬，否则不能满足现实需要。例如，倘若依旧用"现实主义"和"典型化"去要求小品的表演变调，甚至规定其必须改走"典型化"道路，那显然不现实。第三，在现代知识型基础上适度返回久远而又深厚的中国古典美学传统，去寻找可能的精神美学或心化美学传统资源，对当前来说可能更是一种必然归宿。因为，本民族的深厚的古今心化美学传统，在物化问题上应当可能提供富有价值的启示。正是出于这些考虑，不禁想到了一种在现代知识型框架中重新激活传统资源以解决当代美学问题的路径，这可以被视为一种新传统美学取向：是新的，但又是传统的；是传统的，但又具有了新的现代内涵。具体来说，这里想到的是中国古典"感兴"传统及其现代传承状况，并且尝试把它同古今中外"修辞"论传统交融起来，从而有了兴辞美学这一构想。

兴辞美学，应当是感兴美学传统与修辞论美学传统的一种现代交融形态。这是在现代知识型基础上综合中国传统的感兴论与中外修辞论的结果，如此实施现代综合，是为了应对当前物化年代新现象和新问题的分析需要。如果说，任何美学都不得不注重个体对特定的符号表意形式的体验的话，那么，感兴美学可以更偏重于个体对符号表意形式的人生体验，而修辞论美学则可以更突出被个体所体验的符号表意形式本身。由感兴美学与修辞论美学交融成的兴辞美学，则希望对感兴与修辞即兴辞予以同等程度的重视，由此为化解物化年代执持于物欲的困境而提供可能的解决之道。限于篇幅和水平，下面仅对兴辞美学的一些基本问题作简要论述。

兴辞美学的一个基本主张在于，艺术品应是一种兴辞作品，即能让个体产生活生生的感兴的符号表意形式。有了感兴，作家构思时才会有合适的意兴、富于意兴的语言及相应的文体。明代谢榛说："诗有不立意造句，以兴为主，漫然成篇，此诗之入化也。"[1]感兴对他来讲是如此重要，以致仿佛无需精心"立意造句"而只拥有感兴，便可写成出神入化的佳作来。但实际上，正是感兴本身就具有"造语"的功能，就能促进"辞"或"语"的原创性生成："凡作诗，悲欢皆由乎兴，非兴则造语弗工。欢喜之意有限，悲感之意无穷。欢喜诗，兴中得者虽佳，但宜乎短章；悲感诗，兴中得者更佳。至于千言反复，愈长愈健。熟读李、杜全集，方知无处无时而非兴也。"[2]诗中的悲欢形象及情调都来自感兴，同理，如没有感兴也就不可能获得准确而又生动的语词。感兴的作用还渗透入诗的文体中，在不同的文体中则有不同的呈现形态。李白和杜甫之所以成就突出，正是因为他们的诗"无处无时而非兴

---

① （明）谢榛：《四溟诗话》，周维德集校：《全明诗话》，第 2 册，1318 页，济南，齐鲁书社，2005。

② （明）谢榛：《四溟诗话》，周维德集校：《全明诗话》，第 2 册，1350 页，济南，齐鲁书社，2005。

也"。对感兴与修辞的关系，还是叶燮《原诗》说得准确而又明白："原夫作诗者之肇端，而有事乎此也，必先有所触以兴起其意，而后措诸辞，属为句，敷之而成章。当其有所触而兴起也，其意、其辞、其句劈空而起，皆自无而有，随在取之于心；出而为情、为景、为事，人未尝言之，而自我始言之。"一旦有感兴，就必然同时产生富于感兴之辞，也就是兴而生辞。感兴与修辞在兴辞中是如影随形地同时生成的。

从基本的美学立场着眼，兴辞美学虽然承认"物"的现实地位，却同时要求个体在面对生活与文化的物化趋向时，不是无节制地投身于物化进程中，而是要由物返心，以心导物，也就是选择从物质中不时地抽身而出，在不简单否定物质生活的前提下，注重回归于不离物质但又不执持于物质的个体心灵世界中。对此，刘勰《文心雕龙·诠赋》早就说过："原夫登高之旨，盖睹物兴情。情以物兴，故义必明雅；物以情观，故辞必巧丽。"如果说，"睹物兴情"是指感兴从个体的"物感"或"感物"瞬间感发而生，那么，"情以物兴"是由物及人的运动环节，是指个体从"物感"中激发起"情兴"；而"物以情观"则是由人及物的回环运动环节，是指个体把由"物感"而生的"情兴"再度返回到"物"身上，使得本来外在于个体的"物"转变成内在于个体的"情兴"之"物"，从而完成了一次由物及人到由人及物的双向循环运动。① 经此双向循环运动，个体终于完成对构思中的文学作品之"义"与"辞"的原创，并找到"明雅"之"义"与"巧丽"之"辞"的理想组合方式，这就是新的文学作品——新的兴辞组合系统，所以才会说"情以物兴，故义必明雅；物以情观，故辞必巧丽"。对个体来说，无论外"物"如何具有诱惑性，他都能尽力以内心之有着节制的"情"去感发和观照，结果是生成关于物的兴辞而非走向物欲满足。

在同样基本的美学思考方式上，兴辞美学标举一种中国式"类"概括方法，这就是，不是顺着"物"对个体的欲望激发方向去运动，而是转而对"物"的形象及其形式实施一种由同"类"相同点比较而引发的相

---

① 此处有关"情以物兴"和"物以情观"的理解，受到童庆炳的讲演《〈文心雕龙〉"物以情观"说》（讲演稿见《"多元视野下的中国文学思想"国际学术研讨会论文集》，北京师范大学文艺学研究中心编发）的启发，特此说明。

近想象或联想，从而在瞬间让内心由此及彼地纵横驰骋于"物"的虚拟形象世界中，使"物"得以被抽空其现实的欲望化内容，而仅仅转变成供个体心灵展开类比想象之物，从而成为心灵主导之物。也就是说，在感兴的瞬间，个体可以从不同类别的"物"的感发中，获得一种"联类"或"类比"联想或想象，从而抛弃物的具体欲望化内容或实用价值。刘勰《文心雕龙·物色》指出："是以诗人感物，联类不穷，流连万象之际，沉吟视听之区。写气图貌，既随物以宛转；属采附声，亦与心而徘徊。故灼灼状桃花之鲜，依依尽杨柳之貌，杲杲为出日之容，漉漉拟雨雪之状，喈喈逐黄鸟之声，喓喓学草虫之韵。皎日嘒星，一言穷理；参差沃若，两字穷形。并以少总多，情貌无遗矣。"这里的"联类不穷"和"以少总多"正包含着感兴的反物化方式的秘密：诗人之所以不会受制于现实的物的诱惑，是因为他已经养成了对物的类的"情貌"加以凝视的惯例，还善于从这有限的类兴象中见出无限丰富的同类的物象。如此，诗人创造的"灼灼状桃花之鲜，依依尽杨柳之貌，杲杲为出日之容，漉漉拟雨雪之状，喈喈逐黄鸟之声，喓喓学草虫之韵"等兴辞，正是成功的美学创造，能以活的语言去传达物的"情貌"，从而让人因专注于此而宁肯舍弃或遗忘物所可能具有的那些激发欲望的实用价值。

要取得上述类概括效果，兴辞美学对个体相应的审美与艺术素养就有着明确的要求。对此，感兴传统中关于个体"胸襟"的要求至今仍具有重要的启迪价值。清代叶燮正是以"胸襟"去推崇他心目中的"千古诗人"杜甫及其感兴之作的，并把"胸襟"看作"诗之基"："我谓作诗者，亦必先有诗之基焉。诗之基，其人之胸襟是也。有胸襟，然后能载其性情、智慧、聪明、才辨以出，随遇发生，随生即盛。"在这里，"胸襟"似应被视为一种个体必备的审美与艺术素养乃至文化素养（对此自可以见仁见智）。有了这种特殊素养作为基本胚胎，个体就能装载其"性情、智慧、聪明、才辨"等主体才干与生活感遇交融，从而生成新的兴辞。叶燮相信，杜甫正是由于拥有这种个体素养作为"诗之基"，其诗才可以随生活中所遇之人、境、事、物而"无处不发其思君王、忧祸乱、悲时日、念友朋、吊古人、怀远道"，从而"凡欢愉、幽愁、离合、今昔之感，一一触类而起"。说到底，这种无论是作家（或诗人）还是普通公众的反物化式"胸襟",在当前来看应当属于一种特殊的国民素养,需要通过持续的素养濡染逐步地养成。特别是对当前物化年代的国民来说,面对生活与文化中来势汹汹的物化浪潮,如果不强化自身的上述素养的养成,那又如何能适度地从物化洪流中抽身而出呢?

兴辞美学,作为物化美学中的一种反物化美学范式,应属于一种在物化现实中追求个体心灵自由的美学,正像贡巴尼翁断言"反现代派,就是追求自由的现代派"①一样。以心导物、心物互渗,正是处于物化情境中的兴辞美学的一种现实追求。当然,兴辞美学在面对当前物化现象时,想必会遭遇一系列新的困扰,例如传统的感兴方式在当前"全球文化工业""信息时代""图像时代"或"后情感时代"如何作出调整的问题,以及面对后现代美学有关"无意识的商品化"、社会学家所谓"媒介变成物"及"意象被物化"等,兴辞美学能否作出新的有效应对。以上关于兴辞美学的提问和应答仅仅是初步的,而进一步的问答会持续下去。

① [法]贡巴尼翁:《反现代派——从约瑟夫·德·迈斯特到罗兰·巴特》,郭宏安译,12页,北京,生活·读书·新知三联书店,2009。

第八章　中国现代文论中的文艺美学形态

　　中国现代文论在其发展过程中纳入美学，形成文艺美学这一独特学科形态，体现了中国现代文论所拥有的一种与众不同的特色。对此加以简要讨论，有助于重新认知中国现代文论传统的特色及其由来。

　　1988 年在莫斯科，当到访的中国学者向那时的苏联著名美学家鲍列夫谈及"文艺美学"在中国红火并询问将它作为独立学科的可能性时，后者竟以不容置疑的语气回答说"这种提法不科学"，并认为如果有"文艺美学"，"那么也可以提出无数种'美学'，这就把美学泛化了、庸俗化了。事实上，美学就是美学"。① 尽管出人意料地遭到苏联权威的断然否定，并且本身在学科归属上确也存在模糊与争议处，文艺美学却在中国现代文论界至今仍旧活跃，这不能不令人称奇。

　　在当前中国人文社会学科领域的众声喧哗中，文艺美学虽远不及经济学、新闻传播学等听众如云，但也不失其自有的号召力和穿透作用。在有关大众文化、消费文化、时尚、全球化、后现代、后殖民等的热门争议中，总有文艺美学的大嗓门；不仅在文学理论与批评中，而且在电影、电视、音乐、舞蹈、美术等各个艺术门类的探讨中，也总能见到它纵横捭阖或自以为是的热议与酷评姿态。然而，这样一个常常自由地游走在多种不同学科之间的忙碌身影，在中国现行学科专业目录中，原来不过被归属于一门三级学科，即一级学科中国语言文学下辖的二级学科文艺学的一个三级分支（最多被视为与文艺学并列的二级学科）。这就是说，论活跃度已远远越出单一学科圈子、伸展到若干学科的交叉地带的文艺美学，在当前人文学科及人才培养体系中实

---

　　① 此据当事人之一杜书瀛研究员回忆。见杜书瀛：《说文解艺》，112 页，北京，文化艺术出版社，2005。

际上是固定在中国语言文学学科及其二级学科文艺学下面的。这样，问题就来了：现有学科专业分类是否符合文艺美学的实际角色和功能？而进一步从现有的实际角色和功能看，文艺美学究竟应该属于哪个学科？是属文艺学、美学或艺术学还是属于哲学？这一点至今仍烟云笼罩，模糊不清，尤其是难免让一些初涉学术领域的年轻朋友常常充满好奇地发出疑问：文艺美学与艺术美学到底是什么关系？它们就是一回事吗？如果是，为什么不让它们合二为一，却仍让其各说各话、自行其道？如果不是，它们之间到底有没有一个边界？为什么总会给人以分不清、掰不开的相似感觉？有鉴于此，对围绕文艺美学学科归属的问题作一些梳理是必要的，这有助于弄明白文艺美学在当代的本职工作和未来取向。

一、文艺理论美学化的学科之花

文艺美学的实际角色与学科归属的当前矛盾，其实是与它本身的特殊发生史和历史渊源有关的。先从发生史角度看，文艺美学产生于 20 世纪 70 年代末 80 年代初中国"新时期"文艺理论界急于摆脱庸俗唯物主义而寻求审美的文论的特殊时刻。这取决于两方面因素的合力作用。一方面，那时期文艺创作中日益高涨的爱美之心和审美热潮要求文艺理论做出新的回答，而主流文论却仍然沉溺于"文艺为政治服务""阶级性"至上等"文化大革命"旋涡，这使得重新复出的文论家和美学家如周扬、何其芳、朱光潜、宗白华、王朝闻等，不得不冷静地反省既往文艺经验教训并展开自主思考，在此过程中不约而同地把振兴文艺的希望投寄到文艺审美本性的伸张上。于是，他们以极大的热情和精力复苏美学，形成全国性"美学热"，导致美学成为 20 世纪 80 年代中国人文社会科学的一大"显学"，光芒甚至一度盖过其他各门学科。这种超常的美学热为文艺美学的孕育和生长提供了热得不能再热的热土。另一方面，伴随高考制度在 1977 年恢复，学位与研究生教育制度也迅速恢复和发展，学科设置与建设成为学术发展与人才培养的一件大事，尤其是中国语言文学学科及其下属的文艺学学科的一件大事。于是，如何把美学复苏的成果及时地转化到新的学科建设与人才培养体制中，从而突破"文化大革命"时期文艺理论的僵化陷阱，成为一个迫切课题。

在那样的特定氛围中，一次学术会上一个学者的大声疾呼，终于促成了文艺美学婴儿的呱呱坠地。但那次学术会和那个学者都有点特殊。论会，它不同于如今越开越多而又令人司空见惯的学术会，而是1980年春在昆明召开的中华美学学会成立大会暨首届全国美学会，属于那时期美学复苏的一个标志性事件，引得老中青美学学者争相赴会、共商美学发展大计。论学者，他可是一位"有心人"："自觉地为'文艺美学'命名、并有意识地建构'文艺美学'这一独立学科的历史任务，被有心的中国大陆学者担当起来。"①他就是当时的北京大学中文系文艺理论副教授，一位曾跟随苏联导师攻读副博士学位，其时正苦思着让复苏的美学之花结出文论新学科之果的中年文艺理论家——胡经之。

正是在那次具有特殊意义的美学盛会上，胡经之首次正式提出如下新主张：文艺理论或文艺学不能满足于仅仅讲文艺的政治性、阶级性，而应大讲审美性，从而需要引进美学视野；同时，"高等学校的文学、艺术系科的美学教学，不能只停留在讲授哲学美学原理，而应开拓和发展文艺美学"②。因此，需要在现有的文艺学和哲学美学学科之外，另开辟一门新学科，这就是"文艺美学"。这一呼唤在会上赢得大多数代表的共鸣。此后，胡经之又多次于北京大学校方和新恢复的国务院学位委员会办公室之间，为文艺美学纳入政府部门的学科设置与建设轨道，并进入学位与研究生教育体系而奔忙。这种奔忙加上多方面的协同努力（包括在北京大学中文系首次开设"文艺美学"选修课、出版"文艺美学丛书"、编辑"文艺美学丛刊"等），终于结出学科硕果。第二年，也就是1981年夏季，北京大学研究生院终于同意"在文艺学专业中设立区别于哲学美学的文艺美学这一方向的硕士学位"③，它是隶

---

① 杜书瀛：《说文解艺》，113—114页，北京，文化艺术出版社，2005。

② 胡经之：《文艺美学》，2页，北京，北京大学出版社，1989。

③ 胡经之：《文艺美学》，2页，北京，北京大学出版社，1989。

属于中国语言文学一级学科下文艺学二级学科的一门三级学科，并在当年实现全国的首次招生。① 自此，文艺美学被正式纳入中国学术与学位体制中，受到高校和科研机构的欢迎，逐渐活跃在学术界，而胡经之也理所当然地被视为中国文艺美学学科诞生的关键人物——"文艺美学教父"②。

可以说，文艺美学是 20 世纪 70 年代末 80 年代初中国文艺理论学科为适应新的文艺创作形势和学科建设的需要而寻求美学拯救的一种标志性学科成果。当文艺理论需要借助美学之力去冲击僵化传统的森严壁垒时，文艺美学应运而生，随生即盛，此后也一度呈现出短暂的超常繁荣景象。可见，文艺美学的诞生正是文艺理论寻求美学化的必然结果，可以说是中国现代文论于改革开放年代盛开的学科之花。其时高涨的文艺美学热潮内部包含着一种美的第一性逻辑：文艺总是美的，美是文艺的基本特性，而其他特性总是从属于美的特性的。这在现在看来其实是人们的一种集体假定或幻想，因为文艺的特性实在是丰富的（如政治的、经济的、伦理的等），远不限于审美特性；但在刚刚步出"文化大革命"阴影的当时，确实被毫无保留地视为当然的真理去信奉和追求。

二、古典诗教传统与现代美学的合力

问题在于，文艺美学的学科诞生地为什么不是美学（它归属于哲学一级学科）而是文艺学（它归属于中国语言文学一级学科）？要回答这个问题，当然可以拿一个明摆着的理由来解释：几位"文艺美学教父"，无论是台湾的金荣华和王梦鸥还是大陆的胡经之，其所属学科都是中

---

① 笔者在那时碰巧报考并被录取成为北京大学、也是全国的首届文艺美学专业方向硕士研究生，于 1982 年 2 月至 1984 年 7 月师从胡经之先生，其间见证和亲历了文艺美学诞生初期的一些情形。

② 杜书瀛："台湾学者和大陆的经之先生 20 世纪 60 年代至 80 年代的学术活动，堪当文艺美学教父之职。"据杜书瀛：《说文解艺》，113 页，北京，文化艺术出版社，2005。

国语言文学。这样看来的原因不复杂：由于几位中文学科学者的大力提倡，文艺美学得以建立起来。不过，为什么偏偏是中文学科的学者来倡导并且又取得成功了呢？例如，为什么不是哲学美学或艺术学科的学者挺身做这事呢？要回答这问题，就需要适当深入学者的学科归属——中国语言文学学科深层去挖掘。

中国语言文学学科在研究中国语言文学的过程中，会遭遇它的古典传统及其现代激活或转化问题。需要看到，中国拥有数千年发达的古典传统，而这种传统的一个重要组成部分就是诗教。诗歌在中国古典文学中长期属于中心文类，拥有至高无上的地位。而诗教，是以孔子为代表的儒家的诗学与美学主张。它最初应被理解为"《诗》教"："温柔敦厚，《诗》教也。"（《礼记·经解篇》）这是专就《诗经》的审美与教育作用来说的。《诗》教的最初本义是指利用《诗经》去含蓄蕴藉地感化人的审美与教育机制。孔子说："兴于《诗》，立于礼，成于乐"（《论语·泰伯》）。他明确地主张让人借助《诗经》的情感感发而兴起，进而在礼的调节中树立规范，最后在乐的熏陶中成人。后来，从具体的《诗经》教化作用引申出一般的诗歌教化作用，于是就逐渐出现了《诗》教的泛化的或一般的形态——诗教。诗教是指利用诗乐的情感感发作用而教育人的审美与教育机制及其传统。诗教也可作风教。《毛诗序》："《关雎》后妃之德也，风之始也，所以风天下而正夫妇也。故用之乡人焉，用之邦国焉。风，风也，教也；风以动之，教以化之。"风教与诗教基本上是表述同一件事情：诗歌可以起到教育感化人的作用。其实，诗教由于在具体实施过程中不得不与礼乐、绘画、舞蹈等的感化作用紧密相连，因此其内涵往往可以包容它们，从而大体实际代表中国以诗歌、礼乐等手段去教化人的古典传统。可以说，由于诗教传统是与整个汉语诗歌传统交织一体的，并且是极大地影响中国古典文化的儒家传统的一个有机组成部分，因此在现代中国语言文学学科中应具有不可替代的重要地位和影响力。这样，古典诗教传统堪称现代文艺美学诞生的温床，而由深受古典诗教传统濡染的胡经之等学者出来为中国语言文学学科创设文艺美学，也就变得完全可以理解了。正是由于古典诗教传统的现代濡染，文艺美学的诞生才具有了充足的底气和底蕴。

当然，古典诗教传统起温床作用，也与现代美学对文艺的美育作用的持续伸张有关。梁启超、王国维、陈独秀、胡适、鲁迅等现代文学与美学主将，出于拯救中国现代文化危机的特殊需要，总是竭力论证文艺具有审美教化作用。这些主张虽然直接受到西方美学的启迪，例如贺拉斯"寓教于乐"说、席勒"审美教育"说等，但在深层却无法与中国自身的古典诗教传统完全隔离开来。不如说，来自西方的现代美学观对暂时沉潜的古典诗教观起到了一种开启或激活作用，两者有效地化合成一粒富有活力的种子，在"文化大革命"后文艺学的变革及学科建设的土壤里，终究孕育出文艺美学这门新学科。

三、学科归属：交错还是特殊

新生的文艺美学诚然被成功地归入文艺学学科框架内并获得顺利生长，但从一开始起，其学科性质问题就一直疑云不散。关于文艺美学究竟是什么样的学科，存在着多种不同看法，集中起来主要有两种：一种是交错说，另一种是特殊说。

交错说把文艺美学视为文艺学与美学相结合的学科，即属于交错学科。胡经之在初次对文艺美学加以命名时就持此说："文艺学和美学的深入发展，促使一门交错于两者之间的新的学科出现了，我们姑且称它为文艺美学。文艺美学是文艺学和美学相结合的产物，它专门研究文学艺术这种社会现象的审美特性和审美规律。"[1]采用交错说去界说文艺美学，确实有其无可争辩的合理性和必要性。注意，这里把文艺美学的研究对象概括为全称性的"文学艺术"，显然不想仅固守文学范围。但是，在实际的学科分类体系里，文艺美学又不得不被落实到中国语言文学下属的文艺学（文艺理论）学科领域里，从而与其"交错"性质不尽相符，这在无法设置交叉学科的当时是完全可以理解的。在这方面，胡经之本人也感到了一种无奈，所以在论述中不得不一面申

---

[1]　胡经之：《文艺美学及其他》，《美学向导》，26 页，北京，北京大学出版社，1982。

明"文艺美学不过是文艺理论的一个部类","在文艺理论的所有学科中，文艺美学处于最核心的层次"；一面又辩解说"文艺美学只是美学的一个门类，它不能代替其他部门"。①

与交错说不同，另一些学者认为文艺美学是研究文艺这种特定审美活动的特殊规律的学科，因而是美学学科内部的一个分支学科。这就是特殊说。这种说法相信美学可以有社会美学、文艺美学或艺术美学、宗教美学、科技美学、实用美学等多种分支，而文艺美学不过是其中之一。杜书瀛是持此说的一位代表学者。他认为"一般美学结束的地方正是文艺美学的逻辑起点"，与"一般美学研究人类生活中所有审美活动的一般规律"不同，"文艺美学则主要研究文艺这一特定审美活动的特殊规律"。他相信，"文艺美学对象是一般美学对象的特定范围，文艺美学的规律也是一般美学普遍规律的特殊表现。"②可见，这种特殊说的实质在于把文艺美学干脆归属于哲学美学名下，而不是像交错说那样让它在文艺学与美学两边都可以找到生存的依据。这里也沿用胡经之的宽阔界说，把研究对象规定为全称性的整个文学艺术（或艺术）。这种特殊说是颇有影响力的，甚至连起初主张"交错"说的胡经之本人，几年后也不得不承认这种特殊说的合理性："如果说，哲学美学主要是研究人类审美活动共有的普遍规律，那么，文艺美学就应着重研究艺术活动这一特殊审美活动的特殊规律以及审美活动规律在艺术领域中的特殊表现。"③

要在交错说与特殊说之间做出理想的选择是困难的，因为两者确实各有其合理性和困惑。交错说虽然揭示了文艺美学在文艺学与美学两边同时吸取学科资源的可能性，但事实上却又只能或主要地生存在文艺学旗下，这使得它无法不与哲学美学只是维持一种若即若离或渐行渐远的暧昧关系。这样，交错说在实际操作中难以兑现。特殊说一面把文艺美学毫不犹豫地划归入美学，一面又强调它在美学中具有特

---

① 胡经之：《文艺美学及其他》，《美学向导》，32、44 页，北京，北京大学出版社，1982。
② 杜书瀛：《文艺美学原理》，15 页，北京，社会科学文献出版社，1992。
③ 胡经之：《文艺美学》，2 页，北京，北京大学出版社，1989。

殊地位——研究艺术这种特殊审美活动的特殊规律，从而可以避免文艺美学在交错说中的不确定地位。然而，这样强调特殊化的结果有两方面：一是可能不适当地把艺术的审美属性同众多的非审美属性相孤立，造成艺术的危险的特权化；二是在美学的包罗广泛的一般审美视野中，文艺美学无法获取在文艺学那里享有的中心地位，导致地位的下降。显然，文艺美学到底是文艺学与美学交错的学科还是美学中的特殊学科，各有其利弊，因而难有定论。这也正是文艺美学从其诞生至今仍旧归属模糊的一个重要原因。无论如何，两说在有一点上是完全没有分歧的：文艺美学的研究对象决不限于文学而可以涵盖整个文学艺术。这是一种富有雄心的宏大学科抱负，由此可以窥见那时文学研究者的高度学科自负。

四、有限度的自由之花

面对当今新的研究任务和格局，文艺美学需要尽早结束其学科归属上的长达四分之一世纪的模糊与尴尬。一个简练而又有效的办法是，跨越交错说与特殊说的传统争端，在现有的实际学科格局和学科视野中重新界说文艺美学。

首先，这种学科格局意味着，文艺美学就是现行文艺学的一个分支学科，而不必硬扯到属于另一个一级学科的美学上去；无论文艺学还是文艺美学，虽然字面上都包含"文学"与"艺术"，实际上主要指文学，也就是文学学和文学美学。至于这里为什么要用"文艺"而不用"文学"，原因固然可以罗列若干（如苏联文论术语的翻译，汉语中两个"学"字重叠导致不便等，不无道理），但现在不妨作如下新解："文艺"是指作为"艺"之一种的"文"或"文学"，或者就是指"文"这种"艺"，相当于说"文学这艺术"或"文学这门语言艺术"。"艺"的种类很多，"文艺"之外，还有"武艺""技艺""工艺""手艺""曲艺""陶艺""布艺"等。如此，文艺美学就是指文学这门艺术的美学研究。这里是说把文学当作艺术去研究；而言下之意，文学还可以被当作别的东西去研究，如历史、哲学、政治、经济等。这样，文艺美学就有了文学审美这一确定的研究对象和范围，而不可能轻易包容各种艺术门类的美学如电影美学、音乐美学、戏剧美学、舞蹈美学、摄影美学、电视美学等，它们常常要么被独立研究，要么被总括入艺术美学。当艺术学界使用艺术美学时，中国语言文学界则习惯于使用文艺美学。

其次，文艺美学诚然被固定在文艺学（也就是文学学）学科格局内，但是，它在学科视野上却应有其开阔度：一是把文学当作一门艺术去研究，必然具有更宏阔的艺术视野，可以实现文学与其他艺术之间的相互比较、关联、渗透；二是由于标举了美学，这就有了更宽阔的美学视野，实现文学美学与其他艺术美学间的汇通。

这样，从当今的学科格局和学科视野的综合角度看，文艺美学主要是中国语言文学界从艺术视野考察文学审美的方式。在学科格局上，它固定地归属于文艺学（文学学）；而在学科视野上，它从上述固定点向艺术学和美学开放。文艺美学实际上相当于艺术整体视野中的文学美学研究。不妨得出如下结论：文艺美学是文艺学或文学理论的一个分支，是在艺术视野中研究文学审美的学科。

如此理解的文艺美学，可以大体越出交错说与特殊说的徘徊，而对这里开头提出的问题提供一种解答。文艺美学之所以虽有其固定的学科归属但又活跃不已，正是由于它同时拥有确定性与开放性品格。这里已经看到，文艺美学既是固定的同时又是开放的，既固守中国语言文学阵地，同时又向艺术与美学视野敞开。这等于同时规定了文艺美学的学科限制和学科特长：一方面，它不能过度自负，过分地雄心勃勃、挥霍无度，仿佛可以无所不包、无所不能，因为它只不过是中国语言文学下面的三级学科（或二级学科），从而它应当清楚自身的学科限度；同时，它也绝非心胸偏狭、坐井观天之辈，不能自闭于文学学科一隅，而完全可以凭借艺术和美学这更开阔的楼台极目天际，在与各门艺术及其审美特性的比较视野中更清晰地透视文学这门艺术，从而它也有其不可否认的开放度。

这样说来，文艺美学与其被高抛入文艺学与美学相交错的悬空地带，不如在文艺学的确定园地上怡然自得；同时，与其隐身到美学的温室中与世隔绝，不如在与艺术群芳的争艳中自由怒放。这里所设想的文艺美学，不奢望如一些前辈和今日同行以为的那样可以尝试把握所有艺术门类，只不过是依托宽阔的艺术门类平台而回头审视文学这一门艺术（即"文艺"，下同），从而需要与以各门艺术为研究对象的一般的艺术美学区分开来。文艺美学如果被继续等同于一般艺术美学，那不仅会因贪多求大而迷失自身的学科方向，也会因轻视文艺本身而被中国语言文学学科中的其他分支所排挤。这要求文艺美学采取一种新的有限度的开放姿态。当然，这不等于说文艺美学从此就闭门造车了，只是说它需要在参酌的艺术群芳中守护和开拓文艺园地。你可以如这里开头所述的那样，继续以潇洒姿态纵论今日电影、电视、时尚、网络博客，或者大众文化、消费文化等，但并不等于你就可以充当那些领域的行家里手了，只不过意味着你有意尝试从这个宽阔平台回望文艺现象罢了。你的本职工作还是自己的文艺园地，也就是照看文学这一门艺术。如放飞风筝，它可以又高又远又飘，飘舞于山川草木之上，流连于百家花园之间，但那根要命的红线你必须攥紧手心，否则虽可能名扬天下，但就连自己是何身份也不知了。你可以知识渊博，也可以跨学科，但最好还是埋头耕耘自家的文艺园地，就像老伏尔泰所说"种我们自己的园地要紧"。

　　这里不禁想到杜工部诗句："舍南舍北皆春水，但见群鸥日日来。花径不曾缘客扫，蓬门今始为君开。"文艺美学的文艺园地里可以春水环绕、群鸥竞翔，可以花径时时缘客扫、蓬门日日为君开，也就是宾客盈门、宾主融洽，但毕竟要以主客有别为既定前提，不能主客不分甚至混淆。更重要的是，要在经常的主客交流中种植好自己的文艺园地。文艺美学不是封闭的温室花朵，也不是自生自灭的野花，而是众芳争妍中的开放之花。有限度的自由之花，大约该是今日文艺美学的学科品格吧？

第九章　中国现代文论的新趋势

——兼谈电子媒介时代的文学教育

中国现代文论进展到 21 世纪初年，发生了哪些新变化？有着怎样的新趋势？在此，"理论之后"的文论这一问题就需要讨论了。在当前这个被特里·伊格尔顿（Terry Eagleton，1943—　）称为"理论之后"的年代，文艺理论何为？中国文艺理论从业者们还能继续心平气和或理直气壮地做文艺理论吗？① 也就是说，"理论之后"还有中国现代文论吗？如没有"理论"或"中国现代文论"了，又该怎么面对和处理中国文学问题呢？如果还可以有文学理论，那又该是怎样的文学理论呢？这样的问题并非空穴来风，这不仅是当面对伊格尔顿的"理论之后"的宣告之时，尤其是当看到国内有学者索性高高竖立"后理论时代"这面足以吓人的大旗之时。同时，为了进一步理解和把握当前中国现代文论新趋势，有必要对当前电子媒介时代的文学教育问题做简要的个案分析。

一、"理论之后"的理论

伊格尔顿是在《理论之后》（*After Theory*，2003）一书中提出"理论之后"的判断的。他对曾经风光无限的"文化理论"作了如下概括："文化理论的黄金时代早已消失。雅克·拉康、列维·斯特劳斯、阿尔都

---

① 本章虽主要讨论文学理论案例，但顾及的是它与艺术理论的相通方面，所以用"文艺理论"一词有涵盖"文艺学"与"艺术学理论"的共通理论问题之意。而对两者之不同则需另行辨析。

塞、巴特和福柯的开创性著作远离我们有几十年了。R. 威廉斯、
L. 依利格瑞、皮埃尔·布迪厄、朱丽娅·克莉斯蒂娃、雅克·德里
达、H. 西克苏、F. 杰姆逊和 E. 赛义德早期的开创性著作也成明日
黄花。"①按他的看法，近十多年来，随着上述杰出人物先后离去或年
迈，"文化理论"必然呈日薄西山之势：一方面，"结构主义、马克思主
义、后结构主义以及类似的种种主义已经风光不再"，当代"文化理论"
领域再没出现什么震撼人心的新著；另一方面，"新的一代未能拿出可
与前辈们比肩的观点。老一代早已证明要追随他们并非易事。毫无疑
问，新世纪终将会诞生出自己的一批精神领袖。然而眼下，我们还在
利用历史，而且还处在自福柯和拉康坐到打字机前以来发生了剧变的
世界。"②连不可一世的"文化理论"也变得后继乏人时，任何理论的衰
败和软弱无能似乎就变得毋庸置疑了。

一看书名《理论之后》及上述分析，似乎可得出伊格尔顿宣布"理论
的终结"这一印象。国内一些热心"接轨"的学者甚至据此迅疾发出"后
理论时代"来了的惊世之论。③ 但实际上，伊格尔顿通过"理论之后"这
一新命题，与其说是要证明文化理论的终结乃至全部理论的没落，不
如说只是要证明"正统的文化理论"的衰败，也就是直陈在"正统的文化
理论"衰败后文化理论该怎么办的问题。"正统的文化理论没有致力于
解决那些足够敏锐的问题，以适应我们政治局势的要求。"他进而表明，
自己写此书的目的正在于"努力阐述其原因并提出补救的措施"。④ 可
以说，他要"后"掉的只是"正统的文化理论"而非全部"文化理论"更非
全部"理论"；取而代之，他要建立一种富于批判或反思活力的文化理
论。"我们永远不能在'理论之后'，也就是说没有理论，就没有反省的
人生。随着形势的改观，我们只会用尽特定类型的思维方式。"⑤这里
根本就没有什么"后理论时代"的意思，那完全是一些中国论者别出心

①　[英]伊格尔顿：《理论之后》，商正译，3 页，北京，商务印书馆，2009。
②　[英]伊格尔顿：《理论之后》，商正译，4 页，北京，商务印书馆，2009。
③　王宁：《"后理论时代"的文化理论之功能》，《文景》2005 年第 3 期；王宁：《后理论
时代的西方思潮的走向》，《文学理论前沿》2006 年第三辑。
④　[英]伊格尔顿：《理论之后》，商正译，1 页，北京，商务印书馆，2009。
⑤　[英]伊格尔顿：《理论之后》，商正译，213 页，北京，商务印书馆，2009。

裁的个人发挥而已，所以"后理论时代"这顶大帽子的命名权是断不能
挪到伊格尔顿头上的。

　　针对伊格尔顿的分析，戴维·洛奇(David Lodge)在书评中也没有
作"后理论时代"之类纵情发挥，而是平实地加以分析："理论的一些成
就是真实的，并成为了固定的知识，或者是知识分子的自我认识。伊
格尔顿认为，我们不可能再回到理论前那种认为语言是透明的，或阐
释的思想是中立的那种天真无邪的认识状态中。他的这一看法是正确
的。文艺对生活的处理是使其关注的目标陌生化，并让我们重新审视
它，欣赏它。作为一种批判性阅读的方法，理论最多是在第二次移动
中做了文艺对生活所做的事情。但是像所有时尚一样，理论新奇和充
满活力的生命必然是有限的，现在我们正生活在理论衰落的过程中，
还没有任何明显的迹象表明什么能取而代之。简言之，理论曾让许多
人激动不已，现在它越来越令人感到乏味，因为它已变成可以预测的
东西。《理论之后》吸引人的地方恰恰是该书关注的问题与书名所涉及
的主题背道而驰，这也许正说明现在伊格尔顿对理论也感到厌倦了。"
但同时他又不无矛盾地指出："《理论之后》不仅是一部令人气恼的著
作，而且是一部雄心勃勃和令人深思的著作。"他同时看到了伊格尔顿
在书里表露的两面性：一方面向人展示了理论的衰败命运；另一方面
又洋溢着理论家的勃勃雄心。

　　洛奇的真正批评点在于，伊格尔顿自己犯有过高估计理论的重要
性及其在学术圈外的影响力这一过错："该书过高地估计了理论的重要
性及其在学术界之外的影响，同时并没有对其内部的历史作适当的分
析。毕竟理论几乎完全是在专业和知识兴趣的驱动下进行的学术研究
活动。在大学就业市场竞争日趋激烈的时期，理论提供了一系列给人
印象深刻的元语言，一旦掌握这些元语言，人文学科的学界人士便可
以出名和表现他们的优势。但是对于该领域之外的人，解释这种充满
行话的话语所付出的令人痛苦的代价远远胜过可能从中获得的启示，
因此他们不再阅读理论，非专业的出版物也不再评论理论，这对学术

界和一般文化界来说都不是一件好事。"①洛奇尝试用学术圈或专业领域之外的冷眼去观照种种文化理论的社会影响力，看到它们脱离公众、孤芳自赏，反过来又对伊格尔顿有关理论力量的高估提出了批评。

尽管伊格尔顿与洛奇之间在诸如怎样评估理论的力量等问题上还存在分歧，但他们两人的论述里都没表露出所谓文学理论已进入"后理论时代"的意思。看来他们并不想弄点词语来耸人听闻，只是沉浸在西方"正统的文化理论"走向衰败后的危机中。不过，问题还是提出来了：即便不承认"后理论时代"的到来只认可"理论之后"已成为不得不面对的现实环境时，文学理论该怎么做？也就是说，"理论之后"还能做文学理论吗？如今坦率地承认"理论之后"的起码的好处之一，是可以赢得两方面主动：一方面是更加冷峻地面对既往文学理论的丰厚遗产；另一方面是更加苛刻地要求自己在新的文学理论思考中尽力去除过度自信和过度自负。这样一来，有关"理论之后"的讨论的启示就在于，任何一种理论都既不能妄自尊大，也不能妄自菲薄，而需要正视实际的文艺问题并加以应有的辨析。中国当前文学理论似乎不可能逃离这一逻辑。也可以说，"理论之后"的理论已经从"大理论"转变为"小理论"，即从"宏大叙事"转变为"小叙事"。与其要么继续沉浸于"大理论"幻象的自我陶醉中难以自拔，要么因盲信所谓"后理论时代"而丧失起码的理论自信，不如扎扎实实地去建构那些虽不起眼但务实的"小理论"。所谓"小理论"，是同以往那种志在容纳万有、恒定不变、独断自负的宏大理论模型相比较而言的，是指那些对具体文艺现象的个别性与普遍性相互缠绕方面加以具体分析的形态。这样的"小理论"虽不再有"大理论"那种自恋幻象，但毕竟还是志在从事文艺现象的普遍性分析，力求从具体的个别中寻求有限度的概括和反思。

---

① ［英］洛奇：《向这一切说再见——评伊格尔顿的〈理论之后〉》，原载《纽约书评》2004年5月27日，王晓群译，《国外理论动态》2006年第11期。

二、从文学到文学理论

要探讨今日能否做文学理论的问题，还是首先回到文艺现象中，具体说，就是回到人们的日常文艺阅读经验以及文艺作品本身中。

说到文艺阅读，几乎每个人都有文艺阅读经验。人们的好奇在于，我读文艺作品如诗歌、散文、小说、剧本就行了，为什么还要懂文学理论呢？这文艺理论有必要存在吗？不妨从一次找书经历说起。20 世纪 90 年代初的一天，笔者在位于北京师范大学旧图书馆一层中文系图书室查找图书时，偶然发现一本封面已变黄的小书，上面赫然手写"大毒草，供批判用"字样。一翻开，才知是李长之的《鲁迅批判》。翻看才几页，便按捺不住借回家，一口气看完才停住。感觉该书大胆借鉴德国人格理论而又有自己的独创性追求，对当时健在的鲁迅的小说创作作了充满理论睿智又洋溢批评才华的评论。他特别欣赏《伤逝》，认为涓生的性格正是鲁迅本人"内倾型"人格的一种映射。他甚至断言："《伤逝》可以代表鲁迅的一切抒情的制作"，是"鲁迅最成功的一篇恋爱小说"。[①] 这样的观点是否恰当暂且不论，只要他确实是在运用独创的理想人格理论去分析作家鲁迅及其作品，就够了。这里难免想到该书作者李长之(1910—1978)，这位在中国现代文论、文学批评和古典文学研究中曾同时做出过非凡贡献的大学问家。1935 年 3 月到 11 月，当他还是清华大学本科三至四年级的青年大学生时，居然就独立撰写成这部后来名震学界的首部系统的鲁迅研究专著！而在此前后，他还曾跟鲁迅本人几次通信，索要到后来成为此书封面的鲁迅照片，最后还在此书于 1936 年 1 月出版后寄给鲁迅审阅。设想大学生李长之起初阅读鲁迅小说时，还只是一名普通读者，与其他读者并无质的区别；但当他在阅读中有感而思、有思而论、有论而发，直到用学术概念和方法去论证和表达自己的文学见地时，他就从文学读者变成了文学批

---

① 李长之：《鲁迅批判》(1936)，83 页，北京，北京出版社，2003。

评者（家）、文学理论者（家）了，而文学理论也就在此之时悄然发生了。尽管并非每个大学生都能成为李长之式的文论家，但他从文学阅读进展到文学理论思考，当是毫无疑问的。

从这实例看，文学理论并不复杂，其实就是对具体文学现象的带有某种普遍意义的思考和评论。文学阅读与文学理论之间，就是具体文学体验与对它的反思的关系。当读者在阅读具体文学作品并受它感动后还不满足，还想联系此前其他文学阅读体验去联想、品味、思考，进而产生某种带有普遍意义的判断或体会时，就从文学阅读进展到文学理论了。文学理论实际上内在于文学阅读之中了。

虽然可以承认文学阅读与文学理论的内在关系，但问题还没有解决：文学理论对文学有用吗？也就是，文学需要文学理论吗？文学作品存在着，这就够了，还需要专门的文学理论干什么？这里不妨进而从文学作品与文学理论的关联角度来考察。真正有力的文学理论反思，与其说来自文学理论著述，不如说来自常常对专业的文学理论著述不屑一顾的文学作品本身，这些文学作品总是能基于社会现实的困境性问题而对文学发出诘难。置身在当前这"高风险"时代，一位诗人面对2008年5月12日汶川大地震就作了这样痛快淋漓的直接反思①：

> 一首诗能拯救什么？5月22日／在绵阳，白天，生活和楼房／在天空和人心里微颤着／一地的帐篷在疲惫酣睡。一个人在异乡／手腕上多了一条红丝带／多么不合时宜，我问自己／一首诗能拯救什么？我闻到了我们／年少时深藏的槐树的香气／普明南路的树荫下，有人哗哗地打牌／穿着露背装的少女从豆花店里出来／款款走过。一位男子在大开着门的／小酒馆里，啜吸他杯里啤酒上泡沫／那时候，我承认我曾经怀疑过许多学说／包括真理和救赎。而现在，我对这条／红丝带，有简单确切的信任／信任到有一种错觉。仿佛灾难从没发生／生活也不曾失败。仿佛我一出生／就在这里走路。仿佛所到之处／都是故乡。如今好比是战时／人心悲悼，而我

---

① 林雪：《在绵阳》http：//blog. sina. com. cn/s/blog＿49030bb 301009flp. html。又见黄礼孩：《诗歌与人》，《5·12汶川地震诗歌专号》2008年第5期。

来寻找精神上的/安稳之地。那注进了恐怖的时光/被记忆储存,
在未来发作/一首诗能拯救什么?/能不能让一个人活下去/并且唤
回游荡在玉米田/和空旷野地上的亡灵/如果一首诗能让我们忏悔/
不爱,或爱的不够/就是完成了她的救赎。

2008/5/24 于绵阳 普明南路

面对一场震惊世界的特大灾难,诗人运用诗歌创作方式去对诗歌本身
开展自我反思,意味着在文学作品中内在地置入文学理论思考。该诗
以"一首诗能拯救什么"的三次反复为显著的修辞标志,传达诗人对文
学(诗)的社会作用进行理性反思的三阶段。第一段,一开始就对诗的
"拯救"作用发出质疑:"一首诗能拯救什么"。这行诗引导的第一阶段,
表达了巨灾打击下诗人对诗歌乃至整个文学作用的一种怀疑和愤激态
度。从事文学创作和文学理论的专业人士,成天说文学能介入生活,
然而它怎么没能阻止巨灾发生和及时"拯救"巨灾打击下的灾民灵魂呢?
"5月22日/在绵阳,白天,生活和楼房/在天空和人心里微颤着/
一地的帐篷在疲惫酣睡。"带着对灾区同胞的深切关怀,诗人长途跋涉
奔赴四川绵阳,希望做点什么。但发觉无论做什么,同灾难造成的损
失相比都早已无济于事了。眼前的生活和楼房,都似乎仍旧在持续的
心灵地震中"微颤着"。"一地的帐篷在疲惫酣睡",该是一幅多么令人
伤痛和失望的画面啊!诗人禁不住自我感叹和质问,感觉在灾区已成
了"不合时宜"的没用的人。这一段显然说明诗人对文学的社会作用发
出严峻的自我质疑。不过,好在"一个人在异乡/手腕上多了一条红丝
带",让人看到了一点希望。"红丝带"形象的及时出现,给人们开拓了
一个想象的希望空间。

　　第二段是全诗的主干所在:披露诗人心灵所经历的从"怀疑"到"信
任"的渐变过程。诗人第二次质问"一首诗能拯救什么",揭开执着的探
询之旅。有道是巨灾令人剧痛、精神近乎崩溃,但在绵阳的所见所闻
却是别一番景象:首先闻到了"我们年少时深藏的槐树的香气",还有
人们在树荫下"哗哗地打牌",居然这么悠闲?再有就是见到"穿着露背
装的少女从豆花店里出来/款款走过",如此灾难面前还讲究"美"?还
有"一位男子在大开着门的/小酒馆里,啜吸他杯里啤酒上泡沫",是

无聊的游戏还是镇定的洒脱？面对这一系列意料不到的安宁景象，诗
人承认自己曾经"怀疑过许多学说"包括怀疑"真理和救赎"，这里面当
然也包括对文学和文学理论的真理性的怀疑。但现在，经历了灾区的
亲身体验后，诗人的看法转变了。这转变就高度集中地凝聚到"红丝
带"形象上。"红丝带，有简单确切的信任"一行，在全诗的 29 行中位
于第 15 行，正好处在整体中的正中心位置，可以说构成全诗情感体验
的一个转折点。来自灾区人民的这条"红丝带"，把外来诗人同灾民紧
紧联系起来，手挽手、心连心，形成一个新的高度团结友爱而又力量
无限的互信整体。由于这一心灵转折，上面那些看起来令人不安的种
种悠闲景象，就不再是怀疑中的"歌舞升平"之举，而转变成人民重建
的自信心和继续生活的勇气的写照了。经此转折，诗人从沉痛体验中
赫然走出，转而领略到一种令人高度信任的新生活气象。"信任到有一
种错觉。仿佛灾难从没发生／生活也不曾失败。仿佛我一出生／就在
这里走路。仿佛所到之处／都是故乡。如今好比是战时／人心悲悼，
而我来寻找精神上的／安稳之地。那注进了恐怖的时光／被记忆储存，
在未来发作。"这里呈现的是一连串的中国式二元耦合画面：信任到有
错觉、灾难仿佛从没发生、生活不曾失败、一出生就能在这里走路、
所到之处异乡是故乡等。这些画面构成全诗的情绪演变的高潮段落。
"信任""故乡""精神上的安稳之地"等成功编织起一幅值得高度信赖的
生活图画。

　　由"一首诗能拯救什么"的第三次反复，全诗进入第三段即结局段
落。"能不能让一个人活下去／并且唤回游荡在玉米田／和空旷野地上
的亡灵"，这是一种清醒的让步，是对文学（诗）的不可能作为的一种最
后确认。文学（诗）怎么能实际阻挡特大地震的爆发和它对生命的毁灭
呢！一个人的"活下去还是不活"，能否拯救那些丧失生命的游荡的亡
灵，终究不是文学（诗）能左右的。如果这样的作用都没有，文学（诗）
又到底能为我们做什么呢？诗人提供的最终答案终于出现："如果一首
诗能让我们忏悔／不爱，或爱的不够／就是完成了她的救赎"。原来，
在诗人此时的质询旅程的最后，文学（诗）终于赫然重建起一种信任：
它虽然不能实际阻止现实巨灾发生及其对生命的毁灭，但毕竟"能让我

们忏悔"。文学可以让人们在灾难中忏悔自身的"不爱"或"爱的不够",这正是它的"救赎"作用之所在。原来,文学的作用在于,它诚然不能实际阻挡灾难发生,但却可以让人忏悔,救赎人的心灵。

这首诗对文学(诗)的作用的理性反思结论当然不是唯一正确答案,但毕竟有其可信度。重要的是,它显然本身就与文学(诗)及其在现实生活中的作用有关,它不仅以文学(诗)的方式去表现灾难打击下人的心灵变化,而且也返身指向文学(诗)本身,构成对文学(诗)的理论反思。它可以说是以文学作品方式表述的对文学的理论反思,因而兼具文学作品和文学理论著述双重属性。由此,把它看成一次文学理论表述也是成立的。

当然,诗歌的理论反思作用远不止于此。它也可以反思一种文化或文明与另一种异质文化或文明之间的关系。冯至写于20世纪40年代的《十四行诗》之五对水城威尼斯作过这样的描绘:"我永远不会忘记/西方的那座水城,/它是个人世的象征,/千百个寂寞的集体。//一个寂寞是一座岛,/一座座都结成朋友。/当你向我拉一拉手,/便象一座水上的桥;//当你向我笑一笑,/便象是对面岛上/忽然开了一扇楼窗。//只担心夜深静悄,/楼上的窗儿关闭,/桥上也断了人迹。"这位汉语诗人把欧洲经典的十四行诗格式引入现代汉诗,以此表达世界上不同个体和不同文化之间相互共在并展开对话的意愿,呈现出中国诗人在全球异质文化对话时代的开放心境,反过来也等于是对诗歌的异质文化对话功能作了一次隐性的探寻。无论个人、民族还是文化之间如何存在差异,只要有相互"拉手"和"微笑"等行为,就会化水为桥、化墙为窗。当然,诗人最后也表达了自己对异质文化之间相互疏离的担忧:"楼上的窗儿关闭,　/桥上也断了人迹。"冯至还在这组十四行诗之二十七首,对诗的功能作了直接反思:"从一片泛滥无形的水里/取水人取来椭圆的一瓶,/这点水就得到一个定形;/看,在秋风里飘扬的风旗,//它把住些把不住的事体,/让远方的光、远方的黑夜/和些远方的草木的荣谢,/还有个奔向无穷的心意,//都保留一些在这面旗上。/我们空空听过一夜风声,/空看了一天的草黄叶红,//向何处安排我们的思想?/但愿这些诗象一面风旗/把住一些把不住的事体。"诗人相信，诗不仅能刻画那些具体可感的现象，而且也能把握那种无形而又重要的思想。因为，真正的诗就如同"在秋风里飘扬的风旗"。于是，我们读到如下充满信念的诗句："这些诗象一面风旗／把住一些把不住的事体"。

　　关于在诗中对诗的功能作直接的反思，西方诗人也有其传统。不妨来看美国诗人斯特兰德（Mark Strand，1934—　　）的《食诗》（Eating Poetry）①："墨水流淌于我的嘴角。／没有幸福如我的幸福。／我在食着诗歌。／／那图书管理员不相信她看见的事物。／她的眼睛悲哀暗伤／她把双手穿在衣服里面走动。／／诗篇失去了。灯光暗淡／狗儿在地下室的楼梯上，向上走着。／／它们的眼球转动，／它们淡黄色的腿燃烧如柴。／那可怜的图书管理员开始跺脚并且哭泣。／／她并不理解。／当我跪下舔吻她的手／她尖叫起来。／／我是个新的人。／我对她猖猖而吠。／我快乐地欢跳于书上的黑暗中。"这里关于诗歌或文学具有特殊的力量的描绘，难免首先让人想到中国古代固有的可供相互发明的传统：《毛诗序》的"正得失，动天地，感鬼神，莫近于诗"等诗学主张，关公的"夜读春秋"习惯，陶渊明的"奇文共欣赏，疑义相与析"场景，苏舜钦日常生活中的"汉书下酒"习惯，欧阳修的"厕上、枕上、马上"的"三上"读书法，朱熹的"心到，眼到，口到"的"三到"读书心得等。而这首来自英语世界的诗，则对诗歌纸质文本采取了直接"吃"下去的神奇办法，足可以同中国古代上述诗学观念和传统形成奇异的中西对话，颇有异曲同工之妙。它破天荒地虚构出一幕"超现实"画面：老鼠欢快地吃掉诗，吓得图书管理员震惊而尖叫；吃诗后的老鼠在内心变成了"新的人"，快乐地欢跳于书的黑暗中，而图书管理员却没看懂，更不懂由"食诗"带来的人生幸福。显然，这首诗透过这幕"超现实"场景是要说明，食诗能让动物变成"新的人"，领略人生才有的"快乐"，表明诗确实具有特殊的人性塑造力量。甚至可以延伸地说，它对柏拉图提出的一个人应当怎样生活才有意义及才有快乐的问题，以诗的超现实方式做出了独特的回答，让人领略人生不能无诗的道理，就好比中国文人

---

　　① ［美］斯特兰德：《食诗》，董继平译，见王家新、沈睿：《当代欧美诗选》，122—123页，沈阳，春风文艺出版社，1996。

下酒不能没有《汉书》一样。

显然，从上面实例可见，我们的生活仅仅需要文学还不够，同时还需要文学理论，因为文学理论能帮助我们追问和解答文学遗留下来的与人生紧密关切的普遍性问题。文学作品本身固然可以如上面实例那样进行文学理论反思，但要想真正理性地弄明文学的作用及其奥秘，仅有文学作品如诗歌内部的理性反思是不够的，还需从文学内部的理性反思进而扩展到关于文学的更普遍问题的专门的理性思考，而这就是文学理论的萌芽。进一步说，要弄明诗及小说、散文、剧本等各种文学现象的普遍的和共同的奥秘，就需从具体文学作品的关注进展到对普遍的文学现象的理性思考。这样，从具体而个别的文学作品的理性思考进展到带有普遍意义的总体文学现象反思，就是必然的了。

三、"理论之后"文学理论的特征与选择

文学理论一词，涉及关于文学的诸种理性谈论。在"理论之后"再来使用和谈论文学理论概念，有一点自律是需要清楚的：绝不能再轻易地迷信那些看起来攻无不克战无不胜的"宏大叙事"或恢宏理论模型了，必须审慎地运用文学理论的任何一种普遍性概括手段。同时，更需要随时随地把对于文学理论的自我反思或自我质疑包含于其中，因为，"理论之后"的文学理论如果再不具备自我反思机制，就必定走向僵化。正是在破除理论迷信和形成自我反思机制这两个前提之下，才可以这样表述说，文学理论是一门人文学科，是关于文学的普遍性问题及文学理论自身问题的人文学科。这里突出的是文学理论的两个内涵：一是研究普遍性问题，二是对文学理论自身展开反思或质疑。

实际上，最近几十年来，文学理论的普遍性一直遭到质疑或消解。文学理论早已不再是具有强大普遍性的"关于文学性质的解释"或者"解释研究文学的方法"了，而成了对于具体、个别或特殊问题的片断式论述。正如美国学者卡勒所分析和归纳的那样，文学理论成了一系列没有固定界限的评说天下万事万物的各种著述，涉及人类学、艺术史、

电影研究、性别研究、语言学、哲学、政治理论、心理分析、科学研究、社会理智史和社会学等广泛的学科门类。"理论在这个意义上不是一种文艺研究的方法定势，而是关于太阳底下一切事物的无限制的写作群体。"①这等于道出了当今文学理论的特殊困境：一方面，它是无限地开放的，可以灵活自如地伸展向各个学科、领域，从而具有强大的普遍适用性；但另一方面，它的这种普遍适用性又往往是充满断裂的或零散的过程，无法寻到人们原来信仰并追求的那种有机整体感。出于上述认识，卡勒归纳出当今理论的四种特征：第一，理论是跨学科的话语；第二，理论是分析的和沉思的；第三，理论是一种对常识的批评；第四，理论是反思性的带有质询性的思维。② 第一条涉及文学理论的巨大变化：从过去服从于哲学学科的统领转向跨学科或多学科特质。第二条解释了如下变化：文学理论不再从现成哲学概念中推演出自身的原则或命题，如像黑格尔那样根据"三段论"模式演绎出整个美学理论体系，而是从具体的和个别现象的分析中归纳出答案，演绎研究被归纳研究所取代。第三条显示了当今文学理论的一个突出特色：向现成的已经被指认为自然的常识发起挑战。第四条进一步体现了当今文学理论的激进色彩：质疑文学乃至整个文化所赖以建构的最基本的知识范型。在卡勒的描述中，当代西方文学理论的总趋势是解构或质询，而非肯定或建构。

卡勒对当今西方文学理论的这种总体见解有其合理处，也与伊格尔顿的"理论之后"概括相合拍，从而可以使人在"理论之后"的氛围中重新思考中国文学理论的当下问题，在建构文学理论框架时不致逆历史潮流而动，例如，不致盲目寻求其学科封闭性，捍卫文学的审美纯洁性，甚至谋求唯一的文学本质。对此，卡勒的论述可谓警钟长鸣。

不过，卡勒的上述概括以及前述伊格尔顿有关"理论之后"的概括，虽然可以适用于当代西方文学理论的总体情形，但却不一定适用于一

---

① Jonathan Culler, *Literary Theory: A Very Short Introduction*, Oxford: Oxford University Press, 1997, p. 3.

② Jonathan Culler, *Literary Theory: A Very Short Introduction*, Oxford: Oxford University Press, 1997, pp. 14 - 15.

种具体的文学理论框架。因为，即便文学理论的总体情势是像卡勒或伊格尔顿描述的那样存在的，但每个思索文学问题的人，毕竟都有属于自身的独特视角、立场、方法、概念或具体对象。尽管总体文学理论情势倾向于"理论之后"或跨学科、分析性、拆解常识、质疑基本的知识范型等，但每种具体文学理论却毕竟存在着或者要努力去寻求自身的特殊立足点、相对连贯性和有序性，以及个人的独特见解或结论等，从而形成自身区别于其他文学理论的独特特点。伊格尔顿所寻找的与"正统文化理论"不同的富于批判性和活力的"文化理论"，想必正是如此。

重要的是，出于在"理论之后"继续发展中国文学理论的需要，应当把上述带有解构性和质询性特点的文学理论构架，合理地翻转为建构性的中国文学理论资源，让其效力于中国文学理论建设。可以说，当前从事中国文学理论，既需要继续展开批判性解构或反思性质询，又同时需要积极的建构或建树。因为，中国文学理论既面临消解虚假权威的任务，又面临更加急迫的实施新的建树的任务。当前中国文学理论的任务，就是一方面冷峻地反思既往文学理论的自高自大，另一方面从急剧变化的文学现象中提取出新的问题来（例如，处在当前信息时代、电子媒介时代或媒介融合时代的文学，有太多的新问题急需建构性思考）。从个别的和突出的文学现象中提取某种普遍性，又从普遍性层面返回到个别性中，从而通过理性思维而丰富对文学的意义蕴藉的体验，使其有助于当前读者的进一步的文化素养养成需求。阅读文学作品，固然可以从独特的语言组织中直接领略丰厚的人生体验，但当进入文学的普遍性与个别性的思考层面后，这种领略才可能上升到理性自觉层面。所以，文学理论的目的是要让文学阅读体验上升到理性自觉高度，服务于特定的文化素养的养成。相应地，文学理论的当前功能也就体现出来：它诚然可以引导作家去创作、批评家去评论、教育家去育人、社会工作者去感化人等，但毕竟更主要地在于帮助读者理性地升华自身的文学阅读体验，使之凝聚成为自身的国民文化素养的一部分。作为一个国民（公民及未成年人），文学读者应当在文学阅读体验基础上，通过文学理论思考，把文学阅读体验升华为自身的国民文化素养，从而促进国民人格的濡染或涵养。

四、文学理论与兴辞化臻美心灵的养成

正是基于上述认识，这里尝试提出并阐述一种文学理论框架——一种建立在感兴修辞特性基础上的文学理论。这种以兴辞特性为核心的新传统现代文学理论，正是要在与世界上种种文学理论的持续对话中，努力探求和建设属于中国自己的民族和现代的文学理论构架，由此特定角度去观照世界文学和中国文学的问题，寻求差异中的沟通——异趣沟通。生活在当今这个全球化时代的每个国民，处在人生价值观和审美趣味都多元化共存的时代，来自古今中外各种文明的种种相互异质的价值观与趣味观都前来竞相争夺，需要对此异趣现状予以承认和正视；但与此同时，更需要在这种价值多元与趣味多元境遇中展开平等对话和交流，尽力达成差异中的相互尊重、理解和协调，这就是异趣中的沟通。人们可能偏爱某种文学作品，例如，有人喜爱浪漫的，有人偏爱现实的，还有人欣赏象征的，等等，但需要同时尊重和理解他人的文学趣味，并且主动同他人交流。异趣沟通在这里意味着，彼此差异的审美趣味可以通过对文学兴辞的体验而实现沟通。

文学理论借助文学兴辞中的异趣沟通，是可以通向一种国民臻美心灵的塑造的。也就是读者通过汇聚和比较众多不同的文学兴辞体验，逐步涵养一种与兴辞紧密相连的臻美心灵。如果说，臻美心灵是一种不断地臻于人生至美境界的思维与行为习惯，那么，兴辞化臻美心灵则是指一种始终不离兴辞并以兴辞范式为目标的臻于人生至美境界的思维与行为习惯。诚然，早在《左传》和《论语》的时代，在生活中援引《诗经》章句就已成为仁人志士的诗意化思维和行为的典范标志，但引用文学词句、人物和情节等，并不应成为个人博学的自我炫耀舞台，而应成为个人臻美心灵的自我提示和自我宣示的窗口。文学理论作为文学思考的智慧库，有助于继承前人留下的兴辞传统，练就透视文学现象的理解力和沟通能力，培育爱美与求美的情感与理智、想象与幻

想、认识与体验等思维与行为结构，懂得并实际地追求审美与艺术这人生至高境界。

今日文学理论可以让人坚信，不再是理论家的孤芳自赏或读者实际生活中的自我博学炫耀，而是国民兴辞化臻美心灵的自觉养成，才是个体人生中最重要的或最高的境界，也即艺术境界。按照现代美学家宗白华的看法，人生可以有功利、伦理、政治、学术、宗教、艺术等多种不同境界。与"功利境界主于利，伦理境界主于爱，政治境界主于权，学术境界主于真，宗教境界主于神"不同，艺术境界直指人的最深与最高的心灵的形象世界："以宇宙人生的具体为对象，赏玩它的色相、秩序、节奏、和谐，借以窥见自我的最深心灵的反映；化实景为虚境，创形象以象征，使人类最高的心灵具体化、肉身化，这就是艺术境界，艺术境界主于美。"①这里所谓"艺术境界"正约略相当于臻美心灵的一种艺术符号中的具体化状态。"艺术境界"以美为宗旨，但这种美的秘密不在于外在美的事物或景物，而就在于人类心灵：它是"人类最高的心灵具体化、肉身化"，也就是人类臻美心灵的具体映射。"一切美的光是来自心灵的源泉，没有心灵的映射，是无所谓美的。"艺术境界之美在于人类的臻美心灵与自然景象的"交融互渗"："艺术家以心灵映射万象，代山川而立言，它所表现的是主观的生命情调与客观的自然景象交融互渗，成就一个鸢飞鱼跃，活泼玲珑，渊然而深的灵境；这灵境就是构成艺术之所以为艺术的'意境'。"②这样的艺术境界恰是文学理论企求的。

总之，兴辞化臻美心灵的养成，不仅指向国民的个体人格，更指向国民的公共人格或公共伦理，也就是兴辞化公共人格的养成。文学理论要思考，如何通过富于感染力的兴辞系统去帮助建立公民社会内部个体与个体、个体与群体之间以及不同群体之间的关系得以和谐的机制。在当今这个充满风险和冲突而和谐诉求越来越强烈的世界上，

---

① 宗白华：《中国艺术意境之诞生》，《美学散步》，59 页，上海，上海人民出版社，1981。

② 宗白华：《中国艺术意境之诞生》，《美学散步》，59—60 页，上海，上海人民出版社，1981。

文学的公共责任或公共伦理问题显得愈加重要。文学诚然应当具有个人欣赏的品质，但应当在公民社会中寻求更广泛而深厚的公共伦理担当，这就是形成文学的艺术公赏力。① 相应地，文学理论的目标，应该是帮助国民或公民，在丰富而复杂的文学与艺术观赏中实现自身的文化认同，建构他们在其中平等共生的和谐社会环境。公民社会内外固然存在多种不同的美或审美趣味，但它们之间毕竟可以求得平等共存、共生和共通。

其实，国民的兴辞化臻美心灵及公共人格的养成，决非简单到只是读点文学作品并开展文学理论思考就能办到，而是终究来自每个国民或公民在漫长的人生旅途上的社会养成和自我养成，这种养成意味着社会各种力量的长期熏陶与自我的主动涵养的高度融汇。② "理论之后"的中国文学理论，还有很多方面需要探讨，这里只是谈出一点初浅考虑而已。要进一步了解此时期中国现代文论的新变化，不妨联系当前电子媒介时代的文学教育状况去考察。

五、电子媒介时代的文学教育问题

谈及当前电子媒介时代的文学教育问题，海子的诗《面朝大海，春暖花开》可以作为一个合适的个案。近些年来，这首诗仿佛突然间成了电视等多种大众媒体的流行诗歌宝典之一，并一再被加以阐释："从明天起，做一个幸福的人/喂马、劈柴，周游世界/从明天起，关心粮食和蔬菜/我有一所房子，面朝大海，春暖花开//从明天起，和每一个亲人通信/告诉他们我的幸福/那幸福的闪电告诉我的/我将告诉每一个人//给每一条河每一座山取一个温暖的名字/陌生人，我也为你祝福/愿你有一个灿烂的前程/愿你有情人终成眷属/愿你在尘世获得幸福/我

① 参见王一川：《论艺术公赏力》，《当代文坛》2009年第4期。
② 以上有关"异趣沟通"和"臻美心灵"部分，参考了王一川：《新编美学教程》结束语，上海，复旦大学出版社，2007年版。

只愿面朝大海，春暖花开。"①直到前些年某天，偶然看到某电视台多名著名主持人集体朗诵和表演这首"名"诗的壮观场面。不用说他们的集体朗诵如何字正腔圆、声情并茂，加上音乐伴奏、灯光、布景尤其是主持人本身的魅力，可想而知现场宣传效果多么感人。然而，当这些电视台著名主持人相继表演出诗中"包含"的诗人热爱日常生活、关心他人、追求平凡生活的幸福等内涵时，愈发不忍看下去。超豪华的电视台主持人朗诵阵容换来的却是诗歌文本内涵的严重误读，这究竟是为什么？据了解，这首诗已成了相当多省份中学的语文教材或课外读物，而且他们大多所理解的这首诗的含义也确实大体如上面电视台主持人们所表演的那样。这一结果不禁令人愕然：在电子媒介及某些省份中学教育体系的协同努力下，这首诗似已成功地实现了大众集体曲解或误读。一首诗这么容易就出现曲解，可想而知有多少文学作品时常处在被曲解的危机中了。如果是，这本身难道不正是对当前电子媒介时代的文学教育的一种辛辣嘲讽吗？

这个文学教育与传播实例需要联系下面的几件事情来看：首先，现在的许多人都不再直接读文学作品了，也不再乐意跟在学校教师的引导后面自己捧书阅读文学作品了，而是满足于在对电视文艺节目、电视剧和电影的观赏中，在互联网上的浏览和与网友互动中接触文学作品了，不少人甚至是由此才返回去购买和阅读纸媒文学作品。这就是说，越来越多的公众主要是从影视和网络文学鉴赏去接受文学教育或者由此返回纸媒文学阅读的。上面提到的电视台主持人对《面朝大海，春暖花开》的集体朗诵，正代表了凭借电视权威去重新塑造观众的诗歌品位和具体理解的主流势力，更别提由影视改编而引发的古典及现代文学名著如《三国演义》《水浒》《红楼梦》《围城》等的畅销热潮了。那问题就来了：观众是按媒体的带有很强的娱乐功能的传播形式和意义去解读文学作品呢，还是靠自主的阅读与理解呢？他们在影视媒体的权威征服下，还能有多少自主阅读空间？其次，随着央视科教频道百家讲坛栏目中"品三国"等学术讲座的火爆，越来越多的观众是在接

---

① 《海子的诗》，236 页，北京，人民文学出版社，1995。

受了电视学术讲演的魅力引导后才返回去阅读或重读纸媒文学作品以及相关历史文化书籍的。再次，也正是在这样的媒体文化与教育氛围中，高校教材市场正在流行种类繁多的大学名师课堂讲演实录，有的还配有现场讲演光盘。这些以名师面对面通俗演讲为特色的新型教材，同原来的"原理""概论"或"某某史"之类严谨系统的学术型教材相比，更注重通俗、有趣、浅显，更能适应注重通识学习与素质训练的大学生的需求。而在此情形下，原来在高校教材体系中居于主流地位的"原理"等学术型教材势必因此而受到冷遇，发行量及使用量下降。这样导致的教育后果是什么？其学术性、研究性及创新性能否得到应有的保障？这是否意味着在张扬擅长于展示个人文学体验的教师的同时，淡化或抑制擅长于学理分析和资料翔实的教师？最后，就政府高等教育主管部门及高校的教育改革方向来说，在近年来影响力越来越强劲的国家级、省部级和校级精品课程评选指标体系中，教学方式的多媒体化、网络化及具体讲授方式的通俗化和互动化所占份额越来越大。

上面这些具有广泛影响力的事情虽有不同并牵扯出不尽相同的问题来，但合起来却可以显出一个共同点：文学教育的方式及其体制基础已经和正在发生着显著的变化，而这种变化的广度和深度可能是前所未料的。这一点在考察文学教育方式及审美趣味问题时需要认真关注，因为它们日渐广泛而深入的影响力可以揭示一个事实：新的文学教育方式正在深刻地影响或塑造着人们的审美趣味。影响人们审美趣味的方式当然不只文学教育，还应包括其他各门艺术（如音乐、舞蹈、戏剧、书法、美术、建筑等）教育以及更广泛层面上的审美教育，但毕竟文学教育是其中最常用和重要的方式之一。

六、文学教育的现代角色及其当前危机

文学教育着重借助语言艺术对个体的熏陶，去传承与语言文字紧密结合在一起的人生价值与审美趣味。可以说，人们的审美趣味的养成是与个体长期的文学阅读与熏陶有关的，但同时，更与特定社会或

时代的文学教育方式有着十分密切的关联。随着现代性的进程，文学教育在现代教育体制与学术体制中扮演着稳定的角色，常常成为社会的审美与艺术合理性的传承和革新的先锋、前哨或引导。现代文学教育是指以学校的文学教育为主干的包括家庭、社会和个体等多种文学教育方式在内的文学知识和趣味的传承过程，既有职前文学教育也有职后文学教育，既有基础文学教育也有高等文学教育，既有学校直接实施的也有媒体间接实施的文学教育等。

大致从民国时起直到20世纪80年代，现代的文学教育主要充当了一种文化启蒙教育，是文化精英及其所代表的社会体制对普通民众实施的一种自上而下的带有诗意特征的理性开启与提升过程。这种教育方式的主要特点在于，按照文学作为语言艺术的特点，以纸质媒介（报纸、杂志和书籍）为核心媒介，采取口授与个体自主阅读结合的形式进行。如此，语言文字的识别、理解和鉴赏以及由此而达到的读者的诗意启蒙，就成为整个文学教育过程的中心环节和目标。

路遥在长篇小说《平凡的世界》第1章中，这样描写"文化大革命"时期农村初中生孙少平在贫困与孤独中偶然读到《钢铁是怎样炼成的》："他一下子就被这书迷住了……一个人躲在村子打麦场的麦秸垛后面，贪婪地赶天黑前看完了这书。保尔·柯察金，这个普通外国人的故事，强烈地震撼了他幼小的心灵…… 他突然感觉到，在他们这群山包围的双水村外面，有一个辽阔的大世界。而更重要的是，他现在朦胧地意识到，不管什么样的人，或者说不管人在什么样的境况下，都可以活得多么好啊！在那一瞬间，生活的诗情充满了他十六岁的胸膛。他的眼前不时浮现出保尔瘦削的脸颊和他生机勃勃的身姿。"这种阅读的兴会是那样强烈，其余兴是那样悠长，以致"这一天，他忘了吃饭，也没有听见家人呼叫他的声音。他忘记了周围的一切，一直等到回到家里，听见父亲的抱怨声和看见哥哥责备的目光，在锅台上端起一碗冰凉的高粱米稀饭的时候，他才回到了他生活的冷酷现实中……渐渐地，他每天都沉醉在读书中。"生活现实越是冷酷无情，就越能让他在鲜明对比中感受到文学世界的温暖无比。"是的，他除过一天几个黑高粱面馍以外，再有什么呢？只有这些书，才使他觉得活着还是十分有意义的，他的精神也才能得到一些安慰，并且唤起对自己未来生活的某种美好的向往——没有这一点，他就无法熬过眼前这艰难而痛苦的每一个日子。"对孤苦中的孙少平来说，只有阅读文学书籍才是他生活中的"安慰"，是他"熬过眼前这艰难而痛苦的每一个日子"的精神寄托。在这里，这位 20 世纪 70 年代中国陕北农村初中生是通过对纸质媒介的静心阅读去吸纳文学的诗意启蒙力量的。在缺乏电子媒介如广播、电影、电视，更没有互联网传播条件的年代，没有电视明星的引导或误导，他只能和可以冷静自主地接受来自纸质媒介的单一的文学教育。更由于置身于特殊的"文化大革命"年代，连《钢铁是怎样炼成的》和《红岩》一类小说也只能靠偷读，这种偷读被视为"思想落后"或"反动"，甚至要遭到同学侯玉英的告发，幸好得到班主任的暗中肯定和支持，他才能在那段特殊的物质与精神双重贫困的岁月里坚持了个体的自我文学教育，使得文学书籍成为他贫困生活的最富有力量的精神支柱和最牢靠的精神慰藉。这位孤独与贫困交加的农村青年，正是从文学作品中获得了宝贵的诗意启蒙，重新唤起活下去的生存勇气："只有这些书，才使他觉得活着还是十分有意义的。"当然，尽管接受者的贫困与孤独条件可能更有利于实现文学教育的诗意启蒙效果，但这种条件并非唯一的必要条件。生活脱贫的时候乃至丰衣足食的"小康社会"自有其文学教育的更多便利条件，只是那时遭遇的问题会有不同的侧重点或展现方式。

进入 20 世纪 90 年代尤其是 21 世纪以来，随着以互联网和移动网络为核心的电子媒介的日益发达和普及，随着高等教育大众化时代的到来和基础教育义务化程度的加深，以及知识社会或信息社会的发展，处于"初步小康社会"条件下的文学教育方式已经和正在发生深刻的转型。简要分析本章开头提及的具有广泛影响力的几件事情，就可以看到，文学教育方式确实呈现出诸多新的转型迹象。这些新的转型迹象如果可以用一点来总括的话，那就是：电子媒介主导时代文学教育的总体趋向在于娱乐化，也就是以电子媒介主导的大众娱乐已经取代以往的以纸质媒介主导的诗意启蒙。

对此，可以从下面几方面去具体理解。

第一，从文学教育的核心媒介看，不再是过去的纸质媒介主导而是电子媒介主导，即以电子媒介为文学教育的主导型媒介，以及从电子媒介返销纸质媒介。由此而产生的新变化在于，接受者往往在多种电子媒体的引导下被动地和盲目地接受文学，而因此缺失像孙少平那样的许多自主的文学阅读与思考机会。上面提及的电视台主持人集体朗诵海子的诗歌，其实就是此类变化后果的普通一例。

第二，从文学教育的主导目标看，不再是朝向过去的诗意启蒙高标而是转向大众娱乐低标，即从提高为主转向普及为主。与诗意启蒙注重通过诗意的或审美的途径去提升大众的文化水平不同，大众娱乐注重的是以诗意的和审美的途径去迎合与满足大众打发剩余或休闲时光的需要。这一点也正与电子媒介主导的现实媒体语境密不可分。处于电子媒介时代或网络时代的文学教育，遭受到由广播、报纸、杂志、书籍、电影、电视、互联网、移动网络等多种媒介组成的"泛媒介场"的轮番、交叉、互动和重复等强势影响，容易把受众群体引向感官享乐、图像沉迷、谢绝理性思考等歧途，因而不可能有其他更好的命运。就连高校的文学教育也要走以学术明星娱乐大众的道路，可想而知处在整个文学教育体系另一端的基础教育的情形了。

第三，相应地，从文学教育的具体教学方式看，不再是以启发式为主而是以通俗化和有趣为主。《论语·述而》提出了"启发"式教学的主张："不愤不启，不悱不发。"根据朱熹在《四书章句集注》中的阐发，"愤者，心求通而未得之意；悱者，口欲言而未能之貌。启，谓开其意；发，谓达其辞。"孔子所开创的启发式教学的特点在于，对那些正自觉奋发向上的受教育者，当其遭遇一时学习障碍而陷入迷茫时，要适时地施以援手，使其豁然贯通而提高。这一点在纸媒主导时代相对容易达成，因为它更利于受教育者面对语言文字而展开理性思考。但在电子媒介主导时代，却会遭遇更大的困难或困境，这是因为，电子媒介时代的"泛媒介场"往往对受教育者施加多重和过量信息的狂轰滥炸，令其在缺乏足够的理性思考情形下就匆忙地和茫然地接受教育，造成教育信息过剩、消化不良等弊端。即便是在富有启发式教学经验的教师的理性引导的情形下，受教育者在面对多种媒体信息的轰炸与教师的启发两种力量的争相牵引时，很容易被前一种的通俗化和有趣允诺所征服。

正是在这样的文学教育语境中，五四以来形成的现代性诗意启蒙精神难免遭遇解构的危机。

七、重新召唤诗意启蒙的幽灵

十年前曾提出的"从诗意启蒙到异趣沟通"的转型判断，认为随着市场经济、审美趣味分化时代的到来，"诗意启蒙"任务及其精神会逐渐地转化成新的"异趣沟通"任务，需要在新的分化条件下寻求相互差异的多种异质审美趣味之间的平等沟通。[①] 尽管现在仍然坚持这一判断，但却从来没有像今天这样清醒地认识到，当前的异趣沟通使命已经和正在变得前所未有地艰难：多种异质审美趣味之间的沟通往往遭遇来自多方势力的强势干扰或阻挠，其后果之一就是，异趣沟通被变形为机趣共娱，即扭曲成多种机巧、低俗或偶然的感官趣味的共同娱乐。这样的后果包括借助电影观赏、电视节目观看、互联网聊天、手机短信互动等而实现的自我娱乐、群体娱乐等多种形式。这种机趣共娱状况的出现，使得原来有关多种异质审美趣味之间平等汇通情境的设想面临被打折扣的危机，至少仅是在低水平上徘徊。

要改变这种危机局面，实现真正的异趣沟通，就需要重新召唤诗意启蒙的幽灵，力求在当今条件下重新创造起能有利于诗意生成，并在这种诗意生成中实现理性提升目标的情境，再通过这种诗意启蒙去实现异趣沟通。虽然诗意启蒙的时代已成回忆，如今已置身新的求取异趣沟通的时代，但面对由电子媒介主导的机趣共娱危机，仍需适当地重新唤回诗意启蒙，以它为中介手段去实现异趣沟通。回到开头有关《面朝大海，春暖花开》的阅读上，这个电视媒体的诗歌解读节目可以为探讨电子媒介时代重新召唤诗意启蒙幽灵，提供一个恰当的个案。

———————————

[①] 王一川：《诗意启蒙与异趣沟通——当代审美精神的演变》，《山花》1997 年第 10 期。

　　如果敢于坚决地摆脱电视台主持人集体朗诵的娱乐化氛围先入为主的强势影响，转而能够直接地面对纸质媒介，尤其是平心静气地阅读这首诗的汉语句子系统本身，就不难发现，这首看起来语词浅易、意义明白的诗，其实带有象征型诗歌特有的那种语言似浅实深、语义朦胧而不确定的美学特征。它表面上说诗人想象平凡生活的充实和美好，你看他那么满足于"喂马，劈柴，周游世界"，还有"关心粮食和蔬菜"，还想"和每一个亲人通信"，最后还想把忽然产生的"幸福的闪电"告诉"每一个人"，并且还大公无私地祝福"陌生人"。而最后的"面朝大海，春暖花开"似乎更是言简意赅地点明了诗人忠实于现实生活的姿态。这个意象整体似乎传达出对于平凡生活的乐观与温馨的体验。

　　然而，如果反复品味整首诗的跳跃的、充满空白点的字里行间，就可以发现，它实际上揭示了一种对于日常生活的难以言喻的哀伤与悲凉，以及对于这种体验的无比艰辛而执着的跨越性努力。这一基调在首句就确立了："从明天起，做一个幸福的人。"这一个句子就蕴藉了至少两层与普通语言不相同的深层意义：第一，真正幸福的人是无需宣称"做"而只需在生活中实际体验的。真正幸福的人自己体验就是了，还宣称"做"干什么？用得着吗？只有希望幸福而又暂时不能但仍执着地求索的人，才会发出"做一个幸福的人"的宣言书。因而这一宣言应当传达出一种令人不安的信息，暗示出一种因客观上不能而生出的主观愿望、期盼或憧憬，绝不是像有些媒体或教学研究论著所理解的那样是表明"我"已然如愿过上幸福生活了。第二，进一步看，做"幸福的人"干吗要"从明天起"而不是从"今天"起呢？这难道不是恰恰意味着承认说，他昨天和今天都还不幸福或不够幸福吗？这种理解可以从后面的"幸福的闪电"一语得到后续的证实："幸福"对"我"来讲其实不过是稍纵即逝的明亮而短促的瞬间"闪电"，明亮而易逝，可望而不可即，可遇而难求。也就是说，这"幸福"对诗人来说，不是现实的体验，而是现实的痛苦以及痛苦中升起的瞬间幻想或想象。越是令人痛苦的生活，越能激发反向的幸福幻想。至于"陌生人，我也为你祝福／愿你有一个灿烂的前程／愿你有情人终成眷属／愿你在尘世获得幸福"等句，意义更加朦胧而隐晦：诚然可以读作一种有关"明天"的真诚"祝福"，但也许更应该理解为一种因"幸福"的"明天"不可能降临而导致的自我伤感与绝望体验的反讽式表达。联系整首诗的文本系统去整体读解可见，这里陈述的有关"陌生人""你"的所谓三愿，正与后面"我"的一"愿"之间形成相反的带有反讽意味的对比意义："我只愿面朝大海，春暖花开"。这意味着从"你"的三愿归于"我"的一愿，或者说以"我"的一愿去主动拆解"你"的三愿。这里的"我"与"你"很可能分别代表诗人内心的一场自我对话的两个激烈论辩的主角，他们分别代表精神的与物质的、纯粹的与世俗的、精英的与平凡的自我。

正是通过这场激烈而坚定的自我内心对话，"我"最终获得了一种与"你"形成明确疏离的严肃的生存选择：一条与"你"所选择的"灿烂前程""终成眷属"和"尘世幸福"相悖逆但又始终充满幸福幻想，因而更贴近真正幸福的漫长的孤独旅途。幸福在"我"看来似乎根本就不是实际的日常生活过程本身，而是在日常生活过程中对于更高的超凡脱俗的、精神意义上的"幸福"体验，它包含着直觉、情感、想象、期盼和追求，因而属于一种瞬间性的和精神性的"幸福的闪电"。这个"幸福的闪电"可能是代表全诗的核心或高潮的一个集中的象征意象，显示出一种非日常生活的、超日常生活的或精神性的内涵。"那幸福的闪电告诉我的／我将告诉每一个人"。这个十分热衷地要把"幸福的闪电"传播给"每一个人"的"我"，到这里实际上已经成为诗人对其角色、使命及形象的一种自况了。诗人，难道不正是用语言去捕捉和传达"幸福的闪电"的人吗？至于归根到底那真正的幸福是什么，其实是无法用语言表达清楚的，也不是最重要的，而只需要在禅宗般"面朝大海，春暖花开"的瞬间去体验和领悟就够了。

当然，这样的简要读解远远没有穷尽这首诗丰富而不确定的多重蕴藉意味，但至少已经表明，它绝不是像电视主持人们集体朗诵的那样简单和单一，需要以面对纸质媒介的惯常姿态，在语言的反复阅读中加以反复品味，如此才可能从那"看似寻常最奇崛"的语言世界中搜寻出它可能的多重意味中的部分意味来。像电视媒体对待《面朝大海，春暖花开》那样的事例，在现代这个电子媒介主导的时代其实早已屡见不鲜了。不仅电视，还有电影、互联网、移动网络等，正在以通俗化、图片化、音像化、戏谑化乃至搞笑、恶搞等形式，对经典文学加以重新包装，令其适应今天这个时代公众的日益滋长的娱乐化需求。在这个什么都可供娱乐的娱乐化时代，文学经典或纯文学作品因其品位高雅、流传甚广、口碑坚挺，难免成为各种媒体竞相调配、勾兑的优质娱乐资源。它们难道还配有更好的命运吗？

要想抵制或跨越文学作品被电子媒介娱乐化的命运，就需要重新回到文学文本的语言阅读中，因为只有在这种严肃的语言阅读中，我们才有可能真正洞悉诗的声音和世界，从而驱散种种媒体的娱乐化迷雾，而把自己的人生重新照亮。

当然，这里并非对电视等电子媒介的文学教育功能持有什么偏见，只是主张，在承认电子媒介具有一定的积极的文学普及功能，并且这种功能应加以适度开发和利用的前提下，重新确认纸质媒介在文学教育中的主导作用并积极付诸实施。而要这样做，就需要重新唤回诗意启蒙的幽灵。

重新唤回诗意启蒙的幽灵，意味着这样几个东西的复归：一是回到纸媒，即重塑以纸质媒介为核心的汉语媒介的权威，也就是适当脱离电子媒介的束缚而回到敞开的书本，即不再是简单地效仿电视台主持人集体朗诵形式，而是像孙少平那样，带着个人的生存体验和生存需求去手捧书本，由此寻求可能的人生启迪。二是细读文本，以严肃的姿态去冷静而细致地阅读汉语小说或汉译小说文本，从语词缝隙里解读其可能的丰富意义。三是激发感兴，即当个体的生存境遇同文本的世界在某个节点上实现视界融合，那么人生的意义就可能在这阅读的瞬间生成。四是品味余兴，即反复地品评和体味文本中蕴藉的深长的余意绵绵的感兴。重新召唤诗意启蒙，不是要否定现在而回到过去，只是要在承认现在的合理性的前提下去救治现在的症候，以便使现在重新成为具有健康机体的现在。在此过程中，文学教育所担负的使命绝不仅仅只是知识传承或信息传播，而是意味着新的生存情境中人生原初意义的生成与符号化塑形。

写到这里，不妨介绍曾看到的一则消息：当年的朦胧诗人在南方一大学搞"诗歌朗诵组合"。开始时大学生们像广播员那样朗诵诗，被朦胧诗人批评为："拿腔作调，你这简直就是无耻的声音。"然后诗人教学生们把那些"广播员的调子"都拿掉，"老老实实地用汉语读"，目的是要"恢复诗歌原有的声音"。这些大学生对这种陌生的汉语诗歌朗诵形式感到挺兴奋，"每次朗诵完了像喝醉了酒似的。"几轮操练下来，终于发现了几个会读诗的："有个学生，我说他有高贵的贫穷的声音，于是我让他读于坚的《很多年》；有个女生，有着金子般的声音，饱满、辉煌，我就让她读海子。"这以后，经过这样严肃而严格的汉语诗歌朗诵训练，大学生们成功地改掉"广播员的调子"，终于迎来第一次集体诗朗诵的成功，引得前来现场观摩的作家们在长时间惊喜后"感叹"不已。① 这种大学生诗朗诵的做法究竟如何，因未能亲历而无法作具体评论，但至少这种尝试在现代这个电子媒介主导年代，对于文学教育的重唤诗意启蒙之举，应是难能可贵的和有着特殊的启迪意义的。这个实例可与前面提及的电视主持人朗诵海子诗的场景形成鲜明而有趣的对比。

---

①　万静、张健：《诗人浮生二记》，《南方周末》2007 年 3 月 1 日。

第十章　现代型文学：中国文学的新传统

——兼谈大海形象中的现代性问题

　　探讨中国现代文论的传统问题，有一点是不能回避的，这就是作为中国现代文论的研究对象和研究根据的中国现代文学或 20 世纪中国文学，到底呈现出何种传统品格？它们能同中国现代文论一样归属于中国文学的新传统吗？这个问题在今天并不是可以不证自明的，而是处于风雨飘摇之境的。因为，许多热爱中国古典文学的人，无论普通读者还是专家，甚至不少研究现代文学的人，往往都对中国现代文学的中国性持有轻视甚至否定态度。因此，这一问题需要有所辨析，而这种辨析相信会有助于回头深入认识和反思中国现代文论自身的问题。

　　还需说明的是，这里尝试从中国文化现代性角度去考察被人们称为"20 世纪中国文学"的那段中国文学或者由晚清文学、现代文学及当代文学三个概念共同组成的那段中国文学，如此就不能不得出一个新词语，即中国现代型文学；与之对应的中国古典文学，则相应地被称为中国古典型文学。随后，为了进一步阐明中国现代型文学作为中国文学的新传统之区别于中国古典型文学的特征，拟对大海形象做一番简要追踪。①

---

　　①　本章初稿内容由两部分组成：一是关于中国现代型文学作为中国文学的新传统的部分，原文题为《现代型文学：中国文学的新传统——兼谈中国现代学与现代文学研究》，初于 1997 年 10 月在开封"中国文学研究学术研讨会"宣读，随后发表于《文学评论》1998 年第 2 期，曾收入《汉语形象与现代性情结》(8—23 页，北京，首都师范大学出版社，2001)；二是关于大海形象及其现代性品格的部分，先是属于《中国形象诗学》第三章典型性危机中的第五节(《中国形象诗学》，239—250 页，上海，上海三联书店，1998)，后经课堂讲授扩充，纳入《大学从游——王一川文学批评讲稿》(210—247 页，北京，北京师范大学出版社，2009)。上述两部分初稿内容在这次纳入时都做了必要的修订。

一、中国文化现代性视野中的文学

进入 21 世纪已经十多年了，业已被告别 20 世纪中国文学，为源远流长的中国文学史传统留下了什么新东西？换言之，这个世纪的文学在浩瀚的中国文学史长河中将占据怎样的位置和已经做出怎样的贡献？这是近十多年来文坛持续关注的焦点之一。一些学者于 1985 年提出"20 世纪中国文学"概念，试图把一向从属于政治划分的中国现代和当代文学统合起来研究，引起学术界的广泛关注。然而，这并不表明 20 世纪中国文学研究趋于终结，只是掀开了新的一页。因为从那时以来，人们关于"20 世纪中国文学"的讨论连绵不绝，形成杂语喧哗局面。这里也只是想从中国文化现代性这个特定角度，加入这场有关 20 世纪中国文学及其相关问题的世纪末喧哗之中，提出一种特定的观察。

中国文化的现代性或现代化，是在现代进行的一项长期而根本的"工程"。这种"现代性工程"（project of modernity）起于何时，学术界有不同意见。虽然可以认为它根源于中国文化内部的种种因素的长期复杂作用和演化，但在作具体划分时，还是不得不把目光沉落到 1840 年鸦片战争这个影响深远的重大历史事件上。现代性工程在这里大体以鸦片战争为明显的标志性开端，指从那时以来至今中国社会告别衰败的古典帝制而从事现代化以便获得现代性的过程，这个过程涉及中国的政治、经济、法律、教育、宗教、学术、审美与艺术等几乎方方面面。当这个闭关自守的"老大帝国"在西方炮舰的猛烈轰击下急剧走向衰败时，按西方先进的现代化指标去从事现代化，"师夷长技以制夷"，似乎就成了它的唯一选择。确实，面对所谓"三千年未有之变局"，中国的古典"中心"地位和幻觉都遭到了致命一击，只能脱离传统旧轨而迈上充满诱惑又艰难的现代化征程，以便使这"老大帝国"一变而为"少年中国"或"新中国"。李伯元在小说《文明小史》（1903—1905）楔子里，就把走向现代化的"新中国"比作日出前的"晨曦"和风雨欲来的"天空"："诸公试想：太阳未出，何以晓得他就要出？大雨未下，何以晓得他就要下？其中却有一个缘故。这个缘故，就在眼前。只索看那潮水，听那风声，便知太阳一定要出，大雨一定要下，这有甚么难猜的？做书的人，因此两番阅历，生出一个比方，请教诸公：我们今日的世界，到了甚么时候了？有个人说：'老大帝国，未必转老还童。'又一个说：'幼稚时代，不难由少而壮。'据在下看起来，现在的光景，却非幼稚，大约离着那太阳要出，大雨要下的时候，也就不远了。"这里可以说把中国眼前的衰败景致和即将到来而又朦胧的现代化美景同时展现出来。现代化（modernization），在这里就是指中国社会按照在西方首先制定而后波及全世界的现代性指标去从事全面而深刻的社会转型的过程。而相应地，现代性（modernity）则是指中国通过现代化进程所获得的或产生的属于现代的性质和特征。如果参照安东尼·吉登斯（Anthony Giddens，1938—　）有关现代性即等同于全球化的观点，现代性就是指那种起初在西欧发生而后来向全球扩展的新的生活方式及其价值系统。①

要在这个具有数千年文化传统的"老大帝国"实施空前宏大而艰巨的现代性工程，必然会牵涉方方面面。对此，原可以从不同角度加以分析。在这里不可能面面俱到，而只能选取一种特定角度。中国的现代性问题，可以从中国文化对于其在现代化进程中所遭遇的种种挑战的应战行动角度去考虑。在这个意义上，现代化意味着被迫纳入现代化进程的中国旧体制经受一系列尖锐、严酷而持久的挑战，如产生"道"与"器"、专制与民主、巫术与科学、科举与教育、王法与法律、传统思维与现代思维等剧烈而持久的冲突。有挑战，就不得不有应战。应战就是面对挑战而采取必要的应对措施，在现代性内部的种种冲突中尝试和寻找适合于自己的现代化道路。因此，可以说，中国的现代性问题集中而明显地体现在面对现代化过程的种种挑战而显示的应战行动上。这就需要从挑战性课题与应战行动的角度去理解现代性所牵涉的种种复杂问题。

大体说来，现代性涉及这样一些主要方面：其一为科技现代性，

---

① ［英］吉登斯：《现代性的后果》，田禾译，152 页，南京，译林出版社，2000。

主要体现为如何师法西方现代科学和技术而建立中国的现代科学和技术体制，并且在这种现代科学和技术体制参照下重新激活中国古典科学和技术传统；其二为政体现代性，要求把奉行天下一体的古典帝制转变为现代世界格局中的一个"民族国家"(nation-state)，这引发种种政体变革；其三为思维现代性，涉及古典宇宙观与现代宇宙观、中国哲学与西方哲学、中国思维与西方思维等相互冲突问题及其解决上；其四为道德现代性，要确立中国人的现代道德规范，涉及人际交往、礼仪、感情、恋爱和婚姻等方面，如破除"三从四德""三纲五常"，规定个人、恋爱和婚姻自由及社会义务等；其五为教育现代性，意味着借鉴西方教育制度而在中国建立现代教育制度以取代衰落的中国古典教育制度(但后者作为传统仍有其生命力)；其六为法律现代性，要求把古典王法转变为现代法治；其七为学术现代性，即把古代学术体制翻转为以西方学术体制为样板的现代学术体制，涉及从学术观念、学术思维、治学方式到学术机构等一系列根本性转变，如从古典文史哲不分家到现代的文学、历史、哲学和美学等分科；其八为审美现代性，表现在从古典审美—艺术观到现代审美—艺术观的转变，面对新的现代生活的审美表现能力及如何借鉴西方艺术样式如文学、绘画、电影、音乐、舞蹈和戏剧等方面；其九为语言现代性，主要指汉语现代性，体现在从古代汉语到现代汉语的转变中，如现代白话文取代古代文言文和古代白话文。可以说，这仅仅是不完全列举；同时，其中任何一个方面都需要运用专业知识去作专门论述，而在这里由于个人能力和兴趣所限是不可能的。这里只能讨论与论题密切相关的后两方面——审美现代性与汉语现代性。

二、审美现代性与汉语现代性及二者的交叉点

审美现代性，在这里是审美—艺术现代性的简称，它既代表审美体验上的现代性，也代表艺术表现上的现代性。在现代性的诸方面中，审美现代性是看来非实用或非功利的方面，但这种非实用性属于"不用

之用",恰恰指向了现代性的核心——现代中国人对世界与自身的感性体验及其艺术表现。审美,"aesthetic"原义为感性的或感觉的。审美现代性(aesthetic modernity),就是指中国人在现代世界感性地确证世界与自身并加以艺术表现的能力,或感性地体验现代世界和自身并加以艺术表现的能力。它涉及这样的问题:在现代世界上,中国人还能像在古代那样自主和自由地体验自己的生存状况、寻找人生的意义充满的瞬间吗?这样,正是审美现代性能直接披露作为现代人的中国人的生存体验状况、整体素质和能力,从而成为中国现代性的一个极为重要的方面。

审美现代性往往表现在如下几方面:从古典审美意识向现代审美意识的转变,即确立属于现代并融合中西的审美情感、审美理想和审美趣味等;以现代审美—艺术手段去表现现代人的生存体验,涉及从旧文学到新文学的转变,国画与西画之争,国乐与西乐之辨,戏曲与话剧的关系,及新的表现手段如广播、摄影、电影和电视的引进等;参照西方现代美学或诗学学科体制而建立现代美学或诗学学科,从而出现中国现代美学或诗学。就上述方面而言,以现代审美—艺术手段去表现现代人的生存体验,是尤其值得关心的。单从文学角度说,以现代审美—艺术手段去表现,首先就意味着以现代汉语为书写形式,以相应的现代审美—艺术语言规范去表现,如实现从古典章回体小说到现代小说、从旧体诗到新体诗、从文言散文到新散文、从戏曲到话剧等的转变。由于这里都无法绕开古代汉语文言文与现代白话文的关系这一"纽结",因而要谈论文学的审美—艺术表现即审美现代性,就不得不涉及汉语现代性问题。

如果可以说汉语是显示中国人生存状况的基本场地或方式,那么,说现代汉语是显示现代中国人生存状况的基本场地或方式,则是顺理成章的事了。因为,近一个世纪以来的事实已经清晰地告诉人们,当古典文言文无法表达或无法尽情表达现代中国人的新的生存体验时,呼唤并创造新的属于现代的汉语形态,使其击败并替代衰朽的古代汉语而登上正统或主流宝座,就成了汉语现代性的主要课题。人们有理由发出疑问:正像古代汉语成为显示古代中国人的生存状况的有效和有力方式一样，新生而稚嫩的现代汉语还能同样有效和有力地表现中国人的现代生存体验吗？还能帮助中国人在现代世界重新树立自己的那份自信、自主与尊严吗？所以，可以说得集中点，汉语现代性的焦点，正在于现代汉语作为显示现代中国人的生存状况的方式的有效性和魅力问题。

汉语现代性问题，约略说来，集中表现在如下方面：一是从汉字结构来说，由繁体字变为简体字，虽然对中国人的古典汉字形式美感无疑构成极大的挑战，但却是汉语为适应现代生活的表达需要而采取的一个重要的和有效的步骤；二是就汉语书写格式来说，从竖排右起方式到横排左起方式，标志着汉语书写格式与现代世界通行语言书写格式形成统一；三是就汉语表述来说，从无标点句式到标点句式，和从不分段到分段，使汉语表述增加或获得了现代语言所需要的逻辑性和精确性；四是就汉语语法来说，从古代"文法"到现代"葛朗玛"（grammar），建立起汉语的现代语法体系；五是外来语的大量引进、仿造和新词的创造，满足了现代生活的交往需求。

而从语体分类来说，汉语现代性具体体现在为适应现代表达需要而出现的新的分类形态中——科学语言、新闻语言、官方语言和文学语言成为现代汉语的基本语体。首先，作为科学语言，现代汉语能否像现代西方语言如英语那样表述和创造中国现代科学知识？当古代汉语无法完满地完成上述任务时，现代汉语中的科学语言就必然地承担起这项使命了。其次，作为新闻语言，现代汉语能否完善地和准确地报道和评述错综复杂的新闻事件，以便满足现代人对新闻的特殊敏感和消费渴望？再次，作为政府或官方语言，现代汉语能否完满地完成传达现代政府指令、治理和动员大众的任务？最后，作为文学语言（这里特指艺术语言），现代汉语能否像古代汉语表现古代人的生活状况那样，完满地和创造性地表现现代人的生活体验？而同时，作为文学语言的现代汉语，是否也像古代汉语那样，在文学表现中本身就具有特殊的"美"，而这种美正是现代文学的美的有机组成部分？这最后一个问题正是这里需要讨论的。

这里，作为汉语现代性的重要方面之一，以现代汉语去表现现代人的生活体验问题，是必须同前述审美现代性问题紧密联系在一起考虑的。审美现代性要解决现代人的生存体验及其表现问题，而汉语现代性正是意味着把这一问题落实到具体表现方式——现代汉语上，于是就出现了一个崭新的问题：如何创造新的现代汉语以便表现现代人的生存体验？这正是中国文学的现代性问题。这样，正是在审美现代性与汉语现代性的交叉点上，出现了以 20 世纪中国文学为代表的新型文学——这不妨称为中国现代型文学。这种新型文学致力于以新的现代汉语形式去表现现代中国人的生存体验，正像古典型文学承担表达中国古代人的生存体验一样。

三、中国的现代型文学传统

如何看待中国的现代型文学？还得要回到前述中国的审美现代性与汉语现代性问题及其交叉点上。现代中国人不得不遭遇这样的问题：面对新的陌生的现代世界，中国自我还能真正进入自己的生存隐秘处，在那里获取人生的意义充满的瞬间吗？要完成这项审美现代性课题，古代汉语已经落伍了，需要求助于新的汉语形态，这就有汉语现代性要求。这样问题就来了：曾经运用古代汉语去书写生存体验并创造了辉煌灿烂的古典文学的中国人，还能运用新的现代汉语去书写现代生存体验并创造堪与古典文学媲美的具有现代性的新文学吗？面对这个空前难题，中国现代作家开始了自己的艰难历险，结果是创造了 20 世纪中国文学，或者不如说，中国现代型文学。

从中国的审美现代性与汉语现代性相交叉的角度看，所谓"20 世纪中国文学"实际上带有与古典型文学不同的现代性性质，从而属于中国现代型文学，或者说是中国现代型文学的一个主体部分。所谓古典型文学，在这里是与现代型文学相比较而言的，或者是从现代性角度去追认的，指 1840 年鸦片战争之前的以古代汉语（包括文言文和古代白话文）为基本书写形式的中国文学。中国古典型文学具有自身的源远流长而又辉煌灿烂的"美"或审美特征，这是任何人都无法否认的。然而，与此相对照，似乎只是仓促出生且生长艰难的中国现代型文学，还能有属于自身的独特的"美"或审美特征吗？人们当然有理由持怀疑态度。而确实，长期以来，人们总是把现代型文学同古典型文学和西方现代文学相比较，并且总是得出中国现代性远不及后两者的结论。果真如此吗？

中国现代型文学，是从鸦片战争以来至今的中国文学的基本美学形式和精神风貌的通称。如果说，从 1840 年至戊戌变法（1898）的半个多世纪，属于中国古典型文学的衰落期和现代型文学的酝酿期；从戊戌变法失败至五四新文化运动的十余年属于中国现代型文学的滥觞或开端期，那么，五四以来至今的则属中国现代型文学的发展期。这样，"20 世纪中国文学"在此也就是应当指中国现代型文学的发展形态。它不是在五四运动中突然"蹦"出来的独立形态，而是从鸦片战争以来或者更长时间就一直在缓慢地孕育和生长着的中国现代型文学的一部分，一个主干部分。如果否认它同之前数十年文学发展的联系，就意味着把它同文学的现代性进程以及更根本的文化现代性进程相割裂，仿佛是一个自我生成的"怪物"。在这个意义上，人们提"20 世纪中国文学"诚然曾经产生过一定积极意义，但却是不大合理的，不如提中国现代型文学的发展期。

作为中国现代型文学的发展形态，20 世纪中国文学已经形成了自身独特的审美特征。这自然需要从若干方面去作综合考察，这里不妨单从它所创造的现代汉语形象去作初步考虑。在中国文学中，汉语并不是单纯的意义表达工具，就是审美对象的当然而基本的组成部分——它是文学中的一种艺术形象。具体地说，汉语在其意义表现中本身就能展现出丰富而意味深长的审美的艺术形象（如语音形象、文法形象、辞格形象和语体形象等）；可以说，文学也只有凭借这种基本的汉语形象，才能把艺术形象总体及其意义创造出来。汉语形象不是文学艺术形象系统多余的装饰部分或次要外壳，而是它直接的和基本的美学"现实"。因为，中国文学毕竟是汉语的艺术，确切点说，是汉语形象的艺术。如果没有了汉语形象，文学的艺术形象总体及其意义又如何创造出来呢？不是艺术形象总体及其意义需要借助汉语形象去表现，而是汉语形象把艺术形象总体及其意义创造出来。

确实，不再是沿用伟大而衰落的古代汉语，而是自无而有地创造稚嫩而富有前景的现代汉语，以便表现现代中国人的新的生存体验，这是中国文学史上前所未有的艰巨而辉煌的事业。试想，在古代中国人已经把古代汉语的表现能力伸展到最大限度从而使其必然地走向衰落后，置身在新的世界格局中而急切地寻求表现的现代中国人，就别无选择地只能另创新语了。孕育过李白和杜甫的诗文土壤而今不可能再度孕育他们了。纵使李杜再生，他们也不可能再度成为创造过辉煌的古代汉语形象的现代李杜，而不得不面对一个千古新难题——如何创造和运用新的现代汉语去写作，去表现现代人的生存体验。这无疑是李杜当年不可能遭遇的一项名副其实的"前无古人"课题。

这项前无古人课题进展怎样呢？可以说，从五四白话文运动到20世纪末，现代汉语在表现现代中国人的生存体验方面已经取得令人瞩目的美学成就，同时，它作为汉语的现代形式，也已经和正在形成与古代汉语不同的独特的美或审美特征（另论）。古代汉语具有自身独特的美，而现代汉语也正在把自己独特的本土美质开放出来。汉语的古今两种美质之间，当然存在着内在根本的继承关系，但同时，相互间的差异也颇为明显。一般地说，具有独特美质的现代汉语形象，从三方面吸取"美的资源"（爱德华·萨丕尔语①）：一是汉语内部的古代传统语言"流"，即中国古代文学所传承下来的古代汉语遗产，它作为内在汉语形式为现代汉语形象提供古代汉语传统的强大支援；二是外来的语言"流"，即以先进和科学语言面目出现并产生深刻影响的西方现代文学语言，这使得中国人在创造现代汉语形象时有了可以仿效的现代理想典范；三是基本的语言"源泉"，这是最为重要的，即现代中国人对于自身生存体验的当下语言把握方式，这为现代汉语形象确立了新的基本的、活生生的和永不枯竭的语言资源。现代汉语形象正是这三方面融合的结晶。

现代汉语形象与中国文化现代性之间存在着密切的多方面的联系。

———————————

① ［美］萨丕尔：《语言论》，陆卓元译，202页，北京，商务印书馆，1985。

从总体上讲，文学中这些现代汉语形象的出现，恰恰是要适应中国文化现代性的需要，并且实际上成为中国现代性工程的一个不可缺少的方面——新的丰富而意味深长的现代汉语形象不正构成中国现代性工程的动人的想象性"镜象"吗？正如前面所说，这是审美现代性与汉语现代性相交叉的坐标点。现代汉语形象所达到的美学高度，是现代性文化所想象的高度的一个凝缩模式。而就文学来说，正是现代汉语形象的美，有力地支撑起中国现代型文学的美。如果承认现代汉语形象美的独特性，那就必然会引出如下认识：以现代汉语为"美的资源"的现代型文学，也已经开始展现出自身独特的美，这是与古典型文学的美不尽相同的新的美。如此，从现代汉语与现代型文学的关系而言，中国现代型文学其实可以表述为中国现代汉语文学。

这样看来，现代的所谓中国"近代文学""现代文学"和"当代文学"研究学科，就可以在中国现代型文学（或中国现代汉语文学）这一新框架中统合起来。这是它们各自的学科建设所急需的。因为，正是这种综合研究有可能帮助人们打消内心对于这三种学科的学科根基或立足点的长久怀疑。把所谓"近代文学""现代文学"与"当代文学"这三个基于往昔政治话语划分而产生的孤立领域统一起来研究的时日，应当说已经来临。它们不都是现代汉语文学或现代型文学的组成部分和研究领域吗？不都是与现代性相连的中国现代文化的组成部分吗？这三者相互打通的时刻，也即中国现代型文学获得全面而综合研究的时刻，无可否认地来临了。

中国现代型文学并不只是以往中国文学传统的一个简单继续，而是它的一种崭新形式。即它不是为既往数千年传统续上百余年"尾巴"，而是在数千年或传统衰落之后另辟蹊径，另创一种新的形态，从而使中国现代型文学呈现出与古典型文学不同的另一种"美"。如果说，以古代汉语为书写形式的古典型文学代表中国文学的古典性传统，那么，以现代汉语为书写形式的现代型文学则代表中国文学的新的现代性传统。这是中国文学所具有的两种彼此相连而又不同的"传统"。遗憾的是，由于传统学术成见的限制，人们对于伟大而衰落的古典型文学传统似乎所知颇多，然而，对于或许具备高贵潜质但又有待于成熟的现代型文学传统却所知甚少；相应地，人们对衰落的前者大加推崇，却对有待成熟的后者严加苛责。所喜的是，近些年来，人们正逐步开始形成对于现代型文学的新眼光。无疑地，现在已到了正视这种堪与古典性传统相媲美的新传统并同它对话的时候了。

四、中国现代型文学与中国现代学

由于中国现代型文学远不是单纯的诗学或美学问题，而涉及远为广泛的文化现代性问题，因此，有关它的研究就需要依托着一个更大的学科框架。也就是说，它是一个涉及现代政治、哲学、社会学、心理学和语言学等几乎方方面面的文化现代性问题，因而需要作多学科和跨学科的考察。有鉴于此，需要有一门更大的学问，去专门追究中国文化的现代性或现代化问题，从而为中国现代型文学研究打下坚实的学科地基或学科立足点。这个专门研究中国现代性或现代化的更大的文化学科，应是中国现代学。中国现代学是一个新构想，它能否成立呢？

中国现代学应是与时下流行的"国学""汉学"（sinology）和"中国研究"（Chinese studies）三个概念不同的。"国学"在现代通常指中国古典学术，或以中国古典学术方式而对中国古代文化的研究。这样的国学当然有其价值，但对中国文化现代性问题却很少涉及，或者说，在处理现代性问题时缺乏行之有效的办法。"汉学"一词则有广义和狭义之分。广义的"汉学"把所有有关中国文化的研究都包容在内。凡是研究中国文化的，无论是中国人还是外国人，都可称为"汉学家"。但这种用法因过于宽泛，实际上不大被采用。常用的倒是狭义"汉学"。它常用来指 16 世纪以来外国人（尤其是欧洲人）从语言、历史、地理、宗教和哲学等方面系统地研究中国的学问，可以说是"东方学"的一个组成部分。① 这种研究的规范和目的都是属于外国的，虽有参考价值，但

① 参见阎纯德：《汉学和西方汉学研究》，载阎纯德：《汉学研究》，第 1 辑，1—3 页，北京，中国和平出版社，1996。

毕竟无法充分满足中国人研究自己的现代性问题的需要。"中国研究"（或译"中国学"）是近十余年来引进国内的，它是第二次世界大战以来兴起于美国的一门以现代中国为研究对象、以历史学为主体的学问，属于美国学术中的"区域研究"（regional studies）范畴。其奠基人是美国学者费正清（John King Fairbank）。"中国研究"要突破欧洲"汉学"重视传统而轻视现实的旧模式，把中国现代问题作为基本研究对象。① 这种研究虽然以中国现代问题为主，富有一定参考意义，但实际上是欧洲"经典汉学"（classical sinology）在现代问题上的一种延续形式，其目的仍是像经典汉学那样服从于和服务于西方自身的利益需要。

那么，在国学、汉学和中国研究之外，还有没有一门新学问，它由现代中国人自己建立，能把中国的现代性作为中心问题加以研究，从而承担起研究现代中国问题的任务？显然，中国现代学正是为弥补国学、汉学和中国研究所留下的空缺而产生的。它致力于研究鸦片战争以来中国在古典性文化衰败以后寻求全面的现代性过程时的种种问题。换言之，中国现代学是研究中国现代性问题的学问，是涉及中国现代政治、经济、社会、哲学、历史、语言、艺术等方面的跨学科研究领域。而这些现代性问题的重要方面之一，就是由审美现代性和汉语现代性交织成的文学现代性问题，即如何创造新的现代汉语以适应表现现代中国人的生存体验的需要。在这个意义上，中国现代型文学研究不过是中国现代学这个包罗广泛的现代文化学科中的一个环节。

当然，中国现代学与其说是一门严格意义上的专门学科，不如说是一个灵活自如的跨学科研究领域。作为"研究领域"，它特别标明的是所研究的问题范围，或所思考问题的方式，而这种问题范围或思考方式则往往需要跨越特定专门学科的界限，而向周围其他学科开放。例如，要从中国现代学角度研究 20 世纪中国文学，则需要走出单纯现代文学和现代诗学的限制，借助社会学、语言学、历史学和心理学等多种学科的优势，从事跨学科研究。这样做，才可能真正形成中国现代学研究视野。而如果把中国现代学人为地固定为一个独立学科，则

---

① 参见侯且岸：《当代美国的"显学"——美国现代中国学研究》，7—18 页，北京，人民出版社，1995。

它的特色就势必都丧失掉了。说得通俗点，中国现代学应是一种在中国现代性问题框架中思考具体问题的、具有跨学科意味的研究眼光、视野或方式。

其实，中国现代学正是严格意义上的"中国学"。在古典时代，当中国人对于自己在世界上的中心地位充满自信、固执地相信自己就是全世界的"中心"时，就自然地把"中国"当成"世界"或"天下"。那时的"中国"还不是一个"民族国家"的国体称谓，而是一种"文化主义"或"天下主义"意义上的文化中心名称。谁在文化上强盛，谁就是"中国"（即天下之中央）。所以，那时的"中国学"（如果有的话）与"世界学"是重合的，或者干脆就是一回事，并不需要专门针对中国的"中国学"①。只是在现代（鸦片战争以来），当中国的古典中心权威无可挽回地走向衰败、中国作为现代世界若干民族国家之一员这一事实被确认后，② 在新的视界格局中重新认识或想象中国、重建中国在世界上的地位，才成了一种必然要求。也只有在这时，才真正需要一门专门研究中国现代性的学问，这就是中国现代学即中国学（当然，如果要对译成英文的话，它显然不宜再译作 sinology 或 Chinese studies 了，而需另创新词，如 Chinese studies of modernity）。

到今天为止，有关中国现代学的研究虽有开展，其历史甚至可上溯到魏源、龚自珍和严复等对中国现代问题的最初认识，但毕竟一直缺乏真正明确的意识和筹划。造成这种情形的原因是多方面的，其中自然包括如下缘由：在许多人眼里，鸦片战争以来的现代化进程不过一百余年，与中国几千年辉煌的古典文化史相比似乎算不了什么，它不过就是这古典文化史的现代延续而已，因而重要的是研究古典文化的现代复兴，而不是把它看作与古典文化不同的一种新的文化的诞生。依此类推，人们以为古典文化取得很高成就，与世界任何一种优秀文

---

① 冯友兰：《中国哲学简史》，美国麦克米伦公司 1948 年此据涂又光中译，221—222 页，北京，北京大学出版社，1985。

② "中国"作为一个主权国家术语，是直到 1689 年 9 月 7 日《中俄尼布楚条约》中才首次以拉丁文、满文和俄文文本形式出现的，而它的第一次汉语表述则要等到 1842 年 8 月 29 日《中英南京条约》签订时才出场。参见王铁崖：《中外旧约章汇编》之五，130 页，上海，上海人民出版社，1957。

化相比毫不逊色，而现代文化才刚刚开始，无甚成就，至多也只是它的一个不起眼"尾巴"而已。

这种偏见既存在于中国，也存在于外国。外国人一提起中国，往往首先想到的就是它的古典形象。但是，只要从西方介入前后新旧中国形象的巨变角度考虑，就可以发现，这种现代性进程所标明的变化、带来的震撼和取得的成就，是怎么估价也不算过分的。以文学中的"中国形象"为例。鸦片战争好比一个分水岭，划分了两种中国形象。如果说，在这之前，古典中国形象凝聚了中国人有关自身与世界的第一次定义，使"中国"呈现出世界之中心权威的形象；那么，在这之后，现代中国形象则代表着中国人对自己和世界的第二次定义，此时的"中国"转而承认西方为世界之中心，自己则被放逐到边缘。然而，第一次定义出的古典中国形象并没有因新的定性的出现而消逝，而是以新的方式更强烈地显示出来：当古典中心形象被消解而现代边缘形象顽固地挺立后，对昔日中心地位的渴望非但没有因此而减弱，相反是被极大地激发起来了，形成再度中心化渴望，因为长期的中心地位造成了这样的文化习惯或定势，以致中国人难以忍受被长久地放逐边缘的巨大苦痛；而当再度中心化渴望在现实中一再难以实现时，往往被压缩到集体无意识深层，再通过多种渠道被置换出来。在文学中创造"新中国""少年中国"等现代中国形象，不过是多种置换渠道之一。一部现代文学史，可以说正是新的中国形象的创造史。① 相应地，现代性标明一种旧的文化时代的结束和新的文化时代的开端。因而不能简单地从时间的前后延续上看待现代性同古典性的区别，而要看到这种区别所揭示的文化传统上的根本差异：这是两种文化传统或文化状况的分水岭。而从文学上讲，这就需要在这种基点上回头重新审视现代化进程，认真考察这种现代化进程所引发的巨变对中国人的生存状况造成的震惊效果。这种审视和考察自然会不断回头涉及中国古典文化状况和古典性中国形象，在两者的比较中进行。而中国现代学正是要把中国形象问题置于中国文化的现代性这一更广泛的问题领域之中。

---

① 参见王一川：《中国人想象之中国——20 世纪文学中的中国形象》，《东方丛刊》1997年第 1、2 辑。

　　由于如此，中国现代学应是多方面研究的集合。例如，它可以包括哲学现代学、社会现代学、汉语现代学、心理现代学、教育现代学、审美现代学等。与中国现代学相对应，今日有关中国古典文化的学问可以称为中国古典学，这自然包括关于中国古典型文学的研究。然而，中国古典学并不能等同于"国学"，它不过是现代中国人出于理解现代文化的需要而对自身古典传统作新的研究的产物。这种有关中国古典传统的现代研究必然是在中国现代学框架中进行的，目的是服务于现代人的现代性工程。因而严格说来，中国古典学应是中国现代学的一个关系密切的旁系或支系。同时，与中国古典学一样地同属中国现代学的旁系或支系的，还有中国外国学。中国外国学是由中国人开展的关于外国的学问，包括中国东方学、中国西方学等。为了了解中国的现代性问题，了解外国，尤其是西方自然是十分必要的。这样，中国现代学同它的主要旁系中国古典学和中国外国学一道，承担起研究中国现代性的任务。

　　但这里不能在中国现代学问题上走得过远，需要赶紧回到本章论题上来：中国现代型文学在中国现代学中的位置如何呢？中国现代型文学应主要属于中国现代学中的审美现代学与汉语现代学的交叉领域——这不妨暂且称为中国文学现代学。文学现代学要处理如何以新的现代汉语形式（如"新小说""现代白话文"和"新文学"等）去创造和确证现代人的生存体验的问题。这意味着把现代型文学纳入整个中国文化的现代性进程去考察，发现现代型文学与现代性文化的密切联系。

　　这样把中国现代型文学置于中国现代学框架中加以研究，其意义是显而易见的。这里尤其重要的是，它应当可以为目前仍旧彼此疏离而飘无定所的中国近代、现代和当代文学研究提供一个共同的学科立足点或生长点，在此基础上考察它们共同的审美特征。这必将有助于消除长期以来有关中国现代型文学的种种偏见，使其独特审美价值展现开来。这种偏见在于，与人们标举古典文化而轻视现代文化相应，古典型文学被认为具有独特审美价值和伟大成就，而现代型文学据说则由于废除古典语言而采取西化的现代汉语形式，被认为尚处在失去古典根基的无根或虚空状态，因而不存在独特的审美价值，更不可能取得什么值得一提的成就。一位美国汉学家所披露的西方事例或许具有一定代表性："数十年来美国汉学界一直流行着一种根深蒂固的偏见：那就是，古典文学高高在上，现代文学却一般不太受重视。因此，在大学里，中国现代文学常被推至边缘之边缘，而所需经费也往往得不到校方或有关机构的支持。一直到九十年代，汉学界才开始积极地争取现代文学方面的'终身职位'，然而其声势仍嫌微弱。有些人干脆就把现代中国文学看作是古代中国文学的'私生子'"①。从中国现代学角度去审视，正像古典性文化与现代性文化之间的关系一样，古典型文学与现代型文学的比较绝不应看作数千年文学与其自身随后的一百余年文学的自我比较，而应视为同一种文学的两种不同形态之间的比较。也就是说，中国现代型文学已经开始获得了堪与古典文学媲美的独特而可观的审美风格，它们虽在审美精神传统上是一致的，但在表现形态上却有明显不同。它们好比同一株文学双叶树上的两种不同的叶片：一种呈现为古典性传统的面貌，另一种则映照出现代性的风姿。古典型文学虽然伟大却已衰败，而现代型文学尽管幼稚却已初显其独特审美特征与难以预测的前景。因此，要充分显示现代型文学的独特审美特征和前景，就需要开展中国现代学研究，把现代型文学置于中国文化的现代性问题框架之中去审视。

中国现代学以及中国现代学框架中的中国现代型文学的有关问题甚多，这里只是提出初步研究提纲，以期引起同仁的探究兴趣。希望这个视界能为研究包括现代型文学在内的中国文化现代性问题开拓出一片新的意义空间。

五、大海形象与中国文学的现代性
——分析《你见过大海》

大海，是中国现代型文学中经常出现的艺术形象之一种，正像中

---

① 孙康宜：《"古典"或"现代"：美国汉学家如何看中国文学》，《读书》1996 年第 7 期。

国古典型文学中时常出现海的形象一样。从海到大海，这样两种艺术形象之间的更替，恰恰能够呈现出中国古典型文学与中国现代型文学两种中国文学形态之间的演变轨迹。不过，下面的一首写于20世纪80年代前期的名为《你见过大海》（韩东）的诗，却对大海形象做了如下前所未见的颇有些令人感觉怪异的描绘：

> 你见过大海
> 你想象过
> 大海
> 你想象过大海
> 然后见到它
> 就是这样
> 你见过了大海
> 并想象过它
> 可你不是
> 一个水手
> 就是这样
> 你想象过大海
> 你见过大海
> 也许你还喜欢大海
> 顶多是这样
> 你见过大海
> 你也想象过大海
> 你不情愿
> 海水给淹死
> 就是这样
> 人人都这样

面对这样一篇诗歌文本，该怎样进入？它篇幅比较短小，词语也很简单，大白话。分析这个文本，可以有若干不同角度。这里，拟从特定的文化语境所提供的条件来解读文本，也就发现这个文本和它所处的特定的文化语境的相互依赖关系。这首先需要调动有关古典型文学中海的形象的记忆，再来看现代型文学中的大海形象记忆，并且同欧洲文学中的同类形象相比较，看看古典型文学中的海以及来自欧洲文学的大海是如何最终交织成新兴的大海形象的。

（一）大海形象：从欧洲文学到中国文学

面对这样一个关于大海的文本，首先需要看一下古典型文学中有关海的描述。不用多费笔墨，人们都能想起古代文学中对海的描述，"海上生明月"，"海内存知己"等，它代表的是什么样的海呢？海又代表着什么呢？海，可以说是中国古典文化传统中的一个重要形象或意象，它时常成为文学作品描绘的对象。"海"或"四海"，被视为是环绕中国四周的外部边界，属于中国古典文化体系中可以被从容包含的环境因素。海，对于中国古人来说，不像是在欧洲那样，处于人的对立面，那样先有人与自然（如海）的对立，然后再运用人的力量去融化这种对立。不是的。在我国古代人与海之间，不存在这样一种关系传统。在中国古人的眼里，海虽然时常处在自我之外，但却可以随时成为我者的一部分，或者是被我者同化，被我者移情，从而是我者可以从容包含的、同化的对象，最终被视为我者的一部分，如说"万物皆备于我"，"观海则意溢于海"。从这些可以看出，海是中国自我所熟悉的、可以包容和移情的自然他者。这个他者，在中国古人的阐释中，根据中国古人的宇宙观，实际上成了自我的一部分，不存在欧洲那种人与自然之间的对立。它是在万物皆备于我的世界观的指引下，已经成为了自我的一部分。海和其他山水是一样的，如郦道元记载的那句名言："山水有灵，亦将惊知己于千古矣！"大自然的山山水水如果还有灵性的话，也会惊奇于我这个千古知己、知音的共鸣的。在自我的想象中，山水把我、把人当成知音，人也把山水当成知音。

所以，在中国传统，这海始终还是自我可以容纳和融入其中的平常之海，亲切的、熟悉的、当然就是平常的海。这里不存在像康德意义上的那种崇高，令人仰视、敬畏、恐惧，不是那样一种具有异己的陌生感和神秘感的崇高。由康德、柏克、黑格尔以来的欧洲崇高观念的发展轨迹可知，欧洲人先要在人与自然之间加以区分，显出对立，然后寻求人与自然的和谐，这属于对立面的和谐。而中国古代，则认为人与自然诚然有别，但毕竟不是性质的差异，而是可以通过人的能动的活动如"游"或"逍遥游"去同化的。自然对中国人来说，即便有某种崇高的内涵，也在主体掌握中，也就是主体可以通融的或同化的一个他者，所以不存在欧洲人那样的敬畏感。敬畏感是通向崇高感的，崇高感就包含了这样一种敬畏感。这就相当于黑格尔说的无法掌握的理念膨胀着溢出了它的形式，带有一种令人恐惧又令人敬重、又畏惧又敬重的复杂感觉。这就是海和中国古典文化传统的关系，这个海已成了中国传统文化的组成部分了。

在了解了中国古典文化中的海以后，再来看欧洲文学中的大海形象，就会有更加清晰的比较美学和比较文化视野，而对如何解读《你见过大海》会有更清楚的立场和语境考虑。欧洲文学史上对大海的关注，是比较晚近的事。在古希腊萨福的诗里，还找不到关于大海的美的具体欣赏和描绘。在整个希腊史诗里，也没看到这样的对大海本身的具体描绘。尽管有流亡十年过程中涉及大海及这样一些人的描述，但那时的诗人或讲史者关注的焦点在于人而非人与大海的关系。欧洲文学首次展现大海本身的独特魅力，应该说是从拜伦开始的，具体说，是从拜伦的《恰尔德·哈罗尔德游记》《唐璜》这样的浪漫主义诗篇开始的。关于浪漫主义文学的特征，有一种观点认为，"下面三种标准应该说是特别令人信服的，因为每一种标准都与文学实践的一个方面有着极其重要的关系：就诗歌观来说是想象，就世界观来说是自然，就诗体风格来说是象征与神话。"①在这里，从诗歌的基本观念、世界观和风格三方面来判断浪漫主义，这就有了一种层次感和系统性，比别人说得更清楚些。从这三方面，可以引申出浪漫主义文学的三点基本特征：第一，崇尚想象。浪漫主义作家总是喜欢在作品中张扬主体的想象、幻想以及相伴随的情感，表现了强烈的主体意识，透露出巨大的主观性。第二，主张回到自然。他们大都把自然视为一个有机整体，主张回到自然，包括回到中世纪的田园牧歌生活。同时，认为人不仅是有

---

① ［美］韦勒克：《批评的概念》，张金言译，155页，杭州，中国美术学院出版社，1999。

机体，而且本身也是一件艺术品。第三，倡导象征与神话。他们大量采用象征手段，使平凡、粗俗的现象作为生活整体而进入文学的象征系统中。同时，广泛引入古代神话传说、民间故事、异国情调等，使文学作品跌宕多姿，体现出浓烈的地方色彩。

可以看出，拜伦的诗正大体符合这种浪漫主义特征。特别是他笔下的大海之美，体现了丰富的想象力、自然观念、有机整体观以及神话系统的支撑。可以说，他的大海形象，完全是他的丰富想象力、自然观在他的亲身体验基础上纵横驰骋、相互化合的奇妙结晶。拜伦以诗歌文体写他的主人公哈罗德在葡萄牙、西班牙、比利时、瑞士、意大利等国的漫游经历，最后以热烈地歌颂大海结束。拜伦对大海的描写，同他本人的叛逆性格是联系在一起的。他是一个出身名门、长相英俊又极富敏感性的青年，可是老天不公，偏偏又让他腿有残疾。高贵的出身，英俊的外表，敏感的心灵，加上身体的残缺，在英国上流社会就出现了一个叛逆的贵族青年形象，引起人们羡慕、崇拜、批评、谴责。英国文坛不见容于他，他的心向往希腊，渴望着追求民主、解放的希腊。所以，他的诗歌和他的行动最终结合在一起，到民族解放战争风起云涌的希腊去，同追求民主解放的游击队员在一起，最后死在希腊。拜伦的行动及其生命轨迹，同他的诗歌轨迹有力地交织在一起，也助长了他的诗人声誉。在这个一生热爱自由、追求自由的诗人眼里，大海已深深染上他的浪漫情怀的轨迹。大海成了自由的象征。所以，大海之所以受到拜伦的关注，之所以成为美的对象，除了它作为自然本身具有的魅力因素及条件以外，更有诗人的想象力、自然观等的深情浇灌。这时候，好像已经很难分清楚是大海本身的美还是诗人心灵的美的灌注了，两者交融在一起，无法分辨。不管怎么说，拜伦在欧洲、在西方，首次以具体的、浪漫的笔触描述了大海的风光、大海本身的魅力、大海本身的美。他纵横潇洒地、千方百计要表达的一个中心题旨就是自由，大海是自由的象征。所以，在他的眼里，大海具有永远不可征服而最终却要征服敢于与它抗衡的任何强大对手的特殊力量，大海象征着自由必胜、暴政必败的真理。

《唐璜》第二章第 183、185、188 节这样写道：

那是一天逐渐凉爽的时刻，
一轮红日正没入蔚蓝的峰峦，
大自然鸦雀无声，幽暗而静止，
好像整个世界已融化在其间；
他们一边是平静而凉爽的海，
一边是有如新月弯弯的远山，
玫瑰色的天空中只有一颗星，
它闪烁着，很像是一只眼睛。

他们抬头看天，那火烧的流云
像一片赤红的海，广阔而灿烂，
他们俯视着海，映得波光粼粼，
圆圆的一轮明月正升出海面，
他们聆听浪花的泼溅和细风，
他们还看到含情脉脉的视线
从每人的黑眼睛照射对方的心，
于是嘴唇相挨，接了一个蜜吻。

他们远离了世界，但不像斗室中
一个人所感到的那种孤独滋味，
海是静默的，海湾上闪出星星，
红色的晚霞暗了，天越来越黑，
四周无声的沙石，滴水的岩洞，
使他们不由得更紧紧地依偎；
好像普天之下再也没有生命，
只有他们两人，而他们将永生。①

这里，既有大海本身的如诗如画的自然风光，又有男女主人公之间的
深情贯注，更有追求自由的大义凛然的正义行动，从而使得大海焕发

---

① ［英］拜伦：《唐璜》，查良铮译，214、215、216页，北京，人民文学出版社，1980。

出神奇的美。

再来看《恰尔德·哈罗尔德游记》第三章第 13 节：

> 起伏的山峦都像是他知心的朋友，
> 波涛翻腾着的大海是他的家乡；
> 他有力量而且也有热情去浪游，
> 只要那里有蔚蓝的天和明媚风光；
> 沙漠、森林、洞窟以及海上的白浪，
> 这些都是他的伴侣，都使他留恋；
> 它们有着共通的语言，明白流畅，
> 胜过他本国的典籍——他常抛开一边，
> 而宁肯阅读阳光写在湖面上的造化的诗篇。①

这位热爱自然、热爱自由的诗人，把自己的全副热情和想象都投寄给了大海。"起伏的山峦都像是他知心的朋友，波涛翻腾着的大海是他的家乡"，这里海边的山峦、波涛仿佛才是他寻找已久的真正的知音、家园。这里还有"蔚蓝的天"和"明媚风光"，有"沙漠、森林、洞窟以及海上的白浪"，它们"都是他的伴侣，都使他留恋"。这些自然之物"有着共通的语言，明白流畅"。这些可以见出自然宇宙观、有机整体观等对这位诗人的塑造。不过，他为什么会说这些自然景色"胜过他本国的典籍"呢？他为什么"宁肯阅读阳光写在湖面上的造化的诗篇"？这里面或许带有拜伦自己对英国上流社会对他的拒绝、迫害的反控诉和反叛。当他被虚伪的上流社会排斥时，才从大海中找到了知音、找到了自由。或许不如说，只有渴慕自由的人，才会从大海宽阔的襟怀中，发现和欣赏那无比珍贵的自由！

再来看拜伦在这首诗第四章第 98 节和第 178 节留下的人们传诵一时的名句：

> 但自由啊，你的旗帜虽破而仍飘扬天际，

---

① 〔英〕拜伦：《恰尔德·哈罗尔德游记》，杨熙玲译，133 页，上海，上海译文出版社，1990。

招展着，就像雷雨迎接那狂风阵阵；
你的号角虽已中断，余音渐渐降低，
依然是暴风雨后最嘹亮的声音。
你的花朵凋谢了，树干遍体伤痕，
受了斧钺的摧残，似乎没有多大希望，
但树浆保存着；而且种籽已入土很深，
甚至已传播到那北方国家的土地上；
定会结出不那么苦的瓜果，逢到较和煦的春光。

在不见道路的森林中别有情趣，
在寂寞的海岸自有一番销魂的欢欣，
在大海之滨，有一种世外的境遇，
无人来打扰，海啸中有音乐之声。
我爱世人不算泛泛，但我爱自然更深，
经过这些谈心；和自然谈心之际，
就避开我今昔的一切，无论幸与不幸，
而和宇宙打成一片，并且心头掀起
我永远不能表达而又无法全部隐匿的情意。①

　　借助于无保留地倾心赞颂大海美景，诗人在这里表达了个人内心对于"自由"的热烈礼赞和近乎狂野般的追求。也正是大海，激发起诗人对于"自然"的远超对于自己同类的感情："我爱世人不算泛泛，但我爱自然更深"（有的译文干脆译为"不是我不爱人类，而是我更爱自然"）。有关大海的如此激情充沛、想象力丰厚的浪漫诗句，对欧洲人产生的文化启蒙作用自不待言，单说对中国现代仁人志士，曾经产生过何等程度的剧烈震撼和深度启蒙！20世纪初年或清末的中国知识分子，目睹西方文化的强盛，反过来观照中国的落后与愚昧，急切地渴望国家的独立、民族的自由、人民的富强。当他们读到这样的大海诗

----

　　① ［英］拜伦：《恰尔德·哈罗尔德游记》，杨熙玲译，247、287页，上海，上海译文出版社，1990。

篇时，心里会是如何地震惊、惊喜、狂喜、顿悟？

　　需要注意的是，拜伦写的是大海，确确实实是大海，蔚蓝的天，明媚的风光，波涛翻滚，海边上起伏的山峦，这些确实构成了大海本身的美。但他又不只是写大海本身。他通过这些外在大海景观的描写，抵达的却是自己的内心，一个诗人内心对自由的热烈追求。需要看到，拜伦的行动及其诗歌都是同欧洲民族解放运动有很深的渊源关系的，首先是希腊民族解放运动。1823 年，拜伦放下正在写的《唐璜》诗篇，去希腊小岛参加希腊志士争取自由的武装斗争。他参加走私武器，密谋暴动，同抵抗者并肩战斗。他的生活呈现出从诗歌到战斗、从战斗到诗歌的轨迹，写诗与战斗相互交织，最后是他的写诗轨迹和他战斗轨迹重叠起来，于 1824 年 4 月 19 日死于希腊军中。他的死本身就是一个巨大的象征，对当时欧洲民族解放运动影响相当大。这种生命行动的影响加上诗歌语言的力量，传播到亚洲争取独立自主的文人志士们心中。拜伦的行动在欧洲使他的诗产生了超越文字的巨大影响。而正是在这种影响中，大海形象及其力量得以四处传扬，其影响力越来越不可忽视。可以说，不仅英国和希腊，而且意大利、西班牙、德国、法国和俄罗斯等国文学都受到拜伦的重大影响。浪漫主义借助拜伦影响了全欧洲，又进一步影响到亚洲。当时为民族自由解放而斗争的人们，都从其诗其行动中吸取了力量，每一行诗句、每一个意象，可能就像燃烧的火焰，点燃起文人志士心中自由的火种。

　　受到拜伦的巨大影响的普希金，就写下《致大海》这样的名篇：

> 再见吧，自由的元素！
> 最后一次了，在我眼前
> 你的蓝色的浪头翻滚起伏，
> 你的骄傲的美闪烁壮观。
>
> 仿佛友人的忧郁的絮语，
> 仿佛他别离一刻的招呼，
> 最后一次了，我听着你的

喧声呼唤，你的沉郁的吐诉。①

这里核心的一行或中心意象就是"自由的元素"。大海，在普希金眼里不仅仅是拜伦那里"自由的象征"，而直接就是"自由的元素"。从自由的象征到自由的元素本身，这样一个艺术形象或艺术思想的链条形成强大力量，成功地穿越不同民族、个体或人群的围栏，产生启蒙的效果。

所以，大海作为自由的象征或自由的元素，传达了浪漫主义诗人拜伦及普希金等共同的自由体验与向往。这在晚清时代的中国志士仁人中必然激发其强烈的回应。鲁迅在其早期的《摩罗诗力说》里，就在具体分析基础上对拜伦及其影响之"力"做了这样的评述："其力如巨涛，直薄旧社会之柱石，余波流衍，入俄则起国民诗人普式庚，至波兰则作报复诗人密克威支，入匈牙利则觉爱国诗人裴多菲；其他宗徒，不胜具道。"②他清楚地看到，拜伦诗歌的力量如大海翻起的巨澜，直接冲击旧社会支柱，其余波影响到俄国的普希金、波兰的密克威支和匈牙利的裴多菲等，当然也影响了鲁迅本人以及其他中国知识分子。拜伦诗篇及拜伦式大海形象的中国之旅不仅对鲁迅，而且对苏曼殊、马君武等都产生了重要的影响，令其生出翻译热情，目的还是希望在更多中国人中间产生启蒙作用。

如果把拜伦及普希金式大海形象放到西方文化现代性长河中看，可以看到，对大海形象的创造是同西方人对文化现代性的追求紧密相连的。这应该看作是哈贝马斯说的那种"现代性工程"的一部分。现代性所追求的终极价值，那种无限探测的客观世界与精神世界的深度，像自由、平等、公正、至善等，终于在大海形象中找到了一个合适且合理的象征型符号。用斯宾格勒在《西方的没落》中的话来说，"每一种

---

① ［俄］普希金：《普希金抒情诗选集》，查良铮译，31页，南京，江苏人民出版社，1982。

② 鲁迅：《摩罗诗力说》，《鲁迅全集》，第1卷，102页，北京，人民文学出版社，2005。

文化都有一种完全独特的观察和理解作为自然之世界的方式。"①进一步说，每一种文化精神都要为自己寻找特定的"基本象征"，并且"必定会把其中的一种提升到最高象征的地位。"②那么，大海就应该成为西方现代有关自由、平等、公正、至善等终极价值的"基本象征"形式。可以这样说，大海它本身是美的，本身就是引人入胜的，但同时，也是更重要的，只有当它本身的美能够同自由、平等、公正等终极价值联系起来，能被灌注入人类需要的终极精神价值元素时，这种美才会成为人们普遍赞颂的最高的美。这样，大海的意义才真的是充实的。那么多人，不仅是诗人，都赞美大海，其最核心的一点原因就是，大海同文化现代性所关怀的这些终极价值紧密地联系在一起了。也可以说，正是在大海中，文化现代性才终于找到了它的特殊的"基本象征"。

(二)大海形象在中国的发生历程

大海在中国文学中的生长历程本身就应当是一个复杂而又奇妙的故事，既包含着中西文化旅行的内涵，也包含着古今文化旅行的意味。这应当是一个跨越时空的包含丰富内涵的叙事。可以首先简洁点说，大海在中国文学中经历了从地缘政治景观到审美形象的演变过程。

应当看到，中国古典型文学中不存在真正意义上的大海形象。如今早已被中国读者普遍视为美的象征或自由元素的大海形象，这些似乎已经成为自然而然和永恒不变的常识的东西，实际上不是中国本土原产的艺术形象，而是中国文化现代性进程对来自西方的艺术形象进行变形和加工的产物。在中国古典型文学的历史长河中，是什么时候开始出现大海形象的？可以说，在晚清之前的文献典籍里，虽然出现过一些有关大海的词语，甚至王实甫的《西厢记》及其他诗篇里也会偶然出现"大海"一词，但从其具体上下文看，多是在古典式海的意义上用的，还没有在现代意义上使用的实例证明。再说，古代典籍即使使用"大海"一词，也仍然没超出"四海"的含义。如"大海捞针"，查成语

---

① ［德］斯宾格勒：《西方的没落》，第1卷，吴琼译，128页，上海，上海三联书店，2006。

② ［德］斯宾格勒：《西方的没落》，第1卷，吴琼译，129页，上海，上海三联书店，2006。

词典，"也作东海捞针"，它指的还是"东海"，也就是"四海"之一，跟今天说的大海是不一样的。再有，海或大海在英文词语中都是"sea"，并没在前面非加"great"不可，一般没有"great sea"（伟大的海或大海）这种惯用法。可以说，在中国古代型文学中不存在关于大海形象的普遍性描绘，也就是说，大海还没有成为中国古人心中的审美对象。取而代之，古人及欣赏的只是围绕内陆的近海，至多是四海，而不是今人说的这个带有大洋意义上的大海。

可以说，大海形象是属于现代中国的。这里需陆续提到的人物有王韬、黄遵宪、李伯元、苏曼殊和郭沫若（不限于此）。大海在中国较早出现在 19 世纪晚期，也就是晚清末年，那应该是在 19 世纪 80 年代。流亡香港的思想家、诗人、小说家王韬就在文章里使用过"大海"。这是能找到的现代思想家中较早的直接表述。王韬有两篇《拟上当事书》，集中出现"大海"一词。第一篇出现"大海"三次："水师宜区分为二：一为长江，一为大海。海军与江兵异。大海之中，风涛颠簸，烟雾溟濛，斯时司炮之人，必当具有把握，远近高下，转侧左右，皆能发有定准，且能因势取巧，变化不测，斯为高手，全船之命皆系于此，且不重哉！"[1]再有："今日所有水师各船，仅可用之于长江，断不能涉海，即各厂所造火轮兵船，仅可以之传递文书，转运粮饷，装载军士，而不能远航大海；况乎冲涉波涛，与敌船击斗也哉？"[2]这篇写于中法马江之战后，王韬专门分析中法战争的教训。而在内容相近的另一篇同名论文中，"大海"更出现多达五次："惟长江则有水师，而大海则无战士，所有巨舰战舶皆不能冲涉波涛，所以不能邀截法船，而任其去来自如，此我之逊于法人者一……水师宜分为二：一曰长江，一曰大海。大海中第一为司礮……既有水师以战于大海，则非艨艟巨舰，驰驱于洪洋巨浸中不为功……闽、粤、浙海舶之人俱可募用，盖彼地濒

---

[1] 王韬：《拟上当事书》，《弢园尺牍续钞》，据《弢园尺牍》，211 页，北京，中华书局，1959。

[2] 王韬：《拟上当事书》，《弢园尺牍续钞》，据《弢园尺牍》，211—212 页，北京，中华书局，1959。

大海，岁必出洋数次。"①在《练水师》中，他还指出："今海外大小诸国皆叩关入境，通商互市于国中，而自北至南，又皆濒于大海，故海防为尤重，是则水师战舰要不可不亟为讲求矣。"在这同一篇文章里，与"大海"相换用的词是"外洋"和"大洋"："货艘……不能驶至外洋，纵横于洪涛巨浸中，与泰西诸国争一日之长矣"，"西国船制日有变更，精益求精，新益求新，向时帆舶可战于大洋之中，今则航海亦不复用"。② 他在《变法自强下》还说："诸国并以大海为门户，轮舟所指，百日可遍及于地球，于是纵横出入，駸駸乎几有与中国鼎立之势，而有似乎春秋之列国。"③注意，在这些地方，在王韬的使用中，"外洋"和"大洋"与"大海"含义几乎完全等同，即都是指现代意义上的大海，不再是传统的海了。根据上述辨析，不妨归纳一下结论：在目前能查到的王韬著述里，"大海"已与"大洋""外洋"等词语替换使用了，可见已指比传统的海或四海更为辽阔的海洋或大洋了。

从这里可以提出这样一个问题："大海"一词在起源过程中，最初是以什么样的词语进入汉语语境里来的？军事用语、海军用语或者也可以说是政治术语，是军事和政治术语交汇的结果，是由这条路径进入汉语里来的。可以这样说，大海最初不是作为审美的文学术语而进入汉语里来的，而是作为政治术语和军事术语进入到汉语里来的。当时中国的文人志士，在鸦片战争的惨败中，在第一次鸦片战争、第二次鸦片战争的惨败中，深深地感受到比四海更远的外洋、大洋也就是大海对民族国家生存和安全的特殊重要性。他们那时最初不是从什么审美或艺术高度去看的，那时的他们绝没有那么浪漫和悠闲！正是当时严酷的国家生存和安全的重要性，逼迫他们开始探讨大海的作用，守卫大海对国家的重要性。所以，大海首先是作为军事和政治上的重要术语进入汉语中来的，也可以说，它首先就是一个地缘政治术语，是基于地理环境的特定限制而产生的政治管理领域的词语。准确地说，

---

① 王韬：《拟上当事书》，《弢园尺牍续钞》，据《弢园尺牍》，217—218 页，北京，中华书局，1959。

② 王韬：《练水师》，《弢园文录外编》，131—132 页，郑州，中州古籍出版社，1998。

③ 王韬：《变法自强下》，《弢园文录外编》，90 页，郑州，中州古籍出版社，1998。

那时的大海起初是让人感到忧心忡忡的，是需要保卫、守卫的区域，这是一个地缘政治概念。即使要说有艺术形象的成分，那也可能更多的是一种令人恐惧的、可怕的他者形象。

继王韬之后，黄遵宪对大海的认识值得重视。他早在 1867 年（同治六年）夏《游丰湖》（三首之三）中就使用了"大海"一词："大海泛浮萍，归根定何处？"时年 19 岁的黄遵宪又在《代柬寄诗五兰谷并问诸友》诗中使用"大海"："大海容鸥住，高云看鸟飞。"① 不过，那时的使用主要还是在古代意义上，没有什么新意。但到了他的《日本国志》，情况就大大不一样了，因为他在出使日本后，已对大海有了真正的亲身体验："日本之为国，独立大海中，于地球万国均不相邻，宜其闭门自守，民至老死不相往来矣。然而入其国，问其俗，无一事不资之外人者。"② 他还在别处写过类似的话："而日本之为国，乃独立大海中，旷然邈然，不与邻接。"③ 这里的"独立大海中"，就使得大海这个词的语境含义已明显突破了古代用法而见出新意：大海开始指比传统的环绕陆地的"海"或"四海"更远、更辽阔的海洋或大洋。可以这样推断，他刚开始是小心翼翼地斟酌、尝试地使用，还换用外洋、大洋等词语。到后来，用得多了，思考更成熟了，才逐渐地往"大海"上走了，确定为"大海"。④

从上面已看到，在王韬和黄遵宪那里，大海已开始作为现代地缘政治形象出现了。但那时的大海显然还没有成为真正的审美对象，也就是还不属于艺术形象。在他们之后，做出新的重要贡献的作家是李伯元。其《文明小史》发表在 1903—1905 年，体现了"大海"这个词语的传承关系："做书的人记得：有一年坐了火轮船在大海里行走，那时天甫黎明，偶至船顶，四下观望，但见水连天，天连水，白茫茫一望无边，正不知我走到那里去了。停了一会子，忽然东方海面上出现一片

---

① 据钱仲联：《人境庐诗草笺注》，上册，134 页，上海，上海古籍出版社，1981。

② 黄遵宪：《日本国志·邻交志序》，据《黄遵宪全集》，下册，932 页，北京，中华书局，2005。

③ 黄遵宪：《日本国志·邻交志序》，据《黄遵宪全集》，下册，1010 页，北京，中华书局，2005。

④ 当然，也可能是受到当时日语用法的影响。

红光，随潮上下，虽是波涛汹涌，却照耀得远近通明。"这里不仅直接使用了大海一词，而且还有对它的具体描绘。这里有两点值得注意：第一，这是要乘轮船才能看到的那种更大更远的海，显然相当于今天意义上的大海了；第二，这样的大海已有了它的具体的海洋特征，如"水连天，天连水，白茫茫一望无边"，这更显著地就是指今天即现代海洋意义上的大海了。到李伯元这里，已出现了对大海的艺术意义上的描绘，即大海形象具有了审美因素，也就是大海被正式作为艺术形象来描绘了。尽管这种描绘还不是太具体和细致，但毕竟已属于筚路蓝缕之功，让人开始注意到大海本身的美了。李伯元的这个艺术描写是中国文学史上的一个重要突破，或许可以属于中国现代型文学史上第一次审美与艺术意义上的大海形象描绘。即使退一步说，李伯元在现代中国文学界是第一批发现和欣赏大海本身的美的作家之一。这虽然不是大面积的可能只是偶尔的一个开始，但确实已经领略到大海本身的美了。

继李伯元之后在大海形象上扮演重要角色的人物是曼殊或称苏曼殊。他的突出贡献主要表现在两方面：第一方面是翻译拜伦的大海诗篇，第二方面是直接描写大海之美。苏曼殊在 1906 年 9 月译完《拜伦诗选》，其中包括《哀希腊》《去国行》和《赞大海》。这里的《赞大海》标题本身具有一种重要意义，它有可能略大于汉译诗篇内容的重要性：这首汉译诗篇的正文里，连一个大海词语都没有选用，这本身很遗憾；但标题中出现了"大海"一词却具有超乎寻常的重要性——这是欧洲文学中现代性大海形象及其价值体系传入中国的一个重要标志！道理不难理解，因为他用的是文言文体去翻译，四言结构翻译，很难出现双音节词大海。但它的标题的用意却明白无误：不叫"赞海"，也不叫"赞沧海""赞四海"，偏偏就用了一个"赞大海"，这就使得"大海"这个词语不胫而走，影响力相当大。一旦用了"赞大海"，让人们一提就提"大海"，而且这个"大海"又是从被视为先进而需要师法的欧洲文学名篇里来的，当然一下子就跟中国古代的海不一样了，就有了鲁迅那种"别求新声于异邦"的特别的启蒙效果了。所以，这个《赞大海》诗篇在 1906 年翻译完后，很快就在朋友们中传诵，而且在这部小说中又再度获得传诵的机会，激起人们对大海的喜爱，点燃了向往民族与国家自由的熊熊火焰。《赞大海》译稿在 1908 年出版，征服了许多青年读者。据说，青年鲁迅读了以后感到"心神俱佳"。在较早地显示大海本身的美的人物中，苏曼殊当然算一个，而且是影响很大的一个。因为，他首先影响在日本的革命党人，又通过他们进一步影响更多的现代知识分子。可以推断，就是从苏曼殊译介的《赞大海》开始，大海这个词及其艺术形象就逐渐地深入那个时代知识分子的心里，慢慢地扎下根了。这应当说是现代传媒建构的后果，是现代型文学作品的想象和教育的必然后果。

再说，更重要的是，苏曼殊本人在 1912 年出版了他的小说《断鸿零雁记》，在这里就引用了《赞大海》。其主人公三郎从中国去日本寻找母亲，坐在海轮上面对大海，很激动地拿出拜伦诗篇《赞大海》朗诵起来。小说在一定程度上有作者个人的自传体成分，他的个人体验同小说中人物的体验交织在一起。这篇翻译的《赞大海》在小说中虽然是被引用的，小说本身也没有用什么语词来直接描绘大海，一是只要引用拜伦的就够了，二是小说情节场面本身就有不少发生在大海边上。三郎和他的表妹日本姑娘静子在海边交谈，静子对他十分爱慕，但他却心神不定，最后弃爱而回到他的国家。三郎相当于一个卢卡奇意义上的"有疑问的主人公"，感觉左右都不是，赶紧逃离爱情。对爱情既向往又躲避，这是很有意思的一种矛盾心态。不妨来看小说中对大海形象的一些并不多见的具体描绘。首先值得注意的是，三郎不是在书斋里而是在大海怀抱中，也就是面对大海朗诵拜伦《赞大海》的。可以想见当时的知识分子，满腔的自由热血无处喷洒，而只能对着宽厚的大海倾诉，何等畅快！看看《断鸿零雁记》第七章：

> 船行可五昼夜，经太平洋。斯时风日晴美，余徘徊于舵楼之上，茫茫天海，渺渺余怀。即检罗弼大家所贻书籍，中有莎士比尔，拜轮及室梨全集。余尝谓拜轮犹中土李白，天才也；莎士比尔犹中土杜甫，仙才也；室梨犹中土李贺，鬼才也。乃先展拜轮诗，诵《哈咯尔游草》，至末篇，有《大海》六章，遂叹曰："雄浑奇伟，今古诗人，无其匹矣。"

仅用八个字"茫茫天海，渺渺余怀"，就把大海的美给写绝了！现在读来想必远远不满足，但在当时有这层意思就已了不得了。这位当年的知识分子或文人，跨国旅行时口袋里带的书有莎士比亚、拜伦、雪莱。"拜轮犹中土李白，天才也；莎士比亚犹中土杜甫，仙才也；雪莱犹中土李贺，鬼才也。"这是他的诗歌审美观，或者是一个评点。然后就展开拜伦的《大海》六章朗诵。注意，小说在这儿把《赞大海》的"赞"字省掉了，直接叫"大海"。不管怎么说，大海在这儿终究出现了。

再有就是三郎在大海之滨与静子之间还发生了一场情感战争，就这个也足以促成读者对大海的美的向往。当母亲向三郎说出让他与静子成婚的决定后，三郎决心抗婚，于是与静子展开了一场微妙的纠葛。而纠葛得以发生的场所往往是在大海侧畔："是夕，微月已升西海，水波不兴。余乃负杖出门，随步所之。遇渔翁，相与闲话，迄翁收拾垂纶，余亦转身归去。时夜静风严，余四顾，舍海曲残月而外，别无所睹。乃去余家仅丈许，瞥见有人悄立海边孤石之旁，静观海面，余谛瞩傅影亭亭，知为静子。"（第十五章）又写道："余言甫发，忽觉静子筋脉跃动，骤松其柔荑之掌。余知其心固中吾言而愕然耳。余正思言以他事，忽而悲风自海面吹来，乃至山岭，出林薄而去。余方拧间，静子四顾皇然……"（第十六章）还有："俄而行经海角沙滩之上，时值海潮初退。静子下其眉睫，似有所思。余瞩静子清癯已极，且有泪容，心滋恻怅，遂扶静子腰围，央其稍歇，静子默默弗语，依余憩息于细软干沙之上。"（第十九章）在这些场合，叙述人虽然一次也没有使用过大海这一词语，但对大海本身的描绘，却比以往任何一位中国作家、诗人都更加具体和细致。这可以说是中国文学中前所未有的大海情境及大海形象刻画。大海在这里既成为三郎与静子之间情感较量的场所，也成为他内心情欲与理智间激烈争斗的战场的外化形态。大海的变化，如"海曲残月""海边孤石""海心黑影""海面悲风""阴风怒号""惨然如破军之声"等，都表征着他内心的厮杀和他与静子的纠葛。刚见母亲时，大海曾向他展示了令人欣喜的美："海光山色，果然清丽"。而到此时的大海则又变得阴森可怖了，仿佛变成了一个外在化的敌对力量。

有意思的是，当三郎设计摆脱静子的攻势而逃回中国途中，大海则似乎再也引不起他的任何兴趣了。与刚见太平洋时不惜长篇援引拜伦诗篇的盛大铺陈相比，此时提及大海的仅如下几句："二日半，经长崎，复乘欧舶西渡。余方豁然动念，遂将静子曩日所縢凤文罗简之属，沉诸海中，自谓忧患之心都泯。更二日，抵上海。"寥寥几笔，没有关于大海风光的任何具体描绘，似乎在三郎眼里大海的美已变得可以忽略不提了。取而代之，只是简略交代返程路线和向大海抛掷静子信物之事，以表斩断尘缘的决心。在这时，大海就仅仅成为他埋葬与静子的情事和泯灭"忧患之心"的场所了。这一由铺陈到简约的鲜明对比说明了一个事实：在小说里，大海的亲近感和敌对感不是固定不变的，而是随个人体验如视野、心境、情感或兴趣的变化而转移的。这一点有力地增强了、突出了大海形象的丰富性和复杂性。这是一种预示：大海会是一种丰富、复杂而又多义的审美对象。

但无论如何，这里毕竟较早地显示了大海本身的美。苏曼殊借助于拜伦的诗篇及其篇名"大海"，向中国读者成功地灌输了大海的美的形象。正是在这部汉语小说中，拜伦成功地启蒙现代中国人去静心欣赏大海本身的美，也就是把大海形象作为真正的审美对象来观照。可以说，大海作为审美形象在中国正式诞生，应该就是在这个时期。

大海形象之从地缘政治形象、地缘政治概念或地缘政治问题转化为审美形象、艺术形象或艺术问题，应当是两方面因素相互作用或化合的结果。一方面，中国的海疆越来越危机四伏、朝不保夕或风雨飘摇，大海的保卫问题变得越来越难以解决而又需要解决；另一方面，来自西方浪漫主义文学中关于大海的描绘，又同关于自由、民主、平等现代性终极价值体系的描绘交织在一起。这样，现代中国人保卫大海的欲望如此强烈，而追求自由、民主及平等的欲望也是如此强烈，以致两者激发起种种冲动，使得地缘政治冲动与审美冲动交织在一起，都一股脑地投射到对大海形象的想象中，从而把大海形象想象成为一个崭新的审美对象。大海，就在这么做的过程中逐渐地演变成为现代中国人的一种普遍的审美对象了。

继苏曼殊之后对中国现代型文学中的大海形象创造做出最重要的标志性贡献的人该是郭沫若了。这里特别要提到的就是他的《女神》。

中国现代型文学中真正开始直接、具体、大面积地描写和赞美大海形象的美的，应当说就是以郭沫若为标志。前面李伯元、苏曼殊所分别开创的可谓涓涓细流，而到郭沫若这里则汇成了大海的蔚为壮观的审美形象序列。或者说，现代中国的大海形象正是郭沫若来集大成的。在《女神》里，他的浪漫笔触关注和描绘大海的美：

> 青沉沉的大海，波涛汹涌着，潮向东方。
> 光芒万丈地，将要出现了哟——新生的太阳！
>
> 太阳哟，我背立在大海边头紧觑着你。
>
> （《太阳礼赞》）

> 山右有枯槁了的梧桐，
> 山左有消歇了的醴泉，
> 山前有浩茫茫的大海，
> 山后有阴莽莽的平原，
> 山上是寒风凛冽的冰天。
> 我们这缥缈的浮生
> 好象那大海里的孤舟
>
> （《凤凰涅槃》）

> 晨安！常动不息的大海呀！
> 晨安！明迷恍惚的旭光呀！
>
> （《晨安》）

> 无数的白云正在空中怒涌，
> 啊啊！好幅壮丽的北冰洋的情景哟！
> 无限的太平洋提起他全身的力量来要把地球推倒。
> 啊啊！我眼前来了的滚滚的洪涛哟！
> 啊啊！不断的毁坏，不断的创造，不断的努力哟！
> 啊啊！力哟！力哟！
> 力的绘画，力的舞蹈，力的音乐，力的诗歌，力的律吕哟
>
> （《立在地球边上放号》）

在这里有的既直接和具体描绘大海风光，也有的虽然没有出现"大海"词语，但从整体上都在显示大海的力量、大海的美。《女神》借助于那铺张扬厉的浪漫主义情怀去勾勒大海之美，感动、影响了一代又一代年轻人。当然，更加重要的是，借助于五四新文化运动这一特殊语境的风雷激荡，大海的美才终于不胫而走，深入人心，润物细无声地塑造着中国一代代读者的心灵。大海，投寄了、被赋予了中国现代知识分子关于未来中国的自由、民主、科学等的丰富想象。正是在这个意义上，五四运动给了大海成为审美对象的最终机遇。

所以，大海作为一种普遍的审美对象，是真正地属于现代中国人的。准确地说，正是由于刚才说的这几位作家尤其是郭沫若的创造，大海终于从现代中国人的地缘政治性形象而转化成为一个普遍的审美形象。从地缘政治概念到审美形象，大海经历了几十年的发生或者起源的过程。诗人郭沫若堪称一个重要的分水岭，属于中国文学中从古典海向现代大海转变的分水岭。如果说在他之前，是古典海形象占据主导地位；那么，从他开始，现代大海成为真正的主角。

为什么正是郭沫若第一个在这里直接地和明确地区分海与大海，并把描绘大海之美的重任肩扛起来？为什么是郭沫若而不是其他人来完成这一使命？这与郭沫若在日本时所居住的具体地缘环境与大海的关联性有关。研究者发现，郭沫若在日本时住的地方叫博多湾。而博多湾在地理上有个特殊的讲究：其内海的波涛比较平静，并不汹涌；但其外海就波涛翻滚了。如此，郭沫若对大海的体验跟他到日本后所处地缘环境的特点有关："博多湾的风物景象与生活情境对郭沫若清淡明媚诗风的养成显然有着某种决定性的作用……郭沫若一生中最能体现其才华和风格的诗，也是影响最大的诗，都基本上完成于博多湾旁，里面都或隐或显地投射着博多湾的影子。"①博多湾对郭沫若诗风形成的影响，具体地取决于其特殊的地缘环境：

从空间上说，海中道内里的博多湾往往风平浪静，而越过狭

---

① 朱寿桐：《博多湾风物与郭沫若文学及文学活动：论辩与考订》，朱寿桐、武继平：《创造社作家研究》，80—81页，日本福冈，中国书店，1999。

长的海中道面对更宽阔的海湾，那便是另外一幅情景，尽显着大海的倨傲和狂放。郭沫若的《立在地球边上放号》显然包含着对博多湾外海的空间体验……郭沫若在《论节奏》一文中说道：《立在地球边上放号》融入了自己对"大海"狂态的体验，"没有看过海的人或者是没有看过大海的人，读了我这首诗的，或许会嫌它过于狂暴。"（《创造》月刊第 1 卷第 1 期）不注意博多湾空间结构的读者显然不会在意郭沫若将"没有看过海"与"与没有看过大海"的人区分开来，这并不是表述的累赘，而是清楚地说明诗人对海有着两重概念：湾内之海与湾外之大海，同时明确地强调，这首诗的狂暴是湾外之"大海"而不是湾内之海的体验。①

这里的分析很明确和具体："湾内之海"与"湾外之大海""看过海"与"看过大海"之间是彼此不同的，这一点就连郭沫若自己也都清晰地区分了。可以说，正是这种体验的区分才直接导致《女神》中新的大海形象的诞生。而博多湾的生活体验，就给郭沫若提供了跨越古典海与现代大海分界线的千载难逢的绝佳机遇。五四时代特有的狂飙突进的"时代精神"与丰富的个体情感由于同日本博多湾地区特殊的海滨环境交汇在一起，就为郭沫若发现并欣赏大海的美提供了足够的条件支撑。这样一个外海的"空间体验"或"地理体验"正好就激发了郭沫若对大海辽阔、狂放一面的认识，这样才会同狂飙突进的五四精神形成内在的精神感应。

（三）大海形象在中国现代型文学中的意义

郭沫若的精彩的大海形象描绘，给了后来的诗人、作家以启迪。徐志摩、艾青、郭小川、舒婷、杨炼等诗人都用自己的笔描绘了大海形象。一位当代诗人写了与普希金的诗同名的《致大海》（舒婷）：

　　大海的日出
　　引起多少英雄由衷的赞叹

①　朱寿桐：《博多湾风物与郭沫若文学及文学活动：论辩与考订》，朱寿桐、武继平：《创造社作家研究》，83 页，日本福冈，中国书店，1999。

> 大海的夕阳
> 招惹多少诗人温柔的怀想
>
> 大海——变幻的生活
> 生活——汹涌的海洋
>
> "自由的元素"啊
> 任你是伴装的咆哮
> 任你是虚伪的平静
> 任你掠走过去的一切
> 一切的过去——
> 这个世界
> 有沉沦的痛苦
> 也有苏醒的欢欣

诗人在这里除了直接与俄罗斯诗人普希金对话，引用他的"自由的元素"外，还进一步描绘了对大海的真切体验："大海——变幻的生活"，"生活——汹涌的海洋"，这就直接把大海同人生等同起来了。这也是进一步把大海看成是一种生活方式的象征，看成是拜伦意义上的文化的象征物。

再看散文家的散文诗《读沧海》（刘再复，1984），这里代表了中国现代型文学所创造的大海神话的一种极致状态。在中国现代型文学所建构的现代性神话形象中，大海是很有代表性的艺术形象：

> 这是北方的海岸，烟台山迷人的夏天。我坐在花间的岩石上，贪婪地读着沧海——展示在天与地之间的书籍，远古与今天的启示录，不朽的大自然的经典。我带着千里奔波的饥渴，带着漫长岁月久久思慕的饥渴，读着浪花，读着波光，读着迷朦的烟涛，读着从天外滚滚而来的蓝色的文字，发出雷一样响声的白色的标点。我敞开胸襟，呼吸着海香很浓的风，开始领略书本里汹涌的内容，澎湃的情思，伟大而深邃的哲理。

散文家置身海滨，眼中所见与其说是大海本身，不如说是大海所象征的东西："展示在天与地之间的书籍，远古与今天的启示录，不朽的大自然的经典！"他是用一连串的比喻去解读大海的，只看见心中已有的大海幻影，而没有见到大海本身的具体面貌。在他的眼里，大海甚至直接成了现代文论的一个重要范畴——"典型"形象：

> 有人在你身上读到豪壮，有人在你身上读到寂寞，有人在你心中读到爱情，也有人在你心中读到仇恨，有人在你身边寻找生，有人在你身边寻找死。那些蹈海的英雄，那些自沉海底的失败的改革者，那些越过怒涛向彼岸进取的冒险家，那些潜入深海发掘古化石的学者，那些身边飘忽着丝绸带子的水兵，那些驾着风帆顽强地表现自身强大本质的运动健将，还有那些仰仗着你的豪强铤而走险的海盗，都在你这里集合过，把你作为人生的拼搏的舞台。你，伟大的双重结构的生命，兼收并蓄的胸怀：悲剧与喜剧，壮剧与闹剧，正与反，潮与汐，深与浅，珊瑚与礁石，洪涛与微波，浪花与泡沫，火山与水泉，巨鲸与幼鱼，狂暴与温柔，明朗与朦胧，清新与混沌，怒吼与低唱，日出与日落，诞生与死亡，都在你身上冲突着，交织着。哦，雨果所说的"大自然的双面像"，你不就是典型吗？

他关于大海的想象所得出的结论是："大海！我心中伟大的启示录，不朽的经典。我在你身上体验到自由和伟力，体验到丰富与渊深，也体验着我的愚昧、贫乏和弱小，然而，我将追随你滔滔的寒流和暖流，驰向前方，驰向深处，去寻找新的力和新的未知数，去充实我的生命，去沉淀我的尘埃，去更新我的灵魂！"关于大海的描绘在这里纵情展示出来了。这篇散文代表 20 世纪 80 年代中国文学中大海神话的一个极致，也预示了整个 20 世纪中国文学中大海神话的终结。正像许多诗人、作家、散文家一样，这里不仅赞美了大海本身的美，而且更重要的是透过大海本身的美去纵情想象和赞美人们对生活、对自由、对美的追求。于是，大海就成了中国文学现代性的重要形象，成了一个深度形象。

不妨简要归纳一下上面的讨论，这就是大海与中国文学现代性或中国现代型文学的关系。大海在中国呈现出了从地缘政治概念到审美形象的一个发展轨迹，大海的审美价值同国家独立、民族解放、个体自由等终极价值紧密相连，是它们的典范性象征物，是所有这一切的典范性象征物。由于如此，大海成了一种富有深度或意蕴的形象。大海不仅本身是美的、富有深度的，还是一个在中国现代文学中被崇拜的神话。大海在人们的想象中已逐渐脱离当初的语境和动因，越来越走向一种神话的极端。人们不加区分地纷纷把大海往深里写、往高里写、往神秘里写，这下，仿佛大海什么都可以装下了。大海为什么被等同于"大写的人"，被等同于"伟大的人性""崇高的人性"？中国现代文学如果有它的独特而伟大的形象创造的话，而且这种独特而伟大的形象创造又得到承认的话，那么，它就应该体现在大海形象里。大海成了现代型文学特有的一个审美形象或艺术形象。当人们说起古代型文学时，海是它创造的一个重要形象；而当人们说起现代型文学时，"大海"就应当是它当然的代表性形象了。

（四）从大海回到海

在历经上述曲折的回顾历程后，不妨再返回到《你见过大海》这首诗的阅读上来，看看《你见过大海》中的大海究竟变得怎么样了。一个重要的认识在于，这首诗传达出从想象的大海回到亲见的海的强烈倡议。可以看到，它在语言与文体上具有一些鲜明的特点。首先是在语音上，以短促句式造成快捷节奏，又用反复手段形成回环韵律。其次是在文法上，选用日常口语词汇。这是它与"朦胧诗"的书面化语言针锋相对的地方。不说别的，如果想用朗诵朦胧诗的方式来朗诵这首诗，会怎么样？会觉得它不太对头，好像缺失了什么。"你见过大海/你想象过/大海/你想象过大海/然后见到它/就是这样。"一旦用普通话去朗诵这首诗，确实会感觉有劲使不出来，达不到预期的美学效果。对这类口语诗，最好是用方言土语去朗诵。与朦胧诗的书面语这大话相比，方言土语好比小话，能更准确地传达出一种消解、拆除或解构的意思，也就是消解神话的意思。再次是在辞格上，运用反复手段。反复用一个词语，让一个词语重复使用多次，可以达到让人烦恼、不舒服的效果，简赅有力地形成对"大海"模式的消解效果。最后是在篇章上，不仅总的篇幅短小，而且语义上的分节也短小，形成结构简洁而又蕴含丰富的构造特点。全诗这么短小，却可以分成 5 节或 5 段：1 至 6 行为第一段，7 至 11 行为第二段，12 至 15 行为第三段，16 至 20 行为第四段，最后一行为第五段。

就第一段来看，其 1 至 3 行点出全诗的中心话题："见"和"想象"。它告诉读者，这首诗探讨的是见和想象之间的关系。"你见过大海/你想象过/大海"，属于提问：到底是亲眼所见为真，还是想象为真？一开始就提出严峻的问题。"见"，就是"亲见"，亲眼看见，肉眼所见，属于日常生活中直接的亲身体验。而"想象"则是间接的虚构性、假想性体验。这两者之间究竟是同一的还是冲突的？从来没有见过大海的人，就让你这样想象它吗？这样的想象就能替代亲见吗？所以它一开始就回顾并提出这样一个问题。第 4 至 6 行，追溯了大海体验的历程。这是怎样的历程？你看，先是"想象"，然后才是亲"见"。"你想象过大海/然后见到它/就是这样"。你先是想象大海。你先前没有见过大海，所以通过阅读、通过教育、通过文献、通过学习、通过学校老师的传授、通过电影电视观赏等，才知道了大海怎样，它如何美。不过，你真的到了海边上一看，有时可能会大失所望，或者说是产生别样的感受。例如，那要看天气，那要看个人的心情。这一段，冷峻地总结和披露 20 世纪中国诗人的大海体验的渊源。他们是在中国特殊语境中接受了来自西方的大海形象的魅力感召，并出于现实的需要，在现实中追求自由的需要，才心中预先形成有关大海的浪漫"想象"的。先有了这种想象的大海，然后才凭借这种大海想象的规范，去看"见"大海。也就是说，先有了一种英国艺术批评家贡布里希（E. H. Gombrich，1909—2001）所说的那种"心理定势"，然后根据这种"心理定势"去解读这个大海。

有了这种"心理定势"，此前看到和没看到过大海的人就都敢于去写大海了。即使到了海边，面对真实的大海，你也可以视而不见地只顾展开自己内心的大海想象，就像刚才引用的《读沧海》中的描述，把大海直接想象成"我心中伟大的启示录，不朽的经典"。这实际上是用个人想象去取代亲见，征服了亲见。这就是现代中国很多文人和读者他们共有的大海体验的轨迹。这时的"见",即便是亲自目睹,但已经经过了人为的先入为主的想象的过滤,因而不能被简单称为亲身体验了,而是由预成的大海话语、大海想象创造而成,沉淀着现代作家、诗人的大海想象。例如,渗透了拜伦、雨果、普希金、苏曼殊、郭沫若、徐志摩、艾青等所创造的大海形象意味。这样,这时的"见"与"想象"实际上是一回事了,"见"已经渗透了"想象",被"想象"所制约了。先在的"想象"已密不透风地制约着我们的亲"见",最后已经没法用自己的肉眼去看了。已经没有了像英国艺术批评家罗斯金所崇尚的那种"纯真之眼"了。所以,这样的诗句意在直接暴露大海形象的话语机制:大海如今归根到底已不再是个人亲身体验的产物,而是先入为主地想象的结晶。从这点来说,大海符号的权威性必然受到质疑,受到消解。

再说得开一点,从中国文化现代性的语境来看,诗人在这里的拆解其实针对整个中国现代性话语中更为普遍的深度模式或传统的。那么,从大海形象这里可以受到启示,还有没有别的形象也是这样,也需要反思和消解呢?它们是否也是先想象了然后再看见、用想象取代看见、用过于丰富的、过度的想象去蒙蔽肉眼的观照呢?当然,要真正根除先入为主的东西去观察事物,实际上历来也是一个难题。如果用海德格尔、伽达默尔的阐释学原理来说,你就总是带着你的"前理解"、你的预成的"成见"或"偏见"去看的。任何人都没法做到罗斯金说的"纯真之眼",没法做到这个"纯真之眼"。你都被已有的教育、传媒语言所熏陶。这有点类似拉康的"象征界",你自从进入了这个象征界,自从打破了你照镜子的阶段,你就会被理性的、语言的东西所塑造,这就是你必须面对的一个难题。诗人显然就想追问,现在的大海模式试图处处赋予平常的或卑微的事物以崇高内涵,把失去中心权威的事物再度中心化。而真正的最终目的,它则隐藏起来,就是要重建中国在世界上的中心地位。

当然,诗人那时自己未必能想这么多,他主要是用直觉去抓取形象,通过艺术形象来说话,而未必要用现在这种过于清晰的理智语言去表述。当然,未必不然。诗歌的形象是大于思想、大于阐释的。诗人对有些东西可能已有朦胧的直觉,直觉出他想象的形象富于某种深意，只要把这种直觉端出来就行，没必要一时想得、说得那么清楚，把直觉性艺术形象中内含的所有丰富蕴藉都想透或说透。要知道，艺术形象中有些东西他那时可能没想那么清楚，或者有些东西确实意识到了但不一定能用理智语言说出来。所以，这首诗所流露的这种大海神话拆解意图，可以说是有意识之物与无意识之物的混合物。诗人自己未必然，读者也未必不然，但还是结合起来理解更合理些。

再来看第二段，进一步直接瓦解大海形象的虚幻性。"你见过了大海/并想象过它/可你不是/一个水手/就是这样"。你老说你是一个水手。以前的朦胧诗人就喜欢说"我是一个水手"，于是这里就是要直接去拆解。水手才有权利说他亲见大海，你们算什么？朦胧诗人会辩解说，尽管生来就不是水手，"但我把心挂在船舷/象锚一样/和伙伴们出航"。"把心挂在船舷"？在实际生活中可能吗？当然只能是在想象中才成为可能，这是在浪漫诗人的想象中才可能。诗人在这里是要直接同朦胧诗人对话，用一种随意的、调侃的口吻来消解朦胧诗中大海的神圣性、终极性或虚幻性。

再看第三段。"你想象过大海/你见过大海/也许你还喜欢大海/顶多是这样"。这是一种让步陈述。你想象过大海了，你去见过大海了，你还喜欢它，大海可能确实有它本身的美呢，你还喜欢它呢，这些无需否认。但是，你顶多是这样啊。进一步，以日常生活感觉去重新界定大海形象，肯定其形式美感，但是又指出顶多是这样。这就消解人们加诸其上的多余的厚重的深度，如历史感。

第四段，"你见过大海/你也想象过大海/你不情愿/让海水给淹死/就是这样"。这里直接把现实的一个生存安全问题凸现出来了，海上安全。这就是说，大海的安全也是重要的，大海同人的生命安全联系在一起，所以这里要说，谁都不愿意"让海水给淹死"。诗人通过这种世俗化的、日常化的大海描绘，体现出人们的日常生活生存的重要性。你不能对大海畅想于无穷，而要看到最基本的日常生活的安全性。

第五段，最后一行，以"人人都这样"一句作结，意在以强调语气宣布想象/虚构的大海为假，亲见/真实的大海才真。这样做，有助于消解前人加诸大海形象之上的沉重话语负载，激励诗人们突破前人规范的桎梏，凭借亲身体验去从事独特的审美与文化创造。

此外，这首诗在数据上也可以说明问题。全诗 21 行，反复出现"大海"达 9 次，加上两次以"它"代替，共达 11 次。11 次反复出现大海，到最后第 19 行"让海水给淹死"，就再也没有出现大海了。可以猜想，这种修辞上的反复使用，在直觉的意义上体现了诗人无意识地从想象的大海回到古典平凡的海的企图。而到最后一次出现"海"这类字眼的时候，已不再是"大海"，而是"海"了。就像郭沫若本人所区分的"没有看过海的人"与"没有看过大海的人"那样，只不过这次是倒过来了：回到处于郭沫若区分前的那个古典的海去！这应当说体现了从大海回到海、从伟大的大海回到平常的海、回到小海这样一个古典复归企图。因为这个"大"，是现代中国人凭借想象力加在它上面的，大海本身原本没那么大啊！

可以说，这首诗体现了从郭沫若式大海到当代人眼中的大海形象的演变轨迹，体现了透过大海形象而对中国文化现代性的追求的反思或自反意向。它似乎力求拆除现代性深度模式而回归平常的语言形式。不过，它不是要消解中国文化现代性本身，而只是显示了中国文化现代性的两个阶段的划分。这大体相当于中国文化现代性从现代Ⅰ到现代Ⅱ的转变轨迹，或者说，从深度的现代性回到日常的现代性的转变轨迹。如果说，从晚清王韬到 20 世纪 80 年代的现代Ⅰ属于一种深度式现代性，那么，从 20 世纪 80 年代兴起的现代Ⅱ则可以属于一种日常式现代性。深度式现代性以对自由、民主、独立、解放等终极价值的渴慕为基础，总是在艺术形象中蕴含无限、伟大、崇高等深度，日常式现代性则作为它自身的消解方式而出现，总是以回到日常生活本来面目为基础，总是起来证明深度模式是人为的虚构。

这首诗体现为列维·斯特劳斯说的那种"凝缩模式"，以小中见大的气势起来瓦解现代Ⅰ特有的宏大叙事的深度模式。它涵摄了中国现代型文学的一个变化：刚开始是善于创作伟大的神话、深度的神话，但后来不断地被重复，就泛化成俄国形式主义意义上的"自动化语言"，让人熟视无睹，没有新鲜感，缺乏独创性；这就迫使新一代诗人不堪忍受地起来打破它、逆反它，转而去创造平常的或日常的东西。建立在深度模式上的现代性主流话语模式于是受到了质疑或解构。所以，自从《你见过大海》出现以后，所有的诗人再写大海的时候就不得不掂量掂量了，因为一不小心就"让海水给淹死"。自从这首诗以后，所有的人再要描绘深度大海形象乃至所有的有深度之物时，当然可以继续描绘，但也要再想一想了，想想别人的质疑，想想你是否在重复前人所做的东西，想想你是否已经失去了你个人的独立自主的创造。

当然，需要补充说，这样来肯定《你见过大海》在消解现代性深度模式方面的意义，并不等于简单地否定现代性深度模式的建构行为本身。恰恰相反，应该历史地高度肯定中国现代型文学在建构深度模式方面的努力，因为这种努力正是中国现代历史本身的决定作用的审美与艺术象征物。正是这种深度模式及时满足了中国现代型文学重建历史深度的强烈需求，为中国现代人把握国家、社会和自我提供了宝贵的深度模式。然而，这种肯定并不意味着可以不反思这种深度模式所得以产生的历史原因及其在今天留下的弊端。现在追究这种历史原因，有助于把握这种深度模式的历史限度。当着中国历史已不停顿地前行的时候，当着这种前行是在适应现代世界语境大趋势的时候，如果继续停留在这种深度模式的迷恋上而不思自反，必然会犯历史性错误。正是在这个意义上可以说，坚决地肯定和冷峻地反思现代性深度模式，是必须同时进行的两个过程。如此说来，如果在《你见过大海》之后再出现深度模式的建构，那也应是可以理解的，只不过，这种深度模式应当属于解构后的再度深度模式了，或者说是重构后的深度模式了。重构后的深度模式同深度模式本身之间应当是存在分别的。对此已超出这里的讨论范围了。

回到本章的开头，中国现代型文学在挣脱古典型文学的锁链而尽力生长和建构自身的美学特性的过程中，难免要同外来欧洲文学他者和中国自身的古典型文学传统展开持续的对话，同时，难免要同自己所建构起来的新特性加以对话，甚至做出自反性举动。因为，一种富于远大前景而又充满活力的新文学形态，应当具有自身的健全的自反机制。

第十一章　当代文学语言状况

　　考察 1949 年至今当代中国文学中的美学问题时,[①] 语言状况是需要认真关注的。因为，正是在这六十多年里，文学中的语言经历了一些引人注目的新变化，而这些新变化既构成了这个时期文学变化的一个重要组成部分，又在基础层次上给予这种文学变化以深刻影响。所以，要了解这时期文学的审美风貌，其语言状况是不能不了解的。这里打算概略地描述过去六十多年文学语言的发展演变状况，以便从这个特定角度去接近这时期文学的总体审美风貌。为简便起见，讨论将纵向展开。这个时段文学在语言上呈现大致五种演化形态：大众群言（1949—1977）、精英独白（1978—1984）、奇语喧哗（1985—1995）、多语混成（1996—2000）和片语博笑（2001—　）。这里拟依次讨论。

　　在讨论时，不仅仅是在文学内部谈论语言，而是从文化语境状况去说明一般语言状况进而阐释文学语言状况。文化语境是指影响语言变化的特定时代的总体文化氛围，包括时代精神、知识范型、价值体系等，这种氛围总是产生一种特殊需要或压力，规定着一般语言的角色。一般语言是特定时期的普遍性语言状况，不仅包括文学中的语言，还包括其他各种语言如政府语言、新闻语言、学术语言和民间语言等。这种一般语言状况既是文化语境压力的结果，又与文学中的语言状况具有直接关联：作家对语言的选择和使用受制于当时一般语言状况的总体语境，而一般语言状况又从深层显示出文化语境的制约。文化语境、一般语言和文学语言，这三者相互渗透和共生，从而可以作相互阐释。而"文学语言"一词在语言学界通常指书面语的标准语形态，并

---

　　①　本章由原载《文学评论》1999 年第 4 期的《近 60 年中国文学语言状况》和原载《江汉论坛》2006 年第 3 期的《短信笑话与文学语言的新景观》综合而成。

不能简单地等同于文学作品中的语言。文学作品中的语言不仅包括这种"文学语言",还包括口头语言、方言、政府语言、新闻语言和学术语言等,不过,是这些语言的新的组合形态,所以常称"艺术语言"。这里为论述方便,还是把文学作品中的语言一律简称为文学语言。

一、政治整合、语言俗化与大众群言

考察 50 年代至 70 年代文学中语言状况,不能不看到,这种语言状况与伴随新中国成立而出现的政治整合需要密切相关。中华人民共和国成立,标志着革命取得胜利,主权重新统一,整个国家进入一个崭新的文化现代性建构时期。这种文化现代性建构的迫切任务之一,是找到并确立一种能整合全国亿万各阶层民众的思想和行动的统一的基本形式。这就产生了一种全体民众的政治整合需要。政治整合的目的是使过去彼此疏离、涣散的各阶层民众,能一律自觉地按一个统一意志去思想、想象、幻想和行动,而语言正是这种政治整合的有力和有效"工具"。这就陆续发生了一系列语言变革,如确立新的政府语言、新闻语言、学术语言、教育语言和文学语言等。统一的汉字简化方案、汉语拼音方案、横排书写规定、标点符号方案等也正是这种语言变革过程的一部分。

文学作为"语言的艺术",它的语言历来被认为是最有典范性、最完美和最具感染力的语言形态,因而自然成为语言变革的重镇,承担起政治整合的大任。先后于 1949 年 7 月和 1953 年 9 月召开的第一、二次全国文代会,标志着来自解放区和国统区的两支文艺语言大军在新的政治整合旗帜下走向统一。这种统一在语言上的标志,就是逐渐探索并形成一种新的文学语言,它应能适应服务于以"工农兵"为主体的"大众"这一目标。这种大众的初等或初等以下文化程度决定了新的文学语言的一条重要标准:非文人化或非知识分子化,为工农兵大众所喜闻乐见。为达到这一标准,就需要对以前的文学语言传统来一次新的整合:语言俗化,也就是语言的大众化或通俗化。只有这种为工农兵大众所熟悉和使用的通俗化语言，才能适应广泛的工农兵大众，使他们走向政治整合这一历史性需要。

这种语言俗化进程基本上是按照毛泽东提出的三条原则来进行的。这三条原则就是：

> 第一，要向人民群众学习语言。人民的语汇是很丰富的，生动活泼的，表现实际生活的……第二，要从外国语言中吸收我们所需要的成分。我们不是硬搬或滥用外国语言，是要吸收外国语言中的好东西，于我们适用的东西……第三，我们还要学习古人语言中有生命的东西。①

这三条实际上代表了新的文学语言据以建构的三个方位：第一是要向"下"吸收，即不是向上层文人或知识分子吸收过分精致的、脱离实际生活的文人化语言，而是向下层工农兵大众吸收"丰富的，生动活泼的，表现实际生活的"语言，如大众口头语，这意味着排除以知识分子或文人语汇为资源的可能性，而明确地以大众语汇为基本标准；第二是要向"外"吸收，即吸收西方先进的语汇、语法和逻辑等现代语言规范，坚持汉语现代性方向，反对恢复以文言文为代表的古典性传统；第三是要向"古"吸收，但绝不是古典文言文传统，而是"古人语言中有生命的东西"，即古代白话中保存的活的语言传统。

可以说，有如下六类语言资源可供上述整合：

一是五四白话文运动以来成为主流的现代白话文。这种语言是根据人们生活中日常采用的通行白话或口头语并参酌外来语（如西方现代语言）而形成的，符合第一、二个方位。由此，它不无道理地成为新的文学语言赖以建立的基础范式，因为这种新的文学语言不可能脱离这个现代基础范式而退回到已经衰落并失势的古典文言文基础上去。运用现代白话去表达新的生活体验，显然被认为是有利于面向工农兵大众，属于或接近他们自己的日常生活语言，而文言文却似乎只能背

---

① 毛泽东：《反对党八股》(1942)，《毛泽东选集》，第 3 卷，837—838 页，北京，人民出版社，1991。

向或拒绝他们。

二是以俄苏文学语言为主的外国语言。在当时与欧美交恶而与苏联交好的特定条件下，这是一种无奈的选择。

三是大众活的口头语和方言。这种"活的语言"更能"表现"工农兵大众在特定地域的"实际生活"，显然符合第一个方位，因而必然受到推崇，如老舍的北京口语，赵树理的山西方言等。

四是下层民间文学语言。这种文学语言总是以"说唱文学"的形式活跃在下层大众（尤其是农民）之中，成为他们日常生活的组成部分，为他们所"喜闻乐见"，也符合第一个方位，所以必然要被吸收进新的文学语言中。

五是古典白话。这种古典白话是保存在古典白话文（如白话长篇小说）之中的，为现代人（无论工农大众还是文化人）所雅俗共赏，合于第三个方位（"古人语言中有生命的东西"），因而有理由整合进来。

六是解放区"革命文学"的大众语实践。自1928年"革命文学"兴起以来，尤其是在毛泽东《在延安文艺座谈会上的讲话》精神指导下，革命作家一直在努力探索新的既适应革命的政治整合需要又为大众所喜爱的大众化文学语言即"大众语"，如《小二黑结婚》《王贵与李香香》和《漳河水》等的语言。这应当说是统合上述四种语言而获得的成果，体现了上述三个方位的整合，具有未来整合化语言的"样板"性质。而相比之下，一些此前曾活跃过的文学语言形态，如以沈从文、巴金、曹禺、林语堂和穆旦等为代表的文人化语言，及以张恨水为代表的都市通俗文学语言，由于主要体现城市"小资产阶级"利益，与来自农村的工农兵大众的文学旨趣有相当距离，不符合上述语言三条原则，因而只能被排斥（如坚守文人语言旨趣的沈从文则从此永远停止了歌唱）。

这样，上述六类语言资源就按语言三条原则而被整合到新的文学语言之中，呈现出大众群言这一语言新状态。具体说来，第一类成为新的文学语言的基础范式或总体框架，第二类符合第二条，即"吸收外国语言中的好东西"，第三类是新的文学语言的活的资源，第四、五类是它的传统资源，第六类则是它可供仿效的样板形式。由这六类语言资源综合而成的新型文学语言形态，可以尝试地称为大众群言。大众群言，就是脱离了上层文人或知识分子旨趣的、符合工农兵大众群体审美旨趣的文学语言状况。这不再是文人的"一言堂"，似乎成了大众的"群言堂"。在这里，判定作家的语言是否美的基本标准，就是看是否"大众化"。

为了达到这种大众群言状况，作家在写作中总是力求抛弃自己的带有"小资产阶级情调"的文人化语言或"欧化语言"，而精心选择日常的通俗语言或大众化语言。来自国统区的老舍就竭力清理和抛弃五四以来的文人化语言。有人向老舍提问："'五四'运动以后的作品——包括许多有名作家的作品在内——一般工农看不懂、不习惯，这问题怎么看?"老舍一面肯定"五四"以来向西方学习这一方向及其成果，一面又明确地指出："'五四'运动对语言问题上是有偏差的。"这主要体现在片面崇拜欧美语言的"复杂"和"精密"而轻视中国语言的"简练"，形成一种盲目的"欧化"偏向，致使原本简洁明了的中国话变成了"啰哩啰唆的东西"。为纠正这种偏向，他认为作家应当学习"人民的语言"，"创作还是应该以老百姓的话为主"，"从人民口头中，学习简练、干净的语言，不应当多用欧化的语法"①。这些话集中显示了他与自己过去的文人语言传统诀别而走向大众群言的努力。

然而，这种大众群言的目标，并不直接指向大众的日常生存方式的本相，而是要以他们能理解的程度去"整合"他们的感情、思想和行为。曹禺对此说得很明白："我们不是为兴趣而写作的。我们写诗歌，写小说，写剧本，是为革命，为人民的利益。因为马克思列宁主义者总是主张以'文'来载马克思列宁主义之'道'的。语言是手段，不是目的。"②他认识到，作家决不应再为自己的文人"兴趣"而写作，从而必须放弃文人化语言，这意味着语言不再是表现的目的本身，只能是表现其他外在目的的手段或工具——这种外在目的正是要使大众在政治上实现整合。所以，作家要竭力创造大众化语言，以此种语言去"载道"，达到使工农兵大众走向政治整合的目的。这样，大众群言似乎是要以满足工农兵大众的旨趣为最高目标，但在实际运作的过程中，这

① 老舍：《关于文学的语言问题》，《出口成章》，76 页，北京，作家出版社，1964。
② 曹禺：《语言学习杂感》，《红旗》1962 年第 14 期。

种目标却容易变形：大众的群言往往变为没有大众旨趣的统一意志的代言，如此，大众"群言堂"实际变为领导"一言堂"。这绝不只是理论推导的逻辑结果，而是当代文学史发展的实际情形。按照老舍和曹禺的上述构想去写，是否实际创造了美的语言呢？当年不少优秀作家，除了老舍和曹禺外，还有巴金、艾青和郭沫若等，都竭力清算自身的文人旨趣而寻求大众化，但实际收效甚微。老舍唯有《茶馆》是不错的，但它是否就来自这种大众化呢？而曹禺越想写好反倒越是事与愿违，没有再写出一部堪与《雷雨》和《北京人》媲美的佳作。其他作家也远未有达到自己过去曾达到过的语言美学高度。这表明，标举大众化语言固然有其文化与历史合理性，但绝对抛弃文人化语言传统却往往违背文学语言发展规律，丧失语言与美学合理性。文学语言既有向大众吸收的必要，更有文人加以整理、提炼和创造的必要即文人化的必要。忽视后者必然付出沉重的美学代价：当文学语言一味迁就而不是提升大众，完全变成"载道"工具时，就越来越不"美"且不"活"了。

二、思想解放、语言雅化与精英独白

自"文化大革命"结束和"新时期"开始，文学被纳入一种新的文化轨道中："思想解放"。思想解放，就是思想上的启蒙或觉悟。这样，不再是被动地顺应大众的政治整合，而是主动提升大众的思想解放，成了文学界的一项新的紧迫任务。要完成这项思想启蒙任务，就需要清理和扬弃大众群言，因为它必然地为着顺应大众旨趣而压抑住文人自己的高雅或精致语言。这样，思想解放在文学语言上首先就表现为语言俗化或大众化的一种反拨——语言的文人化或语言雅化。作家作为社会的"精英"，应当以属于自身的高雅语言去启蒙大众，把他们从愚昧或蒙昧境地提升到文明的或理性的高度。与前面的语言俗化过程包含六种语言资源不同，这次语言雅化过程涉及如下一些语言资源：

一是"五四"以来的文人化语言传统。这一传统自 1949 年起已被迫中断，需要重新嫁接起来，于是以沈从文、钱钟书和"九叶诗人"等的陆续"重新发现"为标志，中断已久的现代文人化语言传统被重新激活。

二是"五四"以来欧美语言影响的复活。走出俄苏语言城堡，人们从重新开放的欧美古典文学传统和新引进的现代主义文学原野上发现了新的语言生机（这种复活的火焰最初由文学青年们对被禁的"欧美资产阶级内部读物"的偷读中点燃，后来引爆了以语言革命为标志的"朦胧诗"运动）。

三是新的以"思想解放"为主导的语言实践。这一其时正进行的语言实践，力图发掘蕴含在文人化语言中的理性因子，去消除"文革"政治蒙昧给大众造成的内外创伤。

于是，我们在这时期文学中看到的，就是一种渗透了浓重的文人或精英人物语调的语言形态，这不妨称作精英独白。这是语言雅化的必然结果。这种精英独白典范地表现为，作家或诗人以精英姿态居高临下地向大众说话。本来，理想的情形应是精英和大众形成平等的对话，但在当时文化语境中，精英往往被推崇为理性的化身或真理的代言人，因而享有主动者或导师的崇高权威；而大众是愚昧或蒙昧的人群，所以是被动的听众，属于学生。精英总位居光芒四射的中心，而大众则置于冥暗的边缘，从而形成一种明显的语言等级制。这在短篇小说《班主任》（《人民文学》1977 年第 11 期）里表现得十分突出：面对"文化大革命"造成的蒙昧局面，中学教师张俊石以精英姿态去对学生说话。他的面前是两类学生：一类是宋宝琦（无知识，即相信"读书无用"、不懂知识的力量）和谢惠敏（反知识，即听从"四人帮"的蒙昧宣传，把优秀知识视为"毒草"），他们代表着冥顽不化而需要反复启蒙的一群。另一类是石红等，他们是启蒙者满意的那种善于豁然开朗的理想听众（例如，在石红家张俊石被学生们簇拥在中心的场面）。无论在哪种情况下，只存在这位精英老师的自主性话语，而学生听众则是被动的，并没有真正获得发言权。作者刘心武还在其他小说中体现了同样的启蒙音调（如《醒来吧，弟弟》中作为中学教师的"我"以启蒙者姿态对蒙昧的弟弟展开启蒙攻势）。

同样，在"朦胧诗"中可以强烈地感受到精英们对于政治专制的坚决的抵抗吁求和对个体自由的激烈呐喊。这种吁求和呐喊是如此具有震撼力，以致大众在强烈的共鸣中极可能被唤醒，并不知不觉地把这种精英独白当作自己本来的话语。北岛的《你好，百花山》写道：

> 琴声飘忽不定，
> 捧在手中的雪花微微震颤。
> 当阵阵迷雾退去，
> 显出旋律般起伏的山峦。
>
> 我收集过四季的遗产，
> 山谷里，没有人烟。
> 采摘下的野花继续生长
> 开放，那是死亡的时间。
>
> 沿着原始森林的小路，
> 绿色的阳光在缝隙里流窜。
> 一只红褐色的苍鹰，
> 用鸟语翻译这山中的恐怖的谣传。
>
> 我猛地喊了一声：
> "你好，百——花——山——"
> "你好，孩——子——"
> 回音来自遥远的瀑涧。
>
> 那是风中之风，
> 使万物应和，骚动不安。
> 我喃喃低语，
> 手中的雪花飘进深渊。

在这首由五节组成的诗中，前三节展示了蒙昧的自然世界：充满"迷雾""恐怖的谣传"和"死亡"气息，"没有人烟"，"阳光"只是"绿色"的而且只在绿色"缝隙"中"流窜"。面对这片蒙昧和沉寂，"我"的突然呐喊立时展现巨大威力，唤醒沉睡而无语的自然界，引起生命的复苏和积极的"回音"。"我"于是不禁回头对自己声音的启蒙威力充满自豪：

这是能"使万物应和"的神奇的"风中之风"。"我"与自然的关系不妨看作精英与大众的语言等级关系的一种寓言性显示。

在"伤痕文学""改革文学"和"反思文学"中，作为当然主角的中心典型们，如改革英雄李向南、科学家陈景润、知识分子张俊石和章永璘等，往往就是精英人物的化身，代表精英向读者大众展开启蒙性讲演。这样，精英对大众的讲话总是表现为精英自己的"单一"语言的"独白"，而过去那种"大众群言"情形则隐匿不见了。不妨来重温张承志中篇名作《北方的河》(《十月》1984 年第 1 期)关于黄河的倾诉：

> 黄河正在他的全部视野中急驶而下，满河映着红色。黄河烧起来啦，他想。沉入陕北高原侧后的夕阳先点燃了一条长云，红霞又撒向河谷。整条黄河都变红啦，它烧起来啦。他想，没准这是在为我而燃烧……我的父亲，他迷醉地望着黄河站立着，你正在向我流露真情。

> ……黄河又燃烧起来了。赤铜色的浪头缓缓地扬起着，整个一条大川长峡此刻全部熔入了那片激动的火焰……这是我的黄河父亲在呼唤我。

这样的语言显然是典型的精英独白。这种精英独白场面的极致，恐怕要数"研究生"的如下话语行动了：

> 他举起自己的诗稿，在粗厉的风啸声中朗读起来。他读着，激动地挥着手臂。狂风卷起雪雾，把他的诗句远远抛向河心。他读着，觉得自己幼稚的诗句正在胸膛里升华，在朗诵中完美，像一支支烈焰熊熊的火箭镞，猛烈地朝着那冰河射去。

于是，在他的诗朗诵声中，一个神奇的景象出现了：刹那间一声巨响，大地震颤，雪原复苏，冰河解冻，春水奔腾，万象更新……诗的诵读竟然能立即让大自然冰化雪消，这种精英独白的神奇魔力真是令人叹为观止！

这种精英独白是一种单语独白，即精英人物的单一语言的独白。单语，在这里主要有两层意思。首先，从叙述声音看，叙述人在叙述中总是向读者发出"全知全能"的声音，似乎自己可以认识和解决世界的一切问题，从而对自己讲述故事的能力和驾驭世界的能力都体现出高度乐观和自信，而这在现在看来是难免简单化的。其次，从语言资源和表现力来看，这时的文学语言刚刚或正在从大众化语言的僵化模式中挣脱，还无法充分地向古代文学语言、21世纪前期文学语言和西方文学语言吸取养料，从而显得语汇和表现力都相对单一、单调和贫乏。这种叙述声音简单化和语言资源及表现力的单调化，使文学语言仿佛总是回荡着精英人物的单一而单调的独白声。这种单语独白情形的造成，是与当时的文化语境紧密相关的：人们相信凭借精英人物的特殊力量能在短时间内很快地实现"思想解放""拨乱反正"和"振兴中华"的宏伟蓝图；而精英人物也确实具有认识和改造世界的高度理性主义、理想主义和乐观主义自信，从而偏爱自己的单语独白，并在其中有意无意地灌注进某种绝对化倾向。

三、文化认同、语言多元化与奇语喧哗

1984年开始的城市经济体制改革进程，使得初步开放的知识分子心灵进一步活跃起来，在文化领域激发起新的"寻根"冲动：越出单纯的思想启蒙视野，向着更广和更深的文化根基进发。这场兴盛于80年代中期的遍及哲学、历史学、语言学、心理学、文学、音乐、绘画和电影等文化领域的"文化寻根"热潮[①]，说到底是一种文化认同行动。文化认同就是对文化的原初根基或身份的追究。人们反省到，此前的政治整合在突出群体和统一意志时以牺牲个体和多样性为巨大代价，违背了马克思所规定的"一切属人的感觉和特性的彻底解放"和"全面发展的人"的目标，因而有必要寻求"人性的全面复归"，这就引申出人性认同任务。接下来的思想解放运动，主要是致力于政治上"拨乱反正"的紧迫任务，还没有来得及把人性认同提到议事日程。人性认同是必

[①]　有关80年代中期中国文艺界的文化寻根热潮，可参见拙著《张艺谋神话的终结》第三章，76~136页，郑州，河南人民出版社，1998。

然与对社会心理、道德规范、价值体系、习俗、语言和审美方式等文化状况的深切反思和探索紧密相连的。因此，人性认同需要沉落为更具体而更根本的文化认同。经历艰难曲折的中国现代文化，应当向何种方向实现认同？这里呈现出三个方位：一是向时间上的过去寻求，从而使现代文化受到质疑而原始文化成为认同对象；二是向空间上的边缘寻求，于是都市中心文化被反省而边缘文化成为热点；三是向人性的深层寻求，人的自然本能必然取代社会属性而成为探索的焦点。这时期文化认同正是按这三个方位演进的，而这三个方位正决定了文化认同不可能朝一元化方向发展，不得不呈现出多元选择的态势。

　　文化认同的多元化，在文学语言方面必然表现为对于此前的语言俗化和语言雅化的反拨性举动——语言不再是确信无疑的和一成不变的，而成了需要探索和选择的新焦点。因为，如同维特根斯坦说的"想象一种语言就意味着想象一种生活形式"一样①，人们也可以说，选择一种语言就意味着选择一种文化价值。正是语言包含着文化的深层奥秘，体现着文化的基本精神。对文化的重视必然具体化为对语言的重视。由此，作家们纷纷把文学变革的冲动不仅仅停留于思想解放层面（如"伤痕文学"和"反思文学"等所做的那样），而是具体化为语言变革的冲动。沉寂多年而复出的老作家汪曾祺在 1987 年说的一番话颇具代表性：

　　　　中国作家现在很重视语言。不少作家充分意识到语言的重要性。语言不只是一种形式，一种手段，应该提到内容的高度来认识……语言不是外部的东西。它是和内容（思想）同时存在，不可剥离的。语言不能像桔子皮一样，可以剥下来，扔掉。世界上没有没有语言的思想，也没有没有思想的语言……我们也不能说：这篇小说不错，就是语言差一点。语言是小说的本体，不是附加的，可有可无的。从这个意义上说，写小说就是写语言。小说使读者受到感染，小说的魅力之所在，首先是小说的语言。小说的

---

　　① ［英］维特根斯坦：《哲学研究》，汤潮、范光棣译，35 页，北京，生活·读书·新知三联书店，1992。

语言是浸透了内容的，浸透了作者的思想……语言的粗糙就是
内容的粗糙。①

这段话似乎是那时期中国作家从思想层面复归语言或汉语层面的具有
革命性意义的宣言，包含了丰富的思想。其中有几点值得注意：第一，
他认为中国作家现在已"很重视"语言，这宣告了片面重视思想而轻视
语言的传统的结束和新的语言变革时刻的到来；第二，他进而指出语
言在文学中不仅是形式而且也是内容，这突破了语言即工具的传统看
法，赋予语言以中心的或实质性的地位；第三，他强调语言与内容或
思想同时存在，不可剥离，这抛弃了过去关于语言仅仅是内容的外壳
或修饰的看法，提出了语言与内容具有同等重要地位并且相互共生而
不可分离的思想；第四，他进一步主张语言是文学（小说）的本体，这
就把语言置放到文学的根本地位上，表明中国作家进军语言的坚强决
心；第五，他提出"写小说就是写语言"的口号，真正体现了一种以语
言为文学的"第一要素"的明确姿态。

对这些创作观念获得解放的作家来说，如果每人心目中都有自己
的语言观，那么，语言选择就必然地表现出多元化趋势。文化多元化
在这里沉落为语言多元化。与语言俗化和语言雅化分别选择了符合各
自需要的一元化语言规范不同，这里却是要突破"俗"与"雅"之间的非
此即彼的对立格局，实现由"一"向"多"的复杂演变，寻求新的多元化
语言并存的格局。于是，就出现了语言多元化情形。语言多元化，在
这里指的是多种异质性语言相互共存而争鸣的格局。在这之前，无论
语言俗化和大众群言，还是语言雅化和精英独白，都只是从文化的单
一层面吸取语言泉源，而没有从文化的广袤而丰饶的原野吸取更多和
更丰富的语言素养。正是新的文化认同状况，为语言多元化提供了合
适的文化语境。可以说，构成这种语言多元化的有如下几种语言资源：

（1）古代汉语传统；

（2）当代市民口语（如调侃等）；

---

① 汪曾祺：《中国文学的语言问题》(1987)，《汪曾祺文集·文论卷》，1—2 页，南京，
江苏文艺出版社，1993。

（3）下层民间语言（包括脏话）；

（4）现代文学语言中与"大说"（grand narrative）相对的"小说"（small narrative）传统（如鲁迅、沈从文和萧红等的语言）；

（5）欧美现代主义和后现代主义文学语言；

（6）欧美现代语言理论（如索绪尔、海德格尔、列维·斯特劳斯和巴尔特等）。

应当看到，这些语言资源是彼此异质的和难以统合的，确实呈现多元化格局，不可能再度复归于过去曾经有过的那种大众群言或精英独白的整合状况。如此，这时期文学终于出现了一种多元化语言格局——这里尝试把它称为"奇语喧哗"。

进展到80年代后期至90年代前期，"后朦胧诗""寻根文学""先锋小说"和"新写实"等文学新潮向人们展示了现代汉语的奇语喧哗景观。奇语喧哗，是借鉴苏联批评家巴赫金的"众声喧哗"（heteroglossia，中译或作"杂语喧哗"或"杂语"）创用的。"众声喧哗"原指异质的、杂多的语言的竞相齐鸣情形，或者说社会语言的多样化、多元化状况。[①] 与巴赫金用"众声喧哗"强调语言的异质和杂多不同，我们这里的"奇语喧哗"更突出语言的奇异、新奇特点，即它们不同于以往大众群言和精英独白的奇异或新奇风貌。"奇语喧哗"在这里指中国80年代至90年代文学新潮显现出来的与大众群言和精英独白不同的多种新奇语言竞相喧哗的状况。它在这里有两层意思：一是指总体上的语言奇异状况，二是指特定语言内部的语言奇异情形。前者是说，在这个时期的种种新潮文学中出现了多种奇异语言竞相演示的场面，这与过去的大众群言或精英独白的单一的正统风范形成鲜明对照；而后者则是说，即便具体到一种语言内部，也可能存在着多种奇异语言混杂、并存情形。这时，我们感到的仿佛是众多奇语竞相喧哗的语言狂欢节了。

概略地说，从"奇语喧哗"中可以听到如下几种语言的音响：

1. 白描式语言

这是指那种继承古典白描手法而形成的以简洁笔墨传神的语言形

---

① 有关上述七种语言的分析详见王一川：《中国形象诗学》，第2章，34—216页，上海，上海三联书店，1998。

态，它以现代汉语规范为基本框架，但内在精神却与古典白描及其所"携带"的中国宇宙观息息相通，形成一种奇特的古今汉语融汇，其代表有汪曾祺、贾平凹和何立伟。

2. 旧体常语式语言

同样体现古今汉语的融汇，但旧体常语式语言却显示了不同的融汇方式：它在旧体诗格律的总体框架中注意运用当代日常生活词语，使严谨的古典格律与鲜活的当代日常语言形成奇特的结合，极大地有助于表现当代文化人的现实生活体验及其自嘲姿态。这种语言的突出代表者是启功，如他脍炙人口而流传颇广的《自撰墓志铭》："中学生，副教授。博不精，专不透。名虽扬，实不够。高不成，低不就。瘫趋左，派曾右……"

3. 立体语言

这是那种综合、交替地运用多种语音、文法、辞格和语体手段去多方面地和立体地表现错综复杂的当代生活体验的语言形态，而大量移置或戏拟此前长期影响文坛的大众群言和精英独白是其重要特色。王蒙在这方面尤其突出。

4. 调侃式语言

调侃是一种用言语去嘲弄或讥笑对象的语言行为。与王蒙立体语言中的幽默和调侃总具有某种精英立场、带着温和与调和姿态不同，王朔的调侃似乎出自文化程度不高和粗俗的人们即"俗人"，往往可以不讲道理、无情和尖刻，充满了对于大众群言和精英独白激烈的和不妥协的反叛色彩，但并没有树立可以取上述精英意识而代之的新的理想信念，所以总是陶醉在语言的狂欢化嬉戏中。

5. 口语式语言

这里指那种呈现出当代市民日常口语特点或者使人产生这种口语感觉的文学语言。针对以"朦胧诗"为代表的精英独白的主流权威，80年代中期崛起的"新生代"或"第三代"竭力选用当代市民日常口语去抗衡，使口语在表达中显示出汉语特有的新的魅力，其代表性诗人有于坚、韩东和伊沙等。于坚相信这种口语式语言具有"一种流动的语感"，

"大巧若拙、平淡无奇而韵味深远"①。

6. 间离语言

与白描式语言注重在现代汉语总体框架中复活古代汉语精神不同，也与旧体常语式语言以今天的日常语言和现实生存体验去激活文言文传统不同，间离语言尤其注重借鉴来自西方的新奇语言如现代主义和后现代主义语言，刻意虚构出非真实的奇幻或怪异故事，并注意拉大或强化作者与故事、故事中人物与其难以抗拒的悲剧性宿命、作者与读者、读者与故事之间的"心理距离"，使其间始终笼罩着一层奇幻莫测却又颇具诱惑力的面纱。一批"先锋作家"如马原、莫言、格非和余华等是这方面的代表。

7. 自为语言

"自为"是"为自己"或"关涉自己"之意。自为语言，从字面上讲是为语言自身的语言，在这里主要指80年代后期文学中出现的那种不是直接再现具体社会现实而是返身直指汉语本体的汉语形态，它一面直指汉语自身或为汉语自身，而不直接关涉社会现实，但另一面这种直指汉语的行为本身又是对特定社会现实状况的再现，因而具有间接的再现性。从海子、任洪渊、欧阳江河和孙甘露的诗或小说中可以窥见这种自为语言的风貌。②

上述七种语言，不过是"奇语喧哗"的种种语言气象的简要列举而已。可以看到，正是新的文化认同进程推动了语言多元化的进程，从而使"奇语喧哗"成为可能。这种"奇语喧哗"显然是远比过去单一的大众群言和精英独白更为合理的文学语言格局，标志着近50年间中国文学语言发展到一个难得的丰富而活跃状态。这似乎是当代文学史上一个罕见的多种语言竞相喧哗的"黄金时段"。但这样的时段毕竟不可能持续长久，在随之而来的世纪末语境中，它不得不面临分裂的命运。

---

　　① 巴赫金的理论及有关讨论，可参阅钱中文：《巴赫金全集》主编序言《理论是可以长青的——论巴赫金的意义》，石家庄，河北教育出版社，1998；刘康：《对话的喧声——巴赫金的文化转型理论》，2、129页，北京，中国人民大学出版社，1995。

　　② 于坚：《诗歌精神的重建——一份提纲》，据陈旭光：《快餐馆里的冷风景 ——诗歌诗论卷》，262页，北京，北京大学出版社，1994。

四、角色认同、语言分合与多语混成

进入 90 年代以来，尤其是从 1992 年起至世纪末，随着中国社会由计划经济向市场经济转变，中国文化界逐渐开始了一场缓慢而深刻的转变：作为社会特殊精英阶层的知识分子，明显地感受到自身社会角色转型的必要。在过去的政治整合、思想解放和文化认同进程中，知识分子都是扮演了一种"精英"角色。只不过，这种角色的具体方式彼此有所不同罢了：政治整合要求他们无条件地扮演统一意志的代言人角色，努力使工农兵大众在统一意志指令下统合起来；思想解放需要他们奋力承担大众的思想启蒙者角色，破除由于统一意志的极度膨胀而造成的政治与文化蒙昧状况；文化认同则使他们自觉地充当全社会文化寻根的急先锋，向着时间上的原始、空间上的边缘和本性上的本能三个方位去寻找中华文化之"根"。而今，面对市场经济格局及其造成的新的社会分层状况，他们从来没有像今天这样深切地感到，自己作为社会精英的角色正面临着根本性转变。发生在 90 年代中期文化界（包括文学界）的"人文精神"讨论、"二张"（张承志和张炜）与"二王"（王蒙和王朔）之争和各种"主义"（如民族主义、自由主义、保守主义、后现代主义及后殖民主义等）论战，都可以视为知识分子对自身社会角色的重新认同过程。通过加入论争、坚持或反对某种观点，他们力求为自己发现并确立在新的文化状况中的新角色。这就是说，与过去一向固定地饰演社会精英角色并对此确信无疑不同，知识分子对这种角色本身发出痛切质疑，并起而探索新角色。这就出现了角色认同状况。

确实，在新的市场经济和社会分层等条件及角色认同语境中，已经不存在过去那种单一化知识分子角色了，而是存在多种角色的选择。是继续做过去那种既具有专业技术知识又投入社会政治风云的"专家加政治家"，还是仅仅做"不问政治"而只问学术或技术的专家本身；是持续地担当大众的启蒙者或批判者角色，还是汇入新的"大众文化"潮流去"弄潮"；是以民族主义者姿态强硬地回应西方文化的冲击，还是自由地和容纳万有地领略八面来风，等等，知识分子似乎从来也没有像今天这样同时面对着各种角色的诱惑。一些清醒的人可能已经很快调整自身而完成了角色的重新选择与转型，但更为复杂的情形可能是：许多人痛苦地而又不甘地感到，现在的每一种单一角色都是不完善的，都有其本身难以克服的致命弱点或缺憾，从而都难以尽情地体现自己原初的社会理想与使命感。应当看到，这样一种角色焦虑是当前角色认同进程的必然伴随物，它表明，知识分子的角色认同绝不是简单的和一劳永逸的，而是一个曲折的和存在反复的探索与选择过程。

这种与角色焦虑相伴随的角色认同，在知识分子的心理和行为中则表现为语言的分合情形：一方面，多元化语言中的每一"元"都出现内部分裂或裂变，出现零散的语言碎片；另一方面，这些不同的语言碎片又不甘于零散状态而寻求新的综合。具体说来，在过去的统一的语言俗化和语言雅化状态下，语言都是有其完整性的，不会出现混淆；即便是在后来的语言多元化格局中，虽然多种异质的语言共同存在，多元共生，但每一"元"都各有其逻辑上的完整与独立性。而今，这种语言完整性和独立性却破裂了。人们难以从多元化语言格局中自主地选择出某特定语言了，而是不得不面对多种非完整的和非独立的语言碎片，在这些语言碎片中徘徊不定。甚至可以说，从1898年至今百年间出现过的种种语言资源，在这世纪末时刻又走马灯似地匆匆闪过，但都耗竭完各自的整体创造能量，而裂变或散落为种种语言残片。但是，置身在这种碎片语境中，人们还是执着地期待着一次新的综合机会。

近年来文学创作五花八门而又扑朔迷离的状况，正与这种世纪末语言分合有关。面对前辈留下的种种语言碎片，作家们似乎再也找不到可供自己仿效和选用的任何一种完整、独立而充满魅力的现成语言了，更多的只是痛感语言的破裂和散乱。难怪曾经有人预言，90年代后期文坛一片迷茫；更有人惊呼，文学再度面临世纪末危机。然而，正是在这种语言裂变状况中，可以看到一些新的综合尝试——不妨称作多语混成。

多语混成，或称多体混成，指一个特定文学作品综合地运用多种彼此不同的语言碎片，既综合了小说、诗歌、散文、相声和剧本等不同文学的文类语言，也汇聚了日记、口号、广告和法律文书等非文学的文类语言；既有独白体、对话体和杂语体，也有书面语、口语、方言、流行语和外来语等。总之，文学与非文学、叙述与抒情、独白与对话、独白与杂语、口语与书面语、方言与流行语、现实型和浪漫型等不同语言在此聚集。以标举口语的"流动语感"及其"平淡而韵味深远"效果著称的于坚，在长诗《O档案》(1994)中以诗体戏拟档案体，在一种反讽状态中揭示个人被公文控制的命运，表明了这位诗人冲出单纯口语局限而寻求语体跨越的姿态。曾以《古船》(1986)名震文坛的张炜，在《家族》(1995)中探索小说体与诗体双体并置的新路。而一向注重语言跨越的王蒙，早在80年代初就认识到："小说首先是小说，但它也可以吸收包含诗、戏剧、散文、杂文、相声、政论的因素……我们为什么不喜欢小说中有散文、小说中有诗呢？"①调动多种语体如诗、散文、戏剧、相声和电影蒙太奇等来多方面和多角度地即立体地表现人的纷纭繁复的情绪流动，是他的"立体语言"的特长。而90年代中期陆续发表的长篇系列《季节》(已出《恋爱的季节》《失态的季节》和《踌躇的季节》三部)则体现了更为激进的多体混成姿态，小说中不仅大量容纳诗、赋、散文和相声等多种文类，而且还交替地出现排比、叠词、叠句、华丽辞藻、顶针、反复、回环、并列和无标点等多种语言手段，从而以一种自由而灵活的形式抒发了强烈的政治骚绪与反讽交织的情怀。先锋作家刘恪的"诗意现代主义"中篇系列、长篇小说《蓝雨徘徊》和《城与市》等，则相继引进除小说外的他种文类如诗、日记、散文、图案、公式、法律文件和剧本等，以此揭示一颗忧郁的世纪末苦魂的深切颤动，从而标志着这种跨语体尝试达到了一个新高度。重要的是，这些汇聚起来的多种语言，在本文中并不是散乱无章的，而是存在着一种内在联系，组成一个错乱中见联系、迷茫中出诗意的语言整体。②

　　应当如何看待这种多语混成状况？初步看法是，多语混成既是当

① 王蒙：《漫话小说创作》，15—16页，上海，上海文艺出版社，1983。
② 从文体角度看，这种多语混成状况又是"跨体文学"的标志之一，参见拙文《倾听跨体文学潮》，《山花》1999年第1期。

前文学面临"迷茫"或"危机"的标志（这不能否认），同时，更是它面临新的转机的征兆。人们可能同意说，这种多语混成状况的出现有其必然性，但却可能质疑说：这样散乱的语言状况怎能代表新的转机？应当记得，主张"一代有一代之文学"的王国维曾经说过：

> 盖文体通行既久，染指遂多，自成陈套，豪杰之士亦难于中自出新意，故往往遁而作他体，以发表其思想感情。一切文体所以始盛终衰者，皆由于此。[1]

他这里的"文体"是包含我们所谓语言的。当旧有语言模式已成"陈套"而难出"新意"，无法满足新的生存体验的表达需要时，就必然要求另创新语言，"遁而作他体"了。"遁"不应是胆小的隐遁，而是勇敢的开拓。

作家一面痛感百年来种种现成语言无法满足新的生存体验的表达需要，一面却无力另创崭新的语言，从而陷入走投无路的"危机"境地，就不得不求援于跨语体行动，在跨语体上寻求新突破和新创造。对此，刘恪有清醒的认识：

> 拯救汉语已是一个艰巨任务。如果我们能动摇一下势力强大的语言习惯，例如取消叙事权威，并置不相关的本义，破坏传统语法，强调词汇的装饰性，扭曲话语的情感等。……所谓叙述方式的变化，从根本上说是一种语言方式的变化。[2]

"拯救汉语"的任务具体地体现为"动摇"现成"语言习惯"而寻求坚决的语体跨越。可见，无力新创语言诚然说明了当前作家的无奈境遇，但多语混成又表明了在这种无奈境遇中升起的"拯救"性努力。如果这种拯救性努力确实从根本上是出于新的生存体验的表达要求而不是纯形式主义地"为语言而语言"的话，那么，它就有可能孕育着一种新的转机。

---

① 王国维：《人间词话》，滕咸惠校注，104 页，济南，齐鲁书社，1981。
② 刘恪：《梦中情人·跋》，524—525 页，南昌，百花洲文艺出版社，1996。

可以说，业已百岁的中国现代文学演进到世纪转折关头，确实需要而且可能来一次新的以跨越语体为标志的文学转折了。但这次转折不可能是像五四时代那样轰轰烈烈地涉及文学思想、观念乃至整个文化思潮的"文学革命"，只是发生在语言内部的静悄悄的而又意义深远的内在激荡。当然，行进的路是曲折的，不会一帆风顺，但如果各种条件具备，谁能断言说这内在激荡就不会在即将来临的新世纪奔涌为一条浩荡巨流呢？

五、片语博笑与文学语言新景观

进入 21 世纪，中国现代文学语言在其多语混成景观之后，并没有呈现出新的整合或统一态势，而是伴随互联网或移动互联网的普及而展现出片语博笑这一新景观。其突出代表就是手机短信，更具体地说，是短信笑话。

短信笑话有什么好谈的？笑过就忘啊，还谈什么？诚然，短信笑话在大量普通人群间发送和传看，似乎不登大雅之堂，低俗不堪，何足挂齿，但这却是需要正视的一种新的社会文学或文化现象，它可以从中见出为我们的传统偏见所忽略的一些有意味的东西。例如，要了解近来文学中语言及其形式的变化以及这种变化所揭示的社群情感等变化，短信笑话就不能不说是一个合适的分析对象。这并不等于说通常的严肃写作、畅销书、影视剧本、网上文学等在语言上的进展就变得不重要了，只是表明，正是在短信笑话这种当今影响公众最广泛的移动网络媒体形式中，文学语言形式的新变化及其社会修辞功能表现得最为集中、鲜明且最具公众号召力，因此值得做一番考量。

短信笑话又称幽默短信，可以视为短信文学的一种形式。它主要在移动网络上传输，同时也可在互联网传送。根据国家信息产业部最近公布的统计数据：到 2005 年 8 月底，全国手机用户已超过 3.7 亿户，比上年底增长 3795.2 万户；手机普及率为每百人 28 部，手机短信发送量已达 1906.2 亿条，比上年同期增长 39.8%。① 如果以每个手机用户平均每周传播短信笑话 2 条(次)计算，他一年可以传播短信笑话 104 条(次)，而全国手机用户一年传送短信笑话可达 384.8 亿条(次)。如果每个手机用户每周传送仅 1 条(次)，则全国用户一年可发收短信笑话 192.4 亿条(次)。就这个数字看，短信笑话的影响面之广泛是不言而喻的，其超过通常的杂志文学、报纸连载文学甚至影视文学的巨大传播力量就可想而知了。就这里的有限观察和体会看，每到逢年过节时，短信笑话的收发数量可谓滔滔而来，应接不暇。

到 2014 年 12 月，新的数据显示，中国网民规模已高达 6.49 亿人，全年共计新增网民 3117 万人；互联网普及率为 47.9%，较 2013 年底提升了 2.1 个百分点。同时，中国手机网民规模达 5.57 亿人，较 2013 年底增加 5672 万人。网民中使用手机上网人群占比由 2013 年的 81.0% 提升至 85.8%。中国网民中农村网民占比 27.5%，规模达 1.78 亿人，较 2013 年底增加 188 万人。中国网民通过台式电脑和笔记本电脑接入互联网的比例分别为 70.8% 和 43.2%；手机上网使用率为 85.8%，较 2013 年底提高 4.8 个百分点；平板电脑上网使用率达到 34.8%；电视上网使用率为 15.6%。有 60.0% 的中国网民对在互联网上分享行为持积极态度，有 43.8% 的中国网民表示喜欢在互联网上发表评论，53.1% 的中国网民认为自身比较或非常依赖互联网。② 这些表明，在网上展开日常语言沟通已成为必需，而其中必然包括属于文学语言的沟通，特别是短信笑话的创作、转发或评点。

公众之所以喜欢发送和收看一些短信笑话，原因很多，探索途径也应多样，但从语言形式来看，语言的修辞性组合不能不引起重视。具体说来，短信笑话的感染效果是通过种种语言修辞手段实现的。下面不妨看一些文本实例。大量的短信笑话是用来传达爱情、友情的。"蓝蓝的天空白云飘，白云下面我傻跑，背着 LOVE 行囊把你追，直到天荒地老，灵魂出窍。看见你精神百倍，梦见你忘却疲惫，想你想

---

① http://news.hexun.com/detail.aspx? lm=1748&id=1349065。

② 中国互联网络信息中心(CNNIC)：第 35 次《中国互联网络发展状况统计报告》，http://tech.gmw.cn/2015—02/03/content_14728754.htm。

得无法入睡，别说你还无所谓，收下我的红玫瑰，你不爱我是你不对!""玫瑰开在九月里，我的心中只有你，好想和你在一起，没有什么送给你，只有一句我爱你!"轻松诙谐的语句传达出爱情的真挚。"夏日高温不退，生活枯燥无味，革命工作太累，个人身体宝贵，多吃瓜果才对。"这属于韵文达情，即以整齐的押韵文字传达夏日炎炎中的朋友关爱。"茶，要喝浓的，直到淡而无味。酒，要喝醉的，永远不想醒来。人，要深爱的，要下辈子还要接着爱的那种。朋友，要永远的，就是看手机的这个!"依次以"茶""酒""人"起兴，直到推出"看手机"的"朋友"，体现了起兴点赞朋友的设计理念。"一个人能走多远，看他与谁同行，一个人有多优秀，看他有什么人指点，一个人有多成功，看他与什么相伴，感谢上帝把你带到我的身边，很高兴认识你!"这里通过列数不同侧面来赞美朋友的重要作用。

讽刺、调侃或针砭时弊的短信笑话也不在少数。"学问之美，在于使人一头雾水；诗歌之美，在于煽动男女出轨；女人之美，在于蠢得无怨无悔；男人之美，在于说谎说得白日见鬼。"这显然是以整齐对称的语句讽刺或调侃当下一种时髦学问、诗歌、男女的品行。

通过拟了道歌，"了"字也可以显示其特殊的修辞力量。"恋爱了吧! 高兴了吧! 从此花钱大了吧! 结婚了吧! 爽了吧! 从此有人管了吧! 离婚了吧! 自由了吧! 做爱要花钱了吧! 艾滋了吧! 傻了吧! 躺在床上等死了吧!"

正反同体也效果奇特："祝身体健康，牙齿掉光；一路顺风，半路失踪；一路走好，半路摔倒；天天愉快，经常变态；笑口常开，笑死活该!"还有名人效应："听说你最近很牛 B，普京扶你下飞机，布什给你当司机，麦当娜陪你上楼梯，金喜善给你烤烧鸡，刘德华帮你倒垃圾，连我都要给你发短信息!"名烟缀联也得到应用："祝愿你致富踏上万宝路，事业登上红塔山，情人赛过阿诗玛，财源遍布大中华。"还有叠词传情："许一个美好的心愿，祝你快乐连连。送一份美妙的感觉，祝你万事圆圆。发一条短短的信息，祝你微笑甜甜。"

上面只是一些简要列举，目的是见出短信笑话的修辞状况之一斑。如何把握这些修辞状况? 俄裔美国语言学家雅各布逊(Roman Jakobson，1896—1982)的言语沟通六要素模型可以作为一种分析框架的基础。他认为任何言语沟通行为都有其基本的构成要素：发信人发送一个信息给收信人；这个信息有其据以解读的参照语境；为发信人和收信人都共通的代码；最后，使得发信人和收信人之间建立联系成为可能的物理渠道——触媒。① 这六要素确实是任何言语沟通都必不可少的，短信笑话也不例外。限于篇幅和论题，这里只谈短信笑话中的"信息"要素，而且只谈它的语言形式方面。

从语言形式看，短信笑话在实际的社会交际中往往体现出自身的特点。不妨看看这则短信笑话："你被通缉了……以下是你的罪行……对朋友太好，又够义气，善良纯真贴心又可爱……本庭宣判……一辈子做我的好朋友。"先是以法律语言如"通缉"和"罪行"等造成"吓唬"效果，继而转说原因是一贯可亲可爱，最后回到法律语言，做出令人突兀而又兴奋的"一辈子做我的好朋友"这一庄严"宣判"。这则短信笑话显示出两个特点：一是短语性，即短信笑话的篇幅必须短小，通常不足百字，而这则短到只有49字。这是要适应手机的屏幕尺寸，可以说是由手机(触媒)的媒体特性所决定的。二是速笑性，即它必须在半分钟左右这个超短时间内迅速引起收看人发笑。具体到这则短信笑话，它引发的不是一般的大笑，而是好友之间会心的微笑。这就是说，不短不足以成短信，而不笑不足以成短信笑话。由此可见短语和速笑对于短信笑话有多重要了。

不过，仅凭这两个特点还不足以造成短信笑话的传播在社会公众中的具体实现。凭什么要发送或收看这条短信？难道不是白白浪费时间、白花冤枉钱？这里肯定有送看的条件和动机所在。短信笑话总是发生在两个或两个以上主体间，不能脱离这种主体间去对单一主体做单方面考察。因此考虑短信笑话的主体间性是必要的。从主体间条件看，发送者和收看者必须相识或相熟，具有沟通的社群基础。"知道我在做什么吗？给你五个选择：A 想你，B 很想你，C 非常想你，D 不

---

① Roman Jakobson，Linguistics and Poetics，*Language in Literature*，Krystyna Pomorska and Stephen Rudy，ed.，Cambridge：The Belknap Press of Harvard University Press，1987，p. 66.

想你不可能。"如果两人彼此不相识，甚至不熟悉，怎么可以随便送看这则情人间或好友间才可以发送的短信笑话？发送和收看上面短信笑话的两个人之间，肯定有着情人或好友这一层特殊关系。

从主体间动机看，发送者和收看者一个愿发、一个愿收，两相情愿，导源于共同的社群沟通、同感、同情、关爱或传情等需要。如果缺乏这种社群需要，短信笑话的传播就可以免了。这种导致短信笑话得以传播的主体间条件和动机可以合称为主体间社群同感性，简称同感性。同感性在这里是说，短信笑话必须依赖于主体间的社群沟通基础并导源于同感需要。在这里，同感性体现出短信笑话在语言形式上对于主体间社群生存的依存性：笑话总是对主体间的社群生活具有某种用途，正是这种实际用途制约着笑话的语言组织方式。"我一直都守在你身边，也一再为你担心，今天你吃得饱吗？睡得好吗？深夜会冷吗？我向来都知道你就是不会照顾自己，每当我一走开，你就会从猪栏跳出去。"前面几句都是在描述人间温情，但最后一句中以"猪栏"形成突转，由人转向猪，从而引人发笑。这种笑声有助于让朋友、同事从轻快、幽默的语言游戏中获得一种日常解脱。可以说，笑话正是依据主体间的社群需要组织起来的，目的是为了在主体间造成实际感染效果，满足他们的社群生活需要。

综合上面的短语性、速笑性和同感性这三个特点看，短信笑话具有不容置疑的美学、人类学与社会学等丰富意义。也就是说，它所包含的意义往往可以超出我们的通常想象或者纠正我们的传统偏见。在这个意义上，短信笑话不能简单地从通常的语言学角度去理解，而应当更合理地从超语言学或修辞学的意义上去理解；同时，这种"修辞"又不能仅仅从传统修辞学意义上去领会，而应当同人的现实生活形式的调适紧密联系起来考虑。这样，短信笑话可以被约略地定义为一种在社会公众间展开的以笑去调节社群状况、主体间关系及个体生存方式的短语修辞行为。在这个意义上，短信笑话具有片语博笑修辞的特点。

片语博笑修辞，是一种精心设计的旨在传达日常生活同感和引发笑声的短语组织及行为。传达同感和博取笑声是短信笑话的两大最显著的社会功能。与传统和经典的文学类如诗歌、小说、散文等悉心追求意义深度、历史关怀相比，短信笑话更多地关注人们日常生活中同感的传递，把这种同感加以平面化，服务于有时十分廉价的笑声的激发。短信笑话当然也有其意义，有其历史感，但是，它的短语性和速笑性限制了它，使本来就有限的意义竟变得扁平，同时又使跳动的历史感显得轻飘了。

这里想追问的是，短信笑话凭借其片语博笑修辞已经和正在随处博取数量庞大的公众（手机用户）的群体笑声，这种现象说明了什么？具体地说，当越来越多的公众或手机用户正满足于从短信笑话中阅读或谈论"文学"而对诗歌、小说和散文等经典文学文类不屑一顾时，一种怎样的新的文学现象正在兴起？不禁联想到宋词、元曲先后在各自时代兴起及其对传统权威文类如诗歌构成冲击时的情形。短信笑话这一语言形式是否会对目前的现成主流文学语言形式构成强力挑战？公众对片语博笑修辞的重视和喜爱，是否会意味着淡化或者已经和正在淡化他们对主流文学语言形式的重视和喜爱？随着当今信息技术和媒介技术正努力把生活中的全能信息终端聚集到技术越来越复杂和精巧、功能越来越多而全的智能手机上，而不是聚集到人们原来设想的电脑系统上，那么，短信笑话的语言形式是在对目前及未来的文学语言形式的基本范型提供新的预设、启迪或感召，还是只是在构成昙花一现的无序的过渡式狂欢？

谁也不能轻易否认信息技术和媒介技术在生活变化和文学变化中的巨大能量。需要辨明的只是，这种能量其实不是单独起作用的，而是与它们身处其中的特定社会情境整体一同发挥作用的。随着短信笑话日渐深入人心，作家们或如今还不被看成是作家的年轻写手们是否会"穷则思变"地呕心沥血，认真研究短信笑话的奥秘，尤其是它的语言形式的奥秘及其启示，直到从中转化出一种专门适合于手机人群传播的语言简短而新奇、表述面窄而又兴味深长的新的文学文类或样式来？手机短信笑话的兴盛（以及本文未及谈论的手机小说或手机诗歌的出现），让人无法不产生一种预感、期待或警惕，但这是否会出现或者具体以何种方式出现，却是需要认真研究的。

以上对过去六十多年时间里当代文学语言的演变线索作了简要回

顾。可以看到，大约五种语言状态的演变是值得注意的。首先出现的语言俗化和大众群言，是对"五四"以来多元化语言资源的一次以大众语为基础、以政治整合为目标的整合，正是这种以俗为本的语言整合把文人化语言和欧化语言搁置起来；接下来的语言雅化和精英独白试图激活沉睡三十载的文人化语言传统，以此为标准对已变得僵化的大众群言加以纯净化提炼，以便服务于思想解放的目标；如果说上述两种语言状态的转换表现为从俗的整合化语言到雅的整合化语言之间的替换，那么，随即出现的语言多元化和"奇语喧哗"，则表明这种整合化语言已经被多种不同语言所替代，而这是文化认同所需要的；世纪之交的知识分子角色认同和语言分合状况，迫使作家探索一种新的零散语言的综合——多语混成；最后，新世纪移动互联网的普及，造成了公众共同参与的片语博笑的风行。

这里，可以见出如下一条演变轨迹：俗化——雅化——（包含雅俗统合在内的）多元化——碎片拼贴——片言只语的娱乐化。俗化和雅化语言都体现整合特点，而多元化则意味着由合到分，碎片拼贴显示出分裂中的新的聚合，片言只语的娱乐化则又走向零散化格局。由这条语言演化轨迹是可以窥见六十多年来文学语言的演变轨迹及其症候的。

也就是说，当代文学语言在成功地呈现出现代汉语之美这一新的美质的同时，事实上也毫无顾忌地袒露出当前的语言症候。这里不妨作简要列举。其一，流水语言与空洞的能指。一方面，当今的文学语言句式显得越来越流畅、流利或娴熟，但其表达的空洞乏味也如影随形地缠绕进来。有时正是在表达最酣畅时，我们更容易感受到其空无一物。其二，语言狂欢与价值匮乏。不少作家作品满足于语言的狂欢化效果，但根本问题在于价值观的迷糊或失位。其三，语言实验与社会漠视。诗歌、小说和散文中的语言实验在继续，但难免带有返回个体内心求宁静而躲避社会矛盾的后果。其四，时新语汇与传统脱链。随着互联网或移动互联网上特有的语言表达方式的风行及其向社会各界的纵深处层层渗透，新的文艺语言与传统语言之间的脱链现象已变得越发严重了。要解决这些问题，绝非一日之功。但这里不妨指出解决途径之一：重新召唤诗意启蒙的幽灵（见本书第九章第七节有关论述）。

结　语

在对中国文论现代性传统问题做了以上探讨后，有必要再作些简要的归纳，尽管知道这种探讨其实应当是开放的和难以有确切定见的。

一、涵濡中的中国现代文论新传统

作为中国文论中的新传统，中国现代文论传统的总体面貌，如果真的有的话，那也应当是见仁见智的。按照本卷的观察，中国现代文论绝非如时下有论者所指认的那样因"西化症"已完全丧失掉主体性品格，虽然在西方他者强势冲击下被迫发生过参酌西方他者范例而实施的重大转型，但毕竟出自中国自我在面对由他者主导的巨变格局时从事的主动调整与转变行为。也就是说，中国现代文论诚然已经和正在继续受到来自西方文论的强烈影响，但终究还是中国自我的主动的求变与创新的果实。正是在这个意义上可以说，中国现代文论仍然是中国自己的文论，属于整个中国文论传统的一部分。只不过，它同中国古代文论传统相比，具有自身的与之不同的独特性而已。而要解释中国现代文论传统的这种区别于中国古代文论传统的独特性，就需要引入文化涵濡概念。

按照文化涵濡观念，任何一次由两种或两种以上异质文化之间的交往所引发的变迁都不可能只是单方面任意影响的产物，而是来自这两种或两种以上异质文化之间相互潜移默化的滋润或濡化。再加上现代中国自我并非世界上随便什么文化主体之一，而恰是一种拥有数千年历史传统并至今仍深受其熏染的文化主体，这一主体绝不会甘愿放弃自身的强大主体性向心力或独立自主立场，而是企求处处同任何外来他者展开谈判，以便争取最有利于自己的权利。如此，那种单方面的中国现代文论"西化"论，显然是一种过于简单和浅表的概括了。中国现代文论传统所赖以形成的深层缘由，正可以从中国文化与外来文化之间的异质涵濡及其层累涵濡特质去窥见。从古到今的中国文论，实际上是中国自我与外来他者之间长期的异质涵濡的结晶。按照前引梁启超的"三个中国"之说，如果说，中国古代文论先后受到来自"中国之中国"和"亚洲之中国"这两种"中国"自我与当时与之对话的外来他者之间的异质涵濡过程的长期感染的话，这可分别以先秦时代的"诗言志"论和魏晋时代刘勰的《文心雕龙》为例，那么，中国现代文论则受到了"世界之中国"这一新格局下中国自我与西方他者的异质涵濡的影响，这方面的较早实例就有梁启超的"诗界革命"论主张、王国维的新式论文《〈红楼梦〉评论》和胡适的《文学改良刍议》等。在"中国之中国"时代，先民生产力极不发达，符号表意能力尚处初级阶段，这使得中国文论身处中原地带分别属于文化中心的自我与文化边缘的他者之间的异质涵濡之中，随即产生了"诗言志"之类言简意赅的文论命题。而到了"亚洲之中国"时代，同处亚洲的邻国印度佛教这一他者被中国自我纳入自身之中，形成了远比在印度自身更为强大的精神影响力，加之其时中国的书写媒介技术已较先秦时期更为发达，"纸的风行当在 3 至 4 世纪的晋代，取代了竹简和部分缣帛的用途，书籍因此得以大量地书写和广传。当时左思作《三都赋》，十年始成，大为当时读者所推崇，'于是豪贵之家竞相传写，洛阳为之纸贵。'四世纪时，桓玄下令，'古无纸，故用简，非主于敬也。今诸用简者，皆以黄纸代之。'"①在这样的条件下，刘勰得以借鉴佛教特有的严密而系统式思维，创作了中国文论史上容量和篇幅都空前巨大的著作《文心雕龙》。至于现代文论的发生和发展，则是极大地获益于由社会危机的拯救冲动、文学语言变革的进展以及机械印刷媒介如报纸、杂志和书籍带来的传播便利等形成的合力，这可以由陈独秀创办而在北京大学同人主办时达到其社会影响力

———————

① ［美］钱存训：《书于竹帛——中国古代的文字记录》，117 页，上海，上海书店出版社，2004。

的巅峰的《新青年》杂志为典范实例，正是在那里，"文学革命"运动被点燃并形成燎原之势。可见，一旦外来他者角色改变，就势必会导致中国自我的角色变化，形成自我与他者的新型对话关系，从而使得这种对话呈现出前所未有的新内容和新后果。

可以说，与中国古代文论传统是"中国之中国"和"亚洲之中国"时代中国自我与外来他者之间的文化涵濡的产物不同，中国现代文论传统则是"世界之中国"时代中国自我与外来西方他者之间的文化涵濡的产物。就中国古代文论时段而言，它虽然受到来自印度佛教和中原周边族群文化的影响，不得不做了一些变通，但毕竟自我的定力颇为强劲，主体性较为充实而坚挺，自信力十分充足。但到了随后的中国现代文论时段，它虽然仍然坚持自身的主体性，并积极地与西方文论他者展开对话，但与古代文论时段相比，变化就前所未有地大了，这主要是因为，它在文化涵濡过程中所必须面对的对手或对话伙伴，已然变成了史无前例的西方他者。这个西方他者携带其空前强大的现代性工程不请自来，以不可一世的傲慢和偏见，力图一举威逼中国自我立即彻底俯首称臣。尽管身处风雨飘摇的逆境之中，中国自我仍然坚持高扬自身的文化主体性，同强势的西方他者展开积极的对话，在对话中有选择地吸收对手的有用成分，激发自身潜隐的本土气质，挖掘自身的面向未来开放的创造性品格，由此才形成自身的现代文论气质。

由此看来，中国现代文论传统已经深深地浸染了"世界之中国"时代中国自我与外来西方他者之间的对话氛围，形成了特定的话语系统及其独特性。尽管如此，它仍然属于中国文论而非西方文论。其原因就在于，它诚然时常采取鲁迅所谓的"拿来主义"方式去吸纳西方他者的文论资源，但实际上从来都没有满足于仅仅简单地复制西方文论，而总是根据自身的现代性进程的需要而有选择地吸收，并且都做了创造性的转化。正像前面关于西方典型范畴在中国的演变所论述的那样，这个范畴在中国的兴衰事实上顺应了中国文学及文论自身的特定需要：当中国社会危机大力呼唤典型式英雄出来拯救时，中国现代文学及时地创造了这类典型或者说卡里斯马典型形象，而中国现代文论则及时地借鉴来自苏联的典型范畴来对此类文学创作现象做了美学的命名。

二、中国现代文论产生方式中的两种过程及其交融

中国现代文论的产生方式可透过"诗界革命"论个案去理解。由王韬、黄遵宪和梁启超三人之间的接力式传递所催生的"诗界革命"论，集中显示了中国现代文论发生方式的特点：现代文学观念或文学理论的发生，并非仅仅出于文学内部的美学实验或美学变革需求，而是根本上出于社会危机的拯救需要。正是强烈的社会危机拯救需要，迫使中国的志士仁人们情急之下求助于日本式文学变革，而日本式文学变革说到底又受到了西方式文学变革的影响，又把中国志士仁人们的师法的目光投寄给西方文论。这样，中国现代文论的发生方式的显著特点在于，社会变革冲动被强行挤压到文学中，迫使文学发生变革，而令文学发生变革的号令本身正构成了属于现代的中国文论新观念。

不过，社会危机的拯救需要毕竟要透过文学本身的变革途径，才会生长为真正意义上的现代文论。这就是说，虽然现代文论的发生首先萌芽于社会危机的拯救冲动，但归根结底还是要在文学的美学层面开花结果的。正是黄遵宪的虽未成功但足以令人瞩目的汉语诗歌变革行动，直接催生了梁启超的"诗界革命"论。而"诗界革命"论在文学创作中真正取得成功，还要等到胡适的《文学改良刍议》(1917)及作为其美学实验标本的《尝试集》(1920)的先后问世。

不如这样说，中国现代文论的发生方式体现为两种过程之间的相互交融：一种是社会危机的拯救需要把压力施加到文学创作过程上，要求作家、诗人承担起文学救国救民的非常重任；另一种是汉语文学创作中的美学实验对社会危机拯救需要作出积极的响应，因为它本身已感受到来自生活体验的巨变的压力，也就是不断变化着的新的现代性体验要求文学家们通过创造新的文学作品去表达新的现代性体验。这样说并不等于要在文学与社会(或人生体验)之间强行地划分文学的内部与外部，而只是想阐明，在"世界之中国"时代所发生的全社会剧烈动荡时期，社会危机的拯救需要与文学变革之间本来就是相互融通

而难以分离的。这一点再次证明，中国现代文论在其发生方式上并没有简单照搬它所师法的西方文论他者面目，而是根据自身的需要并按照自身的路线图去行进，最后生长出自己的本土面目来。

三、中国现代文论知识型、核心范畴、
我他关系模型及品格

中国现代文论要形成属于自身的独立传统，应当满足起码的文论传统条件。假如这些起码的条件都不能满足，那它的传统地位就是不完整的和不稳固的，从而也就不配称为传统了。那么，这些起码的文论传统必要条件有哪些呢？这可能也是一个见仁见智的问题。但一般而言，关键的条件应当包括（但不限于）如下要素：一是拥有自身的形成惯例或定势并趋于相对稳定的知识型；二是形成或建立了特定的核心范畴构架；三是建立起稳定的我他关系模型；四是形成或初步形成自身的独特品格。

中国现代文论的知识型，虽然在主干上借鉴自西方文论知识型，形成了新型的专业化、本质论、思辨式和体系化等特征，但同时，又由于中国古代文论传统基因的特殊影响作用，难免还运行着带有古代文论知识型的某些特征（如跨专业性、非本质主义、直觉式和零散性等），但又自觉地注重与现代西方文论知识型展开自主对话的结构性元素，如宗白华的《美学散步》等。只有把这两种知识型样式都同时加以关注并予以同等程度的重视，对中国现代文论知识型的认识才是趋于完整的和客观的。

中国现代文论确实形成了自身的核心范畴，这就是借鉴自黑格尔和别林斯基等的典型范畴，以及它所涉及的真实性、典型性、民族性、时代性等相关性美学规范。不过，随着中国现代型文学的演变和现代文论的需要，单纯的典型范畴越来越显示出其非完整性和不稳定性，难以概括中国现代型文学现象的全部以及难以帮助现代人回瞥中国古代文学传统，故致使人们于不得已中返回中国古代文论范畴之中，把

原本沉睡中的"意境""境界""意象"或"感兴"等若干不同范畴激活起来，让它们重新活在现代，借以弥补现代文论范畴的缺失或者纠正现有中国现代文论核心范畴的偏颇。如果说，典型范畴主要用于阐释中国现代文学中的人物形象及环境形象，那么，意境范畴主要用于把握现代人必须时时回眸的中国古代文学现象及其在现代文学中的传承和变异现象，而感兴范畴则可以成为无论是典型还是意境之背后所赖以为支撑的共同的美学传统基础。也就是说，无论是坚持西式典型范畴还是回溯于中式意境范畴，都离不开重新溯源于感兴范畴，因为后者属于更加根本性或基础性的范畴——凡是中国文学作品，无论古代还是现代，都发自作家对生活的感兴，都必须携带着相应的兴味蕴藉品质。如此，至少可以说，典型、意境及感兴等一道可以被视为中国现代文论的核心范畴构架中的主干部分。

在我他关系上，中国现代文论基于"世界之中国"视野，确立了世界中之中国自我与世界中之西方他者这样一对新型的我他关系模型，这同以往的"中国之中国"时代和"亚洲之中国"时代的我他关系模型相比，显然已不同了。不过，应当注意到，更具体地说，新型的中国现代文论中的我他关系模型，从清末至今百余年历史上已经历至少三次转向：第一次转向是清末至20世纪40年代社会危机中的中国自我与西方他者的对话，第二次转向是20世纪50年代至70年代已经国家化的中国自我与苏联他者的对话，第三次转向则是80年代至今急切地重新面向全球开放的中国自我与西方他者的对话。这样的转向披露出中国自我在处理与外来他者的关系时所面临的复杂情势及其所曾陷入其中的选择困窘。而这种中国自我与外来他者之间的选择困窘，恰恰是中国现代文论发展中的一种常态现象。从《平凡的世界》所显示的作为中国晚熟现实主义的三元交融状况，即现实主义、浪漫主义与现代主义三重元素之间的交融，可见出中国自我与外来他者之间的对话的多样性和复杂性，以及这种对话的结果的多样性和复杂性。或许，对于无论是作家路遥还是他那个时代的批评家们来说，该小说似乎就属于一部不折不扣的现实主义作品，但实际上，按照本卷的论述，那却是一部同时拥有现实主义、浪漫主义和现代主义元素的奇特作品。这一特点也只有从 20 世纪 80 年代后期至 90 年代前期中国自我与西方他者之间的对话的特殊情境去阐明。而与此同时，正是通过该时期的中国自我与西方他者相遇的特殊情境，才可以真正理解这部小说所包含的三元交融品质。它之所以没有简单地重复它所有意识地师法的西方现实主义而是呈现为三元交融品质，恰是中国自我在与西方他者的对话中有自身的主体性或自主性的缘故，无论作家本人是否明确地意识到了。而假如作家本人那时确实是在并未明确意识到的情形下而无意识地同时移植了来自西方他者的这三重"主义"即现实主义、浪漫主义和现代主义的元素，这种情形更能披露出这种我他关系模型的特点。

当中国现代文论的知识型、核心范畴以及我他关系模型都得以确立时，它所持有的独特品格也应当毫不掩饰地显露出来。表面看来，中国现代文论具有自身的与古代文论不同的现代型品格，这已经在前面被简括为大众白话性、学制性、显在文化性、激进革命性、西方骨架性、隐在传统性等特征。这里的隐在传统性恰恰能显示中国现代文论与古典传统之间难以真正摆脱的相互缠绕性。不过，这种现代型品格只不过是中国现代文论品格的一个方面；而另一方面，中国现代文论还同时拥有自身的传统型品格，这主要表现在现代文体—古典遗韵型、古典文体—现代视角型、现代文体—古典精神型。正是从这种传统型品格，可以集中见出中国现代文论的归属于中国自身而非西方的独特性及其自主性。当然，全面地看，中国现代文论的独特品格在于现代型品格与传统型品格的相互交融性，这是一种双重品格。假如只看到它的现代型品格，那当然可以得出"西化"之类丧失中国性的简单判断来。而只有同时看到其现代型品格与传统型品格以及这两者之间无休止的相互缠斗，才可能更加清晰地把握中国现代文论的传统特质。

四、中国现代文论的分化与联系

中国现代文论在 20 世纪 80 年代发生过一次转向，以此为大体界限而区分出清末至 80 年代的中国现代文论Ⅰ与 80 年代至今的中国现代文论Ⅱ两个时段，可简称为现代Ⅰ与现代Ⅱ。它们可以视为中国文化现代性进程之现代Ⅰ和现代Ⅱ时段在文论领域的相应呈现。对此，假如进而从美学视角去具体观察，则有中国现代美学Ⅰ与中国现代美学Ⅱ的相对分别与联系。在中国现代美学Ⅰ时段，重新高扬中国精神或中国心灵也即类似于中国古代"心"的元素去抵抗空前剧烈的社会危机的冲动占了上风，故由此产生的美学与文论潮流可被称之为心化美学；在中国现代美学Ⅱ时段，随着面向世界开放进程的推进及以经济建设为中心的物质生产与消费潮流的兴盛，注重物质丰盈与日常生活美化的物化美学成为主潮，故由此产生的美学与文论潮流可称为物化美学。尽管本书探讨的中心在于中国文论现代Ⅰ时段，但总体上把握两个时段的分化与联系，对进一步反思现代Ⅰ的面貌及内涵是必要的。在"世界之中国"时代空前剧烈的社会危机震撼下，义无反顾地追随以西方他者为代表的"世界学术"主流，确实难免成为中国现代文论Ⅰ或现代Ⅰ的不二选择。但也正是在此过程中，中国现代Ⅰ显示出自身的心化美学特质——美学家与文论家们竞相激活古典"心学"意义上的现代中国心灵或中国精神，力图在与世界主流的积极对话中重建中国自我在世界上的主体地位。与之相比，随后的现代Ⅱ或中国文论现代Ⅱ则明显呈现出物化美学的景观——当以物质化或物化潮流去力图取代现代Ⅰ时段的心化美学主张时，一种必然的悖逆出现了，人们发现，在自己对"物"的追逐中，"心"竟然失落了。于是，重新张扬以感兴为基础的兴辞美学，就成为新的干预性方案于不得已中提出来。

五、中国现代文论传统与中国现代型文学传统

文学理论传统或文论传统总是文学传统所激发的理论反响，或者说总是同文学传统紧密相连而难以相互分离的理论维度的呈现。由此看来，对中国现代文论传统的认识，可从它与中国现代型文学传统的特点及其大海形象个案的联系中得到加强。假如没有中国现代型文学传统，那么，中国现代文论传统无疑就是空话，因为，历史上不可能

存在没有相应的文学传统的单纯的文论传统。当在审美现代性与汉语现代性的交叉点上产生出中国现代型文学这一新传统时，这种文学新传统实际上始终是与文论新传统相联系的方面：这种文学新传统诞生之日，正是这种文论新传统萌发之时。甚至还可以说，假如没有稚嫩而坚定的新文论传统的召唤，也就必然没有稚嫩而坚定的新文学传统的生成。梁启超的"小说界革命"论对现代小说的催化之功，就是一个无须再加论证的实例。

而一种文学新传统要确立于世，自然需要相应的材料去证明，正像文论新传统需要以自身的知识型、核心范畴、我他关系模型及品格去证明一样。大海形象的兴衰史，可以提供这样一个案例。大海起初只是事关"世界之中国"时代中国的外部安全的地缘政治词语及地缘政治形象，但在社会危机中的知识分子眼中，特别是在早已拥有传统的海或四海形象的中国现代知识分子眼中，由于来自欧洲文学的大海形象的感召作用，大海就逐渐地转化或演变成为一种审美对象及艺术形象了，后来甚至被迅速膨胀为一种拥有至高无上的终极内涵的"神话"般形象了，从而可以视为现代性神话的一个极致。如今重温大海形象的这一形塑史，既可以重新发现新文学传统的生成与变化轨迹，也可以再度见出新文论传统的发生与演变踪影。至少可以看到，无论是中国现代型文学传统还是中国现代文论传统，它们无疑都不是发自天然地生成的，而是人为地建构出来的。这里不应当有神话，而即使有，也是人们自己创造的。

中国现代文论传统在完成其现代Ⅰ使命后，业已开辟新的现代Ⅱ进程了。如今回望其现代Ⅰ，可以有一种相对清晰的观照。至于现代Ⅱ，则需要身在其中地顺着潮流而继续张望了。

后　记

　　本书是中国现代文论史的第一卷。本卷的写作经历了较长的过程。我是在 2005 年起主持教育部哲学社会科学重大课题"西方文论中国化与中国文论建设"的过程中，逐渐萌生编撰多卷本中国现代文论史著作的念头的。特别是在该课题临近结项时刻，我愈益感到在结项总报告完成后另写多卷本著作的必要，于是初拟出编撰提纲，约请原本就参与该课题的五位年轻学者陈雪虎、胡继华、胡疆锋、石天强和何浩一道开始着手编撰。最初的设想是六卷本著作，由六人各写一卷。但在接近收尾时，原承担第六卷即 20 世纪八九十年代编撰任务的何浩因病辞写(在此要感谢他的付出)。临时换人又来不及，情急之下，考虑到时间进度等缘故，只能舍弃第六卷，而把其相关部分内容充实进石天强承担的第五卷中。但石天强承担的第五卷虽如期完成，却因故未能纳入，颇为遗憾。从而这部最初设想的六卷本著作只能改为以现有四卷本形式完成。在此我要感谢上述合作者的相互协作和宽容，特别是克服各自困难而投入这项共同事业的义举。

　　我承担的正是这部四卷书的总论部分即第一卷，主要论述中国现代文论的传统问题。在写作过程中，多数章节已陆续在期刊发表以征求意见，这得感谢上述刊物的主编和责编。比较而言，本卷中略有个人心得的是第一章"层累涵濡的现代性——中国现代文论的变迁"、第三章"中国现代文论知识型的建立"、第四章"中国现代文论核心范畴的位移：从典型到感兴"、第六章"中国现代文论的双重品格"及第七章"心化美学与物化美学之间——简论中国现代美学Ⅰ与现代美学Ⅱ"。当然，也有部分章节初稿采自我已出的相关论著如《中国现代学引论》

和《文学理论修订版》等，尽管这次有所修订，但大抵算是"炒冷饭"了，这是需向读者如实说明的。起初的高远设想终因种种缘故未能如愿，恐怕得留待来日去弥补了。

　　说到本书的最初缘起和"西方文论中国化与中国文论建设"课题的申报及实施，都得到童庆炳先生生前的鼓励和支持。这部四卷书没能及时出版以面聆先生指教，这是我深感遗憾和自责的，但愿现在它能告慰先生的在天之灵。

　　参与上述课题的全体成员的无私付出及友谊令我感动和铭记，恕在此难以一一列举。

　　董晓萍教授、刘恪教授从不同角度给予了帮助。

　　本卷及其他各卷能在现在出版，得感谢北京师范大学出版社领导的支持，特别是出版集团副总编辑饶涛、策划编辑王则灵等相关编辑的悉心帮助，还要感谢高等教育与学术著作分社主编赵月华以及周粟编辑在前期工作上的支持。

2019 年 1 月 25 日于北京

图书在版编目(CIP)数据

中国现代文论史. 第一卷, 中国现代文论传统/王一川著.
—北京：北京师范大学出版社, 2019.7
ISBN 978-7-303-21141-8

Ⅰ. ①中… Ⅱ. ①王… Ⅲ. ①中国文学－现代文学－文学批评史 Ⅳ. ①I209.6

中国版本图书馆 CIP 数据核字(2016)第 179152 号

营 销 中 心 电 话　010-58805072　58807651
北师大出版社高等教育与学术著作分社　http://xueda.bnup.com

ZHONGGUO XIANDAI WENLUNSHI：DIYIJUAN ZHONGGUO
XIANDAI WENLUN CHUANTONG

出版发行：北京师范大学出版社 www.bnup.com
　　　　　北京市海淀区新街口外大街 19 号
　　　　　邮政编码：100875
印　　刷：北京盛通印刷股份有限公司
经　　销：全国新华书店
开　　本：787mm×1092mm　1/16
印　　张：22.5
字　　数：335 千字
版　　次：2019 年 7 月第 1 版
印　　次：2019 年 7 月第 1 次印刷
定　　价：138.00 元

策划编辑：王则灵　　　　　　　责任编辑：李洪波
美术编辑：王齐云　　　　　　　装帧设计：王齐云
责任校对：段立超　陈　民　　　责任印制：马　洁

版权所有　侵权必究
反盗版、侵权举报电话：010-58800697
北京读者服务部电话：010-58808104
外埠邮购电话：010-58808083
本书如有印装质量问题，请与印制管理部联系调换。
印制管理部电话：010-58805079